MAGIA DE SANGUE

MAGIA DE SANGUE

TESSA GRATTON

TRADUÇÃO
SONIA COUTINHO

Título Original
BLOOD MAGIC

Esta é uma obra de ficção. Nomes, personagens, lugares e incidentes são produtos da imaginação da autora ou são usados de forma fictícia. Qualquer semelhança com pessoas reais, vivas ou não, acontecimentos ou localidades é mera coincidência.

Copyright © 2011 by Tessa Gratton

Arte de capa:
Foto de árvores © Stephen Carroll Photography/Flickr/Getty Images;
Foto de menina © Sara Haas/Flickr/Getty Images;
Foto de referência de silhuetas de aves by Erik Charlton.

Edição brasileira publicada mediante acordo com a
Random House Children's Books, uma divisão da Random House, Inc.

Direitos para a língua portuguesa reservados
com exclusividade para o Brasil à
EDITORA ROCCO LTDA.
Av. Presidente Wilson, 231 – 8º andar
20030-021 – Rio de Janeiro – RJ
Tel.: (21) 3525-2000 – Fax: (21) 3525-2001
rocco@rocco.com.br
www.rocco.com.br

*Printed in Brazil/*Impresso no Brasil

Preparação de originais
VIVIANE MAUREY

CIP-Brasil. Catalogação na fonte.
Sindicato Nacional dos Editores de Livros, RJ.

G81m Gratton, Tessa
     Magia de sangue/Tessa Gratton; tradução de
     Sonia Coutinho. – Rio de Janeiro: Rocco Jovens
     Leitores, 2013.
     Tradução de: Blood magic
     ISBN 978-85-7980-132-7

     1. Sobrenatural – Literatura infantojuvenil.
     2. Magia – Literatura infantojuvenil. I. Coutinho,
     Sonia. II. Título.

     12-3697   CDD – 028.5   CDU – 087.5

O texto deste livro obedece às normas do
Acordo Ortográfico da Língua Portuguesa

Assim é o fruto da terra colhido, sua polpa rasgada. Assim ele é entregue para que se erga e siga em direção à podridão. É o princípio da decomposição, da morte do que existe, o nascimento do que existirá. Você é vinho.

Richard Selzer, *Lições mortais*

 # UM

Sou Josephine Darly, e pretendo viver para sempre.

DOIS

SILLA

É impossível saber quem de fato somos, até que passamos algum tempo sozinhos num cemitério.

A lápide estava fria contra minhas costas, pressionando minha fina camiseta contra o suor que escorria em minha pele. O anoitecer banhava de sombras o cemitério, conferindo-lhe uma característica intermediária: nem dia nem noite, mas um momento cinzento, lacrimoso. Fiquei sentada, com as pernas cruzadas e o livro em meu colo. Abaixo, um gramado maltratado escondia os túmulos dos meus pais.

Limpei a poeira da capa do livro. Era da grossura de um romance, mas parecia muito pequeno e insignificante entre minhas mãos. A capa, de um couro cor de mogno, era macia e estava arranhada pelos anos de uso; nos cantos, a cor desbotara. As páginas costumavam ser douradas, mas o dourado também se desgastara. O livro estalou quando o abri, e li outra vez a inscrição, sussurrando-a para mim mesma, para torná-la mais real:

Notas sobre Transformação e Transcendência
Ah, que isso também, esta carne tão sólida se derreta,
degele e reduza-se a orvalho.
— Shakespeare.

Era uma das citações de *Hamlet* favoritas de papai. Ele costumava recitar a frase sempre que Reese ou eu saíamos da sala batendo a porta, amuados. Dizia que não tínhamos nada do que nos queixar, em comparação com o príncipe da Dinamarca. Lembro-me dos seus olhos azuis estreitando-se para mim, por cima do aro dos óculos.

O livro chegara pelo correio aquela tarde, embrulhado em papel pardo e sem nenhum endereço de destinatário. Em simples letras de forma, estava escrito DRUSILLA KENNICOT, como uma convocação. Havia seis selos em um canto. O pacote cheirava a sangue.

Esse aroma particular de cobre grudou-se na parte de trás da minha garganta, junto com as lembranças. Fechei os olhos e vi um respingo de sangue formar uma listra sobre as prateleiras de uma estante.

Quando tornei a abri-los, ainda estava sozinha no cemitério.

Do lado de dentro da capa do livro havia um bilhete, dobrado três vezes e escrito em papel grosso e sem linhas.

Silla, começava. Eu estremecia todas as vezes em que via meu nome escrito na antiga caligrafia. A parte de baixo do *S* fazia uma espiral interminável.

Silla,
Sinto sua perda como se fosse minha própria, cara menina. Conheci seu pai durante a maior parte da vida dele, era um amigo muito querido. Lamento não poder comparecer pessoalmente ao funeral, mas confio que sua vida será celebrada e sua morte, imensamente pranteada.
Se pode haver algum pequeno consolo, espero que seja este. Neste livro, estão os segredos que ele aprimorou.

Décadas de pesquisas, conhecimentos aos quais uma vida inteira foi dedicada. Ele foi um mágico e curandeiro maravilhosamente talentoso e tinha orgulho de você, da sua força. Sei que ele gostaria que você agora possuísse este registro do trabalho que realizou.

Meus sinceros votos para você e seu irmão.

Estava assinado apenas *O Diácono*. Não havia um segundo nome nem informações de contato.

A certa distância, subindo pelas lápides, corvos gargalharam. A nuvem negra que formavam cortou o ar num bater de asas e grasnidos estridentes. Observei-os contra o céu cinzento, enquanto voavam para oeste, em direção à minha casa. Provavelmente para aterrorizar os gaios azuis que viviam em nossa magnólia, no jardim da frente.

O vento soprou meu cabelo curto contra minhas bochechas e eu o empurrei para trás. Imaginei quem seria esse Diácono. Ele declarava ser amigo do meu pai, mas eu jamais ouvira falar a seu respeito. E por que sugeria coisas tão inacreditáveis e ridículas? Que meu pai era um mágico e curandeiro, quando ele era apenas um professor de latim do ensino médio? Mas, apesar disso, eu sabia, sem a menor dúvida, que segurava um livro escrito por meu pai: reconheci sua bela e delicada caligrafia, com suas minúsculas espirais em todas as letras *L* maiúsculas, e seus *Rs* com ângulos perfeitos. Ele detestava datilografar e costumava pregar sermões a Reese e a mim para que aprendêssemos a escrever de forma legível em letras de forma. Reese cedera e fazia letras de imprensa, mas eu era apaixonada demais por uma escrita louca, cheia de arabescos, para me preocupar com o fato de ser ou não legível.

Não importava de onde tinha vindo, aquele livro era de papai.

Enquanto o folheava, vi que cada página continha linhas intermináveis de escrita perfeita e diagramas meticulosos, que se espalhavam como teias de aranha. Os diagramas continham círculos dentro de outros círculos, letras gregas ou estranhos ideogramas e runas. Havia triângulos e octógonos, pentagramas, quadrados e estrelas de sete pontas. Papai fizera minúsculas anotações nas beiradas das páginas, escrevera parágrafos descritivos em latim e fizera listas de ingredientes.

O sal predominava nas listas, e materiais reconhecíveis, como gengibre, cera, unhas, espelhos, garras de galinha, dentes de gato e fitas coloridas. Mas havia palavras que eu não conhecia, como *carmot*, *agrimônia* e *nardo*.

E sangue. Todas as listas incluíam uma gota de sangue.

Eram feitiços. Para localizar coisas perdidas, para abençoar bebês recém-nascidos e desfazer maldições. Para proteger contra o mal. Para ver a longas distâncias. Predizer o futuro. Curar todo tipo de doenças e ferimentos.

Fui folheando as páginas com o coração em chamas, por causa do espanto e do medo. Sentia também excitação, como um aperto na garganta. Será que aquilo era real? Papai não era o tipo de pessoa que gostasse de pregar peças elaboradas e não era dado a fantasias, apesar de seu amor pelos livros antigos e pelos contos heroicos.

Devia haver algum feitiço que eu pudesse experimentar. Testar. Ver o resultado.

Enquanto eu pensava nisso, o cheiro começou outra vez a subir pelo fundo da minha garganta, sangue subindo até minhas cavidades nasais e se arrastando pelo meu esôfago abaixo, como uma fumaça pegajosa.

Levantei o livro até meu nariz e o aspirei fundo, num gesto de purificação. Imaginei que podia sentir o cheiro dele no livro. De meu pai. Não do sangue impressionante que encharcara sua camisa e o tapete embaixo do seu corpo, mas o cheiro levemente oleoso de cigarro e sabão de quando ele vinha todos os dias tomar o café da manhã, depois de um banho de chuveiro e de uma rápida parada para fumar no pátio atrás da casa. Deixei cair o livro em meu colo e fechei os olhos até papai estar bem ali, sentado diante de mim, com uma das mãos tocando em meu joelho direito.

Quando eu era pequena, ele costumava entrar em meu quarto pouco antes do apagar das luzes e tocar em meu joelho, enquanto eu afundava em cima da cama. A gravidade me puxava cada vez mais para perto dele, até eu poder apoiar a cabeça em seu ombro, ou subir em seu colo, enquanto ele me contava versões condensadas de clássicos da literatura. Meus favoritos eram *Frankenstein* e *Noite de reis*, e eu os pedia repetidas vezes.

No cemitério, outro corvo grasnou, uma ave solitária voando devagar atrás dos seus primos.

Mantive o livro erguido com minhas duas mãos e, em seguida, deixei que caísse e se abrisse onde quisesse. Quando as páginas que abanavam escolheram afinal de que lado ficariam, eu as abaixei e dei uma olhada no feitiço. "Regeneração."

Para trazer à vida. Para uma cuidadosa aplicação quando a carne está infectada ou necrosada. Para manter fortes as flores.

O diagrama era uma espiral dentro de um círculo, que se estreitava até o centro como uma cobra. Eu só precisava de sal, sangue e respiração. Fácil.

Com uma vareta, desenhei um círculo na terra do cemitério e, da sacola plástica que levara, contendo ingredientes facilmente encontrados em minha cozinha, tirei uma caixa de sal grosso. Os cristais salgados brilharam entre finas camadas de grama, enquanto eu os salpicava em torno do círculo. *Coloque a pessoa no centro do círculo*, escrevera papai.

Mordi a parte interna do meu lábio inferior. Eu não tinha cortes nem carne morta. E o outono já estava avançado demais para que houvesse flores.

Mas um pequeno monte de folhas mortas se juntara na base da lápide à minha frente, e eu me levantei para escolher uma que servisse. Outra vez em meu assento, coloquei cuidadosamente a folha amassada de magnólia dentro do meu círculo. As beiradas estavam negras e encolhidas, mas eu ainda podia ver linhas escarlates assinalando os veios. As árvores em torno ainda não perdiam muitas folhas, de modo que aquela devia estar ali desde o inverno passado. Por muito tempo encharcada no cemitério.

E agora chegava a parte difícil. Tirei meu canivete do bolso da calça jeans e, com uma sacudidela, abri sua lâmina. Apoiando a ponta contra meu polegar esquerdo, fiz uma pausa.

Meu estômago apertou, enquanto eu imaginava a dor que sentiria. E se aquele livro de feitiços não passasse de uma grande piada? Será que eu era tão louca a ponto de experimentar? Tudo aquilo era impossível. A magia não podia ser real.

Mas estava escrito com a caligrafia de papai, e ele *jamais* fora uma pessoa má. E não era louco — não importava o que dissessem. Papai acreditava nas coisas do livro, do contrário não perderia seu tempo com elas. E eu acreditava em papai. Precisava.

Ora, era apenas uma gota de sangue.

Empurrei o canivete contra a pele, tentando fazer um furo nela, mas sem realmente cortá-la. Meu corpo inteiro tremia. Eu estava prestes a descobrir se a magia era real. Em minha língua havia um gosto metálico forte causado pela emoção do terror.

Cortei fundo.

Um grito abafado escapou dos meus lábios fechados quando o sangue jorrou pela minha pele, escuro como petróleo. Mantive as mãos levantadas, olhando fixamente para a gota grossa que deslizava do meu polegar. A dor foi subindo pelo meu braço acima e se instalou, incômoda, em minha omoplata, até que sumiu. Minha mão tremia, mas eu não sentia mais medo.

Rapidamente, deixei uma, duas, três gotas de sangue pingarem na folha. O líquido reuniu-se no centro dela, formando uma pequena poça. Inclinei-me e olhei fixamente para o sangue, como se ele pudesse me encarar de volta. Pensei em papai, em quanto eu sentia a falta dele. Eu precisava que aquilo fosse real.

— *Ago vita iterum* — sussurrei, vagarosamente, deixando minha respiração roçar na folha e balançar a minúscula poça de sangue.

Nada aconteceu. O vento tornou a agitar meu cabelo e coloquei as mãos em torno da folha, em concha, para protegê-la. Lancei um olhar para baixo, imaginando que talvez meu latim fosse ruim. Apertando meu polegar ferido, deixei que mais sangue se juntasse e escorresse. Repeti a frase.

A folha estremeceu sob minha respiração e suas beiradas se desdobraram, como pétalas que crescem como em fotografias tiradas lentamente. O centro escarlate se espalhou, alcançando as extremidades, e se tornou um verde vivo luxuriante. Dentro do círculo, a folha estava lisa e nova, como se tivesse sido arrancada naquele momento.

Alguma coisa, que fez um barulho forte em cima do gramado, de repente chamou minha atenção.

Um rapaz me observava, com os olhos arregalados.

 # TRÊS

NICHOLAS

Eu gostaria de dizer que vim para o cemitério em busca do meu passado, ou por um sentimento de nostalgia. Mas, na verdade, vim para me afastar o máximo possível da minha madrasta psicótica. Estávamos jantando, ela, meu pai e eu, sentados em torno da mesa comprida, na luxuosa sala de jantar. Dei um puxão na toalha de linho branco e me perguntei se os olhos de Lilith girariam para trás e se ela começaria a declamar versículos da Bíblia de trás para a frente caso eu derramasse algumas gotas de vinho em cima da toalha.

— Ansioso para ir à escola na segunda-feira, Nick? — perguntou papai, levando sua taça de vinho até a boca.

Ele acreditava na ideia de me apresentar ao álcool aos poucos, e de maneira controlada, como se eu não tivesse feito amizade com a bebida no banheiro dos meninos na escola quando ainda tinha 14 anos.

— Tão ansioso quanto ficaria para deslizar por um monte de lâminas de barbear.

— Não será assim tão ruim.

Lilith arrancou com os dentes um naco de carne preso no garfo: era sua maneira de me ridicularizar.

— Ah, com certeza. Uma escola nova, no início do meu último ano do ensino médio, no meio de lugar nenhum. Claro que será ótimo.

Ela franziu seus lábios construídos com Botox.

— Que isso, Nick! Duvido que você vá ter mais problemas aqui para se isolar e se tornar um pária do que tinha em Chicago.

De propósito, bati minha taça em cima da mesa com bastante força, derramando vinho tinto na toalha.

— Nick! — Papai fez uma cara feia para mim.

Ele ainda usava sua gravata, embora estivesse em casa havia horas.

— Pai, você não ouviu o que ela...

— Você já tem quase 18 anos, filho, e precisa parar...

— Ela tem 32! Acho que, se alguém precisa agir de forma amadurecida, é ela. — Levantei-me num impulso. — Mas acho que é isso o que acontece quando a pessoa se casa com alguém 13 anos mais jovem.

— Pode se retirar — disse papai, calmamente.

Ele sempre se mostrava calmo.

— Ótimo.

Agarrei um talo de aspargo e saudei Lilith com ele. Claramente, ela ganhara aquele round. Sempre ganhava, porque tinha papai em suas mãos.

Enquanto eu entrava no corredor, ouvi Lilith dizer a meu pai:

— Não há motivo para se preocupar, querido. É para isso que serve o alvejante.

Rangendo os dentes, abri a porta do armário, agarrei um casaco com capuz e bati a porta da frente. Se estivesse em minha cidade, eu poderia correr pelo quarteirão até a casa de Trey e iríamos para um café, ou para a casa de Mikey, atirar em alguns seres extraterrestres no Xbox dele. Mas, em vez disso, eu estava sozinho, do lado de fora de uma casa de fazenda, no Missouri, sem nada por perto, a não ser um velho cemitério caindo aos pedaços. Terminei de mastigar o talo de aspargo enquanto caminhava pelo cascalho da entrada e fechava o zíper do casaco.

O sol já descera até abaixo do bosque que cercava nossa propriedade: estava bem escuro. Mas, no alto, o céu ainda estava claro. Apenas um punhado de estrelas brilhava. Enfiando as mãos nos bolsos do casaco, encaminhei-me para as árvores. Podia ver o cemitério do meu quarto e agora era uma ocasião tão boa quanto qualquer outra para ver se podia encontrar o túmulo de meu avô.

Vovô morrera durante o verão, deixando toda a sua propriedade para mim. Eu, que só o encontrara uma vez, quando tinha 7 anos, e só me lembrava de ele estar doente a maior parte do tempo e gritando com minha mãe por algum motivo que eu não entendia. Mas acho que a idade faz coisas estranhas com a pessoa, e eu era seu único parente vivo além de mamãe, que não falava mais com nenhum de nós dois.

Sim, era uma bela história de família.

Mas, então, Lilith e papai modificaram o que antes deveria ter sido uma casa de fazenda encantadora e arrancaram todos os papéis de parede antiquados e os substituíram por alguma coisa sem graça em *art déco* preto e branco. Se pelo menos a vida sexual deles fosse assim tão calma.

Lilith passara vários dias soltando exclamações de deslumbramento sobre a propriedade. "Que atmosfera perfeita para um escritor!", "Ah, querido, adoro este lugar! Veja só que vista!" e "Nunca mais tornarei a gastar três mil dólares com um casaco de grife!" OK, ela não disse essa última frase, mas deveria ter dito.

O pior era que papai planejava voar para Chicago e passar lá quatro dias por semana, a fim de atender a todos os seus clientes necessitados. Então, eu não apenas estava numa cidade caipira, onde o local de encontro mais popular era a lanchonete Dairy Queen, mas estava preso aqui sozinho *com Lilith*.

Pelo menos, só tinha que morar aqui durante alguns meses antes de me formar. E, pelo menos, só perdera um mês do ano letivo, então ainda *tinha condições* de chegar ao final e passar.

Fui abrindo caminho pelo bosque. Nem nas condições mais favoráveis consigo distinguir um carvalho de um olmo, quanto mais com o sol posto e uma escuridão de breu na floresta. Todas as árvores estavam aglomeradas ao meu redor, como se aquilo fosse um centro de cidade arbóreo para esquilos. E os insetos e rãs faziam tanto barulho, com seus zumbidos e lamúrias, que eu não sabia se poderia ouvir a mim mesmo, se falasse. O chão estava coberto por camadas de folhas velhas e, quando eram remexidas pelos meus pés, eu sentia um cheiro de coisas deliciosas como podridão e mofo. Quase tropecei e caí algumas vezes, mas movimentava os braços e conseguia me agarrar a alguma árvore. Era divertido passar diretamente pelo meio das folhas e dos pequenos arbustos, como era divertido correr por entre as pilhas de folhas varridas em nosso quintal, quando eu era menino. Mamãe gostava de fazer as folhas dançarem e elas flutuavam para cima, rodeavam minha cabeça e caíam em cima de mim, como num bombardeio aéreo. Ela dizia que as folhas eram como pequenos aviões e...

Ora essa, não. Por isso é que eu não queria estar em Yaleylah. Tudo me lembrava de mamãe e de todas as coisas em que eu não deveria pensar. Na casa, eu parava diante de cada porta, perguntando-me qual delas teria sido a do seu quarto. Na cozinha, eu imaginava se ela aprendera sozinha a fazer aquele incrível molho de espaguete, ou se sua mãe a ajudara. Será que ela olhava fixamente para o cemitério, lá fora, como eu me pegara fazendo, na noite anterior, antes de ir para a cama? Ou será que ela não se interessava de jeito nenhum por fantasmas? Essas eram coisas que eu jamais saberia, porque ela estava longe, no Arizona, fingindo que eu não existia.

Irrompi para fora do bosque abruptamente. Eu nem sequer havia notado que a luz melhorara um pouco. Uma estrada – de fato, apenas dois sulcos de rodas com ervas daninhas crescendo em cima – colocava-se entre mim e o muro em ruínas do cemitério. Caminhei até as pedras que desmoronavam, subi facilmente nelas e passei para o outro lado. Uma lua pequena e fina sorriu para mim ao lado de estrelas espalhadas. O céu estava arroxeado e claro. E o cemitério espalhava-se por meio quilômetro, no mínimo, antes de terminar numa imensa cerca de arbustos, que o mantinha isolado da casa do nosso vizinho mais próximo.

Parecia rude continuar a atravessar o gramado correndo, agora que eu estava num cemitério, então diminui a velocidade e caminhei calmamente. A maioria das lápides era em granito enegrecido ou em mármore, com os epitáfios gastos e obscurecidos pela escuridão. Pude ler alguns nomes e umas poucas datas, que remontavam até mil oitocentos e alguma coisa. Tocá-las era um impulso irresistível, então saí andando com as mãos estendidas, dando uma palmada em uma aqui e arrastando os dedos em outra ali. As pedras eram frias e ásperas, além de imundas. Algumas lápides tinham flores mortas grudadas nelas. Não havia nenhum padrão visível na disposição dos túmulos; logo que eu pensava ter encontrado uma fileira, ela se curvava de um jeito esquisito ou virava num pátio. Não era como se eu pudesse me perder, porque podia ver facilmente a massa escura do bosque em torno da minha casa, de um lado, e, do outro, a casa do vizinho. Imaginei quem vivia ali, e se o campo ao sul pertencia a esse pessoal também ou a outro fazendeiro.

Estava tudo em silêncio, a não ser pelo zumbido baixo dos insetos do bosque, com a ocasional explosão dos corvos, gritando uns com os outros. Observei um bando deles voar e se afastar, provocando uns aos outros e se bicando sonoramente, e percebi que eu estava relaxando. Pelo menos, podia encontrar alguma paz junto aos cadáveres. Provavelmente, a essa altura, estavam todos decompostos e transformados em poeira. A não ser, talvez, vovô. Mantive os olhos bem abertos ao avistar uma lápide nova e reluzente.

Imaginei se eu teria gostado dele, se algum dia o tivesse visitado. Poderia ter feito isso. Acho que sim, suponho. Mas não o conhecia de forma alguma, e papai nunca falara de nada que tivesse a ver com a família de mamãe, e, então, na maior parte do tempo, levei minha vida sem pensar a respeito. Não adiantava agora eu me preocupar por causa disso.

Uma estátua a cerca de três metros à minha frente movimentou-se. Gelei e, depois, mergulhei atrás de um obelisco com quase dois metros de altura, parecendo o monumento a Washington. Dando uma espiada pelo canto, percebi que a estátua usava jeans e camiseta e tinha prendedores no cabelo, que brilhavam arroxeados ao luar. Eu era um idiota.

A menina estava sentada no chão com as costas apoiadas numa lápide nova. Um livro estava aberto ao seu lado e uma sacola de supermercado, de plástico azul, agitava-se contra seu joelho. Era bem magra, com cabelo curto repicado que ficava espetado daquele jeito louco de que eu realmente gostava. Como se eu pudesse passar minhas mãos por seu cabelo e ela não fosse brigar comigo por despenteá-lo (como fariam algumas garotas que eu poderia citar), já que não faria nenhuma diferença. Abri a boca para dizer olá, mas parei quando ela levantou um canivete e o colocou contra seu polegar.

Que diabo era aquilo?

Depois de uma hesitação, quando seus lábios se apertaram um contra o outro, ela se cortou. *Não*.

O sangue escorreu por sua pele e pensei em minha mãe, com aqueles band-aids em todos os seus dedos.

Lembrei-me de mamãe furando seu dedo e lambuzando sangue em um espelho, para me mostrar as imagens que se tornavam vivas nele, ou deixando que ele pingasse em cima de um pequeno dinossauro de plástico, um brinquedo, e assim fazendo o estegossauro abanar sua cauda cheia de pontas. Não queria me lembrar daquilo, não queria saber que o que mamãe fazia não era uma loucura compartilhada apenas por nós dois.

A menina se inclinou e sussurrou para a folha diante dela. A folha estremeceu e depois se desenrolou, adquirindo um verde vivo.

Merda, que coisa!

Ela ergueu os olhos e me viu. Minha boca estava escancarada. Não era possível, droga, eu ter visto aquilo. Não ali. Não de novo.

Enquanto fechava rapidamente a boca, ela se esforçou para ficar de pé, escondendo o canivete com um gesto brusco atrás das costas.

Dei alguns passos ao redor da lápide, desviando meu olhar da folha até fixá-lo em no rosto dela.

– Desculpe – consegui dizer, ansioso. – Eu estava apenas passando por aqui e vi... – Tornei a olhar para a folha.

– Viu o quê? – sussurrou ela, como se tivesse algo preso na garganta.

– Nada... nada. Apenas você.

O rosto dela continuou com uma expressão defensiva.

– Não conheço você.

– Sou Nicholas Pardee. – Em geral, eu não me apresentava assim, mas era como se eu precisasse lhe dizer o meu nome completo por estarmos no cemitério. Como se isso fizesse diferença. – Acabei de me mudar para a velha casa perto do cemitério.

Consegui não estremecer. Não dizer clichês, do tipo: *Olá, mudei-me para a casa mal-assombrada do velho Harleigh e gosto de caminhar em cemitérios. Geralmente trago comigo um cachorro grande chamado Scooby.*

— Ah, sim. — Ela olhou para longe, na direção da minha casa. — Ouvi dizer. Sou Silla Kennicot. Moramos ali atrás, naquela direção.

Ela acenou com o canivete que estava atrás de si em direção à casa próxima, e então pareceu lembrar-se de repente de que o canivete estava em sua mão e tornou a escondê-lo nas costas.

Respirei fundo. OK, então ela era minha vizinha. E da minha idade. E linda. E, talvez, com a cabeça meio atrapalhada. Ou talvez quem estivesse com a cabeça atrapalhada fosse eu. Porque não havia a possibilidade de aquilo estar acontecendo. Eu, uma garota linda, e o que parecia... não. *Não*. Senti-me espinhoso, como se os espinhos de um porco-espinho tivessem brotado pelas minhas costas. Queria dizer alguma coisa agressiva, que me fizesse sentir melhor, sensato, mas, em vez disso, eu disse algo totalmente idiota:

— Silla... nunca tinha ouvido esse nome. É bonito.

Ela desviou o olhar e seu rosto ficou imóvel, como se fosse de vidro. Quando falou, sua voz era tão fraca que poderia quebrar-se em mil pedaços:

— É a abreviatura de Drusilla. Meu pai ensinava latim no ensino médio.

— Ah, latim, né?

Ensinava. No passado.

— Significa algo como "forte" — disse ela, como se isso fosse irônico.

Olhamos fixamente um para o outro. Eu estava dividido entre agarrá-la e gritar que sabia exatamente o que ela estivera fazendo e que precisava parar antes que alguém se machucasse… ou fingir que ambos éramos normais e não ligávamos para sangue. Talvez ela tivesse se cortado apenas por raiva ou algo assim, ou talvez tivesse sido um acidente. Eu não sabia o suficiente a seu respeito. Talvez aquilo não tivesse nada a ver com minha mãe. Talvez eu não tivesse visto realmente nada. Recusei-me a me permitir dar outra olhada na folha.

– Você já terminou o colégio? – perguntou Silla.

Surpreso, respondi com voz um tanto alta demais:

– Ah, não. Vou começar na escola amanhã. – Dei o meu melhor sorriso irônico. – Mal posso esperar.

– Você deve estar no último ano, não?

– Sim, estou.

– Talvez a gente não tenha nenhuma aula juntos, então. Sou sua caloura.

– Sou péssimo em história – falei.

– Estou no curso de recuperação.

Ela sorriu novamente e um humor de verdade fez seus olhos se estreitarem. Eles não pareciam mais tão fantasmagóricos e imensos.

Ri.

– Que droga!

Silla concordou com a cabeça e baixou os olhos. Enquanto conversávamos, ela continuou arrastando seu pé na espiral desenhada na lama. Agora, a espiral não passava de uma mistura de linhas e pedacinhos de grama seca e folhas. Nenhum sinal de algo esquisito. O alívio me tornou mais ousado:

– Sua mão está bem?

– Ah, humm.

Ela estendeu as mãos e deslizou o canivete fechado para dentro do bolso da calça jeans. Havia um anel em cada um dos seus dedos. Abrindo bem as mãos, ela examinou seu polegar. Estava lambuzado com sangue.

— Água oxigenada — falei, bruscamente.

Era o que mamãe usava. Eu detestava o cheiro.

— O quê?

— Você deve usar isso para, ahn, limpar o machucado.

— Não é tão sério assim. Apenas uma pequena picada — murmurou ela.

O silêncio nos cercou, a não ser pelo som distante daqueles corvos.

Silla abriu a boca, fez uma pausa, depois suspirou de leve:

— Preciso ir para casa e cuidar disso.

Desejei ter algo mais para dizer. Mas estava preso entre a vontade de esquecer o que eu talvez tivesse visto e o desejo de pedir explicações. Só sabia que não queria que ela fosse embora.

— Posso ir embora com você?

— Não, não é preciso. A distância é pequena.

— Está bem. — Curvei-me e peguei o pequeno livro para ela. Tinha um aspecto simples e antigo, sem nenhum título.

— Um velho legado de família? — brinquei.

Silla gelou, os lábios entreabertos por um instante, como se tivesse medo, mas depois riu.

— Sim, exatamente. — Ela encolheu os ombros, como se estivéssemos compartilhando uma grande piada, e pegou o livro. — Obrigada. A gente se vê, Nicholas.

Ergui a mão, acenando. Ela saiu em disparada, quase sem fazer barulho. Mas eu continuei a ouvir meu nome, um som exótico, prolongado e suave na voz tranquila dela, mesmo depois que desapareceu dentro das sombras.

QUATRO

SILLA

Quando a porta de tela bateu com força atrás de mim, ouvi a secretária eletrônica registrando a chamada da vovó Judy.

— Olá, crianças, o jogo está se arrastando, provavelmente graças à vodca que joguei no ponche de Margie. Não vou jantar, mas, se precisarem que eu vá pegar alguma coisa, liguem. *Ciao*.

Ótimo. Eu estava tremendo de excitação e queria conversar com Reese antes de ela chegar em casa. Seguindo pelo corredor até a cozinha, pensei em Nicholas Pardee, que quase vira a magia. Não me ocorrera que eu precisaria ser tão cuidadosa no cemitério — ninguém ia lá, a não ser eu. O avô de Nicholas, o sr. Harleigh, foi enterrado do outro lado da cidade, no cemitério mais novo, com todas as outras pessoas. Papai e mamãe foram enterrados tão perto de casa apenas por um pedido especial no testamento dele.

Mas Nicholas fora gentil com relação à minha mão e me observava com uma expressão estranhíssima, intrigada. Como se soubesse do meu segredo. Mesmo não podendo saber. Porque, se tivesse visto a folha, com certeza decidiria que era apenas imaginação. Ninguém acredita em magia.

Concordando comigo mesma, como se aceitasse meu próprio raciocínio, acendi a luz da cozinha e coloquei o livro de feitiços em cima da mesa. Na pia, abri a água e lavei meu polegar. A cortina franzida em cima da pia se agitava com a brisa entrando pela janela aberta, e me imaginei cantando minha canção predileta daquela semana, com mamãe junto de mim, descascando batatas, com seu avental favorito, cheio de coelhinhos de desenho animado. Agora, aquele avental estava dobrado no fundo de uma gaveta junto do fogão.

Bati de leve a mão para secá-la e olhei para o ferimento. Era pequeno e suave, porque o canivete era afiado, e doía. Uma parte de mim ainda não conseguia acreditar que a magia funcionara e que eu, de fato, me cortara para fazer aquilo. Que eu tivera a coragem de me cortar. Virando-me para me apoiar no balcão da pia, olhei fixamente para o livro de feitiços. Meu estômago ficou embrulhado e senti meus pulmões se contraírem. A magia era real. Eu mudara aquela folha com apenas algumas linhas traçadas na lama, meu sangue e umas palavrinhas.

A magia era real e meu pai não estava louco.

O alívio era tão grande que precisei me sentar à mesa. Ouvia apenas o tique-taque suave do relógio de vovô no corredor e minha própria respiração. Pressionei meus cotovelos em cima da mesa e entrelacei minhas mãos. Meus pés batiam freneticamente no piso de madeira, como se tentassem correr para longe, muito longe. Mas eu não conseguia fazê-los parar. Eu queria correr, gritar, voar até o céu e rir quando olhasse para o mundo transformado lá embaixo.

Duas horas antes eu estava perdida, era apenas uma menina com os pais mortos e um irmão zangado e distante. Agora, eu sabia que meu pai continuava vivo através do livro de feitiços. Por meio da magia.

Um sorriso repentino atravessou meu rosto. Imaginei uma máscara sobre a minha pele: amarelo e azul vivos, com purpurina dourada salpicada por toda a parte e alegres flores cor-de-rosa nos cantos de um sorriso largo.

Eram oito da noite. Reese chegaria em casa a qualquer momento. Eu não conseguiria me focar em fazer algum dever de casa enquanto esperava, mas também não sentia fome e a casa estava perfeitamente limpa. Passara muito tempo nos últimos meses limpando e cozinhando para me manter ocupada e distraída, mas agora não tinha paciência para isso. Levantei-me com um pulo. O papel pardo que embrulhara o livro de feitiços estava no chão, perto da porta de entrada. Amassei-o e o joguei na lixeira embaixo da pia. Esvaziei a lava-louças e rearrumei as margaridas no jarro da sala de jantar. Varri o piso de madeira da entrada e em torno de todos os tapetes da sala e do quarto de vovó Judy. Mesmo depois de limpar novamente a cozinha, eu não tinha sujeira suficiente para encher a pá de lixo. Tirei a poeira de tudo, menos do escritório de papai, mas fazer isso não exigiu mais do que um único pano de chão, já que eu limpara o pó havia apenas dois dias. Depois, peguei um dos livros de bolso de Reese, um romance histórico de assassinato e mistério. Começava com sangue e não aguentei ler mais nada. Depois, tentei ler uma das revistas de esquerda de vovó Judy, e as palavras nadaram de um lado para o outro da página, fazendo-me pensar em runas e ingredientes mágicos.

A porta de um carro bateu do lado de fora. Meu coração bateu forte e fechei os olhos, respirando fundo, para me acalmar. Os passos familiares de Reese aproximaram-se ruidosamente da varanda e a porta da frente abriu-se com um rangido.

Segurei o livro de feitiços contra meu peito e fui encontrá-lo.

Reese apoiou metade do corpo para dentro de casa e deixou a outra metade para fora, seu traseiro segurando a porta de tela para que ele pudesse tirar a lama das botas.

Ele era dois anos mais velho do que eu e deveria estar na universidade Kansas State, fazendo seu curso superior. Mas adiara sua admissão depois que mamãe e papai morreram, e não consegui perguntar-lhe por quê.

Quando se virou para entrar em casa, Reese levou um susto e estendeu bruscamente uma das mãos, que bateu no portal.

— Meu Deus, Sil, que diabo você está fazendo?

Estendi o livro de feitiços com as duas mãos, como se fosse uma oferenda.

— O que é isso?

Ele entrou pisando firme e agarrou o livro sem nenhum cuidado. Engoli um gemido de aflição e mordi o lábio.

Reese me empurrou até a cozinha. Atirou sua carteira em cima da mesa e o livro ao seu lado. Foi até o armário e pegou um copo para encher de água.

— De onde veio isso?

Horrorizada com sua falta de preocupação, eu disse:

— É de papai.

Ele parou, o copo na metade do caminho até seus lábios. Em seguida, colocou cuidadosamente o copo na bancada e se virou. Seus maxilares estavam cerrados.

— Veja.

Abri o livro e puxei o bilhete do Diácono, mantendo meus olhos afastados da caligrafia de papai. Eu o sacudi na direção de Reese.

Devagar, como se empurrasse sua mão através de água, ele o pegou. Olhei fixamente para seu rosto enquanto ele o abria e lia.

Ele precisava se barbear, mas em geral o fazia. Agora, sua pele estava mais queimada do que nunca, por todo o tempo que ele passava trabalhando ao sol com o grupo da colheita. O sol dourara seu cabelo e mergulhara em todos os seus poros. Fez com que ele parecesse mais velho. Ou talvez mamãe e papai tivessem mais a ver com isso.

Sua boca se escancarou numa grande careta, e duas manchas de uma cor barrenta coraram suas bochechas. De repente, ele amassou o bilhete com punho fechado.

Dei um pulo para a frente.

— Reese!

— Isto é uma merda — disse ele.

— Não, não é!

— Você quer que isto seja verdade? — Ele deu uns passos à frente, levantando os punhos.

— É de verdade.

Peguei seu pulso em minhas mãos e forcei seus dedos, até conseguir pegar o bilhete. Meus dedos tremiam novamente.

— É loucura. Se isso era de papai, prova o que todos dizem. Ele era louco e fez aquilo de propósito.

Senti a boca seca. Não consegui dizer nada, como de costume, contra a horrível certeza de Reese.

— Sim, Sil. De propósito. Papai planejou atirar nela — A voz dele vacilou. Ele fechou as mãos, como se fosse socar a parede outra vez.

— Não — Fui depressa até a mesa e agarrei o livro de feitiços. — Eu experimentei. A magia funciona. Eu...

— Merda.

O tom cortante partiu minha expressão alegre e a máscara deslizou do meu rosto e caiu.

Reese cruzou os braços sobre o peito.

— Não me venha com idiotices, Silla. Estou cansado demais e sem disposição para esse tipo de coisa.

— Não é idiotice. — Minha voz soou sensata, suave. — Funcionou. Fiz reviver uma folha morta, Reese, e se a magia é real, então papai não era louco. Ele não fez o que dizem.

— Aceite, Silla. Ele matou mamãe. É o que dizem porque foi o que aconteceu.

Balancei a cabeça e coloquei o livro deliberadamente em cima da mesa.

— Olhe o que está aí. Realmente olhe bem. Depois eu lhe mostrarei que funciona.

Eu precisava sair de casa. Atravessei com dificuldade o corredor de entrada, fui até os fundos e desci correndo a escada do pátio até o gramado. Grilos e cigarras gritavam através da escuridão. Fechei os olhos e vi mamãe e papai com as pernas e braços entrelaçados em meio a uma grande mancha de sangue. Riachos de sangue corriam para meus sapatos, mas eu não conseguia me mover, só conseguia olhar fixamente e olhar e inspirar o ar grudento com cheiro de sangue e morte. Será que ajudaria alguma coisa puxar meus olhos para fora das órbitas, até a lembrança dos dois estatelados ali no escritório ser apagada para sempre?

— Silla.

Reese saiu da casa. Estava com o livro.

— Por que você não acredita nele? — implorei.

— Eu vi. — Reese me agarrou, pegou meu braço. — Vi os dois, exatamente como você viu. Por que não percebe isso agora?

Arranquei-me de seu braço.

— Eu percebo.

— Você vê o que quer ver, Silla. Já ouviu falar desse tal Diácono? Não. Não sabemos nada sobre ele, se é real ou não. Na melhor das hipóteses, isso é uma brincadeira doentia; e, na pior, é alguma coisa em que papai realmente acreditava e isso não prova que ele é inocente, prova que ele era um psicopata.

A magia é real, Reese. O mundo está diferente esta noite. Soltei um longo e lento suspiro. Ele não podia saber sem ver. Não podia ter fé.

— Ele era nosso pai. Sei que ele não fez aquilo.

Atirando o livro no gramado, Reese disse:

— Ele fez, a polícia provou isso, pelo amor de Deus! Não restaram dúvidas na cabeça de ninguém. Não importa se alguns feitiços malucos funcionam. Ele apertou aquele maldito gatilho. O xerife Todd era amigo de papai. Você não acha que ele faria tudo o que pudesse para...

Sua voz foi sumindo, e ele balançava a cabeça, cheio de frustração. Já havíamos tido essa conversa.

— Ele não fez isso. A magia...

Ele me interrompeu com um gesto violento da mão balançando no ar. Mas então sua raiva suavizou.

— Minha querida — disse ele e, quando tornou a avançar, não me afastei. — Já se passaram três meses. Você tem que aceitar isso.

— Você já aceitou?

Ele pôs os braços em torno de mim e eu me apoiei em seu peito. Poeira de feno fez cócegas em meu nariz e, por trás dela, havia suor e óleo de trator. Familiar e sólido, como Reese sempre fora. Como seria ter tanta certeza como ele sempre tinha? Ser confiante e forte, esvaziar sua raiva esmurrando uma parede, extravasá-la trabalhando no campo?

— Sim — respondeu ele.

A palavra tinha um toque de amargura e fiquei aliviada por Reese não gostar daquilo, mesmo acreditando que papai a assassinara. Também não fazia sentido para ele.

Depois de um instante, ele disse:

— Preciso de uma cerveja. Quer uma?

— Não.

Eu já estava suficientemente entorpecida.

— Onde está vovó?

— Trapaceando no jogo e arrancando da sra. Margaret e de Patty Grander tudo o que elas têm.

— Ah, sim. É a noite do baralho. — Por um instante, quando ele inclinou o rosto para o lado, pensei que pediria desculpas por gritar comigo. Mas então eu teria que me desculpar também. Em vez disso, Reese suspirou.

— Vou fazer sanduíches, está bem?

— Está, sim. Eu... eu ficarei um pouco aqui fora.

Reese fez que sim com a cabeça e voltou para dentro. Meus tênis aos poucos afundaram no gramado. Esperei que a terra germinasse e cobrisse meus tornozelos, canelas e joelhos, prendendo-me até eu me transformar em pedra.

CINCO

18 de março de 1904

Philip insiste que eu escreva o que lembro. É ridículo e uma perda de tempo, porque não desejo me lembrar de onde vim. Mas a Fera Horrorosa não me ensinará mais nada se eu não fizer isso!

E, então, contra minha vontade, esta é a história de como acabei conhecendo o dr. Philip Osborn (a Fera).

Foi no ano passado, quando eu tinha 14 anos, e lembro como eu odiava o cheiro da fábrica, a ponto de eu ficar entusiasmada quando me veio a tontura. A gripe me levaria a St. James! Eu era a mais velha, e a terrível sra. Wheelock ficou furiosa de me perder, porque eu era capaz de tecer muito rápido a urdidura. Ri dela mesmo quando a febre sacudia meus ossos. Fui empilhada junto com as outras numa estreita sala de enfermaria, nos fundos do St. James, alojada longe do mundo. Achava que eles queimariam a sala quando morrêssemos e não se preocupariam, de forma alguma, em nos dar um enterro decente.

A menina que tremia na cama junto da minha tinha certeza de que estávamos condenadas, aquela criatura covarde. Ela se agarrava a mim e suas orações matraqueavam em meus ouvidos, inúteis. Eu não morreria.

Quando vi pela primeira vez o rosto de Philip, soube que a menina ao meu lado rezava para a pessoa errada. Os olhos de Philip tinham uma espécie de densidade, seu cabelo era cor de cobre e suas mãos pare-

ciam com as de um cirurgião, com dedos longos. Tudo isso despertou alguma coisa em mim que nunca mais dormiu. Ele viera para nos ajudar, para deixar as crianças doentes mais confortáveis, se não pudesse curar-nos. Olhei fixamente para o canto da sua boca enquanto ele se concentrava, e percebi como ela se retorcia quando ele tentava esconder a verdade ao ouvir a menina ao meu lado respirar. Olhei-o fixamente, um tempo enorme; e, quando ele se virou para mim, perguntou-me: "Você não vai morrer, não é?" e eu respondi: "Não, senhor."

Uma semana depois, eu era a única que restava. Philip me tirou do St. James e me levou para sua casa alta, na cidade. Deixou que pensassem que eu estava morta, e isso não foi nenhum problema para mim! Sempre odiara a vida que levava com a sra. Wheelock e fugir compensava o risco de acompanhar um estranho como ele. Philip me ajeitou, deu-me meu próprio quarto e uma banheira de ferro fundido, com uma barra de sabão que ele próprio fizera. Tinha cheiro de flores! Mas, mesmo com o sabão e a água escaldante, não consegui desemaranhar meu cabelo. Lembro-me de me sentir aterrorizada por um rápido instante com a possibilidade de que ele me mandasse de volta para a fábrica. Mas, quando ele me descobriu chorando no chão, cortou todos os emaranhados com um pequeno punhal fino e disse:

— Todos os problemas têm uma solução, Josephine Darly. Aprenda isso e você se dará bem aqui. Eu lhe ensinarei a ler e a escrever e, se você se aplicar, talvez ensine outras coisas também.

Pensei que ele queria dizer coisas de homem e mulher, que eu já sabia, mas não lhe contei porque queria que ele acreditasse que eu era inocente. Além disso, eu gostei da ideia de aprender a ler e a escrever. Com educação, eu não precisaria nunca voltar para a fábrica e eu o impressionaria tanto com minha inteligência, espírito e beleza que ele me amaria acima de todas as outras coisas!

Como poderia saber que ele me ensinaria algo tão maior do que o amor?

 SEIS

NICHOLAS

A Escola Yaleylah funcionava em dois prédios: um era destinado ao ensino em si, com três andares, e o outro abrigava um ginásio esportivo. Entre esses dois fiascos construídos com tijolos amarelos havia um estacionamento e, ao sul, um campo gramado, que eu imaginei servir para jogar futebol americano, futebol, beisebol e para praticar corrida, tudo no mesmo lugar, a depender da estação do ano. Dá para imaginar que, com todos os espaços abertos que havia por ali, e as fazendas, eles poderiam encontrar um lugar melhor para cada esporte. Até em Chicago o time de beisebol só precisava partilhar seu espaço com o de softball.

Minha tendência natural para a irritabilidade piorou consideravelmente com o fato de que eu não dormira bem a noite inteira, graças a sonhos nos quais eu aparecia preso no corpo de um cachorro. (Não me façam começar a falar sobre esse pesadelo favorito e recorrente. Não sei a explicação freudiana para ele, nem quero saber.) Além do mais, eu era o garoto novo, vinha da cidade grande e tinha um senso da moda totalmente diferente (eu diria o único senso da moda), sendo também diferentes minhas preferências por música, comida e cultura. Eu falava de forma diferente, pelo amor de Deus, e durante o almoço uma líder de torcida me pediu para repetir o que eu acabara de dizer. Eu a ignorei completamente.

A menina do cemitério também me perturbava. Eu não a vira novamente, embora eu tivesse perambulado entre os túmulos ontem à noite. Esperançoso, porque não podia parar de pensar nela, e com medo, porque na verdade não queria vê-la fazer o que achava que a vira fazendo.

Enquanto caminhava entre as salas de aulas, mantinha meus olhos atentos, à procura dela. Eu estava acostumado a ter que correr entre as aulas, mas aqui a maior parte das salas dos veteranos ficava no primeiro andar, todas aglomeradas. Eu calculava que havia, no total, apenas cerca de quatrocentos alunos na escola, e todos, evidentemente, sabiam os nomes e as histórias familiares uns dos outros. O número imenso de botas de caubói que havia por ali me dava vontade de vomitar.

Na quarta-feira, durante a aula de matemática, a sra. Trenchess nos pediu que formássemos duplas para fazermos nosso dever de casa. Eu não tinha nenhum dever de casa, mas o sujeito na carteira ao lado da minha serpenteou a mão até mim pelo corredor que separava nossas mesas.

– Olá. Sou Eric.

Ergui os olhos do haicai pornográfico que eu estava escrevendo entre anotações sobre as funções dos logaritmos. Ergui as sobrancelhas, como se perguntasse "E daí?".

Ele bateu a mão na tampa da carteira, sorrindo.

– Você é mesmo um babaca. É o que estão dizendo.

Mesmo assim, não respondi.

Eric tirou um Zippo prateado do bolso de sua calça jeans e o abriu com um gesto brusco, depois fechou-o, curvando-se embaixo de sua escrivaninha para escondê-lo da sra. Trenchess.

– Tudo bem. Já sei seu nome. Nick. – Ele fechou a mão ao redor do isqueiro, inclinou-se para cruzar o corredor – tão desajeitado que imaginei que fosse cair – e leu o poema na margem do meu livro escolar.

— "Com irremediáveis limitações/ a sra. Trenchess é contra/a sobrevivência dos alunos." — Ele fez uma pausa. — Haicai?

Eu não podia ser totalmente rude com alguém que conhecia poesia.

— Pensei em desenhá-lo na carteira, junto com "SÓ FDPs JOGAM XADREZ", mas não tinha certeza de ser suficientemente brilhante.

A risada dele foi um latido estridente.

— Você tem outros?

Discuti o assunto comigo mesmo durante um segundo, depois pensei *Por que não, que diabo*. Folheando meu caderno, achei os últimos poemas:

Fórmulas, algoritmos e gráficos
São feitos para o tédio, não para risadas
Não precisarei desse troço
Uísque é o negócio
Para me colocar no caminho.

E:

Garota vulgar, com olhos
pesados demais pela maquiagem
acha que estou ligando

— Isso parece coisa da Sarah Turner — comentou Eric.

Foi na aula de história, esta manhã. Ela ficou furiosa porque eu não quis conversar. Nem tentei saber o nome dela.

— Então, você pretende ser poeta?

— Não.

Recostando-se em sua carteira, ele esperou que eu continuasse. Vendo que eu não diria mais nada, Eric balançou a cabeça.

— Ouvi dizer que os poetas conseguem um monte de admiradoras.

Sorrimos um para o outro.

— Ouça: — falei — você conhece Silla Kennicot?

O rosto dele se imobilizou, depois a pele em torno da sua boca se enrijeceu, como se ele estivesse tentando não fazer cara feia.

— Sim. Por quê?

— Ela é minha vizinha. — Dei de ombros, como se aquilo não tivesse importância. Qual era o problema?

— Ah, é verdade. Eu me esqueci. Você se encontrou com ela?

— Sim. Ela parecia um pouco estranha.

Ele fez uma pausa, tornando a abrir o isqueiro.

— Sem brincadeira. Desde que os pais dela morreram, ela anda confusa. — Eric parou. — É compreensível.

Eu obviamente deveria perguntar pelos detalhes. Em vez disso, perguntei se ele precisava de ajuda com seu dever de casa. Ele respondeu que, se tivesse feito o dever, precisaria.

Depois da aula, Eric saiu caminhando comigo. Era meu intervalo. Quando passamos por um quadro de avisos, ele parou e apontou para um folheto com um tom alaranjado vivo. Tinha as inscrições MACBETH e PRECISAMOS DE ELENCO! TODA A GLÓRIA, NADA PARA DECORAR!

— Você deveria entrar — disse Eric. — Não é preciso que gostem de você para estar no elenco de uma peça.

A torrente de estudantes me empurrou para mais perto do papel alaranjado. Bem embaixo estava escrito, com letras minúsculas, PATROCINADO PELO CLUBE DE TEATRO RAZORBACK. ERIC LEILENTHAL, PRESIDENTE INTERINO.

— Presidente interino? Você só estava fingindo?

Francamente, Eric não parecia ser nada disso. Eu o colocara na categoria de jogadores de beisebol do colégio.

Ele tirou uma caneta do bolso de seu jeans e rabiscou a palavra *interino*.

— Aquela filha da mãe. — Recolocando a caneta no bolso, continuou: — Wendy Cole não para de insistir que precisamos fazer uma eleição, mas eu era o vice-presidente e, quando o presidente renuncia ao cargo em favor do vice, o vice simplesmente toma posse.

— Uau. Um drama no clube de teatro.

— Sim, bom, sua namorada Silla está no espetáculo. Isso lhe dá vontade de participar? — Ele sorriu com desdém.

Gostei de Eric ser uma espécie de cretino também. E eu precisava de alguma coisa para fazer depois da escola, a fim de evitar Lilith.

— Claro. Onde é?

— Depois do fim das aulas, no auditório. A gente se fala mais tarde, está bem? Preciso procurar Wendy.

Enquanto ele marchava pelo corredor abaixo, pensei: *Mas que diabo, onde é que estão escondendo um auditório aqui?*

SILLA

O tempo na escola passou correndo, em meio à habitual confusão. Desde sábado à noite, tenho ficado em meu quarto, no andar de cima, todos os momentos em que posso, curvada sobre o livro de feitiços, lendo-o em voz alta, como costumava ler textos de peças teatrais, para decorar minhas falas. Li do começo ao fim, depois tornei a ler, roçando os dedos contra as reentrâncias que a caneta do meu pai deixara no papel grosso. Os desenhos dançavam em minha imaginação e eu podia ouvir a voz dele: *A magia simpática funciona com nossas próprias associações. Avive a tintura com uma gota de sangue. Tire o veneno com fogo, amarre com fitas vermelhas. Cera de abelha fresca é o me-*

lhor para transformações. Gota de sangue. Vestígio de sangue. Corte. Sacrifique. Dê.

Tantas perguntas que eu tinha para fazer a ele. O que significa magia simpática? Por que o gengibre é para desfazer maldições e o sal é o melhor para proteção e para neutralizar feitiços? O que ele quer dizer com *neutralizar*?

Tudo isso invadiu meu dia na escola, as lembranças me pressionando. Não só por causa da leitura do que papai escrevera, mas por causa dos momentos em que a magia reavivara aquela folha morta, e de Nicholas Pardee surgindo das sombras, onde estivera agachado como um duende. Essas lembranças eclipsaram o vídeo que o sr. Edwards apresentou na aula de recuperação de história, a aula de física e até o debate promovido pela sra. Sackville sobre *The Return of the Native*. Tentei empurrar tudo para fora da minha cabeça e ouvir as perguntas de Sackville sobre as características dos desajustados e identidade sexual, mas todos em minhas aulas pareciam pálidos e pétreos. Eram meras lápides, só a magia era real.

E, naquela noite, eu a mostraria a Reese. Já preparara o que podia, lera o livro inteiro. Agora, eu precisava de Reese. Precisava provar a ele que aquilo era real, para que parasse de odiar papai, e depois me ajudasse a desvendar todos os segredos. Eu faria voltar à vida alguma coisa mais importante do que uma folha, e ele teria que acreditar em mim.

Finalmente eram 15h30, e fugi para o auditório. Lá, eu poderia colocar as máscaras do teatro e me perder em palavras que não eram as minhas. Foi um alívio me sentar na beirada do palco e balançar meus pés, enquanto Wendy e Melissa discutiam se todas as canções de *Wicked* já haviam sido apresentadas em excesso no circuito de audições. A conversa delas ecoava pelas sucessivas fileiras de cadeiras vermelhas, e os cheiros de tinta velha e cortinas bolorentas me faziam retornar outra vez ao meu corpo. Eu sempre amara o teatro. Ali, eu poderia ser qualquer pessoa e não apenas a menina que encontrara seus pais assassinados no chão, não apenas a garota magricela de notas ruins e cabelo repicado, mas também Ofélia, Laura Wingfield ou Christine Daaé. Fingir que era outra pessoa, tornar minhas as palavras delas, suas dores e amores em meus; representar me fazia sentir como se eu soubesse quem eu era.

Ou quem fora. Quando fora Silla Kennicot: com grandes probabilidades de se tornar uma estrela de cinema, presidente do clube de teatro e campeã dos debates.

Eric entrou com Nicholas Pardee e ergueu seu dedo médio em minha direção. Franzi a testa, mas Wendy riu.

— Provavelmente, ele encontrou meus folhetos — disse ela.

Melissa também riu.

— Eu vi aquilo.

Coloquei meus pés em cima do palco e fiquei sentada de pernas cruzadas, olhando para Nicholas. Tinha pensado nele, na maneira como se apresentara a mim no cemitério, pensado nele como se fosse alguém que pertencia àquele lugar, com um nome comprido e antiquado que combinava com tudo em torno. Mas ali, no mundo real, todos os chamavam simplesmente de Nick. E, longe dos mortos, do sangue e da magia, era difícil ver mistérios nele. Caiu bem a maneira como ele caminhou entre as fileiras de assentos e o jeito brusco com que se sentou ao lado de Stokes, o professor, enquanto Eric subia a escada com passos ruidosos e olhava para nós três.

— Folhetos bonitinhos — disse Eric.

— Como o seu bumbum, querido. — Wendy beijou o ar, na direção dele.

Ignorando-a novamente, Eric foi para junto de Trent no palco, e os dois tiraram os sapatos, a fim de começarem alguns exercícios de aquecimento.

— Quero minhas feiticeiras na frente e no meio! – gritou Stokes, antes de se virar para Nick, ao seu lado.

Ainda bem que eu conhecia o formato do palco, porque não parei de olhar para Nick, nem mesmo enquanto caminhava com Wendy e Melissa, para esperar nossa deixa. Ele era alto, mesmo todo encolhido na pequena cadeira do teatro, onde se sentou depois de falar com Stokes. Seu cabelo era meio comprido e ligeiramente penteado para trás, de um jeito como nenhum dos meninos daqui usava. O penteado revelava seu rosto, de modo que eu podia vê-lo melhor do que no sábado à noite.

— Pelo amor de Deus, Silla, será que não consegue fechar a boca? – disse Melissa.

Baixei os olhos para o palco arranhado e depois os fixei em Melissa, com os lábios franzidos em um biquinho.

Wendy a cutucou.

— Deixe-a em paz. É ótimo ela finalmente estar mostrando interesse por alguma coisa.

Minha gratidão por sua intervenção se desfez, e olhei para as duas com raiva.

— Ele é bonitinho – concedeu Melissa.

— Ele mora naquela antiga casa de fazenda perto da minha, um pouco adiante na estrada – falei. – Acabou de se mudar.

As duas me olharam como se eu fosse uma criatura extraterrestre. Wendy se encolheu, e Melissa riu.

— Ora, Sil, claro que sabemos. Todos estão falando sobre ele, o dia inteiro. Jerry disse que ele é neto do sr. Harleigh.

— Ah.

Ele não se parecia com o sr. Harleigh, que estava encurvado como se segurasse um segredo contra seu estômago.

— *E* a madrasta dele parece que é uma escritora famosa e importante. Mas deve usar um pseudônimo literário. Você não estava ouvindo, na hora do almoço, quando Eric e Doug começavam a fazer um bolão e apostas para ver quem descobre sobre o que ela escreve?

Stokes acenou com suas mãos gorduchas na direção do palco e nós três mudamos de lugar e fomos para onde ele queria.

— Por que uma escritora famosa se mudaria para cá? – perguntei, mas não ouvi nenhuma resposta, porque Nick ergueu o olhar exatamente naquele momento e seus olhos se encontraram com os meus. Ele deu um sorriso torto. Seus joelhos se projetavam para fora, bem como seus cotovelos. Ele era como um espantalho gigante dobrado na cadeira, sorrindo para mim. Desviei o olhar.

— Vamos ver o início do quarto ato! – gritou Stokes.

NICHOLAS

Nunca fui um sujeito ligado em teatro. Mas até eu observei quando Silla entrou em seu papel.

Foi como... não sei. Silla estava ali, mas era mais do que ela própria. Era uma feiticeira lá em cima, no palco, falando sobre globos oculares e partes de lagartos, e embora eu a tivesse visto no cemitério, isso era diferente. Mas também era real.

Ora, interpretar. Aparentemente não era apenas uma coisa que garotos faziam quando não podiam entrar na universidade.

O sr. Stokes parou a cena e Silla saiu da personagem. Foi como apertar um interruptor. Ela dirigiu os olhos para adiante do diretor, olhou para mim. Sorri um pouco. Silla desviou o olhar.

Mesmo quando Stokes passou para uma cena na qual ela não aparecia, eu a observei. Ela ficou em pé na beira do palco, apoiada na arcada. Suas mãos estavam cobertas de anéis. Ela estava irrequieta, fazendo os anéis cintilarem sob as luzes de vários matizes, e as cores se projetarem loucamente pelo piso negro do palco.

SETE

SILLA

No estacionamento, depois do ensaio, Nick me esperava. Ele repousava seu traseiro na porta do passageiro de um lustroso conversível preto.

Wendy bateu seu ombro no meu.

– Ele está olhando fixamente para você, outra vez. Talvez seja louco. Sabe, ouvi dizer que a mãe dele passou algum tempo numa instituição.

– Uma instituição?

– Para doentes mentais.

– Ora essa! – gargalhou Melissa. – Vocês dois talvez tenham sido feitos um para o outro.

Eu mesma deveria ter feito aquilo, mas foi Wendy quem deu um tapa no braço de Melissa por mim.

– Meu Deus, Melissa. Será que você é completamente insensível?

Estávamos bastante próximas quando Nick disse:

– Olá, Silla.

Aproximei-me cautelosamente, sabendo que Wendy ia com Melissa e o namorado dela no velho Camry de Melissa até Evanstown comer uns hambúrgueres. Eu não queria ir e Nick talvez fosse minha desculpa.

— Oi, Nick.

— Posso lhe dar uma carona até sua casa? Fica em meu caminho.

A luz baixa e cinzenta que se filtrava através das nuvens da tarde suavizava todas as sombras e eu podia ver os ângulos do rosto dele. Seus olhos eram castanhos, de um tipo de castanho-escuro esverdeado, como um campo que acabou de ser revolvido. Seus cílios eram curvos como fitinhas em laços.

— Silla? – disse ele.

— Ah, desculpe. – Abaixei o queixo e olhei para o asfalto por um momento, para as botas negras de combate que ele usava. Os dedos de Wendy roçaram os meus. *Vá, idiota* era o que ela queria dizer. Sorri para Nick.

— Sim, sim. Adoraria uma carona.

— Ótimo. – Ele abriu a porta para mim.

Acenei para Wendy, que saiu pulando atrás de Melissa. Deslizando para o assento do passageiro, eu disse:

— Belo carro – porque era o que eu deveria dizer.

— É do meu pai, mas obrigado.

Enquanto ele se posicionava atrás do volante, examinei seu perfil. Ele quebrara o nariz em algum ponto. Antes de eu poder perguntar alguma coisa, Nick acelerou o motor e saiu do estacionamento. O vento agarrou meu cabelo curto e o eriçou; e, por um momento, senti falta da sensação do seu comprimento batendo em minhas bochechas e pescoço. Fechei os olhos e apoiei minha cabeça no couro macio.

— Não sei se essa é uma pergunta apropriada ou não – disse Nick.

Senti minhas entranhas darem um nó. Ele ia perguntar sobre meus pais. Mantive os olhos fechados.

— Como é que você não faz o papel de Lady Macbeth? Quero dizer, você é a melhor daquele grupo. Muito melhor do que aquela menina loira que puseram no papel.

Surpresa, olhei para ele. Suas mãos estavam no volante e os olhos mantinham-se na estrada. Mas ele deu uma rápida olhada em minha direção, uma vez, e depois outra. Senti meus lábios se afrouxarem e me permiti sorrir.

— Obrigada. Mas não ligo para o papel. As feiticeiras são divertidas.

— Sim, mas... Quero dizer, não entendo muito de teatro, mas posso dizer a você que é a melhor.

Ele estremeceu e deu de ombros, como se pedisse desculpas pelo elogio.

Inexplicavelmente, desejei tocá-lo. Pôr as mãos em seu ombro, ou joelho. Entrelacei as mãos em meu colo e espiei o reflexo dos meus anéis. Cada um deles me lembrava de uma palavra diferente, ou de uma expressão diferente no rosto de papai. Respirei fundo e disse:

— Ser colocada como feiticeira foi a coisa mais gentil que já fizeram por mim.

Nick franziu a testa em silêncio, e só quando acabamos de passar pelo terceiro quarteirão da Main Street e estávamos virando na Ellison, em direção à nossa parte do distrito, ele perguntou:

— Por quê?

Não consegui olhar para ele ao dizer isso, de modo que me virei para observar os talos quebrados e marrons de milho velho na plantação, que passavam como um relâmpago.

— Por causa dos meus pais. — Fiz uma pausa e, quando ele ficou em silêncio, supus que tinha entendido. — Li a parte de Lady Macbeth, mas havia uma cena em que ela está meio perdida e não para de ver sangue cobrindo suas mãos. – Meu estremecimento se misturou com a vibração do carro em alta velocidade. – Stokes não quis que eu tivesse que passar por isso a cada apresentação. Para não falar dos ensaios. E se fosse eu quem estivesse no palco, ninguém na plateia pensaria em Macbeth nem na peça. Eles pensariam em meus pais.

Lambi os lábios e tornei a olhar para meu colo.

Nick não disse nada. Não parecia ser necessário dizer mais alguma coisa.

Depois de mais alguns instantes, o carro reduziu a velocidade e parou em cima do cascalho que rangia na entrada da garagem da minha casa. Lembrei-me de ter sujado a poeira branca dos cascalhos com meus dedos ensanguentados. Se eu ganhasse na loteria, a primeira coisa que faria era asfaltar a estrada. Depois, eu me mudaria para o Novo México.

NICHOLAS

Parei o conversível atrás de um Volkswagen Rabbit com uma porção de adesivos em cima do para-choque e no vidro de trás. O motor do meu Sebring parou silenciosamente e retirei as chaves enquanto lia todos os adesivos do Rabbit. Será que as pessoas ainda têm mesmo adesivos dizendo "SALVEM AS BALEIAS"? Resposta: sim. E havia todos os adesivos de campanhas presidenciais dos Democratas, desde Dukakis.

Virando-me, apoiei minhas costas na porta e coloquei o joelho ligeiramente em cima do assento. Imóvel como uma pedra, a não ser pelo movimento que o vento provocava em seu cabelo escuro repicado, Silla olhava fixamente para as mãos entrelaçadas em seu colo. De onde todos aqueles anéis tinham vindo? Não pareciam coisa barata da Claire's ou da Hot Topic. Pareciam antigos, com suas formas retorcidas, formando nós e espirais graciosas. Eu apostaria que pelo menos algumas das joias eram verdadeiras. Meu olhar deslizou dos braços dela para o rosto.

— Ei, Silla.

Ela levantou a cabeça, devagar.

— Esse é o seu carro?

Os lábios dela se entreabriram como se isso fosse a última coisa que ela esperasse ouvir.

— Humm, não. É da vovó Judy. Ela é fanática. — Silla sorriu, afetuosamente.

Eu queria perguntar-lhe sobre a noite de sábado. Se eu imaginara aquilo numa noite escura e solitária num cemitério. Mas ela parecia cansada. E triste. E se dissesse que eu era maluco? Toquei em seu pulso.

— Como está seu dedo?

— Meu dedo? — Ela o ergueu e então seus cílios se movimentaram realmente depressa. — Ah, hum. Tudo bem. Usei água oxigenada, como você disse.

Ela me mostrou o band-aid em torno do corte.

— Você devia ser mais cuidadosa.

Eu não esperava que soasse tão protetor. Mas o band-aid em seu dedo me fez lembrar intensamente de mamãe.

Ela se movimentou de repente, como se tivesse percebido que estava em chamas, agarrou sua mochila que estava aos seus pés no chão do carro e abriu a porta.

— Obrigada pela carona.

Recuei quando ela virou de costas, percebendo que eu provavelmente a assustara e fizera com que se afastasse ao me comportar como um idiota.

— Quando quiser, estou às ordens. Estarei ensaiando em quase todas as noites, eu acho.

— Ah, é mesmo? — Ela parou, depois de fechar a porta de leve, e se inclinou para dentro do carro, talvez um tanto ansiosamente. Ou quem sabe era imaginação minha. — Eu pretendia mesmo lhe perguntar sobre o que você estava conversando com Stokes.

— Vou participar da produção.

O sorriso dela se alargou e era inegavelmente de verdade.

— Ótimo. — Em seguida, o sorriso dela voltou a se esconder debaixo da máscara de tranquilidade que ela carregava de um lado para outro. — Até mais, Nick.

— Boa noite, Silla.

Forcei-me a não esperar até ela chegar à varanda e entrar na casa. Em vez disso, liguei rapidamente o motor e saí correndo para a estrada.

SILLA

Da varanda, ouvi Nick se afastar com o carro. Estava fresco à sombra e tive o habitual momento de me perguntar o que encontraria quando entrasse na casa *desta* vez. Se eu tivesse convidado Nick para entrar comigo e conhecer vovó Judy, não precisaria entrar sozinha. Era um estranho pensamento: querer alguém com quem partilhar o horror.

Pressionei minha testa contra a fria porta da frente. Dentro, ouvi os amigáveis sons de Joni Mitchell cantando, uma das favoritas de vovó. *You're in my blood like holy wine*, cantava ela.

Uma máscara alegre seria boa: azul como um lago da montanha, com espirais prateadas em torno dos buracos dos olhos. Imaginando que ela cobria meu rosto, empurrei a porta, abrindo-a.

— É você, Drusilla?

Minha mochila bateu no chão da entrada, com uma pancada.

— Sim, vovó.

— Judy — corrigiu ela, sem erguer os olhos de sua revista, quando entrei na cozinha.

Puxando uma das cadeiras, lembrei-me nitidamente do livro de feitiços, todo embrulhado e bem guardado atrás de camadas de papel pardo, antes de eu abri-lo e soltar todos os demônios de dentro dele. Mas agora o livro estava enfiado embaixo do meu colchão, no andar de cima. Meu queixo caiu e olhei para a revista de vovó Judy. *Mother Jones*.

— É boa, a revista?

— Ah, você sabe, é o suficiente para me manter informada e zangada.

Ela jogou a revista em cima da mesa e sorriu. Parecia o sorriso de um pequeno cão terrier faminto, mas eu tinha aprendido, durante as últimas semanas, que era o aspecto mais amigável que vovó Judy tinha. Quando ela aparecera no funeral, todos pensamos que fosse alguma jornalista da cidade, que viera reportar mais detalhes do horrendo assassinato numa cidade pequena. Reese a impedira de entrar na casa, até que ela lhe deu uma palmada no ombro e disse: "Fui a madrasta favorita do seu pai, saia do meu caminho e deixe que eu prepare alguma coisa para o jantar." Nem meu irmão nem eu tivemos coragem de discutir. E, finalmente, ela nos mostrara fotos de quando éramos pequenos, junto com ela, mamãe e papai, numa viagem para Saint Louis de que nem Reese nem eu nos lembrávamos mais. Sua vinda, na verdade, revelou-se uma bênção, porque ela entendia muito bem de contas e nos ajudou a pôr o dinheiro do seguro de mamãe e papai nos lugares certos.

Seu cabelo era inteiramente branco, e longo o bastante para fazer tranças e colocá-las como uma coroa em torno da sua cabeça — o que ela fazia desde que eu cortara meu cabelo todo. Era o máximo de solidariedade dela com o nosso luto. Eu não lhe contei que o motivo para eu me livrar do meu cabelo fora o fato de que as pontas tinham ficado encharcadas com o sangue de minha mãe. Todas as vezes em que um dos fios tocava meu pescoço eu me lembrava da conversa que tive com o xerife Todd naquela noite, tomando um café passado, com meu cabelo inteiro rígido e duro por causa do sangue seco, marrom.

— Silla, querida, pelo amor de Deus, em que você está pensando?

Pisquei os olhos.

Vovó continuou a falar, enquanto estendia o braço para pegar seu copo com gelo e bourbon.

— Como se eu não soubesse. — Com um movimento rápido do pulso, ela terminou de tomar a bebida e fez um gesto na direção da janela da cozinha. — Quem era aquele rapaz com quem você chegou de carro?

— Um menino novo na escola. Nick Pardee. — Eu me levantei e fui pegar um copo d'água. Trouxe mais gelo para Judy, para ela poder se servir de outra dose. — Ele é neto do sr. Harleigh.

Quando voltei para a mesa, a testa franzida da vovó Judy revelava que ela estava refletindo, enquanto inclinava-se para trás em sua cadeira.

— Ah, da casa lá atrás, naquele bosque, não é? Seu pai namorou uma menina de lá, quando estava no ensino médio.

— É mesmo?

— Sim. Daisy, Delilah ou algo parecido, não me lembro bem. Eles romperam poucos meses antes de ele conhecer sua mãe. Achei uma coisa meio repentina. Mas seu pai se preparava para partir, cursar a universidade, um momento de mudança, talvez não fosse o momento certo para se prender a um relacionamento.

Vovó Judy com certeza não achava que nenhum momento fosse bom para alguém se prender. Meus anéis tiniram como taças de vinho, enquanto eu esfregava minhas mãos frias uma contra a outra.

— Ele entrou no elenco da peça e se ofereceu para me trazer até aqui, já que fica em seu caminho.

— Mas que gentileza!

Dei uma olhada nela. Vovó Judy abriu a garrafa de bourbon e derramou um pouco em cima do seu novo gelo. Seus dedos eram compridos e nodosos, tão bronzeados quanto o resto dela e também igualmente enrugados. Mas tinham um toque com a unha francesinha. Ela deu um gole, observando-me por cima da borda do copo. Não perguntaria nada, só me deixaria contar-lhe o que eu quisesse — ou o que fosse obrigada a contar. Era dessa maneira que ela descobria tudo sobre todos, sem parecer uma intrometida. Paciência, e a fácil aplicação do álcool. Fiquei com a minha água.

— Ele é bonitinho. Devia convidá-lo para sair.

— Vovó!

— Por que não?

— Eu... eu simplesmente não sei.

A maneira como ele me olha me dá a impressão de que posso ter um troço a qualquer momento.

— Você deve ter um motivo. Mau hálito? Não o acha bonito?

Tornei a dar de ombros.

— Ora essa, Silla. Se não gosta do rapaz, não vou esperar que o namore.

— Eu... Ele me parece boa pessoa.

Contorci-me na cadeira. Essa conversa jamais aconteceria com minha mãe, que começaria, imediatamente, a me lembrar de que não se deve beijar um menino no primeiro encontro. Vovó Judy, provavelmente, imaginaria que eu já chegara até as últimas com ele.

— Então, qual é o problema?

— Não estou com vontade.

— Ah! — Ela girou os olhos, exageradamente. — Esse é um motivo completamente idiota. Você precisa voltar para o mundo, tirar sua cabeça do seu ciclo mórbido.

— Não existe isso.

Vovó Judy abaixou o queixo e me olhou severamente.

— Judy, eu apenas... — Procurei uma desculpa e me fixei no cemitério. — Acho que não causei uma primeira impressão boa.

Embora, estranhamente, ele não parecesse se preocupar com aquilo.

— Ah, mas que elegante. — Ela espichou os dois braços por cima da mesa e procurou minhas mãos. — Queridinha, será bom para você sair com alguém que não a conheceu durante sua vida inteira, que não conhecia você antes.

Mordi um pedaço da minha língua e olhei para nossas mãos: as minhas, tão pálidas, e cobertas por anéis que pareciam pesados demais, em cima dos ossos; as da vovó Judy, sábias, velhas e elegantes.

— Porque sou muito menos do que eu era? — sussurrei, sabendo que era verdade.

Ela apertou minhas mãos e minha pele foi beliscada pelos anéis.

— Não está menos do que era, apenas um pouco desbotada. Você precisa de um bom romance para lhe lembrar do amor e colocar outra vez um pouco de calor nesse seu corpo.

Esse era meu limite. Lutando contra um rubor violento, arranquei minhas mãos das dela.

— Tenho deveres de casa para fazer.

A melhor coisa em vovó Judy era que ela sabia quando devia parar. Recostando-se em sua cadeira, disse:

— Jantar às oito horas.

NICHOLAS

Todas as estações de rádio aqui tocavam música country ou rock religioso, então eu mantinha uma coleção de CDs no chão do carro, do lado do passageiro, e em geral colocava-os ao acaso. A escolha feliz daquela tarde foi um álbum de Ella Fitzgerald. Estava arranhado e velho, porque pertencera à minha mãe, e metade de "Over the Rainbow" simplesmente pulava.

O que era bom, pois levava apenas um minuto e meio para chegar à minha casa, vindo da casa de Silla.

Mas empurrei o botão do rádio para desligar a música quase no mesmo momento em que ela começou. Eu estava frustrado. Por que não parara o carro no acostamento, com Silla ainda dentro dele, e lhe fizera perguntas sobre a folha? Em geral, eu não me importava de ser grosseiro, nem mesmo maldoso. Sim, ela era bonita, e daí? E que importava os pais dela terem morrido tão recentemente? Se ela estava praticando magia, eu precisava saber. Passara cinco anos ignorando isso, afastando as lembranças, mas não conseguia tirar da minha cabeça aquela imagem de Silla agachada no túmulo. Quando pensava nos dedos de minha mãe cobertos com band-aids, eu os visualizava cheios dos anéis de Silla.

Os nós dos meus dedos ficaram brancos por causa da força com que eu apertava o volante. Não queria que essas coisas voltassem à minha vida, destruindo tudo. Queria apenas esquecer, atravessar meus últimos meses de ensino médio, pegar o carro e dirigir para longe de papai, Lilith e desse buraco, que é um verdadeiro antro de loucura.

Só que... havia um problema: eu não conseguia parar de pensar em Silla.

Resmungando para mim mesmo, estacionei atrás da garagem dupla, que estava aberta. O *outro* conversível de papai estava ao lado do Grand Cherokee de luxo de Lilith. Que coisa maravilhosa os dois estarem em casa. Eu não queria pensar muito sobre o que eles haviam feito o dia inteiro. Ao sair do carro, estendi o braço para trás, peguei minha mochila, joguei-a sobre meu ombro e segui para a porta da garagem, passando dali para a cozinha. Talvez eu pudesse chegar ao meu quarto e fingir que estivera nele durante as últimas duas horas, fazendo deveres de casa.

Mas não. Lilith estava na cozinha, com um avental florido amarrado em torno de sua cintura, como uma maldita dona de casa. Suas unhas pintadas de marrom eram curvas como garras e vi que pingavam sangue quando ela deu as costas para o cadáver parcialmente destruído de uma galinha. Meus lábios se retorceram. Era tão apropriado. "Olá", disse eu, antes que ela me acusasse de ser rabugento.

— Nick! — Ela sorriu e pegou uma toalha no balcão de granito para limpar as mãos. — Você está tão atrasado. Por acaso não ganhou uma detenção, não é?

Pisquei. Seria fácil mentir, e nenhum dos dois iria verificar. Mas eu acabaria tendo que revelar.

— Não.

Ela fez uma pausa.

— Onde você esteve?

— Por aí.

Enganchei um pé em torno de um dos bancos altos do bar, debaixo da bancada central, e me sentei. Havia uma tigela de azeitonas recheadas com pimentões, perto de uma galinha de cerâmica segurando um ovo, no qual estava escrito: A COZINHEIRA CHEGOU PRIMEIRO. Joguei uma azeitona em minha boca.

— O que há para o jantar?

— Frango com mozarela.

— Onde está papai?

— Lá em cima, no escritório dele.

Comi outra azeitona. Será que já fora suficientemente social para merecer uma noite tranquila, sozinho em meu quarto? Tudo dependia do estado de espírito de Lilith. Ela continuava a limpar o frango. Era mais alta do que eu, mesmo quando usava saltos baixos, e mais alta do que papai, mesmo descalça. Magra, alta e elegante, com o cabelo preto arrumado, mesmo quando dormia, e tinha aquele jeito de arquear as sobrancelhas em constante desaprovação.

– Bem – disse eu, levantando-me do banco. – Até mais tarde.

Lilith fez um sinal afirmativo com a cabeça e eu olhei para fora, por cima dos azulejos que pareciam um tabuleiro de xadrez.

– Ah, Nick.

– Sim? – Parei, de costas para ela.

Aquele tom leve sempre significava que ela estava prestes a bater em mim com alguma coisa.

– Temos lanternas elétricas no armário da entrada e também do lado de dentro da porta do porão.

Não era o que eu esperava.

– OK, tudo bem.

Permiti-me fazer uma cara de aborrecimento, já que ela não podia vê-la.

– Para escapulir escondido, na escuridão.

Prendi a respiração.

A torneira foi aberta e ouvi a porta do forno se abrir com um rangido. Mas a sensação era de que ela se encontrava logo atrás de mim, mexendo com sua língua de dragão em minha nuca, a fim de cheirar meu medo. Tinha feito esse jogo durante todos os meses em que eu a conhecia. *Sei o que você está aprontando, Nicky, e posso contar a seu pai a qualquer hora.* Respirei fundo, silenciosamente, e soltei o ar. Papai me ouvia sair todas as noites também. Mas Lilith não tinha como saber sobre Silla e o cemitério. Virei-me, abri depressa um sorriso para ela e disse:

– Pegarei uma lanterna, obrigado.

Subi a escada com passos ruidosos, com a mão se arrastando frouxamente ao longo do retorcido corrimão de aço, passei pelo segundo andar ignorando-o completamente e corri para meu quarto no sótão, acima. O caos do meu quarto era sempre um alívio, depois da aridez lá de baixo. Eu cobrira minhas paredes inteiras, colando nelas pôsteres de filmes e folhetos que trouxera de casa. Eram lembretes coloridos como confetes de tudo o que eu amava e não conseguiria aqui em Yaleylah, especialmente as bandas de punk rock e as competições de poesia. Para não falar dos cafés e da possibilidade de caminhar até a Lincoln Square. A única vida noturna por aqui era o bar na esquina próximo à lanchonete Dairy Queen.

Jogando minha bolsa em cima da escrivaninha, agarrei meu CD mais pesado e o coloquei no aparelho de som. NARKOTICA sibilou e ganhou vida, com o chacoalhar de tambores e batidas dos teclados. Aumentei o volume e depois peguei uma pequena caixa embaixo da cama.

O baú estava arranhado e era velho, mas por fora era laqueado e enfeitado com pássaros negros voando contra um céu roxo. A chave quebrara, deixando-o trancado na vez em que o atirei pelo quarto, depois que mamãe foi embora. Uns dois anos depois, eu tornara a abri-lo, usando uma alavanca. Agora, a fechadura de bronze pendia, quebrada, e eu a empurrei para um lado, antes de abrir a caixa.

Dentro, havia três fileiras de seis pequenos compartimentos de madeira com finos frascos de vidro encaixando-se perfeitamente dentro de 15 deles. Cada frasco continha pó, ou fragmentos de metal, pétalas de flores secas, sementes e, num deles, raspas de ouro. Em outro, minúsculos rubis não lapidados. Os frascos tinham rótulos com coisas escritas à mão com perfeição:

carmot, ferro, pó de osso, urtigas, ervas medicinais, escamas de cobra e mais. Nos três compartimentos vazios havia trechos de pergaminhos, finos pedaços de cera e carretéis com fios coloridos. As ferramentas da atividade de mamãe. Sua agulha para tirar sangue era uma pena de ave com a ponta afiada. Corri os dedos pelo couro marrom pintalgado. Parecia ser de um peru. Nunca pensara em lhe perguntar do que era quando ela estava por perto.

Rasguei e arranquei da parede cinco panfletos muito coloridos e me ajoelhei novamente no chão, tornando a rasgá-los, em formas toscas. Triângulos, quadrados e relâmpagos denteados, em amarelo, vermelho e laranja. Coloquei-os bem estirados no chão, depois puxei o frasco com o rótulo *água sagrada* e desarrolhei-o. Mergulhei a pena na água e, em seguida, desenhei com ela um círculo na palma da minha mão esquerda. Não empurrei com força suficiente para cortar. Ainda não.

Mamãe e eu tínhamos feito esse jogo umas cem vezes, quando eu era pequeno. Ela desenhava um círculo com a água em minha mão, depois cortava seu dedo e usava o sangue para desenhar uma estrela de sete pontas dentro do círculo. Fazia cócegas e eu sempre ria, mas nunca puxava de volta a minha mão. Mamãe beijava cada um dos meus dedos e me dizia que eu era forte. Depois, ela espetava rapidamente a palma da minha mão. Uma gota do meu sangue saía e se misturava ao dela, e todo meu corpo ficava quente e formigando. Ela pressionava seu dedo no sangue e ungia cada uma das formas de papel com uma impressão digital sangrenta. Juntos, sussurrávamos: "Formas de papel, voem livremente, dancem alto, cuidem de mim", sucessivas vezes.

Fiz tudo isso, agora, no chão do sótão. O círculo de água, e depois uma estrela de sangue, com sete pontas. A água escorreu e diluiu o sangue, dando à minha estrela beiradas tênues cor-de-rosa. Ainda senti o formigamento, mas não ri. A risada ficou presa em minha garganta, afiada como um pedaço de pedra. Coloquei a impressão digital em todas as minhas formas de papel rasgadas, irregulares, e disse: "Formas de papel, voem livremente, dancem bem alto, cuidem de mim."

Por um segundo, era tudo palhaçada. As lembranças de minha mãe se obscureceram. Ela me iludira, fizera um truque comigo, me fizera acreditar numa magia que não existia.

Mas então pensei em seu sorriso deliciado, e as formas de papel tremeram contra o tapete, como se uma leve brisa mexesse com elas. Sacudiram-se com mais força, várias delas pulando e dançando a quase meio metro de altura. Movimentei-me para trás, tropeçando. A palma da minha mão roçou no chão, quebrando o feitiço, e o papel caiu, flutuando.

Enfiei novamente a água sagrada na caixa e bati a tampa, antes de tornar a colocar a coisa toda outra vez embaixo da cama. Juntando os pedaços de papel rasgado, tentei não me imaginar um menino que ia para a cama com dezenas de estrelas de papel das cores do arco-íris agitando-se em cima da minha cabeça e se aproximando do teto. Eram melhores do que qualquer luz acesa a noite inteira, melhores do que um cobertor macio, um urso de pelúcia ou um brinquedo dos Power Rangers. Porque nada as mantinha assim, a não ser o poder do amor da minha mãe, como ela dizia. Enquanto elas ficassem ali em cima, seu sangue e o meu estariam ligados. Nada poderia me fazer mal.

Agora, amassei o papel do meu feitiço abortado em meu punho fechado e depois joguei os pedaços dentro da sacola plástica que estava usando para colocar lixo.

Porque eu tinha apenas 8 anos quando a primeira estrela, de um amarelo brilhante, envolta em pó, caíra vagarosamente no tapete.

OITO

27 de março de 1904

Foi assim que descobri a Magia:

Eu estava na companhia dele fazia nove meses e tudo o que ele me dissera para fazer era ler, ler, ler, ler e escrever, escrever, escrever. Copiei páginas inteiras dos romances da sra. Radcliffe e do livro tolo do sr. Twain, e à noite Philip lia Whitman ou Poe e eu escrevia o que ouvia, enquanto ele lia, até que eu pudesse escrever tão rapidamente quanto ele falava. Eu preferia versos, porque era mais fácil prever a direção na qual as palavras fluiriam. A biblioteca de Philip é pequena e apertada, mas os livros se empilham uns em cima dos outros até eu sentir que seu peso derrubará a própria casa em torno das nossas cabeças. Uma parede inteira com esses velhos livros rangedores, com fotos de cadáveres e de partes de cadáveres! Há uma prateleira com Shakespeare, mas ele me disse que eu não era suficientemente sofisticada para isso, então agarrei uma peça chamada **A tempestade** *e li repetidas vezes a fala de uma criatura chamada Ariel, até ficar gravada em minha mente. Depois do jantar, levantei-me e recitei-a para Philip. Ele bateu palmas vagarosamente e me chamou de seu duende da sorte. Seu rosto ficou triste e ele perguntou se eu entendia o que Ariel dissera. "Ele fez uma tempestade e destruiu os homens pelo amor a Próspero!", respondi.*

— Por amor a Próspero — disse ele e riu tranquilamente. — Pequeno duende da sorte, será que você poderá acompanhar-me, amanhã, para me ajudar em meu Trabalho?

Claro que concordei.

Já no dia seguinte, comecei a ajudá-lo a colher o Sangue.

Vem dos seus pacientes. Ele os faz sangrar, como os médicos faziam há muito tempo, mas não para drenar a doença e curá-la. Isso é antiga superstição, sem nenhuma Verdade nela. Philip diz isso com raiva. Mas seus pacientes deixam que ele proceda assim; e se protestassem, ninguém daria ouvido a pessoas do tipo que ele ajuda. Não sei o PORQUÊ de ele as ajudar, são pessoas que não querem ou não podem ir para o hospital, pessoas pobres, obscuras e sujas.

Eu não queria voltar para esses lugares, mas agora sou limpa e arrumada e eles jamais me Conheceriam. Os cheiros não me repugnavam antes, mas agora acho tudo horrível. Philip não se importa! Ajoelha-se ao lado das suas camas e não nota quando uma mulher está negra de tanta sujeira ou uma criança está com uma crosta de vômito nos cantos da boca! Fico olhando atentamente, em pé junto dele, segurando a xícara de cerâmica, enquanto o sangue flui para dentro, tentando fingir que nunca estive numa cama como aquela, cheia de calombos e Infestada; que nunca fui feia e que minhas mãos foram sempre tão macias quanto ficaram depois da aplicação dos óleos de Philip. Fecho os olhos e finjo que não me lembro do vaivém da lançadeira e do calor, quando eu tinha que tocar no fio para desemaranhá-lo, antes que a sra. Wheelock notasse. Não penso no cheiro de cebolas cozidas que vem do fogão dos pacientes, nem de que antigamente eu só tinha coisas assim para comer.

Detesto isso! Detesto-o por me fazer lembrar do que eu era. Daquilo que, eu juro por minha alma imortal, não tornarei a ser nunca mais.

Fecho-me para as lembranças e somos de repente intérpretes num palco escuro, meu Próspero e eu, colhendo o Sangue para nossos segredos da meia-noite. Embora seja apenas uma pequena quantidade que tiramos de cada paciente, imagino a xícara tornando-se pesada em minhas mãos, até meus braços tremerem com o esforço. Coloco-o em frascos tirados de dentro da sua bolsa de couro, e escrevo rótulos para eles, com tintas e letras de cores diferentes. As cores correspondem a graus de saúde e as letras designam as doenças que os afetam. Quando chego em casa, levo os frascos para o laboratório e os disponho nos grupos e fileiras aos quais pertencem.

Certa tarde, eu estava em pé no canto escuro do laboratório, erguendo um frasco para examinar a maneira como o Sangue se separava. Era tão estranho, e me lembro de que estava curiosa com relação ao motivo para ele não fazer isso dentro da minha pele.

Philip entrou, com suor na testa, e não notou minha presença ali. Bocejou até seu maxilar estalar e desabou atrás da sua escrivaninha. As janelas estavam bem fechadas e apenas duas lâmpadas a gás se encontravam acesas, porque prefiro a obscuridade. Ele se reclinou em sua cadeira e sussurrou:

— Nunca vou encontrar.

Não consegui resistir e caminhei para trás dele. Esfreguei seus ombros, como a sra. Wheelock esfregava os do sr. Wheelock quando ele ia para a fábrica, às sextas-feiras.

— Josephine — disse Philip estendendo o braço para tocar em minhas mãos. — Não vi você, criança.

Curvei-me e beijei seus dedos. Não sou uma criança. Sou seu espírito do ar.

Com minha mão na sua, ele me puxou e virou sua cadeira, para ficarmos de frente um para o outro.

— É verdade que não incomoda você estar aqui, com as luzes tão fracas, e cercada de sangue?

Ri.

— Não, a você, não. — Ele sacudiu a cabeça. — Venha cá. — Ficou em pé, com minha mão na sua. Seus dedos estavam frios. Eu o acompanhei até uma das mesas compridas, aquela onde não havia garrafinhas e frascos. Um círculo foi desenhado nela e manchas escuras foram lambuzadas através da linha, encharcando os veios da madeira. Philip pegou um pedaço de giz e desenhou um círculo dentro do círculo. Ligou os dois com mais linhas e depois desenhou uma estranha letra no centro.

— Dê-me seu lenço.

Puxei o quadrado de linho do bolso da minha blusa. Ele me deu esse lenço em minha primeira semana aqui. Tem um bordado, uma minúscula borboleta, azul e amarela, no canto.

— Obrigado. — Philip o pegou e dobrou-o em cima da sua estranha letra de giz, com a borboleta na parte de cima. Sussurrou alguma coisa em outra língua, duas palavras que repetiu várias vezes. Depois, estendeu sua mão na direção da minha. Entreguei-a.

Com sua outra mão, ele ergueu a mesma minúscula faca com a qual cortara meu cabelo. Prendi a respiração, mas ele disse:

— Não tenha medo de mim, Josephine. Estou prestes a lhe mostrar seu poder.

Cerrei os maxilares e ignorei o ardor em meu estômago. Estendi os dedos bem abertos, para que parassem de tremer. Philip colocou a faca contra meu dedo mais longo e gemi. Ele parou e me olhou, com uma expressão paciente. Sacudi a cabeça e murmurei:

Por favor. Por favor. Quero que você me mostre.

Quando ele perfurou meu dedo, mordi a ponta da minha língua, enquanto a dor aguda penetrava pesadamente em meu espírito. A gota de sangue que saiu parecia uma lágrima. Ela rolou devagar, até pingar da minha pele e cair em cima do lenço, manchando a borboleta de vermelho.

Philip sussurrou dentro do meu ouvido:

— Incline-se e lhe diga: "Dou-lhe vida."

Aproximei meu rosto do seu. Estávamos próximos como nunca antes. Seus olhos escuros absorviam toda a luz. Minha respiração acelerou e eu precisava estar ali, precisava da sua proximidade mais do que de qualquer coisa no mundo. E então olhei fixamente para o sangue que encharcava o bordado e disse:

— Eu lhe dou vida, pequena borboleta.

Ela saltou do linho, viva e brincalhona. Caí para trás, e só me mantive em pé porque Philip estava com o braço em torno de mim. Meu coração batia tão rápido quanto as asas da borboleta e voei também, presa nos braços do meu Próspero, enquanto visões de possibilidades se desdobravam à minha frente.

— Todo sangue é vida e energia, Josephine — disse ele, enquanto eu olhava para a criatura que se agitava. — Mas alguns, como o meu e o seu, contêm o poder de Deus e dos seus anjos.

As asas da borboleta tinham lampejos azuis, dourados e escarlates à luz das lâmpadas a gás.

NOVE

SILLA

Depois do jantar, fui recolher-me em meu quarto, lá em cima, esperar vovó Judy ir para a cama. Reese fora dar uma corrida e, quando ele voltasse e Judy estivesse dormindo, eu poderia atravessar o corredor na ponta dos pés e arrastá-lo para fora, a fim de provar que a magia era real.

Fiquei à espera, relendo o feitiço da "Regeneração" e recitando as instruções para mim mesma, enquanto caminhava em círculo sob as vigilantes máscaras teatrais penduradas em minhas paredes. Minha plateia secreta.

Reese voltou para casa e bateu com força a porta da frente. Subiu a passos pesados para tomar um banho de chuveiro e, às 20h37, Judy gritou do pé da escada:

— Boa noite, crianças!

— Boa noite! — gritei em resposta, e ouvi o abafado *boa-noite* de Reese através da água que corria.

Ele terminou e eu o ouvi descer para seu quarto.

Na minha janela, pressionei a testa contra o vidro frio, piscando para enxergar o escuro jardim da frente. A luz amarela da varanda revelava nosso bordo despido. A maioria das folhas caíra, e formavam montões escarlates. Imaginei-me soprando vida para dentro de todas elas, fazendo com que dançassem para o alto como borboletas e tornassem a se prender aos galhos. Teríamos um bordo feroz, resistindo até a primavera. Ele seria como um brilho sangrento contra os tons de branco e cinza do inverno.

Esperar mais 15 minutos foi como esperar a lua subir. Finalmente, calcei minhas botas, vesti meu suéter e juntei sal, meia dúzia de velas e o livro dos feitiços, e coloquei tudo num saco plástico. Bem guardado, no bolso de trás da minha calça jeans, estava o canivete.

Embaixo, no corredor, bati baixinho na porta do quarto de Reese, antes de empurrá-la e abri-la. A batida foi inútil, porque ele estava espichado em sua cama com fones de ouvido cobrindo totalmente suas orelhas.

Antes de mamãe e papai morrerem, eu provavelmente o encontraria curvado sobre um quebra-cabeça espalhado em cima da sua escrivaninha, com cinco mil peças. Algo impossível, como o céu noturno ou uma praia sem nada. Ou ele estaria disputando jogos pela internet com seus amigos em St. Louis, ou lendo algum livro velho e imenso de ficção científica e resmungando por causa da física ruim.

Em vez disso, seu rosto estava contraído e imóvel, os olhos fechados, apenas seu indicador se movimentava, como se batesse freneticamente num tambor.

Ele arrancara todos os seus pôsteres depois do funeral, e todas as vezes em que eu entrava em seu quarto sentia-me tão vazia quanto as paredes. A única coisa que interrompia sua vastidão era uma cratera a alguns centímetros de distância da porta: o lugar que Reese perfurara com um soco. Tentei ajudar a fazer ataduras nas juntas dos seus dedos e vovó Judy quase desmaiou, por causa do barulho sonoro. Ele teve sorte de não quebrar nada, de não ter atingido uma coluna da casa.

Esta noite eu precisava fazê-lo acreditar na magia. Daria a ele alguma coisa nova em que pensar. Um problema para solucionar. Ele ruminaria isso e dissecaria tudo até entender a questão sob todos os seus ângulos, por dentro e por fora.

— Olá — falei, tocando em sua testa.

Os olhos de Reese se abriram bruscamente. Por um momento, apenas olhamos um para o outro. Minha confiança aparente se desfez diante do seu exame sombrio, até eu baixar o olhar para o iPod que descansava em seu peito. Ele girou as pernas para fora da cama e se sentou.

— Qual o problema, abelhinha?

— Nenhum. Só quero um favor. — Meus olhos se encontraram novamente com os dele. Suas sobrancelhas arquearam e eu continuei a falar, às pressas: — Vamos até o cemitério e me deixe mostrar-lhe a magia.

— Pensei que tinha desistido dessa merda, Silla.

O jeito como ele franzia a testa para mim me fazia lembrar de papai. Sacudi a cabeça.

— Estive estudando a magia. Quero fazer uma demonstração para você.

— É babaquice. Já não falamos de tudo isso?

— Não é babaquice!

— Esse tal Diácono está apenas mexendo com você. Com nós dois. Provavelmente é algum brincalhão da escola, ou aquele idiota do Fenley, da delegacia. Ele sempre me odiou.

— Então, como foi que ele conseguiu escrever tão bem, com a mesma caligrafia de papai?

— Ele roubou alguma coisa. Não sei.

— Mas funciona, a magia.

Reese pressionou os lábios um contra o outro, formando uma linha.

Ergui ligeiramente meu queixo, desafiando-o a me chamar de maluca.

— Silla.

— Deixe que eu lhe mostre.

— Abelhinha...

— Não, Reese. Por favor. — Toquei em suas mãos e ele envolveu meus dedos gelados com elas. Não queria olhar para os anéis. — Deixe que eu lhe mostre. Daqui a uma hora, se você achar que estou falando bobagem, farei tudo o que você quiser. Visitarei todo dia a sra. Tripp na escola, ou até um verdadeiro terapeuta, em Cape Girardeau. Qualquer coisa.

Seus maxilares permaneceram cerrados. Esperei, vi o medo em seus olhos e me perguntei em que estaria pensando. Temeria que eu estivesse louca? Ou o medo era de que não estivesse? Vagarosamente, ele concordou:

— Está bem. Uma hora. — Sua voz estava tensa e suas mãos apertavam as minhas.

Aliviada, levantei-me imediatamente.

— Leve isso. — Apontei para o esqueleto de pardal que ele trabalhosamente montara em seu ano de calouro no ensino médio, durante a fase em que estava ligado em zoologia.

— O quê? Isso? — Seus olhos se arregalaram.

— Sim.

Antes que ele pudesse protestar de novo, virei-me e escapuli pela porta. Enquanto descia a escada, imaginei uma máscara perfeita. Precisava ser feroz e dramática: uma máscara negra, tremeluzindo, com lábios vermelhos e uma grossa faixa vermelha por entre os olhos. Ela se ajustou em meu rosto como uma segunda pele.

— É ridículo – resmungou Reese, enquanto nos acocorávamos diante dos túmulos de papai e mamãe. Eu lutara para que fossem enterrados juntos, como papai pedira em seu testamento, embora todas as outras pessoas achassem que ele não merecia isso.

— Basta esperar. – Instalando-me no chão frio, com as pernas cruzadas, apresentei o livro dos feitiços. – Abra na magia da "Regeneração", no final.

Reese pegou o livro e o abriu de uma vez.

— É muito confuso, Sil. Papai estava confuso.

— Ou assustado.

— Como os psicóticos têm medo das pessoas, achando que elas os perseguem.

Sacudi a cabeça e comecei a colocar as velas, enquanto Reese tornava a folhear o livro. As chamas dos fósforos eram como minúsculas explosões em meio à escuridão. Quando estávamos protegidos pelo círculo de chamas, abri o zíper da bolsa contendo sal e salpiquei uma linha com ele, formando um círculo que envolvia completamente os túmulos de mamãe e papai. Os grãos cintilavam como diamantes contra a terra escura.

Uma leve brisa soprou de repente e tremi quando ela desceu pelo meu pescoço e entrou por debaixo do meu casaco.

— Você leu esse negócio sobre magia simpática?

— Sim, e sobre as propriedades elementares dos componentes do feitiço. E sobre o simbolismo. Fitas para prender, cera para a transformação, um seixo de rio perfurado para aliviar a dor; garanto-lhe que são apenas crendices populares. Não há motivo para funcionarem. Papai provavelmente estava apenas escrevendo um estudo, ou coisa parecida.

— E o sangue? Como catalisador? – perguntei.

— É coisa antiga. O sangue sempre foi considerado mágico por povos menos avançados cientificamente. Até mesmo entre os cristãos era considerado assim.

— Isso não significa que não seja mágico.

— Significa sim, Silla. Sangue é apenas uma mistura de proteínas, oxigênio, hormônios e *água*. Se o sangue tivesse mesmo propriedades especiais, saberíamos. Alguém já teria descoberto.

— Como papai. Ele descobriu.

Reese sacudiu a cabeça, com o rosto tão parecido com uma máscara quanto o meu, sob a luz oscilante das velas.

— É tudo simbolismo. Coisa do inconsciente, psicológica. Uma concentração na vontade de se obter o que se deseja – ou pensar que se está obtendo o que se deseja.

— Como você pode dizer isso, tendo folheado o livro apenas algumas poucas vezes? Você só está vendo nele o que quer ver.

— E você, não?

Apertei minhas mãos juntas até meus anéis me beliscarem e levantei o queixo.

— Só não sabia que você conhecia tanto as velhas crenças populares.

Ele não respondeu, só cerrou os maxilares. Até sob a luz fraca eu podia ver os músculos funcionando.

— Reese?

Ele me olhou, com raiva.

— Papai tinha alguns livros a respeito disso – disse ele.

Fiquei em silêncio.

O vento passou por entre as folhas mortas na floresta ao redor. Aquela que cercava a casa de Nick. A brisa derrubou folhas em cima das lápides em torno de nós e o círculo de sal tremeu, mas não se desfez.

— Reese – falei, estendendo a mão para tocar a dele. As juntas dos seus dedos se projetavam na parte em que ele agarrava o livro de feitiços. – É espantoso, Reese. Não é horrível. A sensação é de um formigamento quente no sangue da gente. Acolhedora... e poderosa.

O franzido em sua testa se acentuou.

— Parece que a coisa vicia.

— Talvez. – Puxei a mão dele para fora do livro e entrelacei nossos dedos. – Basta que me acompanhe nisso. Apenas por uns poucos momentos esqueça a raiva que sente por papai. Sei que ele a merece, mas isto... deixe que seja nosso. Que seja meu. Por favor. Imagine as possibilidades.

Os olhos de Reese se ergueram e encontraram os meus e sustentei seu olhar quase perfurante. Apertei mais a mão dele, que estava tão fria quanto a minha.

— Meu Deus, você se parece com ele. Essa sua expressão, agora – sussurrou ele. Não desviei meu olhar, mas senti a nostalgia e a tristeza contaminarem minha expressão. – Está bem, abelhinha.

Aliviada por aquele momento ter passado, inclinei-me para trás e disse, rapidamente:

— Apenas... apenas coloque o pássaro no centro do círculo de sal.

O esqueleto era tão delicado, posicionado com suas asas estendidas. Tive medo das grandes órbitas, quando ele acabara de construí-lo, até que Reese havia dito:

Um esqueleto é apenas como uma das suas máscaras. Só que esta fica embaixo do rosto.

Coloquei as pequenas penas azuis e cinzentas que Reese também pegara em torno do esqueleto. Elas eram do pássaro, quando Reese o encontrou morto nos degraus da frente da nossa casa. Talvez ele se lembrasse da sensação do vento, agitando-as. *Magia simpática*, eu esperava que funcionasse.

Movimentando-me para me sentar do outro lado do círculo, na frente de Reese, de modo a nos encararmos por cima do esqueleto, abri a lâmina do meu canivete com um gesto e coloquei-a contra a palma da minha mão. Como aquilo não era uma simples folha, eu provavelmente precisaria de mais sangue do que uma perfuração no polegar poderia oferecer. Não podia arriscar que aquilo não desse certo diante de Reese. Mordi a parte de dentro do meu lábio, preparando-me para a dor desagradável que viria. Era a pior parte. Mas eu entendia que a pessoa precisava sacrificar-se para a magia funcionar. E eu não queria hesitar na frente do meu irmão.

Cortei.

Reese assobiou através dos seus dentes e olhou fixamente para o sangue que se acumulava na palma da minha mão fechada em forma de concha.

Era tão lindo, escuro e reluzente como o próprio céu noturno, fluindo na palma da minha mão. Pressionei a lâmina contra minha pele para fazer o sangue fluir mais depressa. A dor brotou pelo meu pulso acima e se enroscou em torno do meu antebraço, como se fosse arame farpado quente.

— Silla, vamos depressa. É preciso colocar uma atadura nisso.

— Está tudo bem, Reese.

Respirei fundo, tentando afastar minha dor. Meus olhos se encheram de lágrimas. A noite de fim de outubro tinha um cheiro de folhas queimadas. Inclinei-me sobre o pássaro e deixei um fluxo do meu sangue cair em cima dos ossos amarelados. Respingava como tinta fina, escuro sob a luz das velas. Imaginei o esqueleto desenvolvendo músculos, tendões, carne e penas. Imaginei-o ganhando vida de repente e cantando para nós. Então, sussurrei:

— *Ago vita iterum.*

Fazei com que ele viva novamente.

Curvando-me até meus lábios ficarem a apenas alguns centímetros dos ossos, sussurrei repetidas vezes as imprecisas palavras em latim, em cima do esqueleto:

– *Ago vita iterum. Ago vita iterum. Ago vita iterum.*

A cada frase, outra gota redonda do meu sangue caía da minha mão.

Senti o momento em que a magia começou, zumbindo através da palma da minha mão e subindo por meu braço, como um enxame de minúsculas abelhas. Assobiando, afastei minha mão do esqueleto.

– Silla.

Reese pegou minha mão que não estava ferida e a apertou. Sua voz estava esganiçada e trêmula.

O esqueleto tremeu. Suas asas bateram e se estenderam para fora, espichando-se como se ele fosse voar. Penas escassas e finas brotaram dos ossos de repente e um único globo ocular surgiu no crânio. Eu não conseguia desviar os olhos, mesmo quando faixas de músculos se entremearam sobre os ossos e as penas se espalharam, tomando o corpo da ave. Os dedos de Reese esmagaram os meus. Meu coração se expandiu e eu tive vontade de cantar – de rir e gritar, de espanto.

– *Ago vita iterum!* – exclamei diante daquilo.

As velas estalaram e se apagaram e o minúsculo pássaro saltou para o ar, batendo freneticamente suas asas. Ele soltou uma canção, como uma lamúria, antes de desaparecer lá no alto, no céu escuro.

Estávamos sozinhos no cemitério coberto de sombras.

– Uau! – disse Reese, soltando-me.

Inclinou-se para a frente e passou de leve a mão em cima da terra, onde antes estavam os ossos. As penas espalhadas também haviam desaparecido.

Estremeci, de repente tonta, e apertei minhas mãos juntas. A lua desceu. Minha pele estava fria com a ausência de fogo. Mas eu ri. Silenciosa, triunfalmente.

— Ah, meu Deus. — Reese tornou a acender uma das velas e, em seguida, enfiou a mão no saco plástico, em busca de trapos. — Venha cá.

Eu apenas sacudi a cabeça. Reese agarrou minha mão e pressionou o pano contra ela.

— Deus do céu! Talvez você precise levar uns pontos — disse ele.

A palma da minha mão formigava, cheia de calor; a dor amenizou com o início da magia.

Mas a uns três metros de distância o pássaro caiu do céu. Seus ossos se espatifaram e as penas se espalharam, secas como folhas mortas.

DEZ

3 de maio de 1904

Ah, a magia! Disso quero mesmo me lembrar.

Não se parece com nada que eu possa descrever. Não há palavras que captem como me sinto quando meu sangue escuro lambuza uma fita vermelha, ou escorre para dentro das linhas de uma runa traçada em madeira. A Emoção do Sangue, enquanto a magia arde através de mim, a maneira como ela formiga e mexe comigo quando estou fazendo outras coisas, a maneira como me implora que eu corte minha pele e deixe o sangue sair!

Dói, claro, cortar minha carne viva para liberar o sangue. Ainda não superei a repugnante pausa antes de cada perfuração com a minha agulha, de cada corte rápido da faca de Philip. Prendo a respiração durante o momento e sinto que o mundo prende a respiração junto comigo, à espera da onda de dor que solta o poder. O sacrifício, diz Philip, é a chave. Nós nos submetemos, a fim de criar.

Ah, mas isso é o Céu. Philip é um anjo anunciador — ou eu sou Morgana e ele é o bruxo, ensinando-me a dominar o mundo. À luz de velas, misturamos poções e as fervemos num caldeirão de ferro, como as bruxas de antigamente. A fumaça faz minhas bochechas ficarem coradas e lhe sorrio muitas vezes, esperando que note.

Philip cura, está obcecado com isso e acredita que a doação do nosso sangue tem como objetivo ajudar a humanidade. Ou, pelo menos, Boston. A maioria dos seus feitiços é para curar dores de cabeça e febres, para facilitar partos e eliminar a dor das mortes. Ele deseja feitiços maiores e melhores, capazes de curar grandes grupos de pessoas de uma vez só, para isso ele precisa de todo o sangue que rouba. Mas em seu livro há feitiços para transformar pedra em ouro e também para encontrar objetos perdidos. Ele os usou para acumular seu poder; mas, agora que está à vontade, deixa essas coisas de lado. Mas eu, não. Pratico transformar ar em fogo com um estalar dos meus dedos ensanguentados; e, com uma palavra, transformo água em gelo ou a faço ferver.

Quem poderia imaginar que tanta magia pudesse acontecer apenas torcendo-se uma fita ou usando um bico seco de pato? Quem poderia imaginar que água benta poderia curar uma tosse, bastando apenas haver uma gota do meu sangue misturada com ela? E as pedras! Ásperas e pequenas, frequentemente afiadas. Philip mostrou-me como segurá-las em minha mão e soprar magia nelas, com modelos intrincados de quase palavras. Elas centralizam meus feitiços e guardam meu poder. Com uma delas enfiada em meu bolso ou dentro do meu espartilho, sinto o formigamento o dia inteiro; sinto que a magia pulsa ali, junto com meu coração.

Não quero perder isso, nunca.

Podemos fazer qualquer coisa.

ONZE

SILLA

Não fui à escola na quinta-feira.

Reese e eu tínhamos ficado no cemitério até depois da meia-noite, examinando juntos o livro de feitiços. Na primeira tentativa de Reese de fazer seu próprio feitiço, ele usou o da "Regeneração" para curar o ferimento na palma da minha mão. O machucado ficou ainda cor-de-rosa e doendo, mas fechado. Não foram necessários curativos.

Depois da cura, regeneramos uma centena de folhas mortas, experimentando com as palavras e a quantidade de sangue e vendo quantas folhas poderíamos modificar de uma só vez. Era embriagador – apenas uma gota era necessária, e se sangrássemos dentro do círculo de sal, poderíamos fazer todas voltarem juntas à vida, de repente, num grande florescimento coletivo.

Há meses não nos sentíamos tão vivos. Entusiasmados, ríamos um para o outro, atirando as folhas para o ar, com uma mancha de sangue nelas, de modo a se desdobrarem e ganharem um tom vivo de esmeralda ao flutuarem devagar de volta para o chão.

Imaginei mamãe e papai sendo trazidos de volta à vida apenas com uma palavra sussurrada.

Mas então me lembrei do pássaro caindo do céu e se transformando numa pilha de ossos e penas. O feitiço não era permanente. Reese achava que a energia do nosso sangue era suficiente apenas para dar um primeiro impulso, mas não para criar uma verdadeira vida. Achei que era porque a alma do pequeno pássaro há muito se fora.

Como a de mamãe e papai. Seus espíritos haviam fugido. Inalcançáveis.

Quando afinal me arrastei para a cama, caí num sono tão profundo que não tive nenhum sonho e não ouvi meu despertador tocar. Judy entrou para desligá-lo e me sacudiu para eu acordar. Minha língua estava pesada e grossa, e minha testa, pegajosa de suor. A impressão era de que minha carne se derretia e se soltava dos meus ossos; e, assim, Judy telefonou para a escola e tive um dia de folga para dormir e me recuperar. Reese também não foi trabalhar, embora se sentisse menos esgotado do que eu. Passamos a tarde entre tigelas da sopa de tomate de Judy, sussurrando um com o outro sobre os ingredientes que deveríamos conseguir pela internet e que feitiços experimentar durante o fim de semana. Estava claro que precisávamos descansar entre os feitiços e que a magia em si necessitava de mais energia do que podíamos armazenar rapidamente. Nenhum de nós dois perdera sangue suficiente para causar aquela letargia.

Mas eu não queria que o dia terminasse. Observar Reese falar sobre a magia era como vê-lo renascer e se transformar no irmão que era antes do verão. Durante sua vida inteira, Reese aprendera como se seu cérebro fosse uma esponja: ele escolhia um assunto, como enxertos ou genética, e durante mais ou menos três semanas lia todos os livros que pudesse encontrar sobre o tema. Era comum encontrá-lo em seu quarto cercado por uma pilha de vinte livros da biblioteca e folhas impressas com material achado na internet. E depois tudo isso sumia. Durante mais ou menos uma semana ele não mencionava o assunto, como se aquilo fosse processado para dentro de todas as partes do seu cérebro. Finalmente, *pam*, as informações ressurgiam, entremeadas com o resto da sua vida, como se sempre tivessem estado ali. Seria a mesma coisa com o livro de feitiços.

Na sexta-feira, Reese precisava voltar para o campo e eu já tinha energia suficiente para ir à escola. Preferiria ficar em casa e trabalhar em mais magia, mas não havia como escapar da escola, porque Reese e também vovó Judy notaram que eu estava melhor.

No terceiro tempo, na aula de física, eu estava perdida em devaneios sobre aquela sensação de formigamento de poder em meu sangue quando Wendy me passou um bilhete perguntando se eu estivera doente.

Cólica menstrual, escrevi em resposta.

Fico contente que tenha melhorado. O que aconteceu com o Nick?

Ah, sim. Nick me dera uma carona até minha casa, na quarta-feira à noite. Rabisquei a resposta:

Me levou de carro até minha casa.

Wendy: *?*

Eu: *Nada.*

Wendy ergueu as duas sobrancelhas e sublinhou duas vezes seu ponto de interrogação. Limitei-me a dar de ombros de leve e olhei para o diagrama que o sr. Faulks estava desenhando no quadro-negro. Depois de um momento, Wendy pegou seu brilho labial cor-de-rosa e fingiu estar concentrada em passá-lo, mas na verdade ela estava era deixando que eu a ignorasse.

A culpa cutucou minhas costelas. Se eu afastasse Wendy, não restaria nenhuma das minhas antigas amigas. Escrevi *Gosto dele*, e deslizei o bilhete para o canto da minha carteira, de modo que ela pudesse vê-lo.

Seus olhos se arregalaram e ela sorriu. Sacudiu a cabeça e as presilhas de cabelo que prendiam para trás seu cabelo loiro cintilaram sob as luzes fluorescentes. Então, ela escreveu: *Ótimo! Estou satisfeita pq assim você não se importará se eu convidar Eric para sair comigo.*

O QUÊ?

Não quero passar por cima de vc.

Mas vc o ODEIA.

Ele é tão bonitinho.

Olhei para ela, atônita. Eu saíra com Eric durante alguns meses, dois anos antes, porque éramos os dois únicos calouros no elenco de *Oklahoma!*, mas desde então ele e Wendy viviam numa constante rivalidade perversa. Agora que ele me substituíra como presidente do clube de teatro, ela partia para manipular o sujeito, nada menos.

Wendy deu de ombros e depois sorriu, um sorrisinho pecaminoso.

Depois da aula, ela agarrou meu braço e se inclinou em minha direção, para sussurrar:

— Você tem que vir à festa esta noite, para ser minha companhia.

— Festa?

Ela girou os olhos, dramaticamente.

— Sil! A festa antifutebol! Na casa de Eric! Dã!

Ah, essa. Era uma coisa importante para todos os clubes não esportivos da escola e era oferecida pelo presidente do clube de teatro durante o outono. Sempre na noite em que o time de futebol jogava com nosso principal rival, o Glouster Panthers. Eu me encolhi. Reese e eu tínhamos combinado de experimentar mais magia aquela noite... Mas Wendy sorriu para mim de um jeito que soava como se ela estivesse mais despreocupada do que realmente aparentava. Ela fingia que aquilo não era exatamente um acordo, mas era, sim. Relaxei a expressão do meu rosto.

— Acha que Eric vai mesmo entrar nessa?

— Só há uma maneira de descobrir — disse ela, com um tom de voz jovial. — E você precisa de uma festa. Não sai de casa desde que...

Mordi o lado da minha língua.

— É importante, Silla. E preciso de você.

Como eu poderia dizer não a isso? Reese que se divertisse sozinho.

— Está bem. Eu vou.

— OK! — disse ela, fazendo seus cachos pularem como uma mola.

NICHOLAS

Olhei-a atentamente, enquanto ela estava na fila colocando um único pote de gelatina em sua bandeja. Hoje, seu cabelo estava apontado para várias direções, com apenas uma fina faixa azul afastando-o do seu rosto. Ela, afinal, fora outra vez ao cemitério, na quarta-feira à noite, mas havia um sujeito em sua companhia — um sujeito com ombros realmente largos e que possivelmente poderia esmagar minha cabeça entre suas mãos, se tivesse vontade. O irmão dela, desejei esperançoso. No começo, fiquei espiando os dois, mas isso seria, até para meu gosto, agir demais como um perseguidor qualquer.

Por falar em agir como espião, com apenas dois minutos no Google desvendei todos os mistérios em torno de Silla. Durante o verão, seu pai atirara em sua mãe, matando-a, e depois se suicidou. Tinha sido ela quem os descobrira, dentro de casa. Algumas horas se passaram antes de seu irmão chegar e chamar a polícia.

Não era de espantar que ela estivesse frequentando o cemitério. Quero dizer, ela só podia estar com a cabeça muito confusa. Eu sabia o que era ver constantemente o sangue da própria mãe, além dos limites saudáveis, e não para simplesmente deixar para lá.

Silla não fora à escola na véspera e talvez tenha sido por isso que eu ficara mais mal-humorado do que de costume. Ficar sentado durante o ensaio enquanto Stokes lia seu texto era bastante irritante, tanto que prometi a mim mesmo cortar a prática teatral se ela não aparecesse mais. Claro, imaginei se ela não estaria doente por causa da magia. Mamãe, algumas vezes, passava horas na cama. *Enxaquecas Nicky só isso*, dizia ela. Mas eu sabia que a razão era outra.

Felizmente para minha carreira teatral, Silla estava lá na sexta-feira. Parecia cansada, mas eu estava começando a pensar que ela parecia estar sempre assim. E realmente não me importei quando observei como o jeans dela apertava suas coxas e fazia pressão bem em cima dos seus quadris. Sua amiga Wendy pegou uma porção extra da caçarola de vagens e jogou-a na bandeja de Silla. Os lábios de Silla franziram-se de repulsa, mas ela não retirou a comida. E deixou Wendy pegar para ela uma caixinha com leite achocolatado.

— Você não consegue tirar os olhos dela. — Eric riu, deixando-se cair na cadeira ao meu lado. — Ela não é uma boa, cara.

— Por causa dos pais dela?

— Porque ela é maluca.

— É mesmo? — Eu mastigava minha própria porção de feijões.

Tinha um gosto bem melhor do que o mesmo prato em Chicago.

— É.

— E todo mundo não é maluco?

— Ah, cara, não entendeu.

Espetei um grande pedaço de bolo de carne com o garfo e o apontei para ele com a comida.

— Escute, só porque você não chegou ali primeiro...

— Na verdade, cheguei sim. — Os olhos de Eric se desviaram para Silla e Wendy, enquanto elas estavam sentadas com um punhado de outras meninas junto das janelas. — No primeiro ano, quando ela ainda era gostosa.

— Ainda? Mas ela é linda.

— Não é, em comparação com o que era antes.

— Antes do quê?

— Antes do verão... os pais dela... — Ele jogou bolo de carne dentro da boca, mas se virou e disparou em mim um olhar que dizia claramente: *Todo mundo sabe, seu idiota.*

Concordei com a cabeça, como se soubesse do que ele estava falando. Mas ainda não perguntara a ninguém os detalhes, só sabia o que tinha lido na internet. Quase cheguei a perguntar várias vezes, mas acabava desistindo. Queria perguntar a ela, não a qualquer outra pessoa.

— Ela era quente. E cheia de energia, cara. Alguns de nós estávamos só esperando o irmão dela ir para a universidade. Mas, então, com o caso dos pais dela... Ela perdeu uns dez quilos em todos os lugares que não deveria, sabe, e picotou o cabelo todo. E parou de namorar. Não posso culpá-la. Mas agora ela está ossuda como um esqueleto.

— Acho que tenho sorte de não poder fazer a comparação — falei, mas sabia que preferiria a figura atual de Silla.

SILLA

A srta. Tripp tinha uma mesa empurrada para trás contra as janelas, mas jamais a usava quando eu estava em seu escritório. Preferia convidar-me para me juntar a ela no sofá amarelo de camurça, como se estivéssemos ali para tomar chá.

— Então, Drusilla, conte-me alguma coisa interessante que você tenha feito esta semana.

A srta. Tripp entrelaçou as mãos em cima dos joelhos cruzados e sorriu.

— Conheci meu novo vizinho — murmurei, empoleirando-me no sofá.

Puxei uma das almofadas roxas para cima do meu colo e passei os dedos por cima dos bordados dela. Conversar com a srta. Tripp era terrível, por mais simpática que ela fosse. Tornei a ajustar minha máscara de pessoa calma no lugar certo. A máscara verde-oceano, com conchas coladas nas beiradas e um pouco de coral brilhante brilhando sobre as bochechas, como um falso sorriso.

— Ah, sim, o novo menino. Nicholas, não é? Tenho certeza de que ele aprecia o fato de você recebê-lo bem. Fiquei emocionada com a gentileza com que todos me trataram quando cheguei.

O tom da voz dela era amável, perguntando-me, sem perguntar, se eu olharia para ela.

Não havia nenhum motivo para ser grosseira, então olhei. A srta. Tripp tinha um desses rostos gentis que descrevem nos romances românticos, com mechas de cabelos cacheados sempre escapando do rabo de cavalo na parte de trás da sua cabeça. Usava cardigãs que pareciam estar saindo de moda. Seu sorriso provavelmente teria acalmado garotas menos problemáticas. Quando apareci pela primeira vez, ela perguntou: "Sobre o que você gostaria de conversar hoje?", mas logo percebeu a profundidade do meu desejo de não falar absolutamente nada com ela. Agora, sempre tinha algum assunto pronto. Quando retribuí seu sorriso com certa relutância (é o melhor, para escapar no devido tempo), ela perguntou:

— Qual foi o melhor presente que seu pai um dia lhe deu?

O livro de feitiços, embora ele não o tivesse exatamente dado a mim. Mas eu não contaria nada sobre ele à srta. Tripp. Meus olhos baixaram para minhas mãos espalmadas em cima da almofada roxa. Os anéis cintilavam. Agitei os dedos, desejando romper novamente a pele, a fim de conseguir sangue fresco. Para novos feitiços.

— Ele me deu esses anéis.

Ele dera a Reese uma pulseira combinando, com uma pedra luminosa de olho de tigre. Reese não a usava desde julho. Não queria nem olhar para ela.

— São lindos.

— Um em cada aniversário, desde que eu tinha 9 anos. O de 18 anos deveria ser o último.

Meu dedo anular direito projetou-se, nu. Como seria o anel? Eles se tornavam cada vez mais sofisticados e mais caros à medida que eu ficava mais velha. Na primavera passada, fora uma faixa de ouro branco prendendo com força o que papai chamara de esmeralda com lapidação de esmeralda. Eu o usava em meu dedo médio esquerdo.

— Ele disse que quando eu tivesse 9 anos construiria um arco-íris em torno de mim, como uma armadura.

— Para proteger você?

— Sim.

— Contra o quê?

Ela olhava atentamente para minhas mãos, entrelacei os dedos e os trouxe para mais perto do meu estômago. Sentia a cicatriz da noite de quarta-feira formigando.

— De qualquer coisa, eu acho.

— Dos monstros comuns, que perseguem as crianças? De estranhos? Da morte? — A voz dela era leve; mas, quando ergueu os olhos, eles estavam cheios de emoção. Me perguntei como uma pessoa com tanta empatia conseguia ser conselheira. Então, ela continuou:

— Ou dele mesmo?

Foi como ser atingida no diafragma e perdi a respiração.

— Talvez você desejasse que ele tivesse protegido melhor a sua mãe?

— Ele não a matou — falei, com firmeza.

Meus anéis afundaram em minha pele enquanto minhas mãos se agitavam.

— Drusilla, querida, quero que você imagine, apenas por um momento, que talvez ele tenha matado. Isso não torna você desleal, nem uma filha ruim. Acha que ele desejaria que você se escondesse da verdade?

— Por que todos estão sempre tentando fazer com que eu odeie meu pai?

— Não é o que estamos fazendo, Drusilla.

— É o que parece.

Ela concordou com a cabeça, como se eu tivesse dito alguma coisa boa. O sangue esquentou minhas bochechas. Ela havia conseguido me fazer falar sobre meus sentimentos outra vez.

Pressionei meus lábios e agarrei a máscara que eu invocara antes de entrar, a máscara da calma, da ordem, do oceano frio, sem fundo. A vergonha se desfez. A srta. Tripp suspirou.

— Drusilla — ela dizia meu nome como se quisesse me lembrar como eu me chamava —, quero ajudar você. Não há nada de errado com qualquer coisa que você esteja sentindo, tudo bem? Estou aqui para escutar, para ajudar você a descobrir quais são esses sentimentos, por que você os sente, e para desfazer quaisquer confusões e colocar você nos trilhos. Mas não estou aqui para condenar você, nem suas necessidades, nem seu pai.

— Posso ir embora?

Era cedo, habitualmente conversávamos durante meia hora.

— Claro. Você não é uma prisioneira.

Ela se levantou e estendeu a mão. Quando a deixei pegar a minha mão e também me levantei, ela a apertou calorosamente. As mãos de todo mundo eram mais quentes do que as minhas.

— Verei você na próxima semana, a não ser que queira vir antes. A porta está sempre aberta.

— Claro.

Deslizei minha mão para longe e peguei minha mochila. A linha cor-de-rosa de pele macia na palma da minha mão formigou, lembrando-me do que eu fizera. Daquilo que eu podia fazer novamente.

DOZE

17 de abril de 1905
  Nem tudo é lindo.
  Mal sei como escrever a respeito, mas Philip disse: "Você precisa lembrar." E não quero. Mais do que qualquer outra coisa que tenha ocorrido, não quero me lembrar disso.
  Mas uma pequena parte de mim entende o que eu não entendia antes. Sobre a memória.
  Primeiro, o início. Sobre como são feitas essas coisas.
  Em dezembro, Philip trouxe para casa uma cesta de gatinhos. Deu-os a mim, mostrou-me como encharcar pano com leite para eles sugarem e, enquanto eles cresciam, cuidei dos bichinhos. Daquelas coisinhas queridas, que miavam. Tão macios, com seus dentinhos afiados e patas brincalhonas. Carregava a cesta com eles para minha cama e dormia com os gatinhos enroscados por toda parte, em torno de mim. Durante três semanas, eles foram meus amigos.
  E, esta manhã, Philip me chamou para seu laboratório e disse que eu deveria levar um dos meus gatinhos.
  Eu deveria saber. De algum modo, eu deveria saber.
  Quando cheguei, ele já havia estabelecido um círculo de trabalho. Uma fina trança negra de cabelo humano, com uma de suas pontas enroscada, junto com sua faca de tirar sangue, fitas, um

feixe de varetas e favos de mel. Ele explicou que seus serviços haviam sido solicitados para fazer um grande feitiço de proteção. Uma mulher estava sendo espancada por seu marido e a avó dela aparecera, implorando. Segurei minha gata, que batizara de Serenidade, e acariciei seu pelo castanho-amarelado, enquanto Philip construía uma boneca com a cera e as varetas. Ele empurrou os olhos para dentro da cera e talhou um sorriso torto. Amarrou uma fita em torno do pescoço da boneca e empurrou o cabelo, para que ficasse preso em sua cabeça.

— Como foi que essa avó descobriu o endereço daqui? — perguntei.

Philip estava com a testa franzida, de uma maneira bastante feroz, eu me lembro. Ele não gostava desse tipo de trabalho.

— O Diácono a conhecia, e ele fez esse tipo de feitiço para todos em Lower Side e em boa parte das cidades e aldeias mais além. Ela achou que talvez eu fizesse o mesmo tipo de magia que ele. E estava certa, claro.

Ainda não sei o que aconteceu com esse Diácono, a pessoa que ensinou a Philip esses atos sangrentos. Alguns dias, tenho vontade de conhecê-lo, em outros, sinto medo disso.

— Por que não faz feitiços desse tipo com mais frequência?

— É trabalho sujo, de pouco espírito, e as pessoas pedem coisas que não sinto vontade de fazer. Feitiços para a cura e para a vida, mas também maldições e morte, como este. E quanto mais gente souber o que fazemos, menos terei a capacidade de experimentar.

Ele colocou a boneca no círculo e contemplou-a em silêncio.

— Mas você está ajudando uma pobre mulher.

— Com um custo, querida.

— Para o marido dela? Ele merece, se a está espancando.

Eu disse isso de maneira bastante áspera, tenho certeza, e Philip virou bruscamente a cabeça para me fazer uma cara feia.

— Para todos nós.

Ele estendeu suas mãos na direção de Serenidade.

E então eu soube.

— O quê? Não! — Eu a segurei contra meu peito e ela guinchou e fez pressão em cima de mim com suas patas.

— Eles foram trazidos para cá por esse motivo, Josephine. Entregue-a a mim.

— Mas um gato! Você disse que nosso sangue é especial, que ele guarda o poder. Se o sangue de outros seres humanos não pode fazer o feitiço funcionar, por que o de um gato?

Philip contornou a mesa e se aproximou de mim, vagarosa e firmemente. Não consegui me mexer.

— Alguns animais — disse ele, tranquilamente — partilham nosso sangue poderoso. Aqueles que se esperaria. Gatos. Corvos. Alguns cães. Ratos. As semelhanças com o nosso sangue são grandes, mas eles precisam dar sua vida à magia, junto com seu sangue, e não apenas uma gota.

Eu ainda estava sacudindo a cabeça.

— Fure seu dedo, Philip, só isso.

— Não colocarei meu sangue num feitiço como esse, nem o seu. Não quando ele poderia ser usado contra nós.

— Contra nós?

— Outros conhecem os meios ardilosos. E, mesmo que o sangue deles não seja especial, com o nosso eles poderiam nos amaldiçoar, virar contra nós a boneca ou muitas outras coisas.

Serenidade jogou a cabeça contra o meu queixo. Senti que meus olhos se enchiam de lágrimas. Ainda sinto, novamente, agora.

Ele me encurralou e disse:

— Isso não é um jogo. Você leva tudo de uma forma muito tranquila. Precisa entender os sacrifícios. O equilíbrio que deve ser mantido.

E compreendi que ele me dera os gatinhos para cuidar tendo exatamente isso em mente. Meus dedos agarraram Serenidade, mas Philip a tomou e a matou em sua mesa de laboratório. Lembro-me de como o sangue dela brilhou na cara da boneca.

Foi a primeira noite, desde que vim morar com ele, que não li junto com Philip, nem sequer falei com ele, antes de me retirar para meu quarto e escrever isto.

Agora eu os ouço, o restante dos gatinhos, chorando para que eu os alimente. Sinto vontade de empurrar suas cabeças dentro da água da banheira.

TREZE

NICHOLAS

Bem ou mal, esta noite eu marcaria presença no clube de teatro da Escola Yaleylah e em seus vários frequentadores.

Uma pena que eu precisasse pegar uma carona com minha madrasta perversa para ir à festa.

O pneu traseiro esquerdo do Seabring estava baixo. Furado por um pedaço qualquer de cascalho, ou alguma merda da estrada, por alguém que adorava piadas de mau gosto. Diante disso, eu teria que ficar preso em casa com papai e Lilith, ou então ir pedir carona na estrada. Fiquei tão desesperado que, se tivesse o número do telefone de Silla, talvez eu ligasse para ela. Mas eu era o gênio que não anotara o número, nem mesmo o de Eric. Ninguém mais poderia vir me pegar. Eu pediria carona ao papai, mas Lilith deu um salto e se ofereceu, feito um lobo raivoso na beira da estrada.

Peguei um cantil cheio com uísque e Coca-Cola.

Descendo furtivamente a escada, minha esperança era de poder chegar à cozinha, onde as chaves estavam penduradas, e pegar emprestado o jipe dela, ou o de papai. Mas ali estava Lilith, esperando junto da porta da frente com um casaco vermelho do tipo "quero-sugar-seu-sangue-até-a-última-gota" e o anel do seu chaveiro em torno do dedo.

— Você vai vestido assim? — perguntou ela.

– Lamento que meu senso de moda não corresponda ao gosto das coroas que gostam de sair com garotinhos.

Lilith ergueu as sobrancelhas diante do meu tom desagradável.

– Com certeza você se destacará.

– Ótimo. Vamos acabar logo com isso. – Passei por ela, empurrando-a, e saí pela porta. Enquanto Lilith gritava até logo para papai e me acompanhava, tirei as coordenadas do bolso do meu casaco. Eu checara tudo três vezes, para evitar a possibilidade de ficar perdido com ela nas estradas das áreas rurais pouco habitadas. Um cenário adequado para filmes de terror. E eu não sabia qual de nós dois acabaria morto do lado da estrada.

Em vez de virar na larga estrada de acesso à garagem, Lilith recuou por todo nosso caminho estreito de cascalho, com o corpo retorcido para enxergar através do vidro traseiro e os dedos agarrados nas costas do meu assento, para se apoiar. Suas unhas afiadas estavam próximas demais do meu ombro para que eu me sentisse à vontade.

Galhos de árvores magros e negros se estendiam e deslizavam do lado do passageiro, enquanto ela se desviava um pouco para fora da estrada. Claramente, Lilith não era uma mulher preocupada com seu serviço de pintura. Pensei em me queixar. Mas, como eu já a vira dar a volta muitas vezes, sabia que ela fazia isso justamente para me aborrecer, depois do meu comentário sobre as coroas que gostam de garotinhos, e me recusei a lhe dar a satisfação de me ver tenso. Então, inclinei-me para a frente e mexi no rádio. A irregular National Public Radio grunhiu e ganhou vida, noticiando uma grande explosão qualquer nas Filipinas. Era impressionante pegarmos a estação aqui, num lugar tão distante. E também o fato de Lilith a ouvir.

Enquanto ela conseguia levar-nos para a estrada que passava pela casa de Silla e, finalmente, apontar para a frente, apertei o botão de busca, para tentar impedir uma conversa.

Mas a busca selecionou três canais que só passavam estáticas, até encontrar um único decente, e quando digo decente falo de algo tão cheio de zunidos e tristeza que fazia os tímpanos da pessoa sangrarem.

— Então, Nick.

— Vire à esquerda, aqui. — Inclinei o papel com o mapa na direção do vidro do carro, para poder ler o que estava escrito, à luz do luar surpreendentemente claro.

Ela virou, deixando o caminho estreito por onde só passava um carro e entrando no que era considerada aqui uma estrada rural. Pelo menos, havia duas pistas.

— Explique para mim, Nick, essa sua nova fascinação mórbida pelo cemitério. É raro para você ter um interesse *interessante*.

— Daqui a mais ou menos um quilômetro e meio devemos virar novamente para a esquerda e daí em diante não é longe. Meu Deus, eu poderia ter vindo a pé.

— No escuro, querido? Você não sabe o que há por aí esperando para agarrá-lo.

— Seja o que for, tenho certeza de que seria mais agradável do que isso.

Pelo canto dos olhos, notei o sorriso de Lilith.

— Essa resposta não chegou nem perto da grosseria que eu esperava. Você deve estar perdendo o jeito.

— Foi um jogo nojento. Quando você me agride desse jeito, é o máximo que consigo.

Ela deu de ombros e tamborilou as unhas no volante.

Desliguei o maldito rádio, que havia falhado totalmente em descobrir qualquer coisa mesmo remotamente atraente. Se a incursão em meu filme de terror pessoal não melhorasse logo, eu começaria a rezar por um machado.

SILLA

O caminhão seguia aos solavancos pela estrada cheia de buracos em direção à fazenda Leilenthal. Baixei a pala do boné e fiquei olhando para meus olhos no espelho.

— Você está bem?

Reese me deu uma olhada.

— Não quero mesmo ir a uma festa. Quero praticar mais.

— Faria bem a você, para relaxar um pouco.

— Eu sei. Mas nem chega perto da... excitação da magia. Quero andar por aí fazendo as folhas voarem! Ou experimentar o feitiço da possessão. Já imaginou como seria habitar a mente de um animal? Um corvo, por exemplo, como ele diz no livro? Elevando-se sobre os campos, e mergulhando e arremessando através das nuvens...

Fechei os olhos e imaginei o cemitério visto de cima, as lápides e os ondulados campos outonais estendendo-se até a eternidade.

— Sim — disse Reese. — Mas não esta noite. Amanhã à tarde. Esta noite, vamos fingir que somos normais.

— Ugh! Normais.

Eu perdera a normalidade há muito tempo. Mantendo a palma da minha mão aberta em meu colo, examinei a linha rosada quase curada. Contra o pano de fundo ah-tão-normal dos meus jeans e do carro de Reese, o talho parecia uma coisa muito estranha. Errada e inadequada. Por que eu desejaria tão intensamente pegar uma faca e observar a lâmina cortar minha pele? O que havia de errado em mim? Uma náusea invadiu meu estômago e garganta. Fechei a mão.

— Pensei que gostasse dessa festa. Antigamente, você gostava.

— A maior parte do pessoal que está lá é gente com quem não convivo mais.

— O irmão mais novo de Doug não está na sua peça?

— Sim. Eric.
— Grude-se nele.
— Eu gostaria que você ficasse.
— É mesmo? Quer ficar colada em seu irmão, numa festa?

Ele fez uma careta, mas seus olhos, quando tornou a olhar em minha direção, estavam cheios de simpatia.

— Prefiro ficar em casa.

Ele virou na pista, seguindo na direção do celeiro. Uma viagem de apenas três minutos. Wendy prometera levar sua irmã menor para passar a noite com uma amiga, e eu poderia – deveria – ter ido caminhando, mas Reese estava de saída para a partida de futebol, pois sua noite ficara livre de repente.

Adiante, o brilho de uma fogueira iluminava as árvores, transformando-as em silhuetas negras e compridas. Reese parou sua caminhonete ao longo de uma fileira de carros estacionados, desligou o motor e me olhou de frente.

— Me liga, se precisar de alguma coisa. Posso chegar aqui em 15 minutos. E, depois, vamos até o Barley's. Me avisa se conseguir uma carona para casa. Se não, estarei aqui por volta da meia-noite, está bem?

— Sim. — Comecei a deslizar para sair, mas parei e me balancei na beira do assento. — Reese?

— Sim?

Abri a boca. *Não beba.*

— Estou contente por você ter amigos com quem ainda tem vontade de sair.

Ele estendeu a mão e tocou em meu cotovelo, começou a dizer alguma coisa e então tanto seus olhos quanto sua mão caíram. Deu de ombros.

— Sabe, se eu estivesse na universidade, não veria esses caras de forma alguma, então pelo menos há algum benefício em ficar aqui, certo?

Reese forçou um sorriso. Não era uma mentira mal contada.

— Você tem razão. Então nos vemos mais tarde, Reese.

— Boa noite, abelhinha.

Ferrugem caiu em flocos da porta velha, quando a fechei com uma pancada forte. Fiquei ali apoiada no Chevy azul de Sherry Oliss, enquanto Reese dava marcha a ré, virava e se afastava pela estrada.

Atrás de mim, uma música country animada explodia dos imensos alto-falantes dos irmãos Leilenthal, que haviam instalado de cada lado da porta do celeiro. Eu teria preferido Johnny Cash. Alguma coisa mortal, para cima, apropriada para uma menina obcecada por se cortar. Fechei os olhos e abracei a mim mesma, desejando que o anseio de ter uma vida social fluísse depressa do chão para cima e me consumisse.

Mas não aconteceu.

Virei-me, de qualquer jeito, e tomei meu caminho em direção à festa, através do gramado cheio de ervas daninhas.

Era por volta das 21h e umas trinta pessoas, mais ou menos, misturavam-se em torno da fogueira. Havia mais pessoas dentro do celeiro. Na beirada da luz, observei através das sombras amarelas, em busca de um rosto familiar. Ou melhor, de um rosto acolhedor. Todos eram familiares. Um punhado de membros do clube de teatro conversava perto do celeiro, incluindo Nick, que usava um terno de riscas, com três peças, como se acabasse de sair de uma produção de *Guys and Dolls*. Estava cercado não apenas por Eric e uns dois outros sujeitos, mas por um bando de garotas. Kelsey Abrigale não parava de tocar em sua lapela, com um jeito insinuante, e Molly Morris ria um tanto alto demais quando Nick dizia alguma coisa.

Por um instante, considerei a possibilidade de atravessar tudo e me aproximar diretamente dele, para descobrir se me levara de carro para casa porque gostava de mim ou apenas porque gostava de flertar e se enturmar. Talvez no ano passado eu fosse direto para lá, ficasse bem na frente da cara dele, provocando-o por causa do seu chapéu sexy. Mas, agora... já que outras estavam se exibindo e demonstrando seu interesse por ele, por que Nick daria alguma importância a uma garota esquisita, que gostava de se refugiar no cemitério?

Por outro lado, eu não precisava disso. Eu tinha a magia. Verdadeira magia. Então, preferi empoleirar-me num tronco de árvore derrubada, observando o fogo, os contornos escuros dos estudantes e o cintilar das estrelas no alto. A lua cheia estava no céu, à minha esquerda, e comecei a pensar numa das poções curativas exigindo cuidados durante uma noite inteira e que, segundo as anotações de papai, funcionaria melhor quando a lua estivesse cheia. Reese achava que isso era dispensável, mas fiz questão de lembrar que, se havíamos transformado um esqueleto num pássaro vivo, apenas com sal e sangue, então quem poderia dizer o que o luar era capaz de fazer?

A tarde fora tão amena, perfeita para outubro, mas agora estava frio e senti falta de um casaco. Ali estava eu, sentada, sozinha, sentindo pena de mim mesma, em vez de ir falar com meus amigos e conhecer um sujeito bonitinho. Patético. "Levante-se e vá até a fogueira", ordenei a mim mesma e esfreguei as mãos uma na outra. No frio, meus anéis rolavam frouxos em meus dedos. No semestre passado, eu não tinha problema algum em convidar pessoas para bater papo ou dançar. Conversar com meus colegas e perambular entre professores, garotos, peças e músicas eram coisas de que eu gostava. Agora... tudo parecia falso. Como se as coisas pudessem se espatifar a qualquer momento. Só o sangue era real.

Lambi meus lábios. Estavam secos e frios.

Uma explosão de risadas chamou minha atenção. Erin Pills. Ela estivera comigo em *Into the Woods*, no ano passado, e era um ano mais nova. Com certeza, eu podia pensar em alguma coisa para dizer a ela e ao aglomerado de meninas em sua companhia. Movimentei-me em torno da beirada do círculo. Até de três metros de distância podia sentir o calor da fogueira acariciando meu braço.

Ah, e graças a Deus ali estava Wendy.

— Ei — falei.

— Silla. — Wendy sorriu e o brilho cor-de-rosa que usou nos lábios cintilou.

Eu não poderia jamais usar aquela coisa reluzente — a sensação que eu tinha era de areia presa à minha pele. Quando lhe fiz um sinal com a cabeça, ela agarrou minhas mãos e me puxou para longe da aglomeração. Dando olhadas para todos os lados, em torno, ela perguntou:

— Qual você acha que deveria ser meu plano de ataque? Deixá-lo desarmado? Por exemplo, dando-lhe um beijo, de repente? Ou seria melhor, em vez disso, ser muito boazinha com ele?

— Você não seria muito boazinha, se o desarmasse, por exemplo, enfiando de repente a língua em sua boca?

— Humm. É um bom argumento.

Olhei para Eric, atrás de mim, em pé junto de Nick.

— Eu o beijaria.

Mas eu observava os lábios de Nick, enquanto ele flertava com Molly.

— Sim. Você tem razão. Farei isso. — Ela sorriu. — Ele fica tão sensacional com aquela espada, mal posso esperar para vê-lo de saiote escocês.

— Acho que Stokes disse que não vamos usar os trajes tradicionais.

O rosto de Molly desenhou-se numa expressão de tristeza.

— Que droga. Mas gosto dele de qualquer jeito. — Wendy fez uma pausa e me lançou um olhar de esguelha. Ela costumava depender de mim para tomar todas as suas decisões. — Você não acha que eu deveria?

— Não o conheço mais — falei. Mas peguei a mão dela e tentei dar-lhe o que ela precisava. — Acho que, se gosta dele, deve correr atrás. Ele sempre foi divertido. Você se lembra.

— Ele está lá com Nick. Podíamos — Wendy esfregou seus lábios um contra o outro — sair juntos, os dois casais.

Acompanhei o olhar dela virando-se para trás, na direção do celeiro. O grupo ria de alguma coisa que Nick dissera, e Nick olhava diretamente para mim, com um olhar fixo. *Ah, meu Deus.* Minha máscara protetora dissolveu-se e ele pôde ver meus olhos cinzentos, minha pele fria. Tornei a virar rapidamente meus olhos para Wendy.

— Não tenho certeza de estar preparada. Você sabe.

— Para namorar? — Wendy se conteve quando já estava prestes a girar os olhos para cima. — Mas, Sil, você precisa.

— Você fala como minha avó.

— Quero dizer, as coisas só vão melhorar quando você deixar que melhorem.

Mordi a parte interna do meu lábio inferior. Eu não queria que a morte dos meus pais *melhorasse*.

— Vem comigo — disse ela, e começou a me arrastar.

Eu não tinha escolha, ou ia com ela ou me arrancava violentamente do seu aperto e me afastava.

Nick sorriu quando nos viu, e senti um formigamento que percorreu meu corpo até os dedos dos meus pés.

— Olá, Silla — disse ele, quando chegamos suficientemente perto.

Ele estava de pé, com o cotovelo apoiado no ombro de Eric. Um copo de plástico respingou quando ele o ergueu numa saudação.

— Oi, Nick. – Dei uma olhada em Eric, Molly e Kelsey e sorri.

— Olá. – Eric fez um movimento brusco com o queixo, cumprimentando.

— Oi, Silla. – Molly cutucou Kelsey com o cotovelo e elas riram.

— Quer uma bebida? – perguntou Wendy, olhando apenas para Eric.

Encolhendo o ombro e se libertando do cotovelo de Nick, Eric estendeu a mão para Wendy.

— Claro.

Ela olhou para trás, para mim, com um sorriso rápido e luminoso. Eles se afastaram, deixando-me com Nick e as garotas. Franzi ligeiramente os lábios.

— É sua primeira Festa Antifutebol, Nick. Como vão as coisas?

— Melhor agora. – Nick se aproximou de mim, cortando Molly e Kelsey da conversa. – Quer dançar? – E estendeu a mão.

Um sorriso simples ergueu meus lábios e meus olhos se encontraram com os de Nick. Imaginei lantejoulas cor-de-rosa brilhando num redemoinho descendo pela minha face.

— Claro.

A música mudara para uma doce e vibrante canção de amor. Deslizei minha mão para dentro da mão dele e ele me puxou para longe do grupo, para mais perto da fogueira.

Molly e Kels me olharam com cara feia. Encantada, eu disse, quase alegremente:

— Com certeza Eric não poderia se afastar de mim tão rapidamente.

— Não é por sua causa – disse Nick, repousando sua mão de leve contra a parte de baixo das minhas costas. Seu toque era quente através das minhas camadas de camiseta. — Ele acha que está fazendo um favor a mim.

— Ah, e está? — Meu sorriso se alargou.

Nick fez uma pausa; depois ergueu um dedo, a fim de inclinar mais para baixo a aba do seu chapéu de feltro, a fim de arrendondá-lo.

— Pode ter certeza de que sim. — Nick envolveu meus dedos com os seus. — Meu Deus, você está congelando. Tome isto — disse ele, remexendo no bolso interno do seu casaco e tirando um cantil. — Ficará aquecida.

— Não, obrigada.

— É apenas Jameson. Uísque.

Encolhi-me.

— Bom para a alma, será?

A expressão esperançosa do rosto dele me fez rir.

— Está bem, está bem. — Nick tornou a enfiar o cantil no bolso. — Então só dançar, para se aquecer.

Ele puxou minha mão, arrastando-me por meio da multidão, em direção à fogueira. Ninguém mais estava dançando. Nick girou de modo a ficar de costas para o fogo e sorriu. Eu mal podia distinguir suas feições com toda a luz alaranjada atrás dele. Inclinou-se, pegou minha outra mão e me levou para mais perto. Sob a aba do seu chapéu, seus olhos estavam envoltos em escuridão. Meu coração bateu mais forte e tive que piscar para desfazer a auréola em torno dele. Nick era Mefistófeles sorrindo e me tentando, o seu dr. Fausto, a dançar.

Fechei os olhos e me aproximei. Minhas mãos encontraram seus ombros e os ossos dos meus dedos sugaram o calor do fogo. Nick também estava aquecido. Acompanhei seus movimentos, deixando que meus pés fossem livremente para onde ele me levava, e suas mãos pressionaram bem acima do cinto do meu jeans de cintura baixa, guiando-me, puxando-me, empurrando-me, fazendo com que eu rodopiasse, caminhasse e deslizasse. Seus dedos mergulharam em meus quadris, não de forma dolorosa, mas me dando vontade de agarrar seus ombros e subir para seus braços. Vontade de me esquecer de mim mesma, na dança e no fogo alaranjado que se agitava na noite negra.

A música mudou e ele murmurou em meu ouvido:

— É praticamente um ritmo de *swing*. Você sabe dançar *swing*?

Nick soltou-me, mantendo apenas uma das mãos na minha, e me fez girar embaixo do seu braço. Rapidamente, afastei-me dele e voltei, batendo em seu corpo, mas ele se movimentou junto e me pegou contra o peito, de modo que afundamos num mergulho raso. Ofeguei. Ele me fez girar para cima e em torno de si, mas eu não conseguia prestar atenção em nada, queria apenas fechar meus olhos e sentir a pressão das mãos dele me empurrando e puxando, seu quadril batendo no meu, dizendo ao meu corpo para onde ir, o que fazer. Senti meu sangue circular com força através de mim, poderoso e forte, cantando da maneira como cantava, antes de a magia acontecer. Mas estávamos apenas dançando.

Enquanto ele girava meus braços no alto e me fazia rodar outra vez, deixei minha cabeça cair para trás. As estrelas rodopiavam acima de nós e havia a lua, tão cheia e próxima. Ri e liberei parte da carga tão pesada que repousara em meus ombros por tanto tempo.

Nick me puxou com força. Meu corpo bateu contra o dele. Suas mãos se achataram sobre minhas costas e ele me fez mergulhar outra vez, agora mais fundo, e me segurou ali. Agarrei-me aos seus ombros.

— Estou segurando você — disse ele. — Não se preocupe com nada, Silla.

Lembrei-me de como ele havia se levantado por trás da lápide, na noite de sábado passado, tão à vontade e pertencendo àquele lugar junto comigo, e imaginei se o sangue de qualquer pessoa circularia. Será que ele podia fazer magia? Nicholas, o meu garoto do cemitério? Será que eu poderia invocar aquela parte dele que se encontrara comigo na primeira noite em que eu sangrara, por causa da magia? O riso me fugiu. Desviei o olhar.

Devagar, ele me puxou, até eu ficar ereta.

— Silla, o que foi que eu disse?

O peito dele estava tão quente debaixo das palmas das minhas mãos que, por um momento, eu quase me apoiei nele e repousei ali o meu queixo, enterrando meu rosto em seu pescoço. Eu queria o que suas mãos prometiam. Em vez disso, dando alguns passos para mais longe, mostrei um sorriso encantado.

— Nada.

— Silla.

Sua testa franzida tinha as mesmas sombras que escondiam seus olhos.

— Você não ouviu dizer? Sou maluca. — Virei-me para o outro lado e acrescentei: — Está nos genes.

NICHOLAS

Ela deixou um grande buraco negro de ar frio atrás de si. Enquanto se afastava, passei novamente os braços em torno do seu corpo. O brilho de seus anéis piscou para mim.

— Merda — assobiei, e saí correndo atrás dela.

— Silla. — Dei a volta à sua frente. — Espere.

Ela parou, com os olhos abaixados. A luz que saía com força do celeiro atingiu o rosto dela. Havia um brilho em seus olhos e seus lábios estavam pintados com um tom marrom suave, para combinar com sua camiseta colante. Finalmente, ela ergueu os olhos. Mesmo nós dois estando em pé e tão próximos, eu mal teria que me curvar para beijá-la. Mas ela estava tão cansada; isso estava marcado em suas pálpebras, pressionava os cantos da sua boca. Por um instante, pude ver através de sua pele cor de marfim as teias de vasos capilares, os músculos e tendões.

Doía, eu queria tanto beijá-la.

— O que foi? — Os dedos dela apertaram os cotovelos.

— Deixe-me pegar uma bebida para você.

Ela fez um único sinal afirmativo com a cabeça.

— Há um filtro com água no celeiro. A mãe de Eric insiste nisso porque assim seria difícil misturar a água com alguma bebida.

— Brilhante.

Pensei em oferecer minha mão, mas não ofereci. Só fiz um gesto, convidando-a a ir à minha frente.

Uma lâmpada fluorescente comprida brilhava com força sobre o chão de madeira e havia fardos de feno servindo como bancos. Três bandejas de comida quase vazias descansavam numa mesa de jogo e ao lado havia um banco com garrafas de soda de dois litros e pilhas de copos plásticos. Peguei dois copos e acompanhei Silla até o canto onde estava o filtro.

De posse da água, encontramos um fardo de feno. Eu me larguei nele e Silla sentou-se com os joelhos juntos. As botas de caubói que apareciam por baixo de seu jeans eram vermelhas. E adoráveis. Deixei para lá todos os pensamentos ruins que eu tivera algum dia sobre botas de caubói.

Apenas três outras pessoas estavam reunidas no celeiro, perto dos petiscos. Provei minha água e observei o perfil delicado de Silla.

— Não ouvi nada — falei.

Era mentira, claro. Ouvira um bocado de coisas da parte de Eric.

Acordando com um susto de algum devaneio, ela perguntou:

— Ouviu o quê?

— Não ouvi dizer que você é maluca.

— Ah. — Ela tornou a baixar os olhos. Mexeu a água em seu copo. — Bem, você está aqui há apenas uma semana, mais ou menos.

— Você deveria contar a mim.

Ela riu.

— Não, é verdade. Se você me contar, a sua versão será a primeira que eu ouvirei. — Sorri e puxei meu chapéu ligeiramente mais para cima.

— Você é realmente incrível, Nick. — Silla virou-se e puxou sua perna para cima do fardo de feno.

— Não estou acostumado com esse negócio de cidade pequena, onde todo mundo sabe de tudo a respeito dos outros. De onde eu venho, fofoca é apenas fofoca e todo mundo é maluco.

— Está bem, Nick. — Ela sorriu da minha expressão e depois engoliu o resto da sua água. — Ouça o que aconteceu. Fui para casa, depois de passar a tarde com Wendy, Beth e Melissa. Tínhamos feito compras, e eu estava com um jeans novo realmente bonito. Cheguei em casa e os carros de mamãe e papai estavam lá, o que não era tão estranho assim. Era verão, de modo que papai não tinha aulas regulares. Mas a porta da frente estava aberta, mesmo fazendo muito calor do lado de fora. Entrei, deixei minha bolsa e senti um cheiro horrível, rançoso. — Ela lambeu os lábios e ergueu o queixo.

Olhando diretamente para dentro dos meus olhos, ela continuou:

— Era sangue. Encontrei os dois no quarto que servia como escritório de papai. Estavam caídos, um em cima do outro. Haviam atirado no peito de mamãe e na cabeça de papai. Era como se alguém tivesse derramado galões de uma tinta muito vermelha por toda parte. O chão estava grudento de sangue. Parei no vão da porta e, simplesmente, não conseguia me mexer. Fedia e... os braços deles estavam ao redor um do outro. Havia sangue na escrivaninha e nas estantes. Gostaria de ter procurado uma explicação, mas quem... – Ela sacudiu a cabeça, piscando os olhos e pressionando os punhos no seu colo. Silla desviou o olhar. Respirou fundo. Por um momento, pensei que ela havia terminado. E então continuou baixinho: – Reese me encontrou, cerca de uma hora mais tarde. Eu estava ajoelhada no chão, olhando fixamente para aquilo. O sangue tinha encharcado minha calça jeans. Ele me arrastou para fora e me deixou no sol, enquanto chamava a polícia. Eu nem sequer pensei em chamar a polícia. Encontrei meus pais mortos, no meio do próprio sangue, e não fiz nada.

Eu não disse as coisas óbvias. *O que você poderia ter feito? Quem poderia culpar você?*

– Então, é por isso que as pessoas acham que você é maluca?

– Não. – Ela sorriu, um sorriso estranho e torcido. – Eles acham que sou maluca porque o relatório oficial, ou seja lá como chamam isso, declara que meu pai enlouqueceu, matou mamãe e depois se matou. E eu fiquei fora de mim quando eles me disseram isso. O fato se espalhou.

– Para mim... essa reação parece bastante normal. Se eu estivesse em seu lugar, ficaria furioso.

– Foi o crime mais violento da história da nossa cidade e, até acontecer, todos amavam meu pai. Ele era tranquilo, gentil e um professor muito bom mesmo. Mas por dentro, à espreita, aparentemente, havia um assassino psicótico. Os maxilares de Silla cerraram.

– E isso assustou as pessoas. Principalmente porque ele trabalhava na escola, estou certo?

Ela me lançou um olhar de surpresa.

– Sim, exatamente. Eles foram um bando de covardes e não acreditaram em papai. Quero dizer, deviam ter tentado, com mais empenho, procurar outro culpado. Se tivessem confiança nele, fariam isso.

A cor invadiu suas bochechas, manchando-as. Com um polegar, ela esfregava a palma da sua outra mão, fazendo pequenas carícias irregulares.

Peguei sua mão e comecei a esfregar sua palma com ambos os meus polegares. Sua pele estava quente, de um jeito como eu nunca sentira. No centro da sua palma havia uma fina linha cor-de-rosa. Como um antigo ferimento. As beiradas repuxavam sua pele, distorcendo um pouquinho a linha da sua vida. Talvez fosse consequência de um acidente, poderia ter acontecido quando ela tropeçou e se segurou em alguma pedra, ou quando agarrou um prato quebrado. Qualquer coisa.

Mas eu sabia que não era. Com tanta certeza quanto eu tinha de que aquela cidade de caubóis não era onde eu queria passar o resto da minha vida. Eu sabia que a própria Silla tinha feito aquele corte.

Silla deu um assobio alto e puxou sua mão.

— Silla. — Observei seu rosto. *Conte-me sobre a magia.*

Ela não me olhou de frente.

— Preciso sair daqui.

— Vamos. — Eu me levantei, puxando-a pela mão.

— Nick, você não precisa... quero dizer, você deve ficar.

— Não. Não é meu tipo de coisa. Honestamente, por falar em sair do sério, estou pronto para pegar um machado e arrancar aqueles alto-falantes.

— Pode me levar de carro para casa?

Fiz uma careta.

— Infelizmente, não. Não estou com meu carro aqui. Os pneus furaram todos.

Silla hesitou, mordendo um pouco o lábio inferior, quando disse:

— Então, pode ir caminhando comigo?

— Com certeza.

Saímos do celeiro de mãos dadas. Consegui captar o olhar de Eric e acenei.

— Qual é o caminho?

Várias pessoas olharam para nós, notaram nossas mãos dadas e o fato de estarmos saindo juntos. Ótimo.

Silla nos empurrou para a direita.

— Fica apenas a mais ou menos quatro quilômetros, nessa direção. – Ela apontou.

— Não é problema, a não ser que você fique com frio.

— Sobreviverei.

— O uísque impedirá que tenha hipotermia.

Ela parou e me lançou um olhar de rabo de olho.

— E você, não terá?

Um sorriso se espalhou pelo meu rosto.

— Meu Deus, espero que não.

Caminhamos em silêncio durante alguns minutos. Não havia trilha e passávamos com dificuldade pelo mato e pelas ervas daninhas na altura dos nossos joelhos. Minhas calças precisariam de uma lavagem a seco e desejei ter usado alguma coisa mais prática, como jeans. Ora, tudo bem. Silla, por outro lado, seguia direto para dentro do mato sem se importar com sua roupa. Pensei em como eu, antigamente, só caminhava em cima de concreto ou de gramados bem aparados. Isso me fez rir.

— Que foi? – perguntou Silla.

— Eu só estava pensando em garotas de Chicago me arrastando através de campos como este.

— Sente falta?
— De garotas afetadas? De jeito nenhum. Gosto muito mais disto. — Apertei sua mão.
— Quero dizer, de Chicago.
— Ah. — Deixei escapar, como se só agora percebesse o que ela queria dizer. Ela revirou os olhos para cima e sorriu. — Nesse caso, sim. Quase constantemente. Havia sempre alguma coisa para fazer. Filmes, clubes, bibliotecas. Eu podia pegar rapidamente o metrô e chegar a qualquer lugar da cidade. — Dei de ombros. — Não precisava ter carro.
— Parece que sua vida era bastante movimentada.
— Sim. Era ótimo.
— Por que você veio morar aqui?
— Bom, foi porque meu pai é advogado e ele achou que o melhor para minha madrasta era sair de Chicago. Algum tipo de perseguição ou ameaça, foi o que me disseram. Uma coisa bastante confidencial. Não me admiraria se fosse até algo ilegal. Ou então ela inventou tudo, fazendo teatro para impressionar papai e ganhar sua simpatia. Estão casados faz apenas alguns meses, então talvez ela tenha usado isso para prendê-lo com mais segurança. E para nos arrastar até aqui.
— Nossa.
— Foi extremamente conveniente vovô Harleigh ter batido as botas naquele momento.
— Você o conhecia?
— Não. Só o encontrei uma vez. Não sei por que ele me deixou a casa. Não tinha nenhum outro parente, eu acho.
— Você voltará para Chicago, quando terminar o curso?
— Claro, no final, sim. Vez ou outra.
— Mas não para morar?
— Não.

— O que vai fazer? Universidade?

Pulamos juntos por cima de um pequeno riacho de irrigação.

— Procurar minha mãe.

— Você não sabe onde ela está?

— Da última vez em que ouvi falar a respeito dela, ela estava em alguma parte do Novo México, fingindo ser uma índia.

— O quê?

— Nós somos, digamos, cherokees, mas de uma sexagésima quarta geração ou algo parecido, uma coisa totalmente minúscula, mas ela disse que sentia um chamado para voltar "aos antigos costumes". Não havia endereço para enviar cartas, então não pude dizer a ela que os cherokees nunca foram um povo do deserto.

— Quantos anos você tinha quando ela foi embora?

— Da primeira vez? Oito anos. Na verdade, não me lembro de nada, a não ser de ter ido ao hospital. Ela havia sangrado pelo banheiro inteiro, depois de uma tentativa de suicídio bem típica. E drogas. É o que diz papai. Ela se desintoxicou, depois sofreu outro colapso, quando eu tinha 9 anos, tentou outra vez se matar, se desintoxicou, era um ciclo constante. E então minha mãe transou com seu traficante e papai usou isso como desculpa para se divorciar dela. Conseguiu minha custódia plena e uma proibição legal de qualquer contato entre mim e ela. Não a vejo desde que tinha 13 anos. Tudo o que recebo dela são uns raros cartões postais. Ela havia declarado que passou por um tratamento de recuperação e está no bom caminho. Talvez eu descubra depois que terminar o colégio. Papai não poderá mais me impedir de vê-la, quando eu completar 18 anos.

Fiquei em silêncio. Fazia muito tempo que eu não expunha tudo dessa maneira. Acho que aquela era a noite das histórias.

Por algum tempo, Silla não respondeu. Observei meus sapatos pretos brilhantes chutando o capim morto e pensei em mamãe sentada num albergue ou numa estação rodoviária, rabiscando umas poucas palavras para mim, depois colocando o selo no cartão-postal e se esquecendo da minha existência durante mais alguns meses. Ou levando outra vez uma navalha aos seus pulsos. Não adiantava pedir que mamãe desistisse disso. Era um vício. Ela detestava seu próprio sangue por algum motivo que nunca tinha revelado. E, quando não podia esvaziar a si mesma até ficar seca, recorria às drogas para diluir o poder da magia.

— Isso é horrível, Nicholas — disse Silla finalmente, num tom de voz muito formal.

Como se ela estivesse encerrando algum ritual. Reconhecendo que eu passara por situações jamais vividas por alguém.

— Gosto quando você me chama assim — admiti. — É real.

— Nicholas — disse ela outra vez, só que mais devagar.

Estremeci e tive de abaixar meus ombros para conseguir me equilibrar um pouco.

— E você, Silla? O que vai fazer depois que terminar o colégio?

Ela recuou e eu desejei saber o que havia se passado por sua cabeça. Mas ela disse:

— Não sei. Acho que irei para a universidade. Eu ia me candidatar à Southwestern State, em Springfield. Eles têm um programa de teatro ótimo.

— Você quer ser atriz, então.

— Sempre adorei representar. Performance. A plateia, a fala, a ação e simplesmente a energia que há em torno de tudo isso. Mas, você sabe, preciso tornar a sentir cada uma dessas coisas.

— Acho que atualmente você não anda sentindo muito.

— Assim fica mais fácil.

Era uma oportunidade perfeita e eu não podia deixá-la passar. Parei. Quando ela percebeu, também parou e se virou para mim com as sobrancelhas erguidas. Dei um passo, soltei sua mão e coloquei as minhas embaixo do seu maxilar. Beijei-a.

Apenas um leve pressionar de lábios, para medir sua reação. Senti o cheiro da sua maquiagem, com bastante pó, mas leve. Seu batom tinha um vago gosto de fruta doce e ácida ao mesmo tempo.

Silla fechou os dedos na bainha do meu colete e se apoiou em mim. Tive uma repentina consciência do fluxo de sangue em minhas orelhas, que apagou o som dos insetos noturnos e o farfalhar do vento através das folhas secas. Silla estremeceu e tirou os lábios dos meus, depois empurrou a testa contra meu pescoço. Seu nariz estava gelado. Passei os dois braços em torno dela e a abracei aconchegando meu queixo em cima da sua cabeça. Ela se apertou contra mim como se procurasse abrigo. Beijei seu cabelo e ela ergueu seu rosto.

— Nicholas.

— Sim? — sussurrei.

Suas mãos subiram pelo meu peito e ela as ergueu para enterrá-las em meu cabelo. Meu chapéu foi derrubado e caiu no chão. Ela me beijou com força. Como se fosse quebrar meus dentes. Ofeguei, agarrei seus ombros. Depois mordi seu lábio e devolvi o beijo. Nós nos beijamos como se fosse uma competição, agarrando desesperadamente um ao outro.

De repente, Silla se arrancou do meu abraço e se afastou. Deu as costas para mim. Seus ofegar espelhava o meu.

Eu estava um pouco tonto. E com muito tesão.

— Silla? Você está bem?

Ela fez um sinal afirmativo com a cabeça e se virou para mim. Seus olhos brilhavam como a lua. Ela manteve erguida sua mão esquerda, aquela que tinha a minúscula cicatriz cor-de-rosa. A ponta do seu dedo médio estava escorregadia e escura.

— Estou sangrando.

— Ah, merda! Me desculpe.

Encolhi-me e estendi a mão para pegar a dela.

— Não, não, tudo bem. É apenas, sabe... sangue.

Ela sacudiu a cabeça, como se estivesse chacoalhando pensamentos desagradáveis, e depois sorriu, séria. Vi a gota de sangue em seu lábio.

Entendi. O cheiro forte, especialmente vindo de dentro da sua própria boca, a atingiu depois de ter descoberto seus pais daquela maneira. Como ela conseguia fazer magia? Engoli uma respiração trêmula.

— Podemos continuar a caminhada.

— Sim.

Nenhum de nós dois se moveu. E logo nos beijávamos novamente, empurrando-nos um contra o outro. Senti o gosto de seu sangue e isso me deixou tonto, mas eufórico — eu voava, e meu coração bombeava sangue quente, fervendo, através das minhas veias.

Silla tropeçou e caiu, desprendendo-se dos meus braços. Agarrei-a, mas ela aterrissou com um gemido infantil num tufo de capim espesso.

— Silla, desculpe, eu...

Ela empurrou suas mãos para baixo e o capim começou a se transformar.

Tremeu, verde e dourado, e as cores mudando para um amarelo brilhante, que saltava aos olhos. Flores de cor magenta surgiram nos talos e explodiram em botões violeta, azul-escuro, laranja forte. Silla estava cercada por uma terra de Oz colorida.

No centro de tudo isso, sua boca se abria e ela esfregava os dedos nas pontas do capim e nas pétalas.

Meu cérebro zumbia como um helicóptero de brinquedo, girando cada vez mais, até eu ouvir apenas o rugido das pás giratórias. Nunca vira nada igual a isso.

Silla pressionou as duas mãos na boca. Levantou-se com dificuldade e recuou, afastando-se.

— E eu nem disse nada! – falou ela, como se a explicação mudasse alguma coisa, fazendo tudo desaparecer.

Ela jogou-se em meu peito. O vento começou a arrancar as pétalas e jogá-las para o alto, espalhando-as por toda parte. Por um instante ridículo, pensei nos anúncios das balinhas Skittles. *Sinta o gosto do arco-íris.*

Ela se virou para me olhar cara a cara.

— Ah, meu Deus, Nick. Você, humm...

Continuou a balbuciar. Essa era a oportunidade perfeita para eu lhe contar tudo. Eu deveria ter feito isso. Deveria ter pegado seus ombros e explicado, calmamente, que ela não precisava se preocupar nem entrar em pânico. Eu sabia. A respeito de tudo.

— Nick – sussurrou Silla. Seus dedos frios tatearam os meus.

— Tudo bem – falei, devagar, incapaz de confessar, por algum motivo. Talvez porque tudo em que eu podia realmente pensar era se ela me beijaria novamente. – Não foi imaginação minha, não é?

— Não. É... magia. S-sei que você não pode acreditar em mim, que é impossível demais.

Ela disse isso e retirou suas mãos.

— Não, não. Vi aquela coisa com a folha no sábado à noite. Vi o que você fez naquele dia. Não tinha certeza, mas achei que tinha visto. Isso é como... uma prova.

Era tudo verdade. Eu não tinha certeza. Não queria ter. O ar assobiou através dos dentes dela.

— Eu não acreditaria, se não fosse eu quem estivesse *fazendo* isso.

Não respondi. Apenas lambi meus lábios. Eles ainda formigavam por causa dos beijos dela. Todo o meu ser formigava com a necessidade de agarrá-la novamente e beijá-la, conduzi-la a mais magia. O helicóptero rugia em minha cabeça.

— É magia, Nicholas. Magia com sangue. Você nem deve acreditar nisso.

Pegando as mãos dela, eu a puxei para mais perto e a beijei.

— Mas acredito — falei.

Você, no meio de todas essas flores, é a coisa mais linda que já vi em toda a minha vida.

SILLA

Enquanto caminhávamos penosamente através da pastagem das vacas do sr. Meroon, com os olhos atentos para montículos de estrume, continuei a olhar para Nick. Queria agarrar novamente seu cabelo, enfiar meus dedos nele até o chapéu cair e beijá-lo. A expressão do seu rosto sob a luz do luar era difícil de interpretar, mas ele, obviamente, pensava intensamente em alguma coisa. Em mim, era provável. E na magia com sangue. Esperei que não estivesse planejando fugir.

O vento frio fazia os pelos dos meus braços se arrepiarem, e apressei o passo. Devia estar mais preocupada por ter feito magia acidentalmente, mas não conseguia. Era uma noite linda; estava com um cara maravilhoso, que me fazia sorrir, e não achava que ele era um psicopata. A magia fora apenas uma explosão espontânea do meu estado de espírito e da minha excitação, catalisada pelo sangue do meu lábio. Dos nossos beijos. Fora *nosso* estado de espírito.

— Aquilo é o cemitério? — perguntou Nick.

Voltei para o momento presente. Meus dedos formigavam.

Lápides leitosas começavam a se tornar visíveis para além do muro baixo de pedras.

— É sim. Nossa casa fica por aquele caminho. — Apontei para a direita. — Aquele feixe de escuridão é o bosque em torno dela.

— OK. — Ele fez um sinal afirmativo com a cabeça, pensativamente. — Por que você estava ali, naquela outra noite? Com a folha? É preciso que seja num cemitério?

— Não, acho que não. Mas gosto dali, perto do meu pai. Escalamos o muro do cemitério.

— Este lugar é usado por muita gente?

— Não. Meus pais foram os primeiros em anos. Seu avô está mais longe, no cemitério mais bonito e moderno, do lado norte de Yaleylah. Mas não sei por que alguém desejaria ser enterrado lá. É tão estéril. Falso. — Minha voz diminuiu: — A morte não é isso.

— As pessoas gostariam que fosse, talvez. Pense nos cemitérios militares. Todas as fileiras de lápides exatamente iguais. Tudo ordenado, simples. Não como a guerra.

Desejei segurar novamente a mão dele. Ele estava um pouco adiante de mim, abrindo seu caminho em torno de um túmulo comprido e baixo, e observei-o caminhar. Era tão alto e desengonçado. Como animais ainda não desenvolvidos completamente, quando suas patas ainda são grandes demais, e suas pernas excessivamente compridas, mas a gente sabe que, no final, tudo se encaixará e o bicho se tornará a coisa mais linda que já se viu. Com aquele cabelo e chapéu totalmente desarrumados.

O sorriso desapareceu dos meus lábios quando percebi que estava adorando Nick no túmulo onde meus pais estavam enterrados. Corri para alcançá-lo. Ele me deu uma olhada.

— Você está bem? — Suas sobrancelhas se ergueram, abrindo seu rosto.

— Sim. — Abaixei o queixo e continuei a caminhar, quase correndo numa curva da trilha.

— Se cortarmos caminho por aqui, poderemos simplesmente acompanhar o muro em torno da minha casa.

As sobrancelhas dele se ergueram mais alto.

Fiz uma pausa e ri, nervosamente.

— Se você, humm, quiser voltar à minha casa, será bem recebido.

Aproximando-se silenciosamente de mim, Nick tornou a me beijar, com os braços em torno do meu corpo. Ele me fez mergulhar, como acontecera quando estávamos dançando.

— Eu adoraria fazer isso — disse ele contra minha boca, antes de nos levantarmos outra vez, apoiados um no outro.

Minha respiração ficou presa na garganta, de modo que apenas fiz um sinal afirmativo com a cabeça e me virei para o outro lado, para conduzi-lo rapidamente pela trilha traiçoeira.

CATORZE

SILLA

Olhei fixamente para a chaleira, concentrando-me no assobio metálico das bolhas que explodiam dentro dela e tentando não estar tão consciente do braço de Nick quase roçando o meu, quando ele o estendeu para abrir a cortina franzida a nossa frente.

— Minha madrasta cairia morta se entrasse aqui. Posso convidá-la para vir?

— Por que você não gosta dela? — Ergui-me por cima do balcão, para me sentar entre as duas canecas iguais. Os saquinhos de chá pendiam por sobre as bordas, bamboleando.

— Ela apareceu no escritório de papai, a fim de contratá-lo para ajudar naquela coisa da perseguição, e tenho plena certeza de que já na hora do jantar os dois estavam na cama.

Ele deu de ombros, ainda olhando pela janela.

Cruzei meus tornozelos e balancei ligeiramente as pernas. Meus calcanhares bateram dentro dos armários.

Nick virou o olhar e me surpreendeu olhando-o fixamente. Lambi meus lábios e baixei os olhos para meus anéis.

— De qualquer forma — continuou ele, voltando para a mesa da cozinha e puxando uma cadeira —, Lilith fala e papai obedece. Quando soubemos da morte de vovô, ela não parava de dizer: "Que lugar perfeito para uma romancista." E, além da sua carreira literária, ela não queria criar nenhum filho seu na cidade. Filhos. Você consegue acreditar nisso? Quero dizer, ele tem quase 50 anos.

— E ela?

— Ah, mais jovem. Trinta e dois.

A chaleira gemeu e eu deslizei do balcão exatamente quando ela começou a gritar. Joguei a água fervente nas canecas e coloquei pires em cima.

— Para ajudar na infusão — expliquei, diante das sobrancelhas inquisitivas de Nick, enquanto levava as canecas muito cuidadosamente até a mesa da cozinha. Sentei-me a uma distância dele de um terço do caminho em torno da mesa e me apoiei nos cotovelos, em busca de apoio. — Você não precisa... ficar. Você sabe o que quero dizer.

Ele não se mexeu absolutamente, mantendo-se imóvel como uma estátua.

— Você quer que eu vá embora? — perguntou ele tranquilamente, com os olhos nos meus e, depois, abaixando-os até meus lábios.

Antes de perceber o que estava fazendo, empurrei minha cadeira para trás. Estava em pé, caminhando na direção de Nick. Ele inclinou sua cabeça para trás, a fim de sustentar meu olhar. Debaixo das luzes fortes da cozinha, parecia mais velho e calmo. Forte. Suas mãos, repousando em seus joelhos, eram largas e grandes, como se pudessem segurar qualquer coisa que eu oferecesse. O castanho dos seus olhos estava apagado pela forte luz fluorescente, brilhando no lustre de latão. Ele piscou e eu toquei em sua bochecha, esfregando meus dedos para baixo desde o canto do seu olho, onde algum dia teria rugas.

Minhas pálpebras se agitaram, fechadas, logo que o beijei.

Ficamos quietos por um longo momento, com nossos lábios se tocando, e quase sem respirar. Então, Nick pôs suas mãos em meus quadris e afundei em seu colo. Abri os olhos e ele estava tão perto. Beijei o canto da sua boca, sua bochecha, novamente sua boca, e abri meus lábios para lhe oferecer meu gosto. Foi devagar e eu me senti confortável ali, beijando e respirando o cheiro da pele dele e do gel que ele usava, a fim de esticar para trás seu cabelo. Minha pele formigava, mas beijar não doía, como a magia doía.

Suas mãos encontraram meu pescoço e uma delas tocou meu queixo em forma de concha, os dedos brincando com o cabelo por trás das minhas orelhas. Tremores correram por minha espinha e nós nos beijamos sem parar. Eu não desejava soltá-lo nunca.

A porta de um carro bateu e o ruído abafado conseguiu penetrar em minha felicidade. Eu me afastei, sem fôlego, e meus olhos se encontraram com os de Nick. Eles estavam ofuscados e nublados, e ele disse "Por quê?", muito baixinho, como uma criança que acabou de ser colocada no canto por motivos misteriosos dos adultos.

Eu o beijei outra vez, de leve.

— Alguém está em casa.

Ele franziu a testa, entendendo aos poucos o que eu dizia. Então piscou devagar, várias vezes. A pele macia embaixo dos seus olhos implorava para ser tocada.

— Ah. Seu irmão?

— Talvez. Ou vovó Judy. — Contra a vontade, levantei-me do seu colo.

Nick passou suas mãos pelo cabelo, para trás, fez uma pausa e girou seus olhos para o alto, como se tentasse ver os danos.

Seu cabelo estava espetado para cima em todas as direções possíveis. Ri.

— Meu Deus, onde fica o banheiro?
— No corredor, a primeira porta à esquerda.

Ele saiu às pressas e retirei os pires dos nossos chás. O vapor saiu em ondas. Então, nossos beijos não tinham demorado tanto tempo assim. Não exatamente uma eternidade, como parecera. Fechei os olhos e estremeci, apoiando minhas mãos na mesa. Minhas bochechas davam uma sensação de rubor e meus lábios pareciam esfolados. O pequeno corte na parte interna do meu lábio, que tinha sangrado, pulsava no ritmo das batidas do meu coração. Eu nunca tinha me sentido dessa maneira. Tão eletrizada.

A porta da frente foi destrancada e aberta e ouvi os passos de vovó e a pancada de sua bolsa de couro nos ladrilhos da entrada. Fiquei satisfeita por não ser Reese — embora eu, de repente, me lembrasse de que precisava telefonar logo para ele e lhe dizer que eu não estava na festa.

Tirei meu celular do bolso e lhe passei uma mensagem de texto: SALVA EM CASA! Exatamente quando Judy entrou na cozinha.

— Oi — disse-lhe, e guardei meu celular.

Peguei minha caneca intocada e a ofereci a ela.

— Ah, Silla, você está em casa. Obrigada, querida. — Ela pegou o chá e desabou numa cadeira. Uma mão desabotoou seu casaco e a outra soltou os brincos de pérolas, presos com clipes e pendentes em suas orelhas. — Que noite. Essas meninas daqui veem filmes ridículos.

— Foi na casa da sra. Pensimonry?
— Sim! Você sabia que seria horrível?
— O neto dela estava na mesma turma de Reese na escola, e disse a Reese que a avó só queria ver *Animal Planet* o tempo todo, desde que passou a ter TV a cabo.

— Você sabia, Silla, que há programas inteiros sobre o resgate de animais que têm donos cruéis? Parecem documentários. Quase ri, mas então vi que todas as outras estavam com expressões de absoluto horror em seus rostos. Eu me tornaria uma pária, se pedisse alguma coisa culturalmente mais instigante.

— Você vai voltar lá no mês que vem? — Servi uma terceira caneca de chá e mergulhei nela um saquinho tirado da gaveta.

— Bem, Penny me prometeu alguma coisa de Cary Grant, então, sim, provavelmente voltarei. — Vovó bebeu seu chá, com pequenos goles. — Que tal a festa?

Dei de ombros.

— Tudo bem.

— Como você chegou em casa?

No momento perfeito, Nick entrou. Ele conseguira puxar seu cabelo e deixá-lo com uma aparência de arrumado.

— Este é Nicholas Pardee, vovó Judy. — Passei as duas mãos em torno da minha caneca, deliciando-me com seu nome completo, sem o apelido.

Judy levantou-se.

— Ah, entendo — disse ela, estendendo a mão.

Houve um aperto de mãos entre os dois. Nick disse:

— Prazer em conhecê-la. A senhora é a avó de Silla?

— Me chame de Judy, por favor. E, não. Fui casada com o avô dela durante alguns anos, mas depois que o pai de Silla já tinha nascido.

— Não é daqui, então?

— Não. E, pela maneira como pronuncia as vogais, vejo que você também não.

Nick sorriu e Judy fez a mesma coisa. Observei o momento de camaradagem dos dois com uma leve inveja.

Judy, que vivera em Chicago, claro, submeteu Nick a um interrogatório intenso sobre a zona portuária e as exposições nas galerias Atlas, que eram suas favoritas. Ele nunca ouvira falar das galerias, mas contou-lhe o que estava acontecendo no aquário Shedd. Logo Judy falava sobre seu terceiro marido (que veio depois de vovô), e tinha um apartamento na cidade, no início dos anos 80. Nick parecia interessado, ou então era um ator melhor do que a maioria dos meninos que eu conhecia. Ele fazia sinais afirmativos com a cabeça e perguntava coisas, e o canto dos seus lábios se curvava para cima apenas um pouquinho. Repousei meu queixo em minha mão e estudei a curva dos seus ossos malares, sua orelha, os tufos duros de cabelo necessitando desesperadamente de um pente ou de gel. Mas o emaranhado ficava bem nele.

Eu jamais havia desejado tão repentinamente ficar com alguém. Saíra um pouquinho com meninos, na maior parte do tempo flertando e desestimulando-os de qualquer coisa séria, porque eu sabia que ia embora para a universidade e não estava interessada em relacionamentos a longo prazo. Fizera amizade com um bando de meninos no teatro, e sempre me mantivera em torno dos amigos de Reese, tendo tido uma paixonite séria por dois deles. Foram Eric, claro, e Petey, que cursava o segundo ano. Mas com Nick eu não estava ansiosa para que ele me notasse, sorrisse para mim ou me convidasse para sair. Depois dessa noite, estava claro que a ânsia era mútua. E a maneira como ele me olhava era não apenas como se desejasse me beijar para sempre, mas como se visse através das máscaras. Eu estremeci de expectativa.

Exatamente como o livro de feitiços, ele caíra em minha vida quando eu estava apenas tentando esquecer tudo e sobreviver. O livro me tentou com respostas. Com a possibilidade de uma verdadeira explicação para a morte dos meus pais. Com *magia*. Com o que Nick me tentava? Com tudo aquilo a que eu tinha renunciado, enquanto permanecia ajoelhada no sangue deles? Com tudo o que se dissolvera e saíra de mim, para dar espaço ao cheiro e ao medo. Divertimento, risadas, namoros, dirigir velozmente, imaginar, cheia de esperanças, o próximo ano e o seguinte...

Ou talvez apenas beijos. Talvez algumas horas longe de casa. Alguma confiança, se eu tivesse sorte. Quem sabe até mesmo amor?

— Silla?

— Humm?

Nick e vovó Judy estavam ambos olhando para mim.

— Você está pegando no sono em cima da sua mão. — Judy sacudiu a cabeça, incapaz de esconder seu sorriso. — Devia ir para a cama, depois da semana que teve.

— Posso caminhar para casa. — Nick levantou-se. — É perto.

— Não, levarei você de carro. Posso pegar seu carro emprestado, não posso, vovó? — Fiz força e me levantei, com a cabeça girando. Devia ser por causa das flores. Eu as fizera tão rápido, tão de repente. Toda minha energia fora gasta com as flores e os beijos.

— Que bobagem, isso é ridículo. Nick é um menino crescido, ele pode caminhar. Você está cansada demais e ele é um cavalheiro.

Ela fez um aceno, como se afastasse minha ideia e, em seguida, juntou todas as três canecas de chá e as atirou dentro da pia.

— Está certo, Sil. — Nick pegou minha mão. — Você me leva até a metade do caminho? — Ele entrelaçou os dedos nos meus.

A cicatriz cor-de-rosa na palma da minha mão, já curada, formigou.

— Sim.

Lá fora, pelos fundos, eu o levei até a beira do nosso quintal, onde os arbustos de forsítias tinham criado uma cobertura alta, desengonçada. Havia um ponto de passagem estreito e atravessamos por ele, com dificuldade. Dali, a distância era de apenas alguns passos para o muro velho e arruinado do cemitério.

Caminhamos em silêncio, com os dedos entrelaçados. A lua estava muito luminosa, de modo que apenas as estrelas mais fortes brilhavam e alguns farrapos de nuvens tinham chegado do oeste, soprados pelo vento. Eram como pinceladas de um tom cinzento escuro no horizonte. Suspirei e apertei os dedos de Nick. E então veio o pensamento intrometido: *Mamãe gostaria dele.*

Senti um nó na garganta e desviei meu rosto de Nick, para ele não ver a dor crescente se espalhar pelo meu rosto. Não importava o quanto, agora ou antes, eu gostava de um menino. Eu jamais passaria novamente por aquele instante levemente constrangedor em que eu o apresentava à minha mãe. Nem me sentiria mais com os nervos tensionados, quando papai o olhava de cima a baixo e depois dizia: "Não é pior do que a escolha de Ofélia." E, se o menino risse, passava no teste.

— Silla?

Nick puxou suavemente minha mão, para que eu o encarasse. Estávamos no meio do caminho entre nossas casas, ao lado da estátua encardida de um querubim. Mantive meus olhos baixos, sem ter certeza ainda de que me controlava. Minha máscara verde-mar esperava logo abaixo da superfície do meu rosto.

— Sobre o que você está pensando? — perguntou ele.

— Sobre Ofélia.

— A namorada de Hamlet?

— Sim.

— A que se afogou?

— Sim.

Ele se aproximou, de modo que eu tive que erguer os olhos, ou deixá-lo esmagar meu nariz com seu queixo. Nossos lábios se encontraram e, quando Nick se afastou, ele murmurou:

— Que tal alguém mais feliz? Como… não. Ahn… não. Meu Deus, todas as mulheres de Shakespeare que conheço são de tragédias. Qual é uma boa e que consegue viver feliz para sempre?

— Miranda. De "A Tempestade". Ela cresceu com a magia. *O pai dela era um grande mago.* Ri, sem alegria.

— Está bem, Miranda, querida. Obrigado pelo chá.

O luar refletia nos ângulos do seu rosto.

— Tive… ótimos momentos – falei, e imediatamente me veio a consciência de que estava dizendo uma coisa idiota.

Para resgatar o momento, eu o beijei. Ele devolveu o beijo, mantendo o resto do seu corpo recuado. Só nossos lábios se tocaram. Eu queria abrir sua boca para mergulhar nela. Mas Nick se afastou.

— Então, garota feiticeira, você me mostrará mais coisas?

Uma emoção provocou um calafrio em minha espinha.

— Sim. Venha ao cemitério, amanhã à tarde.

Beijei-o novamente. Com meu corpo apertado contra o seu. Eu não queria que ele fosse embora.

Nick gemeu e se empurrou para trás.

— Gatinha, se continuar fazendo isso, não conseguirei ir para casa.

Abracei a mim mesma e dei alguns passos para mais longe.

— Desculpe. – Eu já sentia falta do calor dele.

— Não se desculpe, é só que… – Ele estendeu a mão, mas a deixou cair. – Verei você amanhã.

— Sim.

Ele não se mexeu. Olhamos fixamente um para o outro, até que Nick, muito devagar, sorriu.

— Quer sair para jantar?

Ri, surpresa com a verdadeira delícia que era a ideia de uma saída com Nick.

— Sim.

— Combinado.

Com uma pequena saudação vivaz, ele saiu correndo por entre as fileiras de túmulos.

— Tchau — sussurrei, e fiquei ali, sob o luar, até meus dentes começarem a bater.

NICHOLAS

Moça cercada de flores
Beijo em technicolor
Durante todas as longas horas da noite
Sentirei falta...

Eu estava com um humor incrível. Por isso, provavelmente, os versos se derramavam em minha cabeça e eu sequer me preocupei em entrar escondido. Entrei diretamente pela garagem, chutei as botas de jardinagem enlameadas de Lilith para um lado e fui abrindo caminho até a cozinha. Talvez estivesse cantarolando.

Meus sapatos estalavam no chão de ladrilhos enquanto eu me dirigia para a geladeira. Peguei o suco de laranja e um salame meio comido.

— Nick, é você?

— Sim! — gritei, sem sequer me preocupar com o fato de que Lilith provavelmente viria e tentaria ser social.

Ela entrou de repente na cozinha, arrastando no chão a bainha de seda do seu robe.

— Querido, posso cozinhar alguma coisa para você, se está com fome.

— Pare com isso, OK?

Seu corpo se imobilizou.

— Com o que, exatamente?

— Você sabe. Com essa história de mãe. Essa coisa de dona de casa. — Eu realmente não esperava nada, a não ser um ataque de petulância, ou talvez um escárnio e a saída. Pensando em Silla, pulei para cima do balcão da cozinha. Meu frasco de bebida beliscou meu traseiro, mas eu não queria tirá-lo na frente de Lilith.

— Saia do balcão, Nick.

Não saí, e comecei a comer o salame diretamente do pacote.

— Só estou piorando as coisas, pelo que vejo. — Ela puxou um banquinho alto da parte central do balcão e se sentou delicadamente, dobrando juntos seus dedos compridos, como se estivesse prestes a orar a Deus pela minha alma. — O que, então, você gostaria que eu fizesse? Ignorá-lo? Tratá-lo como lixo, que mal posso esperar para jogar fora, quando você terminar seu curso?

— Talvez fosse uma boa mudança.

— Não deixaria seu pai feliz.

— Ele me ignora quase o tempo todo, de modo que nunca se sabe como ele se sentirá.

Por um instante, pensei que ela talvez argumentasse em defesa de papai. Mas, em vez disso, ela suspirou.

— A festa foi boa? Você não ficou até tarde.

— Eu dei um jeito, não se preocupe.

Os lábios dela se fecharam, retesados.

— Deu um jeito? Espero que isso não signifique que fez sexo, Nicholas.

Decidi, nesse momento, que só Silla teria o direito de me chamar assim outra vez.

— Nick. É Nick, OK? E, pelo amor de Deus, esta conversa não é uma boa ideia. — Deslizei do balcão até encostar meus pés no chão. — Vou para a cama. — Embrulhando o salame outra vez em seu plástico, recoloquei-o na geladeira e me virei para olhar Lilith. — O caminhão-reboque vem às 9h. Até lá.

— Boa noite, Nick. — Ela levantou-se suavemente.

Fui embora, consciente do seu olhar fixo me espetando entre minhas omoplatas. Argh!

SILLA

A lua cheia iluminava meu caminho tão bem quanto o sol. Permiti a mim mesma vaguear, sem a preocupação de chegar em casa tão depressa.

Meus dedos roçaram as conhecidas lápides. DAVID KLAUSER-KEATING, QUE SUA ALMA DESCANSE EM PAZ, MORTO EM 1953. Os Klauser ainda moravam na cidade, e eram donos de um dos postos de gasolina. Ao lado dele: SRTA. MARGARET BARRYWOOD. 1912 – 1929, AMADA FILHA. Da minha idade, quando morreu. Fiz uma pausa ali, com os dedos brincando em cima do áspero marcador de granito, imaginando se ela fora beijada algum dia.

Eu esperava que sim.

Sorri. O tipo de sorriso secreto, que muda todo o seu rosto, dos lábios ao contorno do couro cabeludo. Saiu uma risada e bati minhas mãos na boca, constrangida por tê-la deixado escapar. Minha cabeça curvou-se para trás e sorri para a lua, no alto, bem em cima de mim, mandando seu brilho para baixo, como um holofote: *Eis aqui Silla Kennicot*. Pela primeira vez, num longo tempo, eu mal podia esperar para estar de volta ao palco, com as cortinas puxadas, meus braços estendidos, enquanto eu usava os gestos e o tom de voz para suplicar à plateia que me amparasse com seus aplausos. As lápides eram minha plateia, ali, e eu desejava que elas se lembrassem daquele momento tanto quanto eu lembrava a noite em que derramara sangue e trouxera a vida de volta ao cemitério.

O momento em que eu me sentira novamente viva.

Cheia de inspiração, corri para meus pais. Eu não sabia se eles também estavam escutando, ou se seus espíritos sequer reconheceriam uma menina viva e ardente, mas eu precisava contar-lhes a respeito de Nick.

Minha plateia de pedra passava num relâmpago, enquanto eu seguia muito rápido, com o ar frio queimando minha garganta, entrando em meus pulmões. Escorreguei e parei, com as folhas se esmigalhando ruidosamente embaixo das minhas botas. Alguma coisa estava errada. Um cheiro picante no ar, diferente do ar puro.

Devagar, caminhei em torno da larga lápide dupla dos dois, prendendo minha respiração.

Tudo saiu de dentro de mim num jorro, num soluço de horror.

Um respingo vermelho se estendia através dos nomes deles. Pressionei meus punhos contra meu estômago. A terra sobre seus túmulos estava remexida, formando um desenho. Minha respiração se agitava para dentro e para fora, como se eu tivesse um pássaro aprisionado em minha língua, batendo suas asas contra meus dentes. Devagar, agachei-me e toquei o solo com as palmas das minhas mãos. Elas formigaram, especialmente minha palma esquerda, onde estava a cicatriz. Ela pulsava, como se o sangue imediatamente abaixo da minha pele quisesse sair.

Acompanhei o desenho o melhor que pude. Ângulos e linhas, todos agudos. Intencionais, não havia dúvida. Um símbolo. Mas eu não o reconheci, absolutamente, tomando como base o livro de papai. O que significava que Reese não poderia ter feito isso, mesmo se eu pudesse imaginar uma só razão para que sim.

Alguma outra pessoa conhecia a magia. E eles estavam aqui. Por perto.

Alguém que podia ter usado a magia contra papai. Para matá-lo, e a mamãe também.

Tropecei para trás, batendo o ombro no canto de uma lápide. Outra vez em pé, olhei para todas as direções, em busca de alguma coisa fora do lugar. De qualquer movimento. Mas, em todos os lugares que o luar prateado banhava, tudo estava imóvel. Nem mesmo o vento soprava. No silêncio, os mortos que me haviam aplaudido um momento atrás se empurraram para mais perto. Senti o peso de olhos esquadrinhando meu pescoço e descendo, provocando calafrios pelo caminho inteiro, até as pontas dos meus dedos.

Mas eu estava sozinha.

Saí correndo.

QUINZE

SILLA

O celular de Reese tocava sem parar.

Empurrei minhas costas contra a porta do meu quarto e levei os joelhos até o peito.

— Responda — ofeguei para o telefone.

Mas ele apenas tocava e, finalmente, sua secretária eletrônica atendeu: "Aqui é Reese." Bip.

— Reese, você precisa vir para casa. Estou aqui, e estive no cemitério. Descobri que alguma outra pessoa conhece a magia. Eu lhe disse, *eu lhe disse* que isso poderia explicar tantas coisas sobre o que aconteceu com papai e mamãe. E eu estava certa. Mais alguém sabe. Venha para casa, por favor. Cuide-se. — As últimas palavras foram apenas um sussurro e eu fechei meu celular com força, agarrando-o em meu punho fechado.

O que eu ia fazer?

Pressionei o telefone contra minha testa e fechei os olhos. No andar de baixo, vovó Judy estava em seu quarto, com a televisão ligada, e as risadas de algum programa era o único som na casa, além do ruído do vento nas árvores do lado de fora.

Fiquei de joelhos, rastejei pelo tapete até minha cama e tirei o livro de feitiços debaixo do meu colchão. Folheei-o, procurando algo que lembrasse o símbolo cravado nos túmulos dos meus pais. Os desenhos negros se destacavam contra o velho papel, enquanto eu virava as páginas, à procura.

Nada. Nenhum deles correspondia. O mais parecido era uma estrela de sete pontas, para acabar com maldições.

Tornei a telefonar para Reese. Nada. Outra vez.

Talvez ele estivesse apenas fazendo uma grande farra num bar, onde não podia ouvir seu telefone. Nada estava errado. Ele, provavelmente, lera minha mensagem anterior, dizendo que eu estava em segurança, então tinha parado de se preocupar comigo. Eu também não deveria me preocupar até passar da meia-noite, hora em que ele deveria estar em casa. Ainda demoraria mais meia hora.

Não havia nada que eu pudesse fazer até ele chegar em casa. Eu sequer sabia o que faríamos quando ele chegasse.

Subi em minha cama e fiquei deitada ali, olhando fixamente para o teto. Embaixo de mim, a cama parecia se balançar suavemente, como se fosse uma rede, e um vento me embalasse. Se eu fechasse os olhos, a sensação desaparecia, mas tudo o que eu via era o risco de sangue na lápide, e sua imensa poça encharcando o tapete do escritório.

Era melhor olhar para o teto e sentir o movimento de tontura embaixo de mim.

A magia me esgotara. Embora eu quase não tivesse perdido sangue, quando fiz as flores. Mas meu poder saíra num jorro, me deixando exausta. E eu tinha certeza de que a excitação de beijar Nick, seguida pelo fluxo de medo e adrenalina, não ajudara em nada.

Devia haver uma maneira de regular os efeitos da magia. Talvez apenas praticar funcionasse. Como afiar os músculos. Esse era apenas outro músculo que fica doendo, quando se começa a usá-lo.

Ou talvez… talvez não precisasse ser meu sangue. Talvez eu pudesse obter o poder através de outra coisa. Um animal. Histórias de feiticeiras estavam bem providas de sacrifícios de animais e familiares, não era?

Pulei da cama. Fazia sentido.

Agarrei um suéter e meu celular, para o caso de Reese telefonar. Com cuidado, abri a porta do meu quarto e rastejei pelas escadas abaixo. Na cozinha escura, bebi um copo d'água e me apoiei no balcão com os olhos fechados, ouvindo apenas os ruídos da noite. Minha casa rangia suavemente e o vento lá fora fazia os galhos finos baterem contra as janelas do andar de cima. O mesmo vento assobiava pelos campos. Eu sempre amara esse ruído – era como estar cercada de água.

O som tranquilo de conversa da TV de vovó Judy interrompia meu silêncio e, por um instante, desejei poder pedir conselhos a ela.

Mas, em vez disso, imaginei-me sentada à mesa da cozinha com papai, fazendo-lhe todas as perguntas que eu precisava de respostas. Por que éramos capazes de fazer aquilo? Por que meu sangue transformou capim seco em flores? Por que eu ardia com o poder? E então ele usaria uma caneta e um pedaço de papel para esboçar a resposta, da mesma forma como diagramava para mim frases em latim depois do jantar, quase todas as noites, quando eu estava no ensino fundamental. Mamãe tirava a mesa, deixando tudo limpo em torno de nós, e parando um instante para passar os dedos pelos cabelos de papai. Distraidamente, como se não estivesse sequer pensando naquilo.

E então papai me diria que era pelo fato de eu ser especial. Meu sangue era forte.

Virando-me para o balcão, coloquei meu copo em cima dele e me apoiei com as duas mãos nos azulejos frios. As facas da cozinha cintilavam contra as faixas magnéticas coladas na parede. Agarrei a faca de açougueiro. O cabo de madeira estava frio e liso. Eu precisaria também de algum recipiente para carregar o sangue. Minha garganta estava seca e eu engolia repetidas vezes.

O sr. Meroon tinha armadilhas para coelhos instaladas em árvores na extremidade distante dos seus campos. Reese e eu, quando éramos pequenos, procurávamos por elas, a fim de libertarmos os coelhinhos. Recolocávamos as armadilhas em seus lugares, para o sr. Meroon nunca descobrir que haviam funcionado, e ele nunca as mudava muito de lugar. Mesmo dez anos depois, eu sabia exatamente onde encontrá-las.

Quando cheguei lá, era quase 1h da madrugada. Nesse momento da noite, tudo dormia. As cigarras e as rãs haviam desistido dos seus gemidos, e o único som que me acompanhava era o do vento. Minhas botas provocavam fortes estalos na vegetação rasteira, enquanto eu, cuidadosamente, empurrava para o lado arbustos de amoras-pretas e samambaias baixas para descobrir as armadilhas.

A terceira caixa comprida à qual cheguei tinha um hóspede. Ajoelhando-me, coloquei no chão a faca e o recipiente de plástico que eu havia trazido. Quando toquei na madeira, minhas mãos tremiam. "Pare", sussurrei. Era apenas um coelho. Um roedor. E o sr. Meroon iria matá-lo de qualquer jeito, e tirar sua pele. Eu podia muito bem usar o sangue. Coloquei o recipiente de plástico em meu colo e abri a tampa. O plástico grosso estava manchado por anos de uso e deveria provavelmente ter sido jogado fora. Imaginei mamãe avaliando com cuidado o que restara do cozido dentro dele. Ela evitava sempre encher demais os recipientes, para a tampa não esmagar a comida e transformá-la numa massa, ou então ficar presa na camada de cima. Até os restos deveriam ficar com bom aspecto.

Mas as lembranças de mamãe ficavam deslocadas no bosque, à meia-noite.

Foi mais fácil do que nunca abrir a armadilha. Rapidamente, estendi a mão para dentro e agarrei uma das patas, a fim de puxar o coelho para fora. A maltratada coisa marrom estava inchada de raiva e raspava suas garras ao longo das paredes da armadilha. Mordi o lábio e o prendi no chão com ambas as mãos. As pernas traseiras chutaram e fizeram movimentos bruscos. Tateando com minha mão direita, em busca da faca de açougueiro, apoiei-me em meus joelhos. Meu coração batia forte em meus ouvidos, meu estômago estava cheio de pedras pesadas que desmoronavam. *Você pode fazer isso, Silla. Um, dois, três.* Eu estava atordoada e não conseguia me mexer.

O coelho tentou fugiu e, enquanto eu lutava para agarrar melhor seu pelo, ele *gritou*. Repetidas vezes, como uma sirene, como um bebê, gritava sem parar. Minha garganta apertou e eu não conseguia respirar — empurrei-o para baixo, mas ele lutava, e os gritos não paravam. Meus dedos pegaram o cabo da faca. Pisquei para eliminar lágrimas de pânico. Será que eu realmente precisava disso? Será que podia mesmo fazer isso? Meu estômago apertou repetidas vezes, a náusea rastejava pelo meu peito acima, dentro de mais um minuto eu vomitaria.

Pensei em mamãe e papai mortos. Pensei em Reese, que ainda estava vivo, e eu tinha que fazer tudo o que pudesse para protegê-lo. Era preciso pensar nisso. Não havia ninguém para pedir.

Eu precisava.

Empurrando a lâmina contra o pescoço do coelho, pressionei para baixo, com todo o meu peso atrás da faca.

Os gritos pararam quando a lâmina atravessou o pelo, a pele, os músculos e os ossos, e se enfiou na terra embaixo. O sangue imediatamente jorrou em cima da minha mão e da lâmina, dissolvendo-se no solo. Soltei o corpo e a faca, dei um impulso para trás, fiquei em pé sobre meus calcanhares, enxugando freneticamente minhas mãos em meu jeans. Suguei ar, num imenso e doloroso gole. Minhas costelas pulsavam para dentro e para fora, mal impedindo que meus pulmões e meu coração saíssem pela minha garganta. Olhei fixamente para o coelho decapitado, para o sangue que pingava para fora do seu corpo.

E me lembrei do recipiente de plástico.

Dei a volta e peguei-o, com minha cabeça girando, e depois ordenei à minha mão que se aproximasse do coelho, por cima das suas pernas traseiras, e erguesse o animal, para ele ficar pendurado em cima do recipiente. Meu corpo obedeceu a essa voz decidida, embora eu me sentisse como se não fizesse parte daquilo.

O sangue fluiu rapidamente, primeiro pingando no vaso, depois se reunindo numa poça escarlate que se espalhou até encher o fundo. Eu mal podia respirar. O pouco ar que conseguia vinha em explosões curtas, arquejantes. O braço que erguia o coelho ficou cansado e transferi o cadáver para o outro. Fiquei olhando fixamente para o sangue, como um cordão grosso que ligava o velho recipiente de plástico na minha mão ao pescoço rasgado.

Não demorou muito para o coelho sangrar até o fim, e quase não havia sangue em meu recipiente. Eu desperdiçara muito sangue, agitando-me de um lado para outro. E o coelho, com certeza, não pesava mais de três quilos. Coitado.

Levantei-me com ele, fazendo inchar a bola de náusea presa na parte de baixo da minha língua. Eu fizera aquilo. Não conseguia acreditar que tivesse feito. E... de repente, todo o meu entusiasmo desapareceu, joguei no chão o cadáver do coelho. Alimentaria um coiote dali.

A cabeça rolara para um lado da faca e eu a peguei por uma orelha. Com toda a minha força, atirei-a o mais longe possível. Ouvi-a bater nos arbustos secos.

Na escuridão, coloquei a tampa no recipiente e peguei minha faca. Minhas mãos estavam grudentas de sangue e o recipiente já esfriava. No centro da minúscula clareira, fiquei ouvindo a floresta silenciosa. Minha respiração soava alta em meus ouvidos.

E então o cheiro me atingiu. O fedor esmagador de sangue. Tive náuseas e caí de joelhos.

Quando já rastejara para bem longe do cheiro e conseguira me levantar, era tão tarde que o céu, a leste, já estava tingido pelo primeiro vestígio de luz. Enquanto tropeçava no gramado da frente, a caminhonete de Reese parou na estrada de acesso à garagem, com as rodas esmigalhando ruidosamente o cascalho. Ainda era o pior som do mundo. Sangue em minhas mãos, em meu nariz, no cascalho — se eu fechasse os olhos, tornaria a ver tudo com perfeita nitidez.

Reese desceu devagar de sua caminhonete. Fechou a porta com cuidado e deu a volta, obviamente tentando não acordar Judy nem a mim. Quando ele me viu, deu um pulo para trás, de modo que seu cotovelo bateu na caminhonete.

— Silla? — Sacudindo a cabeça, ele caminhou em minha direção. Quando olhou através das sombras, seus passos se tornaram mais vagarosos e depois aumentou a velocidade até correr nos últimos centímetros. – Você está bem? O que aconteceu?

Ele tentou me agarrar, mas a faca estava presa numa das minhas mãos e o recipiente de plástico na outra.

– Silla? O que você está fazendo com essa faca? – Seu tom mudou para desconfiança, como se eu fosse um animal selvagem.

– Matei um coelho. – Entreguei-lhe o recipiente de plástico. Automaticamente, ele o pegou, e depois quase o deixou cair.

– Meu Deus!

– É apenas sangue.

– Você... – Ele me olhou fixamente, com os olhos arregalados, depois para o recipiente, em seguida outra vez para mim.

– Você sacrificou um animal?

– O sr. Meroon o mataria, de qualquer jeito.

– E o comeria. Meu Deus!

– Alimentei a floresta com ele.

Vi que ele se enrijecia. Seus dedos se retorceram e ele segurou o maxilar.

– OK, abelhinha, você está me assustando. Parece inteiramente louca.

– Tal pai, tal filha.

A tontura encheu minha cabeça e quase saí flutuando.

Reese ignorou meu delírio e colocou o recipiente de plástico no chão como se contivesse veneno, e depois, delicadamente, tirou a faca da minha mão.

– Você está coberta de sangue.

Ele curvou-se para enterrar a faca no chão.

– Há mais sangue em mim do que no recipiente. Mamãe não aprovaria.

Seus olhos correram e encontraram os meus.

– Claro que não, idiota.

Nós nos encaramos separados por alguns mínimos centímetros. Éramos da mesma altura, embora ele fosse mais largo, graças àquele cromossomo Y e aos anos de futebol. Mamãe costumava dizer que tínhamos os olhos de papai. Pálidos e curiosos. Pensei, de repente, que o sangue do coelho agora não funcionaria mais. Estava velho e morto. Desperdiçado. Eu disse:

— Você deveria checar suas mensagens no telefone.

Ele franziu a testa.

— Chequei. Você chegou bem em casa... não chegou? — Enquanto falava, ele estendeu a mão para os bolsos da calça jeans, em busca do celular.

— Sim — sussurrei —, mas...

Ele abriu o celular com um movimento do polegar e empurrou um botão, antes de colocá-lo em seu ouvido.

Saí caminhando, com os pés pesados como concreto, e me sentei nos degraus da varanda.

Os olhos de Reese relampejaram e se arregalaram. Ele olhou fixamente para mim, com os lábios pressionados um contra o outro. Encolhi os ombros e apoiei minha cabeça no corrimão.

— Meu Deus, Silla.

Ele ficou bem à minha frente, com as mãos em meus ombros e me puxando para que eu me levantasse.

— Você está bem? O que mais aconteceu? Quem fez isso?

— Não sei. — Minha cabeça se sacudiu involuntariamente.

— Leve-me até lá.

— Estou cansada demais. Espere... Espere algumas horas, até o sol subir o suficiente para apagar todas as sombras da lua.

— Meu Deus.

Inclinei-me para a frente, contra ele, com minha cabeça em seu ombro, os braços cruzados, as mãos fechadas em cima das minhas costelas.

— Não acho que vá funcionar.
— O quê?
— O sangue do coelho.
— Sil, você...
— Está morto agora. Velho. Não foi usado com rapidez suficiente. E, meu Deus. Um coelho. Como é que fui fazer isso?

Reese passou seus braços em torno de mim e me puxou com ele de volta para a varanda, onde nos sentamos um ao lado do outro. Coloquei minha cabeça em cima do ombro dele.

— Conte-me o que aconteceu.

Eu contei. Tudo, desde os beijos em Nick às flores, aos túmulos profanados. E a esperança – a necessidade – de que houvesse alguma verdade na magia que não fosse sempre terminar em meu sangue.

Quando acabei, Reese estava tão silencioso que tive que abrir os olhos e examinar seu rosto. Ele lançava olhares raivosos na direção da casa de Nick.

— Ah, Reese.
— Ele fez você sangrar, maldito!
— Não é o que importa nessa história. – Peguei seu queixo com uma das minhas mãos e forcei-o na minha direção. – Pare de ser superprotetor.

Com um movimento brusco, Reese se arrancou do meu aperto.

— Nunca.

Sustentei seu olhar, tentando tornar minha expressão a mais severa possível.

Finalmente, ele concordou com a cabeça.

— Ótimo, porque ele vem esta tarde para trabalhar conosco. Para tentar.

— Silla!

— Será bom saber se ele pode fazer isso. Se é apenas nosso sangue ou o de qualquer pessoa.

Reese resmungou alguma coisa, frustrado. Mas, depois de um momento, sua curiosidade o fez admitir, em voz baixa:

— Você tem razão. Será uma boa experiência.

Coloquei minha cabeça outra vez em seu ombro e, tão casualmente quanto possível, disse:

— Estive pensando que a magia pode ter sido usada para matar mamãe e papai. Pois sabemos, agora, que alguém mais, além de nós, pode usá-la.

Seu maxilar se cerrou e senti os músculos se movimentarem novamente contra o alto da minha cabeça.

— O feitiço da possessão. As anotações de papai mencionam pássaros, mas por que você não poderia fazer isso com uma pessoa também?

— Droga, Silla. — Reese se afastou de mim. Piscou os olhos devagar, da mesma forma como a pequena ampulheta mostra que é preciso esperar, enquanto o computador processa alguma coisa. Em seguida, disse:

— Faz sentido. Há uma porção de histórias sobre feiticeiras que possuem animais, e pessoas também. Feiticeiras e demônios, claro. — Sua voz estava baixa e ele desviou o olhar. — Você quer dizer que alguém possuiu papai e o fez matar mamãe, e depois se matar.

— Sim. — Tornei a me instalar em seu ombro.

— Mas quem, Silla? Quem faria isso? Quem poderia?

— Não sei. Outro feiticeiro, talvez.

— Sil, isso não é *Harry Potter*.

— É estranho chamar papai de feiticeiro.

— O Diácono o chama de mágico.

— Como Houdini.

— Talvez. — Reese bateu sua cabeça de leve na minha. — Houdini entendia de ocultismo.

Resmunguei e apertei meus braços em torno de mim mesma. Reese colocou um braço em torno dos meus ombros.

— Temos que experimentar o feitiço da possessão. Para ver se funciona — falei.

— É avançado demais, Sil, é melhor trabalharmos até alcançá-lo.

— Talvez não haja tempo.

— Talvez haja uma maneira de nos protegermos contra tudo isso.

— Talvez um dos feitiços do tipo proteção-contra-encantamentos-maléficos?

Reese suspirou.

— Mas papai precisaria conhecer todos eles. E ele era vulnerável.

O pensamento me fez agarrar sua mão e apertá-la.

— Precisamos fazer alguma coisa.

— Devíamos centralizar nossa atenção em tentar descobrir quem é.

— Fico pensando se não poderíamos alterar o feitiço para descobrir coisas perdidas. Seja lá quem for, está meio que perdido. Quero dizer, perdido de nós.

— Talvez. — Ele bocejou tão amplamente que poderia quebrar o maxilar.

Isso passou para mim. Bocejei também e me pressionei mais perto do meu irmão.

Nossa casa ficava voltada para o noroeste, então todas as estrelas estavam visíveis e ficariam por pelo menos uma hora. Distingui as constelações que eu conhecia. A Ursa Maior. Perseu. O ar frio do amanhecer cheirava a folhas molhadas e a fumaça seca. E a perfume.

— Você está com cheiro de perfume.
— Estive com Danielle.
— Indecente.
— Ah, sim, depois das suas escapulidas com Nick Pardee, você não pode jogar pedras, tem telhado de vidro.
— Acho que sim.
— Você confia mesmo nele?
— Vovó gosta dele — falei, em voz baixa.
Reese suspirou:
— Decifraremos tudo, Silla. Precisamos fazer isso.
Eu apenas continuei a observar as estrelas. Queria vê-las se moverem. Sempre quis.

DEZESSEIS

14 de junho de 1905
Vi nosso destino!
Philip me levou para a floresta hoje, e me ensinou a arte da Possessão. Primeiro, fez-me advertências, como de hábito, dizendo que, embora a possessão seja uma ferramenta valiosa para o aprendizado, é uma arma perigosa e tentadora. Adoro tentação.

Esperei que fosse difícil, por causa das lutas de Philip, apesar da sua imensa prática, para declarar que seu espírito possuía até mesmo um pequeno gaio. Mas eu... pulo dentro dele, como se sempre tivesse sabido voar! Quando despenquei do céu pela primeira vez, e voltei para meu corpo, estava rindo, eufórica. Philip permanecia estendido ao meu lado, e ficou observando quando me levantei e rodopiei.

— Você não está exausta? — perguntou ele, apoiando-se em seus cotovelos.

Parei e sorri para ele, para o cabelo loiro caindo em cima da sua testa, para seu colete desabotoado e a longa extensão das suas pernas. Sacudi a cabeça.

— Estou viva — disse, desabando ao seu lado e atirando meus braços em torno do seu pescoço. Beijei seus lábios através dos meus sorrisos.

— Josie — protestou ele, empurrando-me para trás. Fiz biquinho e ele riu quando, ao sacudir a cabeça, tocou em minha bochecha quente. — Josie, você está embriagada com a magia.

— Sim!

Philip riu.

— Nunca fui bom em possessões. Fico fora de combate e arrebentado durante horas. Mas acho que você poderia possuir uma pessoa por quanto tempo quisesse, se gostasse.

— Uma pessoa? — O pensamento faiscou através de mim, mais rápido que um relâmpago. Um milhão de ideias para prazeres e travessuras martelou dentro da minha mente.

Mas Philip sacudiu a cabeça.

— Josephine, isso não é um jogo. No tempo do Diácono, homens e mulheres eram mortos por causa disso; por tudo o que fazemos.

— Mortos? Por que deveríamos ser mortos por causa da magia? Por curarmos e descobrirmos feitiços?

— Somos bruxos, pequeno duende.

Minhas mãos voaram para minha boca e dei uma olhada por toda parte em torno, olhei para as sombras da floresta. Pensara nisso, mas nunca dissera a palavra em voz alta.

— Bruxos — falei novamente, com mais calma. — Mas nossa magia não vem do Demônio.

— Você não acha que sou seu parente demoníaco? Ensinando a você segredos sombrios?

— Sei que você não é, nem mesmo me beija.

Ele riu, e seus olhos baixaram para meus lábios. Sei que logo me beijará.

Pensei no que ele disse sobre o fato de gente da nossa espécie ser morta, mas não estou preocupada. Tenho verdadeiro poder — ninguém poderia manter-me acorrentada, porque meu sangue pode transformar ferro em água. Eu poderia atravessar paredes, se precisasse, e agora — agora sei que posso jogar minha mente dentro da mente de outra pessoa, e como seria fácil, então, destrancar qualquer prisão! Somos invencíveis, Philip e eu. Até perante Deus. Ou o Demônio.

 Perdoei Philip por tudo, por tudo o que ele me mostrou. Quando ele nos tranca dentro da sua sala de trabalho, ou nos leva para fora da cidade, a fim de pegar ervas, pedras e terra fértil, fico imaginando que talvez ele acabe por me amar tanto quanto eu o adoro. Nossos dedos se roçam e nosso sangue se mistura.

DEZESSETE

NICHOLAS

Dormi com minha janela aberta e de manhã estava todo embrulhado em meus lençóis, como um burrito. Aquele sonho idiota com um cachorro me acordara (novamente), de modo que foi duro me arrancar da cama, quando meu celular disparou seu alarme *techno-beat*.

Quando já estava vestido e no andar de baixo, só tive tempo para pegar um folhado antes de correr para fora, a fim de falar com o reboque. Estava com tanta pressa que tornei a tropeçar nas botas de jardinagem de Lilith.

Enquanto eu as recolhia e colocava a alguns metros da porta, desejei que ela guardasse aquelas malditas coisas em algum outro lugar. De qualquer forma, ela não precisaria fazer jardinagem agora. Era praticamente novembro e o solo estava anormalmente frio.

Depois de enfrentar a alegria de ficar sentado na cabine do reboque com um cara que usava uma camisa de flanela, tentando não dizer a ele que, na verdade, eu não dava a mínima para o fato de o St. Louis Rams jogar no domingo, e será que ele podia me ignorar, para eu poder ficar olhando pela janela e pensar em Silla?

Encontrei com Eric na mercearia Mercer. Ficava bem ao lado do posto de gasolina onde o mecânico urinava. E da lanchonete Dairy Queen. E do bar com as rãs em néon da Budweiser. E de uma loja de ferragens. E de um trio de antiquários que já estavam abrindo suas portas para receber os clientes. Sem dúvida, era muito conveniente precisar caminhar apenas um quarteirão para fazer qualquer coisa na cidade. Isto é, caso a pessoa necessitasse de móveis velhos, cerveja ou martelos.

Logo do lado de dentro das portas de vidro da mercearia ficava uma pequena banca de café, administrada por certa sra. April McGee, e havia uma fila diante dela, às 9h45 de um sábado.

— Ora essa — falei. — A Dairy Queen *não é* o único ponto de encontro para os jovens de Yaleylah.

— Por isso é você quem vai comprar o café, seu idiota. Gosto de dois sachês de açúcar no meu.

Rindo, fiz o que ele dizia, e me uni a ele do outro lado da rua, na loja de ferragens, alguns minutos depois. Depois de lhe entregar o copo de papelão, fiquei ao seu lado e olhei atentamente para a parede de ferramentas.

— Você está procurando o quê?
— Martelos.

Sorri.

— O que é tão engraçado? Vocês não têm martelos em Chicago? Ou você não conhece um martelo?

— Não é nada, não é nada. Você disse martelos, no plural?

— Sim. Para o clube de teatro. Nós, na verdade você, ó membro da produção, precisa fazer algumas plataformas para o espetáculo nesta semana, depois da escola.

— Ah, mas que alegria.

Beberiquei o café surpreendentemente bom e dei alguns passos para a frente, a fim de examinar os martelos pendurados em seus pequenos ganchos de metal. Eles variavam de tamanho, desde os curtos, do tamanho da minha mão aberta, até os compridos, na extensão do meu antebraço. O que se faz com um martelo minúsculo? Havia cabos de madeira e cabos de plástico pesado. Alguns pintados, outro não. Ocorreu-me que eu, na verdade, não precisava saber que havia tantas variedades de martelos. Então, dei a volta e fiquei de frente para Eric, enquanto ele fazia as compras como se um martelo fosse funcionar tão bem quanto outro.

– Posso perguntar uma coisa que pode soar esquisita?
Ele deu de ombros.
– Claro.
– Você já ouviu coisas estranhas sobre meu avô?
– O sr. Harleigh? – Eric virou os olhos em minha direção e, em seguida, tornou a dar de ombros. – Claro, ele morava sozinho, ao lado de um cemitério, cara. Quantas coisas estranhas já não falamos a respeito?
– Então, tudo inventado?
O olhar que ele me lançou dizia: *Está falando sério*?
– Ouça, eu não o conhecia.
– E você quer saber de umas coisas para se divertir?
– Conte apenas uma.
– OK, aqui vai a melhor de todas. Está preparado? – Ele ficou inteiramente imóvel, a única coisa que se mexia era o vapor ainda subindo do seu café. Depois disse, com uma voz baixa, quase um sussurro: – Dizem que o sr. Harleigh tinha 200 anos de idade quando morreu. Que, durante meia dúzia de gerações, ele usou os ossos do cemitério para fazer uma poção de imortalidade, mas desistiu quando...

Eric parou e desviou o olhar, com um tom de culpa, como se percebesse que estava prestes a dizer alguma coisa ruim sobre minha família.

Senti que estivera prendendo minha respiração e me sacudi.

— Quando o quê?

Ele abandonou todo o jeito afetado e dramático.

— Quando sua mãe pirou.

— Ah. — Os pelos dos meus braços se arrepiaram. Mas tentei minimizar tudo com um sorriso torto. — Bom, ela mais ou menos enlouqueceu.

Eric deu uma palmada em meu ombro, com uma expressão de alívio.

— Sim. Todos sabemos disso. Estou satisfeito por você também saber.

— Seria difícil não saber.

— Você deve tomar cuidado.

— O quê? Como se isso passasse de um para outro na família? Não se preocupe, meu pai é a pessoa mais careta e sã deste mundo.

— Não, cara. — Eric sorriu. — Não é com os genes. É com o cemitério.

— O cemitério?

— Aquilo ali é como um sorvedouro do mal. — Seu rosto acendeu. — Sempre houve histórias sobre aquele cemitério. Minha avó contava que os animais evitavam aquele lugar; vacas, cavalos, cachorros etc.; e dizia que via luzes estranhas ali. E, pense só o seguinte: quem foram as pessoas que moravam perto do cemitério, nos últimos trinta anos, as únicas que enlouqueceram e/ou foram perversamente assassinadas por aqui, tudo num raio de um pouco mais de um quilômetro?

O café azedou em meu estômago.

— É, faz sentido.

Eric riu.

— Dá a você algo mais em que pensar, quando estiver olhando amorosamente para Silla.

Eu não queria que fosse assim, mas Eric tinha razão. E ele sequer sabia sobre a magia.

SILLA

Corvos batiam as asas, preguiçosamente, a alguns metros acima dos túmulos dos meus pais. Reese e eu tínhamos jogado um pão velho para eles, partido em vários pedaços, para que ficassem por perto. Eles pareciam contentes de pular um em cima do outro e tagarelar, discutindo por causa das migalhas de pão. Lá no alto estendia-se um sólido lençol azul. Por toda parte, em torno de nós, o mundo se estendia em cores douradas e aqui estávamos no cemitério, cercados por lápides arruinadas e extensões de gramado seco.

Deitei-me no chão, no centro de um círculo de sal e velas.

Meu sangue jorrava e pulsava pelos dedos das mãos e dos pés e a grama espetava minha pele. Com os olhos fechados e bem apertados, eu respirava fundo e soltava a respiração, concentrando-me no movimento do meu diafragma. Enfiei minhas unhas na terra, que tinha um cheiro de algo frio e fresco. A magia ardia através das minhas veias e minha cabeça doía como se eu estivesse pendurada de cabeça para baixo e sendo sacudida.

Mas o feitiço não estava funcionando.

Soltei um suspiro e tentei relaxar, dissolver-me no chão e me desprender de mim mesma.

— Nao teve sorte? — perguntou Reese.

— Obviamente, não!

— Não é como se você estivesse aprendendo a desenhar um triângulo. Essa é uma linguagem inteiramente nova, Sil.

Abri os olhos. O céu luminosamente azul emoldurava a cabeça de Reese, de modo que eu não podia ver sua verdadeira expressão, para saber até que ponto ele falava sério. Pensei que não muito, e mostrei minha língua.

Ele riu.

— Quero fazer isso também! — Fiz força para me sentar. — Todo o resto eu consegui, por que não isso? Sinto... sinto a magia fluindo através de mim, desde o alto da minha cabeça — toquei no sangue pegajoso tirado da minha testa — até as minhas mãos. — Mostrei-lhe as runas de sangue que ele desenhara nas palmas das minhas mãos. — A magia está batendo junto com os batimentos do meu coração e eu a desejo. Pelo amor de Deus, Reese, eu...

— Talvez você esteja desejando em excesso.

— Não faz nenhum sentido. Papai diz *força de vontade* e *crença*. Querer mais deveria facilitar.

— Então, uma parte de você não acredita que seja possível.

Mordi a parte interna do meu lábio.

— É... diferente de todo o resto. Os demais feitiços eram para afetar outras coisas, não a mim mesma. Isso é como me jogar fora.

Reese riu, zombeteiramente.

— Você, simplesmente, gosta de quem você é, Silla. Sempre foi assim. Você sempre soube quem é.

— Não me sinto mais assim.

O rosto de Reese assumiu uma expressão pensativa.

— Está com medo?

Será que eu estava com medo? A ideia me fez mudar desconfortavelmente de posição no chão frio.

— E você, está?

— Acho que não. Pense no que eu poderia aprender passando algum tempo no corpo de um animal. Voar, ou caçar com uma raposa... — Ele virou o rosto na direção da floresta.

Peguei sua mão.

— Você poderia perder a si mesmo. Como pode um corvo sustentar uma pessoa inteira? Minha alma?

Ele sacudiu a cabeça e tornou a se virar para mim.

— Não, não há uma manifestação física da alma. Não é como se tivesse massa. Ela deve ser capaz de repousar na cabeça de um alfinete, como todos os anjos.

Apesar do sol, estremeci. Os corvos faziam movimentos bruscos e bamboleavam, esquecidos de nós.

— Tentarei – disse ele. — Não tenho essa preocupação de me perder.

Respirei profundamente e concordei com a cabeça.

— OK. Combinado.

Muito devagar, fiquei em pé e caminhei para fora do círculo. Meus joelhos vacilaram e o chão do cemitério se inclinou.

Reese pegou minha mão.

— Sil.

— Estou completamente tonta.

— Está tão ruim assim?

— Sim. Eu estava tentando mesmo, com muita força, e pude sentir a magia tentando funcionar. Me esvaziando. – Reese me segurou quando me ajoelhei e apoiei minhas costas na lápide de mamãe e papai. – Meu Deus, também me sinto enjoada.

— Papai tem uma anotação sobre isso, você a viu?

— Sim.

De qualquer forma, Reese leu-a em voz alta:

— "Recomendo gengibre ou chá de camomila para acalmar o estômago, depois da possessão. Pode ter efeitos deletérios no corpo. Água e açúcar para a cabeça." Há passas e cookies na bolsa.

Ele me entregou a mochila e tirei de dentro dela nossa garrafa de água e um saquinho plástico com passas.

— Ugh!

Eu não estava com fome.

— Beba.

— Acho que meu corpo não gosta da ideia de ser uma concha vazia.

— Seu corpo é inteligente.

— Ora.

Abri o saquinho e tirei umas duas passas.

— É minha vez. Você está com a faca?

Reese se apoiou para trás, em cima dos seus quadris, dentro do círculo. Entreguei-lhe o canivete e observei enquanto ele cortava a palma da sua mão. Enrugando os lábios, ele disse:

— Foi péssimo o que aconteceu com o sangue do coelho.

O sangue coagulara, formando uma gelatina nojenta, cheia de grumos. Em vez de raspá-lo do recipiente plástico, eu jogara fora a coisa toda. Pobre coelhinho desperdiçado.

— Talvez a gente deva usar apenas nosso próprio sangue. Para tornar tudo um verdadeiro sacrifício, sabe? Como diz papai. Seria bom se pudéssemos perguntar a ele o que fazer.

Reese fez uma concha com a palma da mão.

— Sim, mas pelo menos sabemos onde foi.

Estendi a mão e, como quem faz uma experiência, coloquei meu dedo na poça vermelha. Estava quente, grudenta e grossa. Encolhi-me, mas pintei uma runa trêmula na testa de Reese. Com sua mão livre, ele puxou para baixo a gola do suéter. Pintei a mesma runa sobre seu coração e nas palmas das suas mãos. Então Reese colocou para fora sua mão que sangrava e deixou seu sangue pingar num círculo em torno dele, reforçando o anel de sal que já estava no lugar. Supunha-se que isso deixava a alma encontrar mais facilmente seu caminho de volta ao corpo, de acordo com um dos trechos do livro assinalados por papai com uma seta. E ali estavam todos os ingredientes para esse feitiço. Sangue, fogo para a transformação, imaginação e algumas poucas palavrinhas em latim. Eu notara que a maioria dos feitiços instantâneos necessitava de menos ritual. Eram as coisas com a intenção de durar, como feitiços de proteção e poções para obtenção de saúde e fortuna, que exigiam tempo e planejamento.

Dobrando um pedaço de pano de pratos, pressionei-o contra a palma da mão de Reese.

— Então relaxe e diga o canto. Basta focar a atenção nas sílabas e depois se imaginar no pássaro.

— Também li o feitiço, Sil. — Reese fechou os olhos. — E você tentou bastante, então ouvi o canto várias vezes.

Dei uma palmada em seu braço.

— Foi difícil, OK?

— Hum-hum. — Reese respirou profundamente, devagar, e cruzou as mãos em seu colo, com o pano de pratos ensanguentado entre elas. Enquanto ele relaxava, seu maxilar se afrouxou e suas pálpebras se agitaram. Um vento passou pelas mechas de cabelo caídas em sua testa e senti arrepios em toda a minha pele. Dei uma olhada para o local, adiante, onde os corvos batiam asas de um lado para outro, e desejei que o sol estivesse menos forte. O pão já quase acabara. O bando de pássaros brincava ali o tempo todo, desviando-se com frequência na direção da nossa casa, como sempre faziam, a tal ponto que, quando eu era menina, tinha dado um nome a cada um deles. Provavelmente, eu não conseguia distinguir um do outro, mas eu tinha 6 anos, de modo que ninguém me desmentia.

A respiração de Reese mudou de repente, tornando-se mais rasa e mais rápida, como se ele estivesse tentando combinar sua respiração com a do pássaro. E então, sem qualquer aviso, seu corpo inteiro relaxou. Sua cabeça pendeu e seus dedos se afrouxaram. Ele desabou para trás.

As velas se apagaram.

Movimentei-me com dificuldade para mais perto. Ele conseguira!

Os corvos batiam as asas e virei minha cabeça na direção deles. Uma náusea subiu forte do meu estômago. Empurrando meus punhos fechados para dentro da minha barriga, a engoli de volta, e observei com cuidado, com os olhos semicerrados. Um corvo se imobilizara. Enquanto eu o observava, ele se sacudiu, deu um pulo para cima de uma lápide e depois, devagar, bateu suas pálpebras. Uma nuvem passou pelo sol, envolvendo-nos em sombra, e o corvo de repente agitou suas asas e tremeu. Saltou do mármore e saiu voando por cima do cemitério.

O resto dos corvos grasnava, cacarejava e o perseguia. Fiquei em pé, usando como apoio a pedra de mamãe e papai. Depressa demais, perdi a pista de qual dos pássaros que giravam e mergulhavam era meu irmão. Caminhei para o mais perto possível do círculo de sal sem desmanchá-lo. O peito de Reese se erguia e baixava vagarosamente, como se estivesse num sono profundo. Pensei outra vez em almas. *Não estou preocupado em perder a mim mesmo,* ele dissera. Imaginei se fora porque ele desejava isso.

Era bom ver o rosto dele calmo e tranquilo. Alguns dias eu pensava que queria sentir mais do que sentia, sair da minha apatia, como se eu fosse uma concha. Mas Reese sentia tudo. Colocava-se também em meu lugar. Isso o fazia atirar coisas, beber demais e dormir com ex-namoradas de quem ele na verdade não gostava.

A terra sumiu embaixo de mim e eu me agarrei à lápide mais próxima. Tinha que comer um daqueles malditos cookies e chegar até onde estava a água. Por que eu não conseguira fazer esse feitiço? Fizera uma centena de flores brotarem, e sem sequer tentar, como se o poder em meu sangue tivesse despertado completamente e eu estivesse faminta de magia. Mas agora... agora eu estava falhando.

De repente, o corpo de Reese deu uma guinada para cima. Seus quadris se elevaram do chão e seus olhos se abriram de repente. Depois ele desabou e riu. Abriu os braços, num movimento repentino, destruindo o círculo.

— Silla! Ah, meu Deus!

Meu coração tornou a se assentar em meu peito, no lugar que lhe pertencia. Ele estava bem.

Virando de barriga para cima, Reese sorriu.

— Silla, foi espantoso. Eu estava voando. Debaixo das minhas asas, o vento era tão espesso quanto água. Eu não podia cair, não havia peso suficiente no mundo capaz de me empurrar para baixo.

— Uau! — sussurrei, tentando, sem conseguir, não sentir uma completa inveja.

Ele fez um sinal afirmativo com a cabeça e ficou de joelhos.

Sua cabeça se virou para todos os lados, até ele descobrir o corvo que abandonara, pulando em círculos, com movimentos bruscos.

— Não encontro palavras para lhe contar. Eu sabia apenas o que as coisas significavam. E... — ele fechou os olhos — as cores eram... as árvores eram de um milhão de verdes diferentes, o céu, meu Deus, o céu. Não era azul, mas azul-branco-prateado-verde-azul-azul-azul, não há nomes para isso. Com o vento em minhas penas, eu mergulhando, girando, rodopiando, sabendo sempre onde estavam as nuvens, o que era alto demais, e minhas asas... minhas asas! Meus músculos e ossos me lembravam de como me movimentar, meus pés se aconche-

garam em meu corpo. – Reese balançou-se, ali em pé, e abriu os olhos. – Opa. Tontura.
Ele estendeu o braço para mim e peguei em sua mão. Ele parecia um menino pequeno.
– Isso soa maravilhoso.
– Foi. Você vai conseguir. Eu te ajudarei.
Ele apertou minha mão e eu joguei a bolsa com os cookies em seu colo.

NICHOLAS

Quando cheguei ao cemitério, Silla e seu irmão estavam sentados juntos, comendo cookies. Ambos usavam jeans e suéteres e tinham sangue em suas testas. Como uma marca macabra, que arrancava a pessoa de uma cena que antes era pastoril. Acontece que aquilo era um cemitério. OK, era tudo horrível. Diminuí a marcha, ergui a mão e disse:
– Oi.
Silla ficou em pé, devagar. Seus olhos estavam apertados, como se sua cabeça doesse.
– Oi, Nick. Este é meu irmão, Reese.
Também em pé, Reese estendeu sua mão.
– Oi.
Apertei-a e fiquei satisfeito por ele não fazer nenhuma daquelas coisas de apertos de mãos machistas, competitivos.
– Prazer em conhecer você.
Ele era maior do que eu em todos os sentidos, menos na altura. Mas ficava em pé à vontade, como um sujeito que consegue seu tamanho por meio de trabalhos de verdade, não por passar horas em batalhas épicas com máquinas de musculação.
– O prazer é meu.

Reese apoiou seu traseiro contra a lápide, com os braços cruzados no peito.

Normalmente, eu teria feito algum comentário sobre sua atitude, diria que ele era grande o bastante para levantar a pedra sem a ajuda do seu traseiro, ou algo assim, mas não queria deixar o sujeito zangado logo de cara. Nem deixar Silla aborrecida.

— Está com fome? – perguntou Silla.

Ela estava imóvel, em pé, com as mãos agarradas uma à outra, à sua frente. Uma faixa de pano azul estava amarrada em torno da sua mão esquerda.

Eu queria beijá-la. Fazia mais ou menos 15 horas, desde a última vez. Eu queria pegar o seu rosto em minhas mãos e beijá-la até não poder respirar. Mas, em vez disso, apenas abanei a cabeça.

— Não, obrigado, estou bem.

— Estávamos descansando, comendo. Esse feitiço é muito cansativo. Quer se sentar?

Ela gesticulou na direção do chão, com seu olhar acompanhando a mão.

Dei uma olhada para baixo, para a beira do círculo de sal. Os cristais grossos cintilavam como diamantes ao sol. Também não havia nada que eu quisesse e pudesse dizer a Reese.

— Pois é. Magia. O que vocês fizeram, hoje?

— Reese voou.

— Voou? – Disparei um olhar para ele, mas ele me ofereceu apenas um sorriso presunçoso.

Silla disse:

— É um feitiço chamado *possessão*, e ele forçou sua mente a entrar no corpo de um daqueles corvos ali. E voou.

À minha esquerda, adiante, alguns corvos pulavam em torno de lápides, enquanto outros bicavam a grama, brigando por pedacinhos de folhas vermelhas.

— É incrível — disse a Silla.

O sangue que secava em sua testa escorrera para baixo, numa faixa, até a ponta do seu nariz, e ela parecia ter levado uma pancada violenta no lugar. Reese, a mesma coisa.

— O sangue no rosto de vocês... faz parte do feitiço?

Líquido quente caindo dentro do meu olho. Eu o esfrego e vem a voz de mamãe: "Nicky, querido, não faça isso."

Franzi a testa e afastei o relâmpago da lembrança, enquanto Silla dizia:

— É para abrir nossa capacidade de separar a mente do corpo. Ou algo parecido.

— Bem em cima do seu terceiro olho do chacra.

Está certo. Escondi meu desconforto com uma cara de idiota. Reese fez uma careta.

— Nosso o quê?

— Ah, humm, você sabe... os pontos de energia em nosso corpo que... — Nenhum dos dois concordou com a cabeça. Tentei novamente: — Das tradições indianas... e também uma coisa muito Nova Era... deixem pra lá.

Silla pegou em minha mão e me puxou, para que eu me sentasse ao seu lado.

— Estou feliz por você ter vindo.

Entrelacei meus dedos nos dela, gelados.

— Eu também.

Tão perto, percebi que o símbolo lambuzado em sua testa era familiar. *Pense no cachorrinho, Nick, finja que está correndo com ele pela grama. O que está sentindo embaixo das suas patas? Que sensação lhe dão suas orelhas caídas?* Estremeci. *Possessão.*

— Nick?

Ela apertou minha mão e beijou a junta do meu indicador.

— Eu... – Sorri, sem jeito, olhando para Reese. – Acho que estou um pouco nervoso. Não gosto muito de sangue.

Era quase a verdade. Reese disparou um olhar para Silla, claramente deixando-a ciente de que não estava bem impressionado comigo.

— Você terá que se acostumar com ele, se quer participar – disse ele, com um tom de voz esquisito, e abriu bruscamente a lâmina de um canivete.

SILLA

Estávamos sentados num triângulo, exatamente dentro do círculo de sal. Antes de sairmos de casa, Reese e eu tínhamos conversado sobre que feitiço experimentar com Nick. O problema com a maioria dos feitiços era que não se poderia dizer imediatamente se estava funcionando. Um feitiço de proteção só apareceria se *não* funcionasse. Um feitiço para trazer sorte era a longo prazo. Poderíamos tentar o feitiço da visão a distância, para procurar quem matara mamãe e papai, mas nenhum de nós dois, por enquanto, queria falar com Nick a respeito disso. E era preciso mil-folhas, que não tínhamos. Vários outros feitiços exigiam ingredientes ainda mais difíceis de conseguir, ou dos quais jamais ouvíramos falar.

Então, íamos tentar a transformação. Um feitiço famoso.

Quando estávamos situados nos cantos do nosso triângulo, com os joelhos quase se tocando, Reese agarrou uma tigela clara, de cerâmica, que estava ao lado da lápide. As beiradas eram recortadas, como uma crosta de torta, e o fundo tinha um desenho, a figura de uma carpa ornamental, cor de laranja. Vovó Judy a comprara de um catálogo, em agosto, e, quando a tigela chegou, ela a guardou no armário de louças e nunca mais tocou nela.

Desembrulhei uma garrafa de vinho que estava na mochila e a coloquei entre mim e Reese.

— Tem certeza de que pode fazer isso, Sil? — perguntou Reese. — Não está cansada demais?

— Estou bem. Tenho que fazer pelo menos uma coisa hoje.

Peguei o canivete, que estava no gramado. Para a *possessão*, Reese e eu havíamos cortado as partes carnudas das palmas das nossas mãos, pois precisávamos de sangue suficiente para pintar as runas em nós mesmos. Doera, e minha mão esquerda continuava a pulsar, de leve. Mas, para esse feitiço, apenas uma gota de sangue seria suficiente.

Reese despejou água de uma garrafa térmica dentro da tigela de cerâmica de vovó Judy. A água clara respingou os lados da tigela, enquanto era despejada.

Os corvos riram, como se soubessem alguma coisa que nós não sabíamos, e nós três esperamos que a água se estabilizasse. Brilhos do sol relampejavam nas ondulações desiguais, momentos de luz prateada que me faziam piscar e desviar a vista. Surpreendi Nick observando-me e sorri. Ele retribuiu.

Reese mudou de posição, em seu lugar, enquanto trazia a garrafa de vinho para mais perto e desatarraxava a tampa.

— Vinho? — Nick ergueu as sobrancelhas.

— É o truque mais velho do livro. — Reese sorriu.

Um franzido enrugou a testa de Nick por um momento e depois ele deu uma olhada na água e em mim.

— Transformar água em vinho.

Fiz um sinal afirmativo com a cabeça, sentindo meu pulso acelerar.

— Pode imaginar isso? — sussurrei.

— Não será preciso.

Reese estendeu o braço por cima dos nossos joelhos e pegou minha mão. Pigarreou.

— Está pronto?

Nick e eu respiramos fundo e soltamos o ar através dos nossos lábios franzidos, ao mesmo tempo. Como se tivéssemos planejado fazer isso. Se ele não estivesse segurando meus dedos com força, estariam tremendo; nosso destino era fazer isso juntos.

— Pronto, Nick? — perguntei, baixinho. — Depois que Reese pingar o vinho dentro, dizemos "*Fio novus*". Significa: "Tornar-se uma coisa nova."

— Por que latim? — Ele não parecia curioso e sim perplexo.

— Porque isso é... o que está no livro — falei, timidamente, dando pancadinhas na capa do livro de feitiços.

O livro estava no meio do capim seco.

— Dizemos o que queremos que a água se torne, com as gotas de vinho — disse Reese. — Nosso sangue proporciona a energia, e nossas palavras, a vontade.

Nick concordou com a cabeça.

— OK. Entendi.

— Vinho — disse Reese, enquanto inclinava a garrafa aberta e permitia que um fino fluxo de líquido marrom-escuro se derramasse. O líquido caiu e se dispersou quase imediatamente. A água no centro da tigela ficou um pouco mais escura. Os pontos de sol que se agitavam em meus olhos estavam menos brilhantes.

Inclinei-me por cima da tigela e Nick e Reese puseram, cada um, uma das mãos em cima de um dos meus joelhos. Furei meu indicador, estendi-o e observei uma gota de sangue, muito vagarosamente, chegar até a ponta.

Minha mão ardeu e senti um fluxo de energia sair das minhas entranhas e descer pelo meu braço, reunindo-se em minha mão. O poder pulsava naquela minúscula gota de sangue, tremendo na ponta do meu dedo, enquanto eu prendia minha respiração e depois, finalmente... finalmente... caiu na água.

O sangue aterrissou com uma pequena pancada, permanecendo junto, numa esfera. Uma bolha de sangue vermelho flutuando na água.

— "*Fio novus*" — murmurei. — *Torne-se uma coisa nova.*

— "*Fio novus*" — repetiram os rapazes.

Todos dissemos a mesma coisa pela terceira vez, inclinando-nos para tão perto que nossa respiração sussurrava contra a água. A superfície tremeu, deslocando-se para cima e para baixo, em minúsculos redemoinhos, como se um terremoto a perturbasse. No meio, onde meu sangue caíra, cresceu um estranho vértice roxo, estendendo-se para fora, como tentáculos, na direção das beiradas da tigela, da superfície, da pequena carpa alaranjada no fundo. Como se fosse óleo, o vinho não se misturava logo com a água. Era um organismo vivo, uma planta de água, crescendo para encher o espaço. Meu estômago estava apertado e mordi a ponta da língua, mal ousando respirar.

— "*Fio novus!*" — assobiei.

O organismo explodiu, transformando toda a água, instantaneamente, num líquido escuro, brilhante, que lambia suavemente as beiradas recortadas da tigela.

Nós três apenas olhamos fixamente. Pensei nas feiticeiras de Macbeth, apinhadas em torno dos seus caldeirões. *E agora, suas bruxas secretas, escuras, da meia-noite. O que há para fazer?*

Um feito sem nome.

Estávamos tão quietos quanto as lápides em torno de nós.

NICHOLAS

Estendi o braço para a frente e mergulhei meu dedo na tigela. Levando-o até a minha boca, hesitei apenas um segundo antes de sugá-lo. Um gosto agridoce inundou minha língua.

Silla me observava de olhos arregalados, e Reese perguntou:

— E aí?

— Vinho. – Dei de ombros e ri, pasmo. – Vinho ruim, mas vinho.

Com um grito de triunfo, Silla também mergulhou seu dedo. Quando provou, ela se encolheu.

— Ugh! Acho que preciso de prática.

— Você não gosta de vinho, de qualquer jeito. – Reese sorriu. – Talvez a gente deva tentar transformar água em leite achocolatado da próxima vez.

Ela riu e eles partilharam um momento de entendimento. Foi como se isso emanasse daquela estranha linha brilhante que havia entre os dois. Eu disse a mim mesmo que, de qualquer jeito, não me daria bem com nenhum irmão.

No mesmo momento, eles se viraram para mim. Reese disse:

— É sua vez, cara.

Minha boca se abriu, mas, pelo menos desta vez, eu não tive nada agressivo para dizer.

— Você não quer? – Silla repousou sua mão em meu joelho e era impossível pensar.

— Queremos saber se somos apenas nós. Nossa família. Ou se é você também.

Reese ficou em pé com um único movimento, com a tigela de vinho ruim em suas mãos. Caminhamos alguns passos de distância e o atiramos, num longo arco em cima do túmulo de algum cara.

— Nicholas.

A invocação do meu nome completo devolveu-me as palavras.

— Sim – resmunguei, estendendo o braço para baixo, a fim de tirar sua mão da minha perna. Eu mantive sua mão na minha e ergui seu dedo, a fim de beijar o minúsculo corte. – Sim, quero experimentar.

Claro, eu sabia que podia fazer isso.

Reese tornou a se sentar e deixou a tigela cair pesadamente no centro. Despejou dentro dela o resto da água. Silla apertou minha mão, antes de soltá-la, e procurou seu canivete no capim em torno. Ao encontrá-lo, ofereceu-o a mim.

— Espere — disse Reese. — Você não tem nenhuma doença, não é?

Silla franziu os lábios, aborrecida.

— Quem está dormindo com Danielle Fenton é você.

Mas Reese manteve seus olhos em cima de mim. Eu sustentei seu olhar, tornando minha expressão casual e desinteressada, como se eu não me importasse com essa exibição adicional de dominância. Era ligeiramente irritante que eu tivesse que fazer isso outra vez, mas graças a Lilith eu era bom em reagir a esse tipo de jogo. E Reese não desgostava de mim, pensei. Ele apenas não queria que eu tocasse em sua irmã, o que eu podia entender. Ele teria que superar isso, mas eu podia entender.

Finalmente, ele concordou com a cabeça, e Silla me entregou o canivete com um pequeno suspiro exasperado.

Reese despejou outro fio de vinho e depois ambos colocaram suas mãos em meus joelhos para completar o círculo, exatamente como havíamos feito com Silla.

Coloquei o canivete em meu dedo e pressionei. A dor foi imediata. Eu cortara fundo demais, mas o canivete não era tão preciso quanto a pena afiada de tirar sangue da minha mãe. Tentando não empalidecer e parecer um perdedor, mantive meu dedo em cima da tigela e centralizei meus pensamentos no que eu queria. Caiu mais de uma gota, respingando muito. Todo o meu corpo coçava, enquanto a magia saía, assobiando. Eu não me lembrava da coceira.

— Água seja vinho — falei, sem pensar, distraído pelo surto da magia. — Lágrimas dos céus, tornem-se os frutos das videiras.

Senti, mais do que vi, Silla e Reese hesitarem. Mas continuei:

— Água seja vinho. Sangue do meu corpo, o poder é meu. Água seja vinho.

Com um silencioso golpe de energia, toda a tigela de água se transformou em vinho escuro.

— Nick! — disse Silla, com voz abafada, porque ela pressionava suas mãos em cima da sua boca.

Reese mergulhou o dedo na tigela e provou o conteúdo. Seus lábios se viraram para baixo, pensativamente.

— Melhor — disse ele.

Encolhi os ombros.

— Eu, ahn, penso em feitiços rimados. Sabem, como nos filmes. — *E minha mãe me ensinou a fazer feitiços como poemas.*

— E Shakespeare! — Silla riu, sacudindo a cabeça para mim.

— Mas isso responde a duas perguntas. — Reese tornou a provar o vinho que eu criara. — Você pode fazer isso, e não precisamos de latim.

— Apenas da intenção — disse Silla.

Suguei meu dedo. Ele ainda sangrava, vagarosamente. O gosto me lembrou dos beijos em Silla.

Reese bateu as mãos uma na outra, depois assobiou e deu uma olhada para a palma ferida da sua mão.

— Precisamos ir. Limpar tudo e fazer o jantar. Dormir um pouco. Nick, isso pode derrubar você. Deve relaxar esta noite.

— Claro.

Flexionei meu dedo. O sangramento estava diminuindo.

— Talvez — Reese deu uma olhada no céu e em torno do cemitério todo aberto — a gente deva fazer outros feitiços em nossa casa, no quintal. Quando tivermos certeza de que Judy não estará por perto e de que teremos privacidade.

— Não. Temos que fazer aqui, com papai e mamãe.
— Eles não estão aqui, Silla.
— Mas não posso esquecer de que estão aqui. Quero dizer... — ela evitou os olhos de Reese concentrando-se em apagar o círculo de sal, pegar no chão o livro de feitiços e atirá-lo em sua mochila.

Eu a ajudei a embalar a caixa de sal grosso, o canivete e uma pilha de velas usadas. Quando o zíper da mochila foi fechado, ela disse ao seu irmão silencioso:

— Quero dizer, essa é uma ligação com eles, é o que a magia é, e estar aqui me lembra, antes de qualquer coisa, de por que estou fazendo isso.

Ela despejou o vinho ao pé da lápide dos seus pais, como uma oferenda.

— Acho — Reese pegou a tigela e a mochila — que vou correr de volta para casa e tomar primeiro um banho de chuveiro.

— OK. — Silla lhe lançou um rápido sorriso.

Ele não o retribuiu.

— Ei — falei, quando uma coisa me ocorreu, de repente. — Será que vocês podem deixar o livro de feitiços? Gostaria de lê-lo, se permitirem.

Reese estendeu a mochila, para Silla poder tirar o livro.

— Até mais tarde — disse Reese.

Ele foi embora. Fiquei imaginando o que, exatamente, o deixara de mau humor.

Silla e eu ficamos em pé, um diante do outro. Ela segurou o pequeno livro de feitiços contra seu peito, com as mãos abertas em cima dele, protetoramente. Caminhei para mais perto e toquei a lombada com meu dedo.

— Tomarei cuidado com ele, gatinha.

— Eu sei.

– Prometo.
– Eu sei.

Curvei minha mão em torno do livro, mas ela não o soltou. Apenas olhou fixamente para mim, com seus olhos movimentando-se por todo o meu rosto.

– Você está bem, Silla?

Usei o livro de feitiços a fim de puxá-la para mais perto. Centímetro por centímetro.

– Sim.

Seu lábio inferior movimentou-se, como se ela o mordesse por dentro. Quem queria mordê-lo era eu. Como se me ouvisse, ela soltou bruscamente o livro e colocou seus braços em torno de mim.

Abraçando suas costas, perguntei:

– Quando posso levá-la para jantar? Segunda? Terça?
– Não tenho ensaio na quarta.
– Parece perfeito.

Fiz o que tivera vontade de fazer desde que chegara. Inclinei o queixo dela para cima e a beijei. Era diferente à luz do dia, com minha magia ainda ressoando em meus ouvidos. Agora mais real, como uma prova de que eu não sonhara tudo o que ocorrera depois da festa da noite anterior.

Ela sorriu com o beijo. Puxei-a para mais perto, adorando a sensação de todo o seu corpo pressionado contra o meu, com apenas o livro de feitiços entre nós. Eu queria mais.

– Nick. – Silla caminhou para trás e respirou fundo, deixando o livro em minhas mãos. – Vovó nos espera pra jantar, dentro de alguns instantes. Tenho que ir. Lamento.

– Eu também. *Lamento muito.*

Apenas a observei se afastar, caminhando, durante alguns segundos. Mas foram uns *bons* alguns segundos.

SILLA

A tarde brilhava alegremente por toda parte, em torno de mim. Enquanto eu subia no muro arruinado do cemitério, ouvia pássaros tagarelando e cantando, como se aprovassem nossa magia. Eu estava contente, mas não sabia se por causa da magia ou dos beijos. E não queria saber, de fato — não tinha importância, porque eu planejava fazer muito mais das duas coisas, num futuro muito próximo.

Quando Reese falou, quase tropecei e caí:

— Ei, abelhinha, venha dar uma olhada nisto.

Demorei um momento para encontrá-lo, mergulhado embaixo da base da fileira de forsítias que marcava a fronteira do nosso quintal. Abri caminho até onde ele estava e me acocorei.

— O quê?

— Aqui. — Seu dedo apontava para a grama amarela.

Estava irregular, com pedaços inteiros de terra visíveis em alguns lugares.

— Se você imaginar a terra num desenho, como este — desenhou com o dedo no ar —, não acha que parece parte de uma runa?

— Ah, meu Deus! Você acha que foi papai quem fez isso?

— Sim. Parece mais ou menos com aquela coisa da tripla estrela, no feitiço da proteção. E observe isto. — Reese levantou-se, puxando-me com ele, e me mostrou. — Vê como há grama morta ali, ao longo dos arbustos? Acho que está assim em torno da casa inteira. Um círculo de grama morta.

Escancarei a boca e olhei nas duas direções. Era difícil de perceber, porque toda a grama estava morrendo com a mudança de estação.

— Como você chegou a notar isso?

— Quando eu estava — Reese deu uma olhada no céu, rápida como um relâmpago — voando, tive a impressão de perceber isso em torno de toda a casa. Descoloração. Eu lhe contei que vi as coisas de forma diferente, lá de cima.

— Vá contornando a casa nessa direção — apontei para o sul — e eu irei pelo outro lado. Para ver se há mais.

Era como uma estrada de tijolos amarelos, agora que eu sabia o que procurar. Uma trilha dourada em torno de toda a nossa propriedade. Bem ao lado do portão da estrada de acesso à garagem, encontrei outra área diferente. Desenhei a runa com os olhos.

Nós nos encontramos alguns minutos depois. Meus dedos tremiam um pouco, de modo que os escondi em meus bolsos. Disse:

— Descobri outra na metade do caminho.

— Eu também. — A solenidade na voz de Reese me revelou que ele estava tão emocionado quanto eu, com relação a isso. — A grama provavelmente morreu porque ele fez isso.

Meus joelhos se juntaram antes de eu cair. Ele tinha razão. A grama não estivera assim tão morta na primavera, ou no início do verão. Mamãe teria notado e ficado furiosa.

— Foi para nos proteger — sussurrei, pensando sobre a mecânica da magia para não ter que pensar na grama morta.

— Faz sentido se for a mesma runa do feitiço de proteção. Papai estava protegendo a casa.

Reese ficou calado, mas eu sabia que ele estava pensando: *Não o suficiente.*

DEZOITO

10 de agosto de 1905

Vi como ele a olhava, na semana passada, quando cuidávamos dos criados do pai dela.

Estávamos lá por causa de um surto de gripe, a mesma doença que quase me matou, e que fizera Philip me conhecer. Ele pensou em curá-los, como sempre, mas me recusei a deixar que descobrisse uma nova menina, como descobrira a mim.

Ela era a filha dos donos da casa, filha única. Srta. Maria Foster. Trouxe-nos chá frio e roupas para lavar. Os olhos dele se demoraram em seus lábios e nos longos cílios escuros que se agitavam sobre suas faces. Quando ele lhe agradeceu, foi com as palavras mais gentis que algum dia já usara comigo, e com um toque de mãos demasiado longo.

E, depois, ele não a esqueceu. Fiquei sentada ao seu lado, fazendo cócegas em sua orelha, passando meus dedos pelo seu cabelo, tentando chamar sua atenção para mim. Mas ele só queria continuar a escrever naquele seu maldito diário. Nele, vi o nome dela. Arranquei o diário das suas mãos e o atirei pela sala. Ele me ergueu e disse que aquilo era impróprio e desagradável. Gritei com ele, disse que ele preferia os doces encantos de uma estúpida moça rica a alguém como eu, dedicada a ele e aos seus segredos.

Ele disse que eu tinha razão. Que ele preferia mesmo os encantos dela.

Saí. Deixei a casa dele aquela noite e voltei para a dela. Esperei até ela aparecer à janela e, quando vi seu rosto, atirei-me dentro dela. Meu próprio corpo caiu contra o muro do caminho estreito e não me importei. Eu era a srta. Maria Foster. Fiquei dentro do seu espartilho e da sua anágua, usando suas botinhas, e respirava pelos seus lábios, com seus pulmões.

Quando a pessoa é tratada de maneira diferente, ela muda. Agora eu tinha uma criada para cuidar do meu vestido do jantar e outra para servir meu prato. Faziam mesuras para mim e puxavam a cadeira para que eu me sentasse. O sr. Foster deu palmadinhas em minha mão e a sra. Foster me repreendeu por pegar comida demais, mas gentilmente. E havia meus novos irmãos. Eles zombavam de mim. Mas, quando fomos para uma sala de estar, foram eles que me pediram para tocar piano. Claro que não sei tocar, mas concordei em ler para eles poemas de uma coletânea de Tennyson. Um dos convidados do jantar, sr. Dunbar, foi atencioso, segurando meu cotovelo e conversando comigo sobre todo tipo de coisas. Temo ter deixado todos com a sensação de que a srta. Maria estava cansada, pois fui obrigada a interromper muitos dos assuntos. Não é de admirar que Philip goste dela — não apenas é encantadora, mas doce e educada. Posso dizer isso pela maneira como é tratada. Todos a admiram.

Quando me retirei para o andar de cima, estava tonta e dominada pela percepção de que podia flutuar para fora do seu corpo. Rapidamente, levei-a até a janela, para poder voltar ao meu próprio corpo. Ali, na estradinha, de quatro, vomitei vezes seguidas e tive que permanecer naquele lugar por algum tempo.

Mas voltei todos os dias dessa semana e tomei emprestada a srta. Maria Foster. Ela não contou a ninguém seus momentos de esquecimento, mas isso não demorará muito tempo. Preciso usá-la enquanto puder.

Nela, sou admirada por todos.

DEZENOVE

NICHOLAS

Papai e Lilith estavam sentados no pátio dos fundos, bebendo margaritas. Depois de esconder o livro embaixo de alguns arbustos com flores secas, dirigi-me a eles.

O jarro com a margarita tinha um brilho verde vivo ao sol, acompanhado de um pratinho com sal e limões. Lilith, pelo que pude perceber, olhava fixamente para o espaço, enquanto papai folheava uma pilha de papéis, com uma caneta vermelha e outra própria para destacar trechos. Esperei que estivesse lendo depoimentos e não editando um manuscrito para ela, ou coisa parecida, algo bonitinho e próprio de casais.

— Oi — falei, esfregando minha nuca com uma das mãos.

Isso não aliviou nem um pouco a tensão que comprimia meu crânio.

— Nick. Como foi sua tarde? — Papai pôs a caneta em cima da mesa.

— E seu carro? — acrescentou Lilith, roçando um dedo em torno da beirada do seu copo de margarita.

— Ótima. E, sim, está tudo consertado.

Minha voz estava tensa, porque minha cabeça doía. Também não era por causa da magia. Eram as lembranças. *Mamãe empurra seus dedos em minha testa e diz: "Tiro-te deste corpo." Um re-*

pentino puxão em meu estômago e estou sentado no chão, olhando para mamãe, com a mão dela cobrindo uma cara de cachorro. Nosso cachorro, Ape. Imagens tiradas do meu maldito sonho.

— Ah, ótimo — disse Lilith. — Mas, se alguma vez precisarmos, poderemos rebocá-lo até Cape Girardeau e evitar a cor local.

Fiz uma carranca.

— Não é por isso que estamos aqui? Por causa da cor local?

Ela me olhou por cima da beirada do copo, enquanto bebia a margarita em pequenos goles.

— Papai, preciso falar com você por um instante.

— Claro, Nick, qual é o problema?

Fiz uma pausa significativa.

— Humm. Podemos ficar sozinhos?

Lilith deslizou para fora da cadeira do pátio.

— Vou preparar um pouco de bruschetta. Eu estava justamente pensando em como tomate é bom.

Depois que ela desapareceu atrás da porta de vidro, papai e eu apenas olhamos um para o outro.

Papai, mesmo sendo um sábado e ele estar relaxando-pelacasa, poderia entrar num tribunal e não ficar deslocado. Jeans passado a ferro, camisa abotoada até em cima, cabelo penteado. E ele esperava que eu falasse. Deus o livrasse de desperdiçar palavras me estimulando a isso.

Cuspa tudo fora, Nick, pelo amor de Deus. Por onde começar? Minha garganta estava seca. Eu não queria falar com ele a respeito disso. Mas não podia falar com mamãe nem com vovô, e, com certeza — com certeza — ele sabia de alguma coisa sobre o que acontecera comigo aqui. Ou isso, ou ele absorvera ainda mais do que eu esperava. Fiquei em pé, com os pés para a frente, e depois voltei para os calcanhares.

— Por que eu não conheci vovô?

As sobrancelhas dele abaixaram. Será que fazia cara feia?
— Sua mãe não falava com ele.
O sol aqueceu meus ombros e meu pescoço, enquanto eu estava ali em pé, tentando reduzir meus pensamentos a uma pergunta que papai tivesse a possibilidade de entender.
— Eu sei, mas por quê? O que aconteceu daquela vez em que ela me trouxe até aqui? Quando eu tinha 7 anos?
— Do que você se lembra?
— Papai.
— Você esteve doente o tempo inteiro, Nick. Sua mãe me contou que o pai dela agiu como se você estivesse amaldiçoado, ou algo parecido. Enlouqueceu, disse ela. Cortou sua bochecha com a faca dele, e ela trouxe você para casa.

Mas fora mamãe quem me cortara. Lembrei-me disso com bastante clareza. Seu sorriso reconfortante, suas promessas, enquanto a lâmina cortava minha bochecha. O que ela andava fazendo? O corte em meu dedo coçou.
— Nick, o que há de errado, filho?

Minha infelicidade devia estar rabiscada em meu rosto, como se eu estivesse num filme feito para a televisão.
— Você não sabe como foi que ela ficou com todos aqueles ferimentos?

Será que ele mentia para mim? Ou ela mantivera tudo em segredo? Por que diabo ele não sabia? Não se preocupara em saber?
— Ela era muito desajeitada, o que você, felizmente, não herdou. Sempre se cortava na cozinha e em qualquer pequena superfície afiada em que estivesse mexendo. Papel, pregos, lascas — fosse lá o que fosse, ela conseguia ficar com o dedos cortados. Por quê?

Ele não sabia. Não quisera saber. Então, ele nunca precisou tentar ajudá-la.
— Só me lembro de todos os band-aids.

Os lábios de papai se curvaram para baixo.

– Ela parou com tudo isso quando você era muito pequeno. Antes...

– Antes da primeira vez, na banheira – supliquei. *Logo depois que visitamos vovô.*

Ele fez um sinal afirmativo com a cabeça, uma vez.

– É uma conversa estranha para um dia tão bonito, Nick.

A necessidade de xingá-lo fazia pressão atrás dos meus dentes. Em vez disso, eu lhe dei uma desculpa adequada, do tipo que seu estúpido cérebro de Vulcano poderia fingir entender.

– Bem, estou aqui onde ela morou, sabe? Indo para a escola onde ela foi para a escola.

– É verdade.

– Penso nela aqui e me pergunto se ela seria tão louca, se não tivesse ido embora.

Sem mover nada, a não ser sua sobrancelha esquerda, papai conseguiu parecer triste. Mas ele não despertaria piedade em mim.

– Era deste lugar que ela sempre queria escapar, Nick. De sua história e da história da sua família. Ela nunca parou de tentar se livrar da sua família daqui, mesmo quando construiu uma nova família.

O que fora tão horrível, a ponto de ela tentar escapar dessa maneira tão estranhamente intensa? Abuso? Teria sido vovô? Ou a magia? Fora alguma coisa no cemitério, como Eric sugerira? Eu?

– Ela nunca lhe disse nada sobre o que detestava? – *Você nunca perguntou?*

A crescente irritabilidade de papai ficou clara no suspiro tenso que ele deixou escapar pelo nariz.

– Nick, o que ela dizia só se tornou cada vez menos lúcido. Eu não queria lembrar, lamento.

Sim, você lamenta.

A porta deslizante de vidro se abriu e Lilith surgiu com uma travessa de torradas e tomates cortados.

— Vocês, rapazes, terminaram com seu *tête-à-tête*? Estão com fome?

— Sim — falei.

— Isso parece delicioso.

Papai se levantou a fim de puxar a cadeira de Lilith, para ela se sentar. *Meu Deus.*

— Ora, obrigada, querido.

Perguntei:

— Qual era o quarto de mamãe? Você sabe?

Ambos erguemos nossos olhos para os fundos da casa de fazenda. Minha janela, no sótão, estava aberta, mas todas as outras escondiam com cortinas o interior. Foi Lilith quem disse:

— Aquele último quarto ali, à direita. No final do corredor, no segundo andar.

— Como você sabe?

Saiu num tom mais áspero do que deveria.

Mas o rosto de Lilith permaneceu ameno.

— O nome dela estava pintado no armário. Eu o encontrei em minha primeira limpeza, com o mestre de obras, em julho.

Eu devia pedir desculpas. Era um motivo totalmente racional. Ficou óbvio que papai achou que eu deveria. Mas ignorei-o e fui até a frente da casa, pegar o livro de feitiços, antes de ir para dentro.

Bem no final do corredor do segundo andar, encontrei o antigo quarto da minha mãe. Parei diante da porta, com a mão sobre a madeira. Fechando os olhos, apoiei nela minha cabeça. *"Você o usou, Donna! Como ousou fazer isso!" "Papai, tive que fazer, não tinha escolha." "Tinha sim — ele não é do mesmo tipo que você, ele é uma criança. Seu filho. Meu neto." "Não havia nenhuma outra maneira."*

Minhas mãos tremeram e meu rosto doeu, por causa da careta, no esforço para conter toda essa raiva repentina. Lembro-me de ter rastejado para fora da cama, coberto de suor e tremendo, exatamente como estava agora, mas por causa de uma febre. E ouvi os dois discutindo. Ouvi mamãe chorando. Soluçando.

"*Saia. Leve esse menino para casa, e você vai parar com isso. Você é má, menina, o que você está fazendo é maldade.*"

Mas eles haviam partido. Isso era apenas uma lembrança.

Depois de algumas respirações profundas, empurrei a porta e entrei.

O quarto estava vazio. Talvez 12x12, com paredes simples, de branco cor de algodão, e alguns móveis antigos empurrados para um canto.

Esperando encontrar o nome de mamãe, abri a porta do armário. Mas todo interior fora pintado, para combinar com a cor de casca de ovo do quarto. O que será que Lilith tinha contra cor? Abri com força a cortina e olhei com raiva para o pátio lá embaixo. Era uma vista ruim para dirigir meu ódio contra Lilith, de modo que olhei na direção da casa de Silla, mais adiante. Mas a floresta era alta demais. Eu não podia ver sequer o cemitério dali. Apenas árvores, com folhas de um verde misturado com castanho.

Fiquei no centro do quarto, com o livro de feitiços. Era pesado em minhas mãos. Folheei-o com cuidado. Alguns símbolos me pareciam vagamente familiares, como versões de feitiços que eu conhecia. Com um estilo ligeiramente diferente, mas baseados no mesmo sistema. Os ingredientes, na maioria, eram os mesmos que estavam na caixa laqueada de mamãe. Não que eu realmente tivesse duvidado, mas, com toda certeza, esse era o mesmo tipo de magia.

Robert Kennicot.

O nome estava assinado embaixo de uma das páginas.

Deixei cair o livro e ele bateu no chão de madeira com um estalo que ecoou no quarto vazio.

"*Robbie Kennicot*", sussurra mamãe. *Apoio-me em seu joelho, pressionando minhas mãos sobre o chão, perto do seu espelho. O espelho se distorce e abro a boca quando o reflexo de mamãe desaparece dentro de nuvens cinzentas. Um novo rosto está ali, o de um homem. Não o conheço. Tem uma cara idiota, com seus pequenos óculos redondos. Acho os óculos esquisitos, pois têm lentes cor-de-rosa.* "Ah, Robbie!", diz mamãe. *Um respingo de água atinge o espelho e, num segundo, como um relâmpago, o rosto de mamãe está de volta. Ela vira o espelho para o outro lado e toca em minha face.* "Meu bebê. Vamos salvá-lo, não é, Nicky?"

Fiquei em pé com um pulo e corri para o andar de cima, em busca da caixa laqueada. Peguei um espelho de mão no banheiro e fósforos. Sal na cozinha e a caixa com velas ornamentais de Lilith na copa. Sabia exatamente que feitiço ia fazer e não precisava do maldito livro de feitiços para fazê-lo. Lembrava-me desse.

Lembrava-me de todos.

Como se alguma coisa tivesse explodido e se abrisse, ou fosse inteiramente rasgada, lembrei-me das lições da minha infância, que tentara tão desesperadamente esquecer. Onde comprar ervas, como secar as que se tinha em casa, como desenhar o que eu queria, quando não conseguia soletrar. As rimas ajudavam a focalizar a intenção. O fato de que uma gota de sangue na terra ancorava a pessoa, de modo a não ficar desgastada depois do feitiço. As palavras de mamãe jorravam através de mim, com um grande rugido, e eu não podia ouvi-las todas, mas as entendia, de qualquer forma.

Minhas veias pulsavam. A temperatura do quarto estava a mais de 50 graus.

Preparei rapidamente meu feitiço. Círculo de sal, velas em quatro cantos. Diretamente do frasco, salpiquei em minha mão flores secas de milefólio, e as esmaguei em cima do espelho.

Com a pena de escrever de mamãe, furei meu indicador e desenhei com sangue a runa adequada na superfície do espelho. Embaixo do espelho de mão foi colocado o último cartão-postal de mamãe, que eu enfiara na tampa da caixa de magia quando ele chegara, oito meses atrás. Sua escrita cheia de arabescos dizia: *"O deserto é bom para mim, Nicky, e é tão fácil me perder – o que é bom, quando se está acostumada a estar perdida. Amo você. Mamãe."* Coloquei o espelho na horizontal, no chão, e olhei fixamente através do fino borrão do meu sangue. Minhas mãos pressionaram de cada lado, como faziam quando eu era menino, quando eu me agachava por cima dele e sussurrava o nome dela por cima da runa que secava. Como se estivesse tentando ver através de uma daquelas imagens em 3-D, desfoquei meus olhos, e minhas feições ficaram borradas.

— Donna Harleigh – falei. – Mamãe.

Uma brisa roçou os pelos dos meus antebraços. Ouvi vento através de folhas e risadas jovens. No espelho, meus olhos desapareceram e foram substituídos por outros, ainda mais escuros, num rosto mais velho e mais estreito do que o meu. O cabelo dela estava enrolado em cima da sua testa e ela ergueu uma das mãos e o afastou. O movimento puxou para trás a manga do seu vestido e minúsculas cicatrizes prateadas brilharam contra seu pulso. Ela sorria.

A imagem desapareceu repentinamente.

Apenas meus próprios olhos zangados devolveram fixamente meu olhar do espelho.

VINTE

23 de agosto de 1905
Trouxe-a até aqui, para Philip. Ele fora vê-la duas vezes, fingindo levar para casa mais remédios. Ambas as vezes, deixara-me em casa, sozinha. Ele estava apaixonando-se por ela e eu faria com que fosse por mim.
Toquei a campainha da minha própria casa e ele atendeu, com a surpresa claramente estampada em seu belo rosto. Fiz o sorriso dela.
— Entre, srta. Foster — disse ele, tropeçando um pouco.
Fiz isso, oferecendo minha mão.
— O que posso fazer pela senhorita? — perguntou ele.
A reverência em seus olhos era tão esmagadora e ridícula que ri. Ele se espantou, recuou e segurei seu rosto entre minhas mãos.
— Ah, dr. Osborn eu o adoro. — E o beijei.
Durante um momento, ele me deixou fazer isso, com as mãos de leve em minha cintura, acolhendo meus lábios e o doce cheiro do perfume da srta. Foster. Depois, empurrou-me para trás, ainda gentilmente — ele nunca é tão gentil comigo! —, e disse:
— Srta. Foster, preciso falar com seu pai.
Mas, antes que eu pudesse dizer uma só palavra, ele gelou.
— Josephine! — silvou.
— Como você soube? — Eu estava espantada, e recuei dançando, às gargalhadas.

— Seus olhos. — Ele cruzou os braços sobre seu peito. — Seus olhos, Josie. Como pôde fazer isso?

Torci o rosto da srta. Foster numa careta, com os dentes de fora.

— Você se casaria com ela! Abriria mão de tudo o que temos por ela. Porque ela é gentil, doce e ESTÚPIDA.

Seus dedos se apertaram em seus cotovelos, com as juntas branqueando.

— Venha comigo agora, Josephine.

Voltamos para a casa dos Foster e deixei a srta. Foster lá, sufocada por seus próprios medos por causa da sua saúde. Quando abri meus próprios olhos, Philip me deu uma bofetada.

— Nunca mais torne a usá-la. Nunca mais use nenhuma outra pessoa, Josephine. Não lhe ensinei esses dons para você fazer mal aos outros.

— Você me faz mal. — Abri meus braços, num gesto brusco. — Você me promete tudo e depois não cumpre no momento em que vê uma moça bonita. Ela que é tudo o que eu NÃO sou!

— Você não pode ser ela; só pode ser seu próprio eu calculista e invejoso.

Antes que lágrimas furiosas me traíssem, eu o deixei na estradinha.

Dei-lhe várias horas para se acalmar, e a mim mesma também. Depois, levei-lhe uma garrafa do seu conhaque favorito. Ele a pegou sem dizer uma palavra e serviu uma taça para cada um de nós. Ficamos sentados e permanecemos em silêncio durante algum tempo. Meu conhaque já quase terminara quando eu finalmente perguntei:

— O que havia em meus olhos?

— Não pude ver meu reflexo neles. É um sinal certo de feitiço.

Suspirei.

— *Por que você a ama?*
— *Não amo.* — *Philip engoliu o resto do seu conhaque.* — *Não a amo.*
— *Ama sim.*
— *Não, mas ela é linda e é muitas outras coisas que não sou.*
— *Você é um cavalheiro, Philip. Poderia casar-se com ela, se quisesse.*
— *E então? Eu lhe ensinaria a medir sangue, como você faz? Além disso, não sou nenhum cavalheiro. Nasci numa posição mais baixa do que a sua, Josie.*
— *Você se elevou acima dela, então, e ninguém saberia.*
— *O Diácono me encontrou num cemitério* — *disse ele, com a cabeça caindo para trás, em cima do sofá.* — *Eu participava de uma quadrilha de ladrões de cadáveres para vender a escolas de medicina. Ele reconheceu meu sangue forte, como eu reconheci o seu, e me levou para me ensinar todas essas coisas. Ah, meu Deus, mas isso foi há muito tempo.*

Fui sentar-me junto dele, no sofá, e coloquei minha mão em seu joelho.

— *É apenas impressão sua, Philip. Você não é tão mais velho do que eu.*

Seus lábios viraram-se para cima.

— *Tenho 100 anos de idade, Josephine.*

Eu não pensara que ele ainda poderia me impressionar.

— *Como assim?* — *sussurrei.*
— *Um feitiço, claro. Ou, na verdade, uma poção. E não funcionará nos que não têm nosso sangue mágico. O Diácono tentou com outras pessoas, e sempre falha.*
— *Que feitiço?* — *Sentei-me ereta.*
— *Carmot. Ele o chamou de carmot.*

Agarrei suas mãos.

— Mostre para mim, Philip. Quero ver.

Entrelaçando seus dedos com os meus, ele ainda hesitava.

— Juro que não tocarei mais nela, nem em mais ninguém. Serei boa, Philip. Você pode me ajudar e, juntos, faremos o bem.

— Merecemos mesmo um ao outro, não é? — perguntou ele.

Sorri.

— Prometo que sim. — Tomei seu rosto em minhas mãos. — Você não precisa dela, nem de ninguém, Philip.

Beijei-o e ele retribuiu meu beijo. Quero lembrar-me sempre da maneira desesperada como seus dedos se prenderam aos meus quadris.

VINTE E UM

NICHOLAS

Dormi como um louco, exausto e suando, como se pudesse espremer para fora através dos meus poros toda a minha frustração. Todas as vezes em que de fato pegava no sono, acordava novamente, com um movimento brusco, como se houvesse um sistema infalível que não me deixava sonhar.

O que eu queria era ver Silla. Confessar tudo a ela. Queria dizer-lhe que eu conhecia a magia, sabia que era possível, mas tudo o que eu me lembrava, antes da véspera, era de que a magia doía, e que arrebentou minha mãe num bilhão de pedaços sangrentos.

Mas decidi que precisava esperar pelo menos até a hora do almoço. Não queria chegar com um ímpeto muito forte, dizer a ela que conhecia a magia e pedir desculpas por ter mentido. Ela pensaria que sou um louco. Na melhor das hipóteses.

Então desci, furtivamente, a fim de pegar uma caixa de cereais. De volta ao meu quarto, mexi em meu computador. Para tentar extrair algum sentido da miscelânea de lembranças que giravam pela minha cabeça. Coloquei lado a lado todos os ingredientes da caixa envernizada de mamãe e comecei a fazer uma lista dos feitiços do livro do sr. Kennicot e uma lista dos ingredientes. Estabeleci uma interrelação entre os feitiços e os ingredientes que minha mãe tinha. Os feitiços pareciam encaixar-se em três categorias: cura, transformação e proteção. Com exceção do feitiço da possessão. Acabei por colocá-lo na categoria da transformação, mas de fato ele era mais agressivo, não? Fechando os olhos, tentei lembrar que outras coisas mamãe havia feito. Mas fora há tanto tempo e era quase impossível acessar conscientemente as lembranças específicas. A sensação era de que, na maior parte do tempo, ela me entretinha e me ensinava as regras... não como fazer coisas em particular. Quando eu era tão novo, não pensava seriamente em aprender tudo aquilo; e, quando já tinha idade suficiente, mamãe se dera tão mal que eu detestava a história toda.

A maioria dos ingredientes que não reconheci, descobri em rápidas buscas na internet. Grande parte eram nomes obscuros para plantas comuns, uma ou duas das quais venenosas. Ou com uma história de terem sido usadas na magia medieval, para fazer poções que tinham nomes como *unguento do voo*, ou *remédio-para-tudo*. Com exceção do *carmot*. O frasco na caixa estava quase vazio. Restavam apenas alguns milímetros de pó com um tom de vermelho-ferrugem. A palavra em si não explicava o que era aquilo. Mas *carmot*, como verifiquei na internet, era o ingrediente secreto para fazer a pedra filosofal, que tanto buscavam os alquimistas porque, segundo acreditavam, lhes daria a vida eterna.

Mas ninguém sabia o que era.

A não ser, segundo parecia, minha mãe. E ela, com certeza, não desejara viver para sempre.

Dei uma olhada no relógio do computador. Apenas 10h. Provavelmente, cedo demais para ir até a casa de Silla. Então, relutantemente, chequei meus e-mails pela primeira vez, depois de uma semana. Não havia muita coisa, a não ser alguns poucos alertas do meio musical de Chicago, informando-me sobre as bandas mais apreciadas no Anthem Dog, no centro, e bilhetes de desconto para jantar no Red Velvet. Mas havia três e-mails do Mikey e um da Kate, ambos querendo saber em que diabo eu estava metido, e por que não telefonara nem enviara nenhum e-mail.

Me envolvi com alguns praticantes da feitiçaria com sangue, pensei. *E então nem sequer me lembrei de vocês durante uma semana.*

Eu não conseguiria explicá-los sobre Silla, ou como era estar ali em Yaleylah. Mas perdi algum tempo examinando superficialmente alguns de sites de relacionamento, que eu costumava visitar e nos quais me demorava. Não atualizei meu status nem respondi a notificações. Tudo parecia tão distante de onde eu estava. Quando entrei no Facebook, havia um monte de pedidos de amizade da Escola Yaleylah, e também não os respondi.

Quando meu estômago me informou que eu já tinha me distraído durante tempo demais, era quase meio-dia.

Colocando o livro de feitiços dentro da minha bolsa a tiracolo, segui para o andar de baixo. Lilith estava trabalhando com seu notebook na sala de jantar, tendo uma porção de papéis espalhados em torno dela, marcados com roxo. Ela ergueu os olhos, mas parecia estar naquela zona em que não reconhecia nem mesmo a mim. Apreciei o milagre e fui para a cozinha, onde fiz um sanduíche para comer. Não tinha a menor ideia de onde estaria papai.

Depois de engolir o sanduíche pela minha garganta abaixo, gritei:

— Estou saindo, volto mais tarde! — E me mandei.

A caminhonete de Reese não estava na entrada da garagem, mas o pequeno Volkswagen sim, junto com um Toyota Avalon prateado brilhante, sujo com uma crosta recente de poeira de cascalho. Franzi a testa, mas continuei a subir pelos degraus que rangiam da varanda, para bater na porta. À sombra, a temperatura estava quase 10 graus mais baixa e eu não precisava entortar os olhos através da luz do sol. Não havia uma só nuvem no céu.

– Já vou! – A voz de Judy soou através das janelas abertas.

Talvez o convidado fosse apenas uma das suas amigas. Quando Judy abriu a porta, endireitei-me e dei um sorriso.

– Olá, Nick! – Ela sorriu. Argolas douradas balançavam-se em suas orelhas e seu cabelo branco estava enfiado debaixo de um lenço azul e vermelho. – Vamos, entre. Silla está lá em cima tirando um cochilo. Ela e Reese ficaram acordados até bem tarde a noite passada. Posso dar um pulo lá em cima e ver se ela ainda está dormindo.

Judy trotava pelo corredor abaixo, com os saltos dos seus sapatos estalando no chão de madeira, como o tamborilar de gotas de chuva. Segui mais devagar, atrás, na direção da escada, e notei duas canecas colocadas na mesa da cozinha, quando passei.

Uma das portas do corredor se abriu e uma mulher apareceu de repente. Atrás da sua cabeça, vi prateleiras cheias de livros. Uma biblioteca ou escritório, supus.

– Olá – disse ela, sorrindo suavemente.

Ergui meu queixo num movimento brusco, como cumprimento.

– Você deve ser Nick Pardee.

Meu Deus, como eu detestava cidades pequenas. A mulher parecia ter vindo da igreja: saia no comprimento dos joelhos, suéter com pérolas na beirada, cabelo cheio penteado para cima, num daqueles coques retorcidos que, segundo se acreditam, deixam a pessoa elegante, ou algo assim. Ela teria, provavelmente, mais ou menos 30 anos. Talvez menos. Era difícil dizer. Era provável que emparelhasse com Lilith.

— Prazer em conhecê-lo, Nick. Sou a srta. Tripp. Trabalho na escola.

— Amiga de Judy?

Dei uma olhada na direção da escada que Judy subia correndo.

— Na verdade, amiga de Silla. Parei para ver como vai ela.

— Ela está ótima.

Era um esforço não cruzar os braços sobre meu peito.

A srta. Tripp tornou a sorrir.

— Tenho certeza de que sim, Nick.

— Não sabia que as professoras faziam visitas em casa.

— Sou uma conselheira e tenho ajudado Silla nos últimos meses. Ela precisa.

Os olhos da srta. Tripp tornaram a se dirigir para a biblioteca. Agarrei a alça da minha bolsa.

— Ela vai muito bem.

— Nick, você deve saber o choque horrível que ela teve e tenho certeza de que pode imaginar que ela precisa de todo apoio que puder conseguir.

Seus lábios se curvaram, num franzido. Não era o tipo de expressão a que eu estava acostumado da parte de uma professora, mas acho que ela tentava parecer simpática.

— O que estava fazendo, aí dentro? — Fiz um sinal com a cabeça na direção do escritório. Não queria mais falar sobre Silla. Será que aquilo era outra coisa confusa de cidade pequena? Conselheiras escolares fazendo visitas em casa?

— Ah, tenho uma impressão do que aconteceu. Foi onde ela os encontrou. — A srta. Tripp virou-se para o outro lado, a fim de dar uma olhada através da porta do escritório. – Então, de certa forma, este lugar é o centro de toda a sua dor.

Contra minha vontade, avancei, a fim de olhar melhor. Mas não entrei. A larga escrivaninha ficava quase no centro, em cima de um tapete entrançado. Todas as paredes estavam cobertas de livros, antiguidades e brochuras, como se o dono não diferenciasse muito as coisas. Um retrato de família estava pendurado diante da escrivaninha. Silla devia ter uns 8 anos quando ele foi tirado e ela possuía um aspecto rosado e saudável, vestindo um vestido branco e fofo – como se viesse diretamente de algum anúncio de máquina fotográfica. Reese parecia sorrir sem vontade, como se estivesse ressentido por ter que ficar em pé, imóvel, durante tanto tempo. Adivinhei que eu sentiria o mesmo com aquela idade. Isto é, se eu tivesse uma família com a qual tirar retratos. O pai deles repousava as mãos nos ombros da esposa e da filha. Nada nele sugeria que mergulhasse com regularidade em alguma coisa remotamente esotérica. Seu aspecto era exatamente o de um professor de latim. E seu aspecto era tão idiota quanto o que tinha quando eu era uma criança.

– Conhece Silla há tempo suficiente para ver alguma mudança nela ultimamente? – A srta. Tripp estava bem atrás de mim.

Agarrei a maçaneta e fechei a porta do escritório. Depois, apoiei minhas costas nela e encarei a conselheira.

– Ela está ótima.

Ela não precisa estar doente nem ter problemas para precisar de ajuda, para precisar de alguém com quem conversar. Há uma porção de coisas de que ela pode precisar.

– Faz algum sentido a senhorita conversar comigo sobre isso?

Não consegui evitar: cruzei os braços.

Suas sobrancelhas finas abaixaram.

— Em algumas circunstâncias, Nick, é preciso estender as mãos. Especialmente quando estou preocupada com a possibilidade de uma das minhas crianças se machucar.

Fui salvo de uma resposta defensiva pelo fato de Judy descer a escada.

— Sinto muito, aos dois. Ela apagou completamente.

— Obrigada, sra. Fosgate — disse a srta. Tripp. — Estou certa de que terei uma oportunidade de falar com ela na escola, amanhã.

— Eu também — interrompi. — Vou me retirar. Peça para ela me ligar, Judy, por favor, assim que ela acordar?

— Tem certeza de que não quer um chá?

— Claro. — Sorri para ela, escondendo da melhor maneira que pude o meu constrangimento.

— Foi bom conhecê-lo, Nick — disse a srta. Tripp. — Se precisar de alguma coisa, sinta-se à vontade para passar em meu escritório. Ou se ficar preocupado. Com qualquer coisa.

— Claro... — Arrastei a palavra para deixá-la saber como era improvável isso acontecer alguma vez. — Até mais tarde, Judy.

Acompanhei a mim mesmo até a porta.

VINTE E DOIS

2 de novembro de 1906

Usamos os corpos dos mortos a fim de viver para sempre. Isso, como diz Philip, é irônico.

É um negócio sujo e, embora pudéssemos pagar a alguém para cavar e roubar um cadáver para nós, Philip acredita, como acontece com todas as coisas, que é melhor fazermos nosso próprio trabalho sujo. Como meus gatos — a pessoa precisa aprender a se sacrificar pela magia. Então fui com ele até um cemitério e aprendi a exumar um caixão. Pegamos os ossos e tiramos a carne, depois moemos tudo. Fizemos um pó com cogumelos do cemitério e gengibre, imaginem, logo gengibre, e acrescentamos fios do nosso próprio cabelo e pedaços das nossas unhas. Depois, três gotas de sangue para cada poção.

Bebi com as mãos bem apertadas em torno da taça, para que não tremessem, revelando a Philip como eu estava excitada. Aquilo não o emocionava. Enquanto bebia, ele fez uma careta. Toquei em seu rosto e disse que estava satisfeita por podermos ficar juntos para sempre. Que nenhum dos mortos sentiria falta dos seus ossos.

— Está errado — sussurrou ele. — Não é natural. Mas vivi durante tanto tempo que agora tenho medo de morrer.

— Não deixarei que você morra, meu Próspero.

Ele então me beijou e me disse, em meu ouvido, que eu o fazia sentir que tudo valia a pena. E que eu levara novamente a magia para sua vida.

De manhã, com a cabeça em seu ombro, perguntei-lhe com qual frequência precisaríamos dos ossos.

— Isso nos sustentará por três anos, se tivermos sorte — respondeu ele.

E me contou que, certa vez, o Diácono usara os ossos de uma companheira de feitiçaria. Que essa poção durou três décadas e, depois de tomá-la, o Diácono conseguiu que sua carne se partisse para revelar sangue e depois se fechasse novamente, sem nenhum dano. Seu próprio toque se tornou sagrado.

— Quando você morrer — disse a Philip, beijando sua pele —, moerei seus ossos e viverei para sempre.

VINTE E TRÊS

SILLA

A manhã de segunda-feira trouxe a primeira sugestão real do frio do outono, juntamente com o sol. Esperei por Nick na porta da escola durante o maior tempo que pude. O primeiro sinal tocou, ecoando massivamente pelo estacionamento. Eu estava mal-humorada, porque Judy me dissera que a srta. Tripp fora até minha casa enquanto eu dormia, e Judy não quisera me acordar porque não achava que eu devesse ser forçada a falar com a mulher fora da escola, se não quisesse. Mas Nick passara lá naquele mesmo momento, então eu não conseguira vê-lo também. *Além disso*, Reese fora de carro sem mim a uma loja de antiguidades e curiosidades, cerca de duas horas atrás, para pegar tantas ervas, montes de cera de abelha, fitas e outras miudezas para usar na magia quanto pudesse encontrar. Não pude deixar de ficar um pouco satisfeita por ele não ter encontrado algumas coisas, pois não me levara. Teríamos que encomendar pela internet o que faltava.

Alunos passavam por mim num jorro, vindos do estacionamento. Não vira Wendy nem Melissa, mas elas eram atrasadas crônicas, especialmente quando vinham juntas de carro. Mas Eric me fez um pequeno aceno, pela primeira vez em meses. Fiquei surpresa demais para responder, de modo que ele, provavelmente, não tentaria nunca mais acenar. Será que Wendy dera um jeito de convidá-lo para sair? Ou, quem sabe, tinham se acertado naquela festa. Meu Deus, como é que eu não tinha pensado em telefonar e descobrir?

O sol subiu suficientemente alto para lançar seus raios sobre o topo dos carvalhos que cercavam a escola. O segundo sinal ia soar a qualquer instante quando, finalmente, o conversível de Nick entrou gritando no estacionamento. Até de 50 metros de distância pude vê-lo manejando com força o carro e pegando sua bolsa com movimentos bruscos. Quase fugi para dentro da escola, sem saber se queria conversar com ele assim chateado. O que havia de errado? Meu próprio mau humor se dissolveu.

Seus cotovelos pareciam martelos, enquanto ele corria na direção do prédio. Passou uma das mãos pelo cabelo, fixando-o outra vez no lugar, depois do que fora obviamente uma viagem de carro com muito vento. Rangia os dentes.

— Nick? — falei, como quem experimenta.

— O quê? — respondeu ele bruscamente e depois todo o seu rosto foi inundado pelo arrependimento. — Silla, desculpe.

— O que está errado? — Toquei em sua mão. Ele a virou, entrelaçando seus dedos nos meus.

— Minha madrasta maluca vai estar aqui o dia inteiro, droga.

— Por quê?

— Vai falar, sei lá, para que todas as turmas de inglês sobre a vida de uma escritora de verdade.

— Parece interessante.

— Será como... — Ele suspirou. — Você, provavelmente, vai gostar. Mas que droga!

Ri e passei meus braços em torno da sua cintura.

— Ninguém pensará que ela é mais legal do que você.

— Não é isso... é apenas... sei como ela realmente é. Fria e vulgar. Não quero ouvir as pessoas me falando sobre ela, depois que ela mostrar seu ego sofisticado, bem-sucedido, nova-iorquino, agressivo. Você sabe, o ego que agarrou papai e tudo o mais.

— Venha cá, deixe-me ajudar. — Inclinei meu rosto para cima e Nick pressionou seus lábios contra os meus.

— Isso ajuda mesmo — disse ele, em cima da minha boca. Beijou-me com mais força e me curvou para trás, com os braços em torno de mim, para me dar apoio. — Lamento não ter visto você ontem — completou ele, quando nos endireitamos novamente.

Puxando meu suéter para baixo, a fim de que cobrisse meus quadris, onde a roupa subira, concordei com a cabeça.

— Sim, tive vontade de brigar seriamente com Judy, por não me acordar.

— Ela disse que você ficou acordado até tarde.

— Sim, Reese e eu tentamos curar as mãos um do outro. Com sucesso relativo. — Estendi a palma da minha mão esquerda. Junto da fina cicatriz cor-de-rosa estava o corte de sábado, com uma casca em cima e com o aspecto de ter sido feito há uma semana. — Estávamos, na verdade, cansados demais.

Nick roçou seu polegar em cima do corte.

— Tenho algumas ideias a respeito disso.

Antes de eu poder perguntar quais eram, ele deu palmadas em sua bolsa a tiracolo.

— Tenho o livro aqui. E algumas coisas para lhe contar.

A campainha finalmente soou.

— Depois da escola, então. — Recuei na direção da porta. — No ensaio.

— Almoço?

— Prometi a Wendy que a ajudaria com o material para suas apresentações.

— OK, então será às 15h30. Talvez eu a procure entre as aulas, para mais alguma ajuda sua.

Ele se aproximou num ímpeto, para um rápido beijo.

NICHOLAS

Foi pior do que eu esperava.

Lilith entrou depressa, usando um casaco comprido até os joelhos, com um tipo qualquer de bordado brilhante, as mangas em forma de sino. Maquiagem exagerada, unhas pintadas de vermelho cor de sangue e seu sorriso de devoradora prenderam a atenção de todos os alunos da minha turma, sem exceção, e provavelmente o sr. Alford levaria a lembrança para casa, para os momentos em que estivesse sozinho. Afundei em minha carteira e fiquei olhando fixamente para os azulejos do teto.

SILLA

No segundo tempo, a madrasta de Nick deixou cair uma caixa em cima da mesa da sra. Sackville e começou a tirar romances de dentro. Parecia uma estrela de cinema, com seus grandes óculos escuros enfiados em seu cabelo e o colar comprido que descia até sua cintura. Os saltos dos seus sapatos tinham no mínimo uns 10 centímetros de altura e combinavam com o esmalte das suas unhas. Sackville prendeu as mãos uma na outra e apresentou Mary Pardee à turma, deixando-me quase desconcertada. *Mary?*

— A sra. Pardee escreve ficção com o nome de Tonia Eastlake e três dos seus livros foram escolhidos para se transformarem em filmes. Justamente no ano passado, *Assassinato prateado* entrou em produção. Ela escreve desde que estava no ensino médio, como vocês estão agora! Então, vamos prestar atenção a tudo o que ela dirá, está bem?

Mãos se levantaram imediatamente. A sra. Pardee riu, mostrando-nos perfeitos dentes brancos, e, quando disse: "Todos terão uma oportunidade. Ficarei aqui o dia inteiro", sua voz era tão profunda, grave e doce que percebi imediatamente por que Nick a odiava.

Wendy assobiou, para que eu lhe desse atenção, e mostrou-me o bilhete rabiscado nas margens do seu livro escolar: *A madrasta de Nick. É mesmo?*

Concordei com a cabeça e dei de ombros. Os olhos de Wendy se arregalaram mais e ela franziu os lábios, como se assobiasse silenciosamente. Peguei um pedaço de papel usado e escrevi: *Nick não gosta dela.*

Por quê?

Maldosa, segundo ele.

Mamãe adora os livros dela.

Meu pai dizia que eram lixo. Li um há alguns anos, o sexo era totalmente ridículo. Era bom falar sobre alguma coisa normal. *Transavam no chão.*

Uuuuuuu.

Sim, no chão da cozinha.

RSRSRS.

A mão de Wendy parou e ela me olhou com a testa ligeiramente franzida.

A srta. T me pediu para passar em seu escritório hoje.

Pressionei os lábios um contra o outro.

Não sei o que ela quer, escreveu Wendy, quando não respondi.

Ela esteve em minha casa ontem.

Por quê?

Ela acha que posso me suicidar.

Que isso!

Judy disse que Tripp queria conversar ontem.

Quando dei de ombros, Wendy girou os olhos para o alto.

O que aconteceu com sua mão?

Ferrugem na unha.

TÉTANO!

Não tem problema, não.

Se não tivéssemos energia suficiente para curar nossas mãos, teríamos que nos prender aos feitiços que precisavam apenas de uma picada, ou então começar a cortar em lugares menos óbvios. Decidi mudar de assunto. E, por outro lado, também estava morrendo de curiosidade.

Convidou Eric para sair?

Ah, MEU DEUS, sim. O cara beija bem. Você não me dava a chance.

Você não estava bêbada, né?

Ela bateu a caneta na escrivaninha e me olhou furiosa.

Desculpe, eu só estava pensando que beijar Eric me dá náuseas.

Ótimo! Wendy sorriu. *É meu.*

Eu estava começando a escrever *"Viu os sapatos da Madrasta?"*, quando a sra. Pardee falou no cemitério:

— É um cenário ideal para uma pessoa como eu. Tantos espíritos antigos e a atmosfera; atmosfera é muito importante para um escritor. Posso ver um pouquinho de tudo isso, da janela do meu quarto, e vocês sabem... — A voz dela baixou, num tom de quem conspira: — algumas noites já vi luzes lá, agitando-se como velas, ou fantasmas perdidos, solitários.

Houve risadas dos meus colegas, porque todos havíamos crescido ouvindo essa história. Os olhos da sra. Pardee examinaram minuciosamente a sala de aula e, quando ela me encontrou, fez uma pausa, deixando que seu sorriso se alargasse ligeiramente.

Os pelos dos meus braços arrepiaram e agarrei a caneta, bem apertada, entre meus dedos.

NICHOLAS

Silla jogou um livro escolar preto e grosso dentro do seu armário para guardar material.

Rocei uma das mãos por suas costas abaixo.

— Ei, gatinha, como vão as coisas?

— Sua madrasta é mesmo horripilante.

Silla se virou, fechando o armário com seu ombro. Coloquei minhas mãos de cada lado do seu corpo, aprisionando-a.

— Me conte como foi.

— Acha que ela sabe o que estamos fazendo no cemitério?

— Talvez. O que ela lhe disse?

— Contou justamente que vê luzes e fantasmas movimentando-se de um lado para outro, à noite. E olhou para mim. Eu não achava que ela soubesse quem sou, Nick.

O sinal tocou.

— Vamos descobrir isso. Se a conhece, ela não fará nada aqui na escola.

— Você tem razão.

Peguei a mão dela, enquanto ela empurrava a porta do armário, para ir embora.

— Ei, há mais alguma coisa?

Os dedos de Silla estavam frios e seus anéis quase queimavam.

Suas pálpebras se agitaram, se fecharam por um instante e ela suspirou:

— Minha conselheira está pegando muito no meu pé. Agora, ela vem por meio das minhas amigas. Em Wendy eu confio. Mas e se ela procurar Melissa, ou Beth? Contarão inteiramente a ela todas as fofocas e coisas mesquinhas que conseguirem imaginar.

— Está falando da srta. Tripp?

Os lábios de Silla fizeram um bico. Ela soltou-se de mim e cruzou os braços em cima do estômago.

— Sim. Ela procurou você também? Meu namorado esquisito?

Sorri e dei um passo lento para mais perto. Silla recuou, olhando para baixo.

— Seu o quê? — murmurei.

— Não seja chato — disse ela, batendo as palmas das mãos em meu peito.

Ela evitou meus olhos, mas seus lábios se torceram, enquanto ela continha um sorriso.

— Não consigo evitar.

— Eu sei. — Silla ergueu-se na ponta dos pés e me beijou.

Aspirei seu cheiro, pensei nela cercada por todas aquelas flores mágicas, coloridas e disse:

— Silla, preciso falar com você sobre uma coisa importante.

As sobrancelhas dela se ergueram.

— Claro.

— É...

— Não está atrasada para a aula?

A voz de Lilith congelou meus passos. Outra se uniu à dela:

— Sr. Pardee, srta. Kennicot, já se passaram dois minutos desde que o sinal tocou.

Silla endireitou-se e voltou a ficar em pé, com os olhos arregalados. Nós nos viramos. Ali estava Lilith, em pé ao lado do vice-diretor, com uma careta que contorcia seu rosto. Ele carregava a caixa com os romances de Lilith.

— Sinto muito — disse Silla, e se curvou para pegar sua mochila, que estava em cima dos azulejos.

Consegui não dizer alguma coisa grosseira a Lilith, enquanto Silla se afastava rapidamente.

— O senhor também, sr. Pardee.

— Aproveite a aula — acrescentou Lilith.

— Que se dane! — gritei por cima do meu ombro, ignorando o formigar dos olhos deles nas minhas costas.

SILLA

Wendy teve que cancelar o almoço para ir ver a srta. Tripp. Tentei não ficar ressentida com isso, mas o fato me fez desejar ignorar a conselheira durante a semana inteira. E Nick foi forçado a almoçar com sua madrasta, de modo que não pude também aproveitar sua companhia. O que eu realmente queria fazer era me enroscar numa cama e tirar outro cochilo. Então, segui furtivamente para trás do palco, no auditório, encontrei um sofá do cenário de "Casa de Bonecas" e peguei no sono instantaneamente. Estava atrasada para a aula de física.

Quando as aulas terminaram, fui às pressas para o estacionamento, a fim de alcançar Nick e dizer-lhe que eu precisava dedicar a Wendy alguns minutos, ajudando-a a preparar a audição dela. Ele disse que ajudaria a produção a pulverizar tinta em alguns assentos dos fundos do campo de futebol.

— Irei procurar você, quando terminar — prometi.

Encontrei Wendy esperando na sala de aula do sr. Stokes, com todas as suas folhas de partituras espalhadas em algumas escrivaninhas.

— Ei — falei, deslizando para perto dela. Relaxei com o cheiro familiar de pó de giz e terebintina. — Você ainda não especificou nada?

Ela ergueu os olhos e eu mal tive tempo de me conter para não fazer uma cara feia. Talvez fosse a luz da tarde que jorrava para dentro através da parede de janelas atrás dela, mas Wendy estava com um ar estranho. Ela sorriu e deu de ombros.

— Foi para isso que você veio?

— Sim. Você está bem?

— Estou ótima! – Wendy riu de mim.

Concordando com a cabeça, estendi a mão para a pilha mais próxima de partituras. Em cima, estava "Uma nova vida", de *Jekyll & Hyde*. Uma das favoritas de Wendy para cantar no carro. Adequava-se muito bem à sua voz de *mezzo*.

— Espero que essa música esteja em cima por ser uma das preferidas – falei.

— Com certeza.

Wendy me observava, com uma das mãos erguida para brincar com as estrelas prateadas e vermelhas que pendiam da sua orelha. Ela não continuou.

— Bem... – Pensei por um segundo. – Querem uma canção e dois monólogos, não é isso? Então, que monólogos Stokes sugere?

Ela fez um ar de espanto, mas depois se inclinou para remexer em sua mochila.

— Humm, este e mais este – declarou, enquanto puxava um folder e o abria. Dois monólogos xerocados estavam enfiados dentro, já marcados em rosa, com orientações.

— "Rainha Catarina", de *Henrique VIII*, e este do CSI: "Neverland." – Ela sorriu, afetadamente. – Na verdade, é bem engraçado. "911, qual a emergência? Você está sendo sequestrado por piratas?"

Sorri. Ela se mostrava mais amalucada do que de costume.

— Por que Catarina?

— Fala sério?

— Ora, claro que é bom. Mas não é popular.

— Talvez seja um bom motivo para fazê-lo.

— Mas eu escolheria uma das rainhas mais jovens. Quero dizer... ela é um tanto madurona.

— Posso fazer esse papel.

Wendy pressionou seus lábios um contra o outro e ficou em pé. O que estava errado era isto: ela não usava seu brilho dos lábios. Esquisito. Mas descobrir isso me fez sentir muito melhor. Ela subiu para o palco alto, coberto de tapete, na frente da sala de aulas de Stokes, estendeu a folha de papel e começou:

— "Ai de mim, senhor, em que vos ofendi? Qual motivo para meu comportamento causar-vos aborrecimento, e assim fazer com que me afastasses, e me privasses das vossas boas graças?"

O rosto de Wendy demonstrou sofrimento e, por um segundo, fiquei impressionada. Era uma mudança drástica.

— "Deus é testemunha" – continuou ela, quase num sussurro. – "Fui para vós uma esposa fiel e humilde, em todas as ocasiões, conformando-me com vossa vontade; mesmo no temor de provocar vosso desagrado, submetendo-me sempre à vossa fisionomia, de acordo com a alegria ou o desprazer que ela manifestasse." – Wendy suspirou. – "Quando a hora chegava, nunca contrariei vosso desejo... nem deixei de torná-lo também meu."

Ela parou, considerando as palavras. Minha risada espantou-a e fez com que ela franzisse a testa.

— OK, estou convencida. Foi realmente bom.

Suas sobrancelhas se ergueram e ela levantou o queixo, orgulhosamente.

— Claro que foi.

Isso me lembrou da madrasta de Nick, o que me fez pensar em Nick, em seu cheiro de gel de cabelo e no calor dos seus dedos. *Atenção!*, ordenei a mim mesma. *Em Wendy*. Bati com as partituras sobre a escrivaninha.

— Então, com estas, acho que a canção de Lucy funcionará perfeitamente bem. A única coisa que você poderia considerar seria algo mais dramático, será que acertei? Embora essa seja realmente boa para sua voz. – Passei para "A New Life" e vi "Your Daddy's Son", do *Ragtime*, embaixo dela. – Ahhhh, esta também é uma boa. – Não houve nenhuma resposta, então ergui os olhos. Wendy me olhava fixamente, com os olhos ligeiramente mais estreitos do que o habitual e suas mãos pendendo soltas de cada lado do seu corpo. O monólogo caíra em cima do tapete. – Wen?

Ela caminhou e saiu do pequeno palco.

– Silla.

– O que há de errado?

Será que a srta. Tripp lhe dissera alguma coisa? Perturbara Wendy o bastante para ela estar confusa ou nervosa por minha causa?

– Nada.

– Você parece… diferente.

– É mesmo? – Ela fez uma expressão facial exageradamente inocente. Como faríamos numa pantomima.

Ela nunca tentara esconder as coisas de mim.

– O que a srta. Tripp disse?

– A conselheira? – Wendy deu um riso estridente. – Ela acha que você está profundamente enlouquecida.

Profundamente enlouquecida? Era como se Wendy passasse, velozmente, através de gerações de teatro: Shakespeare, *commedia dell'arte*, Tennessee Williams, psicodrama.

– Talvez… talvez você deva se deitar.

Seu corpo mudou: um ombro caindo, a cabeça inclinada, um pequeno franzido em seus lábios.

– Eu estava pensando em seu pai.

A cadeira escolar de repente ficou dura e afiada.

– Meu pai?

Vagueando em minha direção, Wendy concordou com a cabeça.

— Você já imaginou em que ele estava pensando, naqueles últimos momentos? Em você? Em sua mãe? No passado dele, talvez?

— Não penso sobre isso.

Minhas costas estavam coladas na cadeira.

— Por que não?

— Simplesmente não penso. Vamos, Wendy. Não quero falar sobre isso. Se não precisa mais da minha ajuda, irei embora.

— Não quero que vá.

Agarrando uma cadeira, virou-a e se largou sobre ela, apesar de estar vestindo saia. Apoiou seus cotovelos nas costas da cadeira e sorriu.

— Gosto de você, Silla.

Sem o brilho cintilante cor-de-rosa nos lábios e com aquela expressão estupidificada em seu rosto, mal a reconheci. As janelas inundavam a sala de luz, mas nada disso estava refletido nos olhos de Wendy. Como se ela não estivesse ali. *Não, ah, não.* Simplesmente percebi, de repente. O corpo de Wendy, os lábios e mãos de Wendy, mas não era Wendy. Não era minha amiga. Um estremecimento formigou na parte de baixo das minhas costas, forçando-me a me sentar mais ereta. Sussurrei:

— Você não é Wendy?

Os lábios dela se entreabriram e olhamos fixamente uma para a outra, durante um momento, enquanto o mundo continuava a se movimentar sem nós. Vagarosamente, ela sorriu. Seus ombros colocaram-se mais para trás e ela se deixou cair, deslizando para baixo na cadeira, até descansar nela como uma leoa.

— Rápida como o raio, parecendo seu papai – disse ela, com voz arrastada.

Meu coração batia irregularmente, dando pancadas em meus pulmões como se eles fossem travesseiros, de modo que eu mal podia respirar.

Ela passou suas mãos pelos cabelos de Wendy, afofando-os.

— Quem é você? — Detestei o fato de minha voz tremer.

— Apenas uma velha amiga do seu pai.

A maneira como ela disse isso, com os dentes à mostra, fez meu estômago se apertar com mais força. Mordi a parte de dentro do meu lábio, juntando coragem.

— O Diácono.

— Ah! — A cabeça de Wendy caiu para trás e ela riu. — Não, nunca, não sou o querido Arthur. Você teria muita sorte, se eu fosse.

— Solte Wendy... Ela não sabe de nada.

Inclinando-se para a frente, por cima da carteira em que estava sentada, ela uniu as mãos de Wendy, como se rezasse.

— Pensei que talvez descobrisse se você tinha contado alguma coisa a ela, talvez descobrisse o que os estudantes estão falando. Mas acho que você contou mais ao seu namorado do que à sua amiga.

— Contou o quê?

Os lábios de Wendy se torceram de um lado.

— Você sabe.

Abanei a cabeça. Estava toda fria.

— O que você quer?

— Quero o túmulo do seu pai.

— Você escavou ali. Foi você quem fez isso.

— Tentei. — O aborrecimento não ficava bem no rosto de Wendy. Essa coisa, pessoa, fosse lá o que estivesse dentro dela, torcia as feições doces e jovens de Wendy, transformando-as numa careta. — Mas você fez alguma coisa naquele lugar.

— Não sei sobre o que você está falando.

— Alguma guarda, um feitiço de proteção, de modo que não posso chegar até eles sem transformá-los em cinzas. Seja lá o que ele lhe disse para fazer, desfaça.

Ela acenou casualmente com uma das mãos, como se a conversa fosse sobre utensílios domésticos ou algo assim. Devagar, descrente, sacudi minha cabeça.

— Nada. Não fiz nada.

Isso fez Wendy dar um sorriso de escárnio.

— Fez sim, Drusilla. Posso perceber o solo ensopado com seu sangue, como um veneno.

— Ótimo! – cuspi para ela, desejando também bater-lhe com minhas mãos, mas só pude agarrar os lados da minha carteira, como se soltá-los pudesse fazer com que eu girasse para dentro do esquecimento.

A coisa que estava em Wendy curvou-se para baixo e enfiou a mão em sua mochila. Quando sua mão reapareceu, os dedos agarravam um abridor de cartas de prata.

— Peguei isso na escrivaninha do sr. Edmer. Ele o deixou bem à vista, assim, num tempo como este. Acredita numa coisa dessas?

— Pare.

— Silla. – O possuidor de Wendy levantou a ponta afiada do abridor de cartas e a colocou delicadamente contra a carne macia debaixo do maxilar de Wendy. – Se quiser, darei uma punhalada com isso até alcançar o cérebro da sua amiga.

— Você morreria.

Mas eu sabia que isso não poderia acontecer. Pensei no feitiço da possessão, em como Reese possuíra facilmente o corvo. Como parecia fácil essa pessoa estar possuindo Wendy. O que acontecera com Wendy? Onde estava Wendy? Aprisionada?

— Meu corpo está fechado, querida. Eu simplesmente pularia direto em minha casa.

— Como... — A percepção me atingiu tão vagarosamente quanto melaço despejado. — Como você fez quando matou meus pais.

— Sim. — Ela, a coisa, estalou um rápido sorriso, como a mordida de um tubarão. — Conte-me o que você fez.

— Não fiz nada, juro. Apenas alguns feitiços lá. — A ponta do abridor de cartas cortou o pescoço de Wendy. — Papai não me ensinou *nada*. Ele nunca... — Respirei desesperadamente através dos meus dentes, tentando permanecer calma. — Ele não me ensinou a magia. Apenas tenho o livro.

O corpo de Wendy se imobilizou. Ela olhou para mim sem piscar. Eu não podia ver nada em seus olhos. Nenhuma centelha, nenhuma personalidade. Eles estavam achatados, como os olhos de uma coisa morta.

— Que livro? — Ela pronunciou a palavra como um treinamento vocal. Um *l* nítido, um *o* ainda mais nítido.

Não respondi imediatamente. Uma parte de mim queria pular em cima dela, sem levar em conta o perigo para Wendy. Levantei-me. Tinha poder também, pois estava de posse do que ela queria.

Negociar. Resposta por resposta.

Encontrei uma máscara para a coragem: uma cara de dragão vermelho, comprida, rosnando.

— Tenho a vida da sua amiga em minhas mãos, menina. E, se eu matá-la, você será considerada culpada.

O sorriso que serpeava através do rosto de Wendy fez meu estômago embrulhar.

— Só me diga seu nome e eu lhe direi o título do livro.

As unhas dos dedos de Wendy tamborilaram uma vez nas costas da sua cadeira.

— Você tem peito. Gosto disso. Josephine. Meu nome é Josephine Darly.

Imaginando as palavras num assobio através de dentes como navalhas, eu disse:

— "Anotações sobre transformação e transcendência."

— Ah, isso é a cara dele! — Wendy riu. — Do que se trata?

— Por que quer saber disso?

— Não, eu sei do que o livro trata. É o livro de feitiços dele. Aquela coisa velha na qual ele estava sempre anotando seus feitiços terminados. Achei que havia sido destruído pelo incêndio.

Não me permiti perguntar sobre o incêndio. Não podia desperdiçar uma pergunta.

— Está cheio de feitiços. Feitiços poderosos. Por que quer o livro? Claramente você pode... você já pode usar os feitiços.

Eu precisava de uma arma. A escrivaninha de Stokes tinha alguns livros pesados em cima, mas estavam distantes demais. Tudo o que eu tinha na minha frente eram tiras de papel em folhas soltas. Meu canivete estava proibido, por causa de normas da escola.

— Silla. — Ela tornou a pressionar a ponta outra vez, franzindo a pele de Wendy. — Não tente escapar.

Abri a boca, fechei-a e olhei fixamente para o fino fio de sangue que deslizava pelo pescoço de Wendy.

— Não estou com o livro.

— Quem está?

— Não vou dizer a você.

— Onde você o escondeu? Procurei em sua casa, antes de matar os dois, e não estava lá.

Uma imagem do corpo do meu pai possuído, caminhando em torno da nossa casa, remexendo em nossas coisas, com a alma desse monstro olhando através dos seus olhos, quebrou alguma coisa em mim.

— Não lhe direi! — gritei, e fiz um movimento brusco para a frente, agarrando o abridor de cartas e derrubando nós duas no chão. As carteiras caíram com estardalhaço e a cabeça de Wendy bateu atrás. Ela gritou e agarrei seus pulsos com minhas duas mãos, forçando a lâmina para trás com todo o meu peso. — Deixe-a em paz!

— Diga-me onde... está... o livro de feitiços. — Os dentes de Wendy rangeram, cerrados, enquanto ela lutava comigo pelo abridor de cartas.

— Não.

Ela relaxou de repente e eu tropecei para a frente, com um pequeno grito. O abridor de cartas bateu no chão com um som metálico e Wendy se afastou de mim rastejando, às pressas, apoiada nas mãos e nos pés. Fiquei sentada no chão, embalando a lâmina.

O silêncio reinou na sala de aula de Stokes. Minha cabeça doía novamente, como se a dor tivesse apenas esperando um momento de fraqueza para voltar rugindo.

— Silla — disse finalmente Wendy —, ajude-me e eu lhe ensinarei a viver para sempre.

Ali estava o que eu mais desejara na semana anterior: alguém para me ensinar. Alguém para responder às minhas perguntas e me mostrar as profundezas e cumes da magia. Imaginei-me sentada diante dela à mesa da cozinha, estudando atentamente o livro de feitiços, com uma excitação e um encantamento elétricos entre nós. Mas ela era a única pessoa, no mundo inteiro, de quem eu não poderia nunca, nunca aceitar isso.

— Por que você matou meu pai?

— Mais *quid pro quo*? — Ela afastou o cabelo do rosto de Wendy e seus olhos se encontraram com os meus. — Ele me transformou em inimiga dele, Silla. Não pense, nem por um instante, que ele era uma boa pessoa. Ele matava e mentia. Mentiu muito.

– Não.

A mão de Wendy se estendeu.

– Venha comigo. Eu lhe ensinarei tudo o que você tem de potencial para ser, Silla. Pense no poder, na magia.

Engoli. Meu punho se apertou em torno do abridor de cartas.

Ela sorriu e mesmo assim não havia nada por trás dos olhos de Wendy.

– Posso ensinar-lhe a viver para sempre. Com os ossos do seu pai...

– Os *ossos* dele!

Era por isso que ela queria o túmulo. Levantei-me, brandindo o abridor de cartas como se fosse uma espada.

– Ingredientes essenciais, minha querida.

– Você não pode ficar com eles.

– Por que protegê-lo? Por causa dele é que sua mãe está morta – riu ela, zombeteiramente.

– Você matou minha mãe. Não foi papai.

Minha voz ficou mais baixa. A necessidade de me atirar em cima dela, de atacar, fez meus ossos tremerem.

– Você fez isso, sim. Vá embora. Suma. Deixe-nos sozinhas. – Fiquei em pé por cima de Wendy, com o abridor de cartas brilhando à luz da tarde.

– Me dê o livro de feitiços e pensarei sobre o assunto.

– Não.

O abridor de cartas tremeu em minha mão quando Wendy ficava dificultosamente em pé e me dava um amplo sorriso.

– Posso tirar mais de você, Silla, queridíssima.

Eu não disse nada, nem podia dizer. Descobriria uma maneira de proteger Reese e Judy. E todos.

Seu sorriso vagarosamente se desfez.

— Aposto... aposto que seu namorado sabe.

Antes de eu poder reagir, ela se levantou de um salto e se jogou em cima de mim. Seu ombro me atingiu e caí, batendo de costas sobre uma carteira. Primeiro, o meu cóccix e a parte de trás das minhas costelas bateram na quina da mesa; a pancada seguinte foi no chão. Por um momento, fiquei sentada ali, mal respirando, enquanto minha visão escurecia e depois voltava e meu cérebro gemia, por causa de todas as colisões.

Josephine sumira, junto com o corpo de Wendy. Para onde fora?

Fiquei em pé, num impulso. Girei em torno da sala vazia.

Nick. Ela fora atrás de Nick.

VINTE E QUATRO

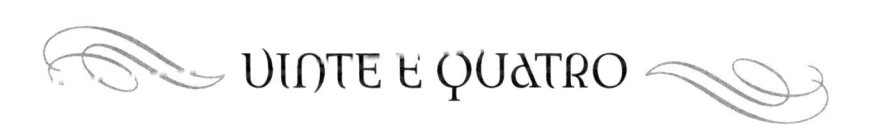

13 de junho de 1937

Faz tantos anos que saí de Boston, onde este velho livro dormia na biblioteca entre tomos de ensinamentos da sabedoria popular esquecidos e poesias do século passado.

Tem alguma importância o que fiz e onde vivi, entre aquele momento e o presente?

Philip diria que sim. Que eu deveria lembrar, embora eu diga para mim mesma: como poderia, algum dia, esquecer?

Foi a Grande Guerra que nos afastou de Boston.

O que se seguiu, a devastação da Europa, chamava meu Próspero como se fosse um fantasma assombrando-o, impedindo-o de dormir, até que concordei em cruzar o oceano com ele.

Uma vez lá, encontrei alívio na sociedade, enquanto Philip preferia as ruas miseráveis, as cidades e vilas devastadas. Nas cidades, onde muitos não tinham nada, uns poucos tinham o bastante para afogar suas mágoas dançando e bebendo. Seguimos por Londres e Edimburgo e chegamos à França, onde encontrei meu lar em Paris.

Ah, como me lembro das noites em que fiz Philip esquecer — com danças, teatro e a companhia das mais finas pessoas da Europa. Sou ótima para reunir uma multidão em torno de mim, e Philip é tão quieto, tão bonito e gentil que se torna impossível não adorá-lo. Ele encontrava alegria correndo para reuniões em torno de ciência e *filosofia, enquanto eu realizava deliciosas sessões espíritas, para divertir os mais interessados nos reinos esotéricos da natureza. Voltávamos um para o outro em qualquer que fosse o apartamento ou casa que eu tivesse comprado com ouro transformado e ele me brindava com todas as ideias que batiam em sua cabeça — eu escutava e o amava ainda mais pelo brilho apaixonado em suas bochechas, pela maneira como o conhecimento o iluminava. Podíamos passar a noite inteira falando de teorias e imaginando o grande potencial do nosso sangue. Philip ainda o vê como um privilégio, uma responsabilidade, enquanto eu o vejo como um dom. Ele nos torna mais fortes, melhores, capazes de qualquer coisa. Com grande frequência, nossas discussões se transformavam em risadas ou em amor, tão prontamente quanto o granito em ouro.*

Como estou feliz! Quando ele chama meu nome, isso me emociona, e nossos feitiços mais intensos são os que criamos juntos, os sangues misturados. A única sombra que cai sobre minha alegria é o fato de que ele se recusa a se casar comigo, depois de todos esses anos. É a coisa com relação à qual ele se mostra mais disposto a mentir e, quando lhe pergunto o motivo, com toda a sua moral e severos pontos de vista éticos, ele não se importa de vivermos como marido e mulher, mesmo sem sermos.

— Josephine — diz ele, invariavelmente —, um dia você se cansará de mim e, se eu me casar com você, ficará presa na armadilha.

— Para isso é que criaram o divórcio, querido — respondo, mas só porque ele não acredita em nenhum protesto meu, que digo que jamais me cansarei dele, nem em mil anos.

— Você sabe o poder dos rituais. Não são tão fáceis de desfazer com caneta, papel e uma legião de advogados.

— Mas eu te amo.

Ele me beija.

— *E eu também te amo.*

Acredito nele e é por isso que amanhã partiremos outra vez de Boston, em nosso novo Tin Lizzie, e viajaremos para o oeste, até o estado do Kansas, onde o Diácono escavou terra para si próprio, entre as montanhas de sílex.

Ele mandou notícias para Philip, dizendo que deseja finalmente conhecer-me e partilhar com Philip alguns novos métodos de produzir remédios. Kansas! Não tenho grandes esperanças quanto à sociedade de lá e me indago por que o Diácono o escolheu.

Meus tempos na Europa agora parecem não passar de um sonho, talvez porque não levei meu livro e não escrevi as coisas quando aconteceram. Enfiarei este em minha mala porque, durante todos aqueles anos, meu Philip tinha razão: escrever memórias é a única maneira garantida de preservar as lembranças.

VINTE E CINCO

NICHOLAS

Surpreendi-me assobiando, enquanto espalhava tinta generosamente em cima de um pedaço de compensado cortado em círculo. A tinta era roxa e eu não tinha a menor pista do que aquilo seria no final. Mas não me importava. O final da tarde estava quente e começava a ficar com aquele estranho brilho dourado que não tínhamos, absolutamente, em Chicago. Eu não sabia se era por causa de uma poluição diferente ou pela falta de arranha-céus de aço com reflexos, mas gostava disso. Tornava as folhas mais espessas e inchadas, quando elas começavam a mudar para o outono, em vez de ficarem apenas marrons e mortas. Apoiando-me para trás em meus calcanhares, contemplei o topo das árvores e o céu atrás delas, com um azul tão claro que era quase prateado. Será que eu, algum dia, já observara uma coisa dessas?

A alguns metros de distância, os outros sujeitos da equipe martelavam sem parar no que eu achava que seria uma plataforma e fiquei satisfeito por estar sozinho. O vento soprou sobre as árvores e as folhas se movimentaram numa longa onda, como torcedores num campo de futebol. E foi quando percebi que estava assobiando.

Não era nenhuma melodia em particular, e provavelmente estava muito fora de qualquer afinação. Mas isso não mudava o fato de que meus lábios estavam franzidos e o barulho saía deles. Parei. No silêncio em torno de mim, ouvi a risada do resto da equipe aumentar e o rugido de um motor de automóvel. No campo de futebol, o time grunhia num ritmo estranho, em *staccato*. Provavelmente, batiam uns nos outros.

E eu estava assobiando.

Por causa de Silla.

Logo que ela chegasse ali, eu lhe contaria sobre minha mãe, sobre a caixa laqueada, a magia que eu costumava fazer – eu lhe mostraria alguma coisa linda e observaria seu rosto se iluminar, eu a beijaria e iríamos para casa, a fim de fazer os amuletos com o irmão dela e depois sair para uma longa caminhada. Alguma coisa realmente romântica, como as garotas gostam. Na campina atrás da minha casa, eu estenderia um cobertor. Roubaria uma garrafa de vinho de Lilith, se pudesse convencer Silla a bebê-lo. Pegaria um pouco de chocolate amargo e faríamos um verdadeiro piquenique, ali sozinhos. A noite toda, se eu pudesse conseguir isso.

Beijos oferecidos até o fim
Como folhas avermelhando-se feito sangue
Vermelhas como línguas e corações

Eu precisava escrever esse trecho, apesar da falta de rima. Dando a volta, vi minha bolsa a tiracolo caída no gramado, inteiramente aberta. Levantei-me e caminhei em sua direção. Um corvo grasnou atrás de mim e aterrissou numa das árvores com tanta força que espantou um bando de pequenos pássaros, que voaram loucos em torno, como confetes. Meu pescoço formigou, tive a sensação de estar sendo observado. Olhando para a escola, atrás, percebi que o pequeno jipe de Lilith ainda estava parado no estacionamento. Que diabo ela ainda fazia por ali? Suspirei, aborrecido, exatamente quando a porta do fundo do prédio se abriu de repente e Wendy, a amiga de Silla, veio correndo na minha direção.

– Nick!

Endireitando-me, franzi a testa. Ela se atirou para o meu lado como se sua vida dependesse disso.

Silla. Com certeza havia alguma coisa errada com...

Corri.

– Onde está Silla?

– Você está com o livro?

– O livro? O... – Segui mais devagar, enquanto me aproximava dela. – Onde está Silla?

– Está lá dentro. – Wendy ofegava, mas conseguiu dar um rápido sorriso. Seu cabelo se espalhava por toda parte. – Ela está ótima. Apenas quer que eu leve para ela o livro de feitiços.

– Por quê?

A porta do fundo tornou a se abrir com um estrondo e Silla saiu, também correndo. Havia desespero em cada um dos seus passos. Olhei para Wendy, atrás de mim. A expressão do seu rosto mal se modificou. Mas seus lábios se apertaram.

Caminhei para trás.

– Nick! – gritou Silla, a meio do caminho até onde estávamos. – Não é Wendy, não é...

Wendy se inclinou para trás e depois, num impulso repentino e inesperado, me deu um soco na boca. A dor explodiu pelo meu crânio e senti na boca um gosto de sangue. Tropeçando para trás, toquei em meus lábios. Wendy girou e correu, passando por mim, na direção da minha bolsa.

– Não! – Silla agarrou o cabelo de Wendy, mas ele deslizou pelos dedos dela. Corri com elas, alcançando-as com três longos passos, e agarrei o braço de Wendy. Ela tentou arrancar a sua mão de mim, mas eu a sacudi de um lado para outro. Ela mostrou os dentes, como um lobo, e rosnou.

— Solte!

— Não é Wendy. — Silla tornou a ofegar.

O corpo de Wendy esperneava para cima de mim, mas eu a mantive afastada. Lambuzei minha mão livre com o sangue da minha boca e depois dei uma palmada com ele na testa dela.

— Proíbo-te de continuar neste corpo — comandei, desejando que isso se tornasse verdadeiro.

O poder jorrou através da minha mão, queimando minha palma. *O rosto de uma estranha, zangado diante do meu. "Proíbo-te", rosna ele.*

Ela caiu como uma pilha de varetas.

— Wendy! — Silla se ajoelhou ao lado do corpo de sua amiga, mas os olhos de Wendy não se abriram.

Mas ela respirava calmamente, como se tivesse desmaiado.

Fez-se um completo silêncio. Até o martelar havia parado. Dei uma olhada lá e vi alguns sujeitos da equipe de produção em pé e olhando fixamente para nós, com suas ferramentas abaixadas dos lados dos seus corpos e a boca escancarada.

Meu Deus, eu esperava que eles não tivessem ouvido o que havíamos dito.

Um corvo gritou na beirada da floresta. Seguido por outro.

— Nicholas.

Olhei para Silla. Ela estava sentada com a cabeça de Wendy em seu colo, os olhos erguidos me fitando com atenção.

— Como você fez isso? — Seus olhos arregalados refletiam o vasto céu. — Não está no livro.

Improviso. Eu poderia ter dito. Ou *inspiração*. Mas, olhando para seus olhos, não pude mentir novamente.

— Minha mãe me ensinou. — Não era um momento tão romântico quanto eu havia esperado.

Minha voz estava baixa e neutra. Isso não ia cair nada bem. Foi surpreendente como o rosto dela mudou. Num momento, com uma emoção bruta; em outro, duro e imóvel.

Os corvos grasnaram novamente. Ergueram-se das árvores e voaram em nossa direção. O olhar de Silla se voltou rapidamente para eles. Mas eu não pude parar de olhá-la. Ela ficou em pé com dificuldade e se curvou devagar para pegar minha bolsa. Erguendo-a bem alto, ela gritou para os corvos:

— Está comigo! Aqui! Venham me pegar! — E, sem desperdiçar outra olhada em mim, ela correu de volta para o estacionamento.

Corri atrás dela.

— Silla, espere! Meu carro!

Ela me ignorou completamente. Alcancei-a e agarrei seu cotovelo.

— Silla, pare.

Ela girou e se desprendeu.

— Me deixe ir embora! — Seus olhos se estreitaram e se movimentaram para trás de mim. — Eles estão vindo. Preciso afastá-los de Wendy.

— Venha para meu carro, sairemos de... — Toquei novamente em seu cotovelo.

— Como vou saber que você não está possuído? — Silla fez um movimento brusco para trás, afastando-se de mim. Seus olhos observaram novamente para trás de mim e ela ficou parada.

Virei-me e vi que os corvos olhavam atentamente. Eles nos analisavam, com a cabeça inclinada para um lado. Alguns se moviam, tontos, como se não soubessem o que estava acontecendo.

— Pergunte-me o que quiser — falei, tornando a me virar para Silla.

— Talvez você sempre tenha sido outra pessoa.

A acusação calma bateu em meu peito.

— Silla — sussurrei, incapaz de trazer à tona mais voz do que isso.

Ela comprimiu os lábios e virou-se. Mas seus passos não seguiram adiante.

— Ela poderia possuir qualquer pessoa na escola — disse ela. Seus dedos se apertaram em torno da alça da minha bolsa. — Preciso mantê-la afastada de Wendy. De todo mundo. Do livro de feitiços.

— Deixe... deixe que eu leve você para casa, de carro.

Devagar, ela concordou com a cabeça. Depois, deu uma olhada para trás, para Wendy, através da nuvem de corvos espalhados pelo gramado, e viu que sua amiga se levantava devagar, cercada por alguns dos sujeitos da equipe de teatro. Os lábios de Silla tornaram a se pressionar um contra o outro e suas mãos se fecharam, formando punhos.

— Vamos.

Os corvos não voaram atrás de nós. Não precisavam. Quem quer que os controlasse, ou tivesse possuído Wendy, sabia que estávamos com o livro de feitiços e exatamente para onde íamos.

Então, não me dirigi para a casa de Silla.

Ela examinava as árvores, os campos, a estrada, o céu. Porque o sujeito ruim podia estar em qualquer parte. Dentro de qualquer um dos pássaros, nas vacas pelas quais passávamos ou naquele cachorro — em qualquer coisa. Agarrei o volante e segui dirigindo. O vento batia com força em nós, enquanto eu acelerava o conversível para uma velocidade cada vez maior. Pelo menos eu sabia que eu era eu.

Passaram-se apenas uns poucos minutos e Silla disse:

— Este não é o caminho para a minha casa. — Ela se encolheu, afastando-se de mim, pressionando-se na porta de passageiro o mais que pôde. — Pare o carro!

Sacudi a cabeça, mas não olhei para ela.

— Ele sabe para onde você vai. Pode estar esperando lá. Não podemos caminhar diretamente para as mãos dele.

— Ou então ele está fazendo mal ao meu irmão, ou a Judy. Leve-me. Para. Casa.

— Não.

— Você está me sequestrando? — Uma rajada de vento jogou as palavras de Silla para longe.

— Não!

— Parece mesmo um sequestro. Pare o carro.

— Silla...

Antes que eu pudesse terminar, ela soltou o cinto de segurança do seu assento e estendeu a mão para a porta.

Pisei no freio. O carro deu uma guinada, mudando de direção, e Silla bateu na frente, jogando-se com suas mãos contra o painel de carro.

O mundo girou e fui lançado simultaneamente em mais ou menos 12 direções. E então — paramos.

Eu tremia. O carro tremia. Mas a estrada e os campos estavam firmemente fixos em seus lugares.

Devagar, tirei meu pé do freio. Pesava uma tonelada. As rodas traseiras mergulharam para fora do asfalto, entrando no acostamento de cascalho. Respirei novamente.

— Silla — disse, exatamente quando ela abriu a porta e caiu do lado de fora.

Ouvi-a levantando-se com dificuldade, enquanto eu desligava o carro e também saía.

— Espere! — Lancei-me atrás dela, contornando o carro, enquanto ela tropeçava pelo campo abaixo e subia do outro lado, num campo de milho colhido. Minha bolsa ainda pendia em seu ombro.

Minhas botas de combate mergulharam na grama úmida, mas, quando cheguei a um terreno plano junto dela, ficou mais fácil alcançá-la.

— Silla! — tornei a chamar, a pouco mais de um metro atrás dela.

Silla virou-se, balançando minha bolsa contra mim, e bateu com ela em minha barriga.

Todo o ar me saiu com a pancada, e me curvei, dobrando o corpo.

— Meu Deus! — gemi, quando pude tornar a respirar.

Graças a Deus não tinha sido um pouco mais embaixo.

— Você mentiu para mim.

Endireitando-me, meu olhar encontrou o dela.

— Eu ia contar a você.

— Por favor! Que desculpa esfarrapada, Nick!

Os lábios de Silla foram puxados numa careta, indo da raiva à dor.

— Eu ia… Eu lhe disse que tinha algo importante para conversar com você.

— Muito conveniente.

— Ouça, foi apenas uma questão de ocasião errada, OK?

— Não posso confiar em você.

Ela caminhou para trás, com seu rosto tornando-se novamente imóvel.

Ignorei o rangido em meu peito e estendi as mãos.

— O que eu deveria dizer? É magia. Um segredo. A pessoa não sai por aí falando a respeito.

— Mas você me viu fazendo magia. Você sabia. E fez conosco. Poxa, você teve tantas, mas tantas oportunidades. — Ela cruzou os punhos em cima do seu estômago. — Como na sexta-feira à noite. Depois que nós... Ou sábado, no cemitério.

— Eu...

— Nós estivemos remexendo em coisas por aí, adivinhando, tentando fazer o melhor possível com algumas informações superficiais, e você sabia o tempo inteiro! Como pôde ir em frente como se fosse um novato?

— Silla...

Ela abanou a cabeça.

— Por que deveria confiar em você? Como posso confiar?

Caminhei para a frente e a agarrei.

— *Ouça.*

Silêncio. Ela estava rígida em minhas mãos, mas me observava. Seu cabelo espetava loucamente para cima por causa de todo o vento, e suas bochechas estavam coradas.

Lambendo meus lábios, soltei-a devagar.

— Eu odiava a magia. Não queria pensar sobre ela, e muito menos falar a respeito.

Nada.

— E não me lembrava de tudo. De forma clara, não. Minha mãe... você sabe que ela não ficou por aqui. E quando fizemos magia juntos... eu era novo. Foi antes de eu completar 8 anos, entende?

— Mas você reconheceu a magia.

A voz dela era tranquila. Seus olhos abaixaram, afastando-se dos meus. Fixaram-se em meus lábios. E então ela os fechou. Como se esperasse que minha resposta fosse dolorosa demais.

Eu não queria que ela resistisse e se afastasse de mim. Que fosse embora.

– Não faça isso.

Seus olhos se abriram de repente.

– Não faça o quê?

Ela desprendeu-se de mim.

– Que se esconda. Essa coisa que você faz, como no palco. Usando máscaras.

– Não estou me escondendo, estou... estou lidando com as situações, estou sobrevivendo. Atravessando a pior coisa que já me aconteceu algum dia. Lamento que não goste dos meus métodos, Nick. – Meu nome foi cuspido por sua boca.

– Também não seja tão maldosa.

Silla se virou e se afastou com passos pesados.

– Isso também é se esconder! – Minha boca se curvou, como num rosnado.

Ela parou, se virou para trás e se aproximou de mim.

– O que você quer de mim? Você mentiu para mim e agora me ataca? Ótimo. Vá em frente. Posso suportar. Posso suportar um monte de coisas.

Seus punhos empurraram com força o próprio estômago.

– Talvez não tenha a ver com você, Silla. Talvez tenha a ver comigo.

– É mesmo? Meus pais assassinados por um ladrão de cadáveres psicótico tem alguma coisa a ver com você? De que maneira?

– O quê?

– *O que* o quê?

– Assassinato? Você acha que seus pais foram assassinados por alguém que fazia a magia? Eu não sabia que você pensava assim. E você indo embora e falando em mentiras. "A propósito, *caro Nick*, essa pessoa que está atrás de nós *pode ser um assassino*?"

Há quanto tempo você sabia? Há quanto tempo mantinha isso em segredo?

A boca de Silla se fechou com um estalo. Seus joelhos se curvaram e ela simplesmente caiu em cima do seu traseiro, juntou as pernas contra o peito e passou as mãos em torno das canelas. Baixei os olhos e observei-a ofegar como se eu tivesse corrido numa maratona.

– Você tem razão – disse ela, num tom neutro. Falava na direção dos dedos dos meus pés. – Era perigoso para você não saber. Eu me envolver com você sem lhe contar os possíveis riscos.

Agachei-me.

– Se você pensou que era apenas um jogo, ou apenas um divertimento, e então se magoou, ou... – Ela fechou os olhos bem apertados. – Sinto muito.

– Lembra-se de que lhe contei que minha mãe tentou se matar?

– Sim.

– Ela cortou os pulsos. Para se livrar do próprio sangue.

A cabeça de Silla levantou apenas o suficiente para seus olhos se encontrarem com os meus.

– Ah.

Pude ver no rosto dela a compreensão, o fato de que ela sabia o que significava a tentativa de suicídio de mamãe.

– Meu avô lhe disse que ela era ruim. Que a magia era o mal.

– Por quê?

– Não sei. – Afundei e me sentei na frente dela. – Não me lembro, mas acho que deveria me lembrar.

Olhamos atentamente um para o outro durante um momento. Eu disse:

– Eu não estava mentindo quando falei que não me lembrava de tudo. O que de fato eu lembrava estava... manchado. Porque, embora no início fosse divertido, tudo levou minha mãe a tentar se drogar e a se matar para diluir o poder. Até me pergunto se ela não fez um feitiço comigo para me fazer esquecer. Porque tudo me voltou num estalo, no sábado, depois que vi você e Reese fazendo a possessão. Minha mãe podia fazer isso. E me ensinou a fazer.

— Você não sabia se podia confiar em mim — sussurrou Silla. — Se eu era... era má, também. Ou se estava usando isso para finalidades ruins.

— Sim.

Ela fez um sinal afirmativo desajeitado com a cabeça.

— Entendo isso.

— Também acho... — Hesitei.

As sobrancelhas dela se ergueram um pouco.

Pigarreei.

— Minha mãe pode ter feito alguma coisa errada, mas examinei o livro do seu pai e não há sequer a mais leve maldição ou magia negativa. É tudo para a cura, a proteção, a transformação. Acho que seu pai era bom.

E, de repente, ela começou a chorar.

Senti-me um pouco como aquele sujeito que segura um bebê o mais longe que pode, porque tem medo de que a criança faça xixi em cima dele.

As mãos dela se pressionaram contra o rosto e ela deixou sair sons de verdade. Como soluços. E fungadelas. Mas era tudo abafado, pois ela estava encurvada, curvada sobre si mesma, tornando-se uma pequena bola. Seus ombros sacudiam. Toquei o alto da sua cabeça. Apenas de leve, não tinha certeza se ela desejava verdadeiro consolo, ou meu braço em torno dela.

Não durou muito tempo. Apenas uns poucos momentos, enquanto o trigo se movimentava por toda parte em torno de nós, em secas ondas oceânicas.

Fungando alto, Silla se sentou. Enxugou as bochechas e os olhos e murmurou "Desculpe" várias vezes. Apenas esperei. Ofereci minha manga. Ela sorriu, um sorriso trêmulo, e abanou a cabeça.

– Estou bem. Meu Deus, sinto muito.

– Não se preocupe com isso. Sente-se melhor?

Eu tinha ouvido dizer que chorar realmente ajudava algumas pessoas.

– Argh. – Ela deu uma fungadela. – Não. Absolutamente não. Sinto-me como se meu cérebro tivesse se transformado em muco e bolas de algodão.

– Seu aspecto é esse mesmo – falei, com muita seriedade.

Isso lhe arrancou uma risada.

– Meu Deus, não me faça rir. Dói.

Ela colocou a palma das mãos em cima de seus olhos.

Então esperei mais um instante, enquanto ela se recompunha.

– Tive medo, sabe? – disse ela olhando para as mãos, que estavam cruzadas em seu colo. – De que ele merecesse isso. De que ele tivesse trazido isso para cima de nós. E a mulher que os matou me disse que ele era um mentiroso e uma pessoa horrorosa. Que papai a traiu. E é o que todos dizem.

– Estão errados.

Ela respirou fundo e prendeu a respiração, depois a soltou vagarosamente, com um assobio. Borrões cor-de-rosa mancharam seu rosto e seus olhos estavam inchados. Era bom eu não ser um espelho. Seus olhos se arregalaram.

– Ah, meu Deus. Preciso telefonar para Reese – disse ela. – Avisar a ele, fazer com que volte para casa. Mas eu... eu deixei minha mochila na escola.

– Meu celular está em minha bolsa.

Toquei os nós dos dedos dela.

– Levarei você para onde precisar ir.

VINTE E SEIS

SILLA

Minha respiração chacoalhava por minha garganta acima, soando como o vento por meio dos pés de milho marrons atrás de mim. Trêmula, seca e vazia.

Fechei os olhos, senti a fraca luz do sol contra minha nuca, os ramos duros de capim embaixo do meu traseiro. Um corvo distante grasnou e meu estômago apertou.

Liguei para o número de Reese pelo celular de Nick, e observei o mostrador até que o telefone começou a tocar.

Por favor, seja Reese. Por favor, seja meu irmão.

Na quinta chamada, ele atendeu:
— Sim?
— Alô? É Silla.
— Você andou chorando, abelhinha.

Alívio, como uma chuva fresca, jorrou em cima de mim. Era ele.

— Estou bem. Preciso que você vá para casa. A pessoa que matou papai e mamãe com certeza ainda está por aqui. O nome dela é Josephine Darly e ela possuiu Wendy hoje, e tentou roubar o livro de feitiços. Estou com medo do que ela tentará em seguida. Precisamos conversar e descobrir uma maneira de nos proteger.

Por um momento, Reese não disse nada. Eu podia ouvir o rugido de um trator e conversa berrada, vinda fracamente dos fundos. Depois, ele disse:

— Podemos tentar os feitiços de proteção, que estão no livro de feitiços. Nick está com você? Você está com o livro?

— Sim.

— Temos que examiná-lo e procurar... — Ele parou, depois sussurrou: — Ouça, não posso falar a respeito disso aqui. Vou para casa.

— Detesto o fato de que os feitiços mais importantes são os complicados. Por que não podemos apenas sangrar um ao outro e pronto? — Tentei tornar leve o tom da minha voz, para inserir alguma futilidade, mas a voz saiu pesada.

— Sim — respondeu ele.

— Verei você em casa.

— Tome cuidado, Silla.

— Você também.

Reese desligou.

Nick, do outro lado do campo, subiu para o conversível e o estacionou ao longo da estrada. Observei-o, o aperto em meu estômago vagarosamente relaxou. Ele se movimentava como uma marionete desajeitada enquanto saía do carro e era fácil imaginar outra pessoa manipulando os cordões. Mas eu não acreditava nisso. O sol realçava alguns pontos surpreendentemente brilhantes, castanho-avermelhados, no cabelo dele, e me perguntei se ele sequer sabia que existiam. Desejei poder esquecer Josephine e meus pais, esquecer a magia, possessão, sangue, tudo isso, e apenas puxar Nick de volta para mim, de modo que eu pudesse correr meus dedos pelo cabelo dele e descobrir mais cores.

Em vez disso, liguei para o número de Wendy. Caiu diretamente na secretária eletrônica. A voz dela, enérgica e animada, declarou: "Oi, você quase pegou a Wendy – deixe uma mensagem."

– Oi, é... é Silla. Queria me certificar de que você está bem. Eu estava só... – Lambi os lábios e depois menti: – Humm, o sangue. Perdi sangue, você sabe. O sangue. – Minha voz baixou até se tornar um sussurro: – De qualquer jeito, sei que você está bem, mas não estou com meu celular. Você pode telefonar para minha casa, ou coisa parecida. Ou então... É o telefone de Nick, desculpe.

Antes de ficar ali murmurando por mais vinte minutos, fechei o telefone com força. Wendy acreditaria em mim. Eu andava tão estupidamente sensível com relação a sangue e tudo o mais nos últimos tempos que isso não seria um exagero.

Fiquei em pé num impulso, com a cabeça latejando em ondas suaves, mas constantes, acompanhando as batidas do meu coração. Meu Deus. Detestava chorar daquele jeito. Durante dias, eu não tornaria a me sentir bem. E fazer isso na frente de qualquer pessoa que não fosse minha mãe... que, claro, não se preocuparia de forma nenhuma com o fato de eu voltar a chorar ou não... Parei, fechei os olhos e respirei fundo, tinha que me acalmar. Tanta coisa acontecera em apenas uma hora. Menos de uma hora. Eu podia ficar firme, sim. Eu podia ficar ótima.

A máscara calma, verde-mar, instalou-se no meu rosto. Enquanto Nick saía e se movimentava, contornando o carro até o porta-malas, fazendo-o subir com sua chave, pensei sobre o que ele dissera. Que eu me escondia atrás de máscaras. Talvez ele tivesse razão a respeito da máscara branca e prateada. Era fria e pretendia ser vazia. Mas essa, ou a máscara de alegria com céu e sol, como tantas outras, elas apenas fazem parte de quem eu sou.

Depois de uma respiração final para me firmar, caminhei até o carro. Nick tirou uma caixa da mala. Enfiou-a debaixo de um braço e fechou o porta-malas com uma pancada, depois colocou a caixa em cima do carro.

— O que é isso? — Inclinei meu quadril e encostei no farol traseiro, passando um dedo no lindo acabamento envernizado da caixa. Havia corvos negros incrustados na tampa, que voavam num céu roxo.

— A caixa de magia da minha mãe — disse ele, empurrando o trinco quebrado para um lado e abrindo-a.

Ofeguei, chocada, diante do que havia dentro. Minúsculos frascos cheios de diferentes tipos de pó coloridos, lascas de plantas secas, sementes, limalha de metal, uma pena grande de escrever, pequenas tiras de papel, fitas. Cera.

— Nick. — Respirei fundo.

Ele tirou um frasco de boca larga. O vidro era fino e embaçado, e tinha uma grande rolha de cortiça. Havia um rótulo nele: *Cardo-santo*. Com a caligrafia de papai.

— Nick! — Peguei o frasco, acariciei o papel colado nele. — Meu pai escreveu isto.

Puxando sua bolsa, que estava pendurada em meu ombro, ele enfiou a mão para tirar o livro de feitiços. Abrindo-o, ergueu uma página e comparou. Era, perfeita e obviamente, a escrita de papai.

— Eles devem ter partilhado isso — disse ele.

Ele levantou os olhos para meu rosto.

— Judy disse que eles namoraram no ensino médio.

Se minhas bochechas já não estivessem manchadas por causa do choro, eu provavelmente teria corado.

Nick colocou o livro no carro e esfregou o rosto.

— Meu Deus, isso é complicado.

Apoiei-me nele, colocando minha bochecha contra a dele.

— Sim — falei. — Vamos para casa.

VINTE E SETE

Setembro de 1937

O Diácono! Que homem — que criatura.

Ele é simples, e jovem e belo como um anjo — um demônio. Quando diz que nosso poder vem do sangue do Diabo, faz todo sentido acreditar em suas palavras. Com sua sedução, o Diácono poderia passar-se por santo, se quisesse. Mas ele não faz isso — e é o que o torna tão estranho para mim. Tão estranho e maravilhoso. Ele não usa seu encanto para mentir ou enganar os outros. Ele simplesmente... é quem é. Da mesma forma como uma tempestade evoca raiva, desespero, necessidade, mas é apenas vento e chuva e não se importa como reagimos a ela. O Diácono é uma parte viva da natureza.

Philip mergulha nessas novas experiências com ele. Substâncias e cheiros para curar doenças. Coisas tediosas. Observo o Diácono e me pergunto como ele se tornou o que é. Ele ergueu os olhos para mim hoje pela manhã e sorriu. Em seus olhos havia algo que eu nunca vira nos olhos de Philip.

Desafio.

Enquanto Philip derramava tinturas de uma proveta para outra, o Diácono me convidou a me aventurar num lugar desabitado com ele, em meio aos altos capins da pradaria, com a promessa de me ensinar novos feitiços.

E, ah, estou tão satisfeita por ter aceitado! Ele abriu minha mente. Nunca imaginei que pudesse possuir um bando de gansos, ao pousarem num lago, ou possuir uma árvore — uma árvore! Incrível. Mal consigo colocar em palavras como foi percorrer das raízes até as mais altas extensões da folhagem, que se sacudia como cabelo ao vento. Poder infinito, paz infinita, eu acho. O Diácono diz que essa é a sensação de ser Deus.

Mas a paz não me entretém durante muito tempo. Prefiro correr com os coiotes ou cortar o céu com as águias. Com o Diácono ao meu lado, cacei. Matei e senti a função de encher meu estômago com carne abatida por minhas próprias mãos.

Há tanto tempo, Philip me ensinou que possuir é brincar com uma tentação perigosa. Não há tentação aqui, pois não resisto ao desconhecido, ao perigo, sou o mundo inteiro.

VINTE E OITO

NICHOLAS

Enquanto dirigia, contei a Silla o que me lembrava da minha mãe e falei de uma vaga lembrança de ela ter dito que íamos salvar Robbie Kennicot. Ela me contou sobre a profanação de túmulos e sobre a carta de certo sujeito chamado Diácono, que lhe enviara o livro de feitiços.

— Espere aí. — Detive-a, exatamente quando viramos em nossa rua em comum. — Sexta-feira à noite, a noite da festa, foi quando Josephine tentou pegar os ossos do seu pai?

— Deve ter sido.

— Mas que merda.

Botas de jardinagem. Botas de jardinagem enlameadas, quando o solo estava frio demais para jardinagem.

— Que foi, Nick? — Silla tocou em meu braço.

Sacudi a cabeça. Tantas coisas se encaixaram. Tive que prestar atenção para não arranhar a pintura do Seabring no portão quando entrei na estrada de cascalho que dava acesso à garagem. Quando estacionei, me virei para encará-la.

— Lilith.

Silla esperou.

— Tropecei em suas botas enlameadas, quando cheguei em casa na sexta-feira à noite. E seus pais morreram em julho, não foi? Ela estava aqui, fazendo a reforma da casa. E ela estava na escola hoje.

Era como se o mundo inteiro se fechasse em torno de mim. Eu detestava Lilith, mas não pensara realmente que ela fosse uma *assassina*.

Silla pôs as mãos em meu rosto.

— Nick. Nick.

Ela me beijou, apenas apertando sua boca contra a minha.

Tudo voltou a entrar nos eixos. Repeti o gesto dela, segurando seu rosto em minhas mãos. Nosso beijo foi interrompido e apoiamos nossas testas uma na outra.

— Vamos para dentro, Nick, e conversaremos sobre tudo isso. Descobriremos do que se trata.

A metade da minha boca virou para cima, num sorriso. Num curto espaço de tempo, eu passara de confortador a confortado.

— Está bem, gatinha.

Exatamente quando eu saía do carro, a caminhonete de Reese parou no acesso à garagem. Fechei a porta do carro e havia me virado para dizer olá a Reese quando Silla gritou.

Asas relampejaram em meu rosto e a dor disparou pela minha testa, enquanto um pequeno pássaro arranhava meus olhos. Mergulhei para baixo, batendo no pássaro, e comecei a correr em torno do carro.

— Silla! A casa! — Mal pude enxergá-la, agitando os braços contra meia dúzia de gaios. Eles faziam horríveis ruídos de grasnidos e soltavam gritos agudos. Pequenas garras se fincavam em meu pescoço. Girei. Eles atacaram minhas mãos, bicando e tentando pousar em minha cabeça. Estavam por toda parte. Uma nuvem deles.

Corri. De repente apaguei, como uma piscadela gigantesca, e depois ainda estava correndo, tropecei e me segurei em minhas mãos e...

SILLA

Os pássaros recuaram como se fossem um único animal, e tive um momento para respirar.

— Nick! — Olhei ao nosso redor.

Uma de suas mãos se enfiou em sua bolsa a tiracolo e ele tirou o livro de dentro. Um sorriso torto se espalhou por seu rosto. *Não, ah, não.*

Disparei na direção de Nick e, exatamente quando cheguei lá, estendendo os braços, seu rosto se contorceu e ele caiu de joelhos. Os gaios gritaram e um imenso peso deles se chocou contra as minhas costas, rasgando minha camiseta. Girei meus braços, em busca de equilíbrio, movendo-me para bater nos pássaros e afastá-los, enquanto um doloroso calor florescia pelo meu corpo.

Um rugido que saiu da garganta de Reese soou como um grito de guerra, enquanto ele segurava uma pá e a tampa de uma lata de lixo de plástico. Com a pá, começou a derrubar os pássaros do céu e usar a tampa como um escudo. Caí perto de Nick, que lutava para ficar em pé. O livro de feitiços estava caído no cascalho, aberto, com a capa para cima, as páginas dobradas. Agarrei-o, e Nick segurou meu braço.

— Estou bem — disse ele rapidamente.

Levantamos e demos uma corrida na direção de Reese.

— Atrás de mim! — bradou Reese, girando sua pá num grande arco. O som da pancada, quando ele atingia o alvo, fazia meu estômago embrulhar, repetidas vezes. Recuamos na direção da casa. Judy escancarou rapidamente a porta para nós. Nick e eu quase tropeçamos nos degraus da varanda, mas Reese estava firme e calmo. No momento em que chegamos lá dentro, Reese deixou cair a pá e bateu a porta.

NICHOLAS

Judy levou Silla para o andar de cima, a fim de colocar alguns curativos em suas costas e para que ela trocasse de blusa. Fiquei sentado à mesa da cozinha, enquanto Reese limpava os cortes em meu pescoço com água oxigenada e os fechava com band-aids. Ele não dizia nada e eu também não estava com vontade de falar. Mantinha meus olhos fechados e o maxilar cerrado, como defesa contra a dor, e lembrei como eu me sentira, durante aquele longo momento em que fora possuído. Desorientação. Torpor. Como estar paralisado ou num estranho coma acordado. Mas eu sentira o momento em que o aperto se afrouxara – o triunfo de conseguir segurar o livro de feitiços, que interrompera o controle dela sobre mim, e eu me libertara, num impulso.

Mas não sabia se poderia fazer isso novamente. Estremeci.

– Desculpe – murmurou Reese, enquanto fixava um band-aid no contorno do meu couro cabeludo.

– Esse será difícil de arrancar.

Ele grunhiu.

– Obrigado – agradeci.

– De nada. – Ele foi lavar as mãos e me inclinei para a frente, com meus cotovelos na mesa, as mãos pressionadas em meu rosto. – Voltarei logo. – Reese caminhou até a porta da frente e agarrou a pá.

– Espere aí, o que você está fazendo?

– Você deixou cair o livro de feitiços. Precisamos pegá-lo.

Em pé, tirei as chaves do carro do bolso da minha calça jeans.

— Eu irei. Você me dará cobertura. Há uma coisa na mala do meu carro de que precisamos também – falei.

Contando até três, escancaramos rapidamente a porta e corremos para fora. Escorreguei no cascalho, aterrissei dolorosamente com uma das mãos e agarrei o livro de feitiços. Percebi que Reese não estava girando a pá e que todos os pássaros haviam partido. O céu estava vazio. Nem uma só folha se agitava e não havia um som que perturbasse a tarde.

— Detesto isso – resmunguei, enfiando a chave na fechadura da mala do carro.

Reese resmungou alguma coisa. Ele continuou a se movimentar de um lado para outro, meio agachado, na posição de um batedor de beisebol, agarrando com força a pá. Quando eu estava com a caixa debaixo de um braço e o livro na outra mão, fiz um sinal com a cabeça, fechei a mala do carro com uma pancada e em seguida voltamos para a casa, tendo ficado do lado de fora apenas cerca de dois minutos.

Desabamos diante da mesa da cozinha, com a caixa e o livro de feitiços entre nós. Minha bolsa a tiracolo balançava no encosto da cadeira.

Depois de um momento, Reese tornou a se levantar bruscamente e foi até o balcão a cozinha. Eu apenas fechei meus olhos e só os abri quando ouvi a pancada de uma caneca atingindo a mesa. Senti o cheiro de café.

— Ah, meu Deus! – Envolvendo com minhas mãos a bebida quente, aspirei.

Reese puxou a cadeira junto da minha e segurou seu café em seu colo.

— Reese – comecei a falar. Ele virou os olhos na minha direção. Despreocupado. – Eu sempre soube a respeito da magia.

Ele apenas piscou os olhos mais do que o habitual. E depois alguma minúscula mudança de expressão ensombreceu seu rosto inteiro. Mais ou menos do tipo das não reações do meu pai.

— Minha mãe praticava magia e me ensinou umas poucas coisas, quando eu era um garoto.

Os músculos do seu maxilar se enrijeceram e depois relaxaram. Acho que ele os relaxou deliberadamente. Colocando seu café na mesa, ele abriu as mãos em cima dela e as deslizou em minha direção.

— Sua mãe praticava magia.

— Sim.

— Fala sério?

— Sim.

— E você apenas... fingiu não saber.

— Era a coisa mais segura a fazer.

Ele se inclinou para a frente, com a cadeira rangendo debaixo do seu corpo como o eco de uma ameaça. Antes que tornasse a abrir a boca, eu disse:

— Escute, era minha decisão não dizer nada e não vou me sentir culpado a respeito disso, então tente superar a questão.

— Silla sabe? — Sua voz estava baixíssima.

— Sim. Ela simplesmente descobriu. E me contou sobre seus pais e todo o resto.

Queria acrescentar alguma coisa sobre a sensação que aquilo me dava, mas tinha absoluta certeza de que Reese não sentia a ligação entre os fatos.

— OK. — Ele se recostou na cadeira, deixando a respiração sair, num assobio, através dos dentes. — Segundo parece, todos temos um monte de coisas para conversar.

— Vou, ahn, chamar Silla. — Forcei-me a não me movimentar depressa demais, mas sim, acabei voando mesmo.

Eu não podia saber se ele estava de fato relaxando ou apenas esperando o momento propício para me dar um soco. Fosse como fosse, eu queria Silla ali, como testemunha.

SILLA

— Nossa! Não foi impressionante? — sussurrou Judy para dentro do banheiro e abriu, num movimento brusco, o armário com espelho. Suas mãos se agitavam em torno como se fosse desmaiar, caso parasse de se mover. — Pássaros malucos! Deve ser uma tempestade vindo, ou talvez houvesse um leve tremor de terra, ou alguma coisa que não pudemos sequer sentir. Os pássaros são sensíveis a esses tipos de harmonia, sabe.

Caí pesadamente no assento da privada, estendendo minhas mãos para fora. As minúsculas arranhaduras brilhavam. Judy agachou-se diante de mim, com uma caixa de papelão cheia de band-aids, uma toalha de rosto, bolas de algodão e o frasco de água oxigenada. Molhou a toalha de rosto na pia e passou-a em meu pescoço. Encolhi-me, embora realmente não doesse.

— Sim. Pássaros malucos — sussurrei.

— Você está bem, querida? — Vovó Judy fez uma pausa.

— Não.

Olhei atentamente para o rosto dela. O que eu sabia a seu respeito? Apenas o que ela me contava. Como eu dissera a Nick, ela podia ter sido sempre outra pessoa. Aparecera exatamente depois da morte de mamãe e papai, e nós só nos lembrávamos dela muito vagamente. Não o bastante para saber se sua personalidade havia mudado.

Meu estômago se agitou e deslizei para fora da privada, para o caso de precisar usá-la.

— Calma, calma, querida. — Judy esfregava sua mão, em círculos, em minhas costas. — Calma, calma. Alguma outra coisa aconteceu? O que há de errado?

Pressionando minha testa na porcelana fria da tampa da privada, limitei-me a sacudir a cabeça. Mas não podia deixar que isso me derrotasse. Não seria capaz de seguir adiante, se todo mundo fosse o vilão. Não podia ser vovó. Por que ela nos dedicaria seu tempo, desse jeito? Poderia nos matar a qualquer momento que quisesse, enquanto estivéssemos dormindo.

O pensamento era estranhamente confortador. Suspirei e me retorci de tal maneira que fiquei enroscada no chão de azulejos, entre a privada e a pia. Ofereci a Judy minhas mãos e ela começou a lavá-las com sua toalha, com os olhos baixos. Seus lábios apertados me deixaram ver que ela não desistiria.

Mordi meu lábio, por causa das pontadas da água oxigenada, quando Judy começou a encostá-la nos cortes, usando uma bola de algodão. Isso me despertou o bastante para eu perguntar:

— Judy, você se lembra de mais alguma coisa sobre a mãe de Nick? Alguma coisa... esquisita?

Endireitando-se, Judy manteve minhas mãos entrelaçadas nas suas e inclinou a cabeça para um lado, pensativamente. Seu cabelo prateado estava preso numa única trança, e ela a balançava pesadamente, com a ponta roçando os azulejos.

— Fazia, meu Deus... — Judy franziu a testa e ergueu os olhos para o teto — um ano, talvez, desde que eu me casara com Douglas. A mãe dele, como era mesmo o nome dela? Daisy?

— Donna — sussurrei.

— Sim, é isso mesmo. Ela e Robbie andaram saindo juntos por algum tempo, antes de eu chegar, mas romperam de forma muito repentina, no início do seu último ano do ensino médio. Doug e eu ficamos um tanto preocupados, porque Robbie se tornara muito mais quieto e alguns dos seus gostos haviam mudado, sabe? Por exemplo, ele saiu do time de futebol e passava mais tempo estudando. Não é que ele antes não estudasse, mas foi estranho como aconteceu de repente. Bem, na verdade, ele estava crescendo e se preparando para ir cursar a universidade em St. Louis.

Judy estendeu a mão e agarrou um tufo de cabelo que escapara da sua trança. Seu esmalte de unhas francesinhas parecia opaco à luz do banheiro.

— O que aconteceu, Judy?

Juntei minhas mãos feridas e as empurrei de leve contra meu estômago embrulhado.

— Acordei, certa noite. Eu havia tido uma dor de cabeça o dia inteiro e desci para pegar um pouco de leite. Ouvi vozes do lado de fora, e já era tão tarde. Mais ou menos 2h da madrugada. Olhei para fora. Donna estava ali, agachada junto à varanda da frente. Ela fazia alguma coisa no chão, ao pé da escada. Abri a porta da frente, a fim de convidá-la para entrar. Pensei que talvez ela também não estivesse conseguindo dormir, e fora até ali para... para o que, eu não sei. Para ficar mais próxima de Robbie, talvez. Eles só estavam separados havia mais ou menos uma semana e lembrei como era, quando a pessoa se apaixona pela primeira vez. — Judy sorriu, com os lábios apertados, e seus dedos se torceram, longe do seu cabelo. Ela juntou as mãos. — Fosse lá o que tivesse acontecido, eu saí e ela correu. Olhei para o que ela estivera fazendo e havia alguma coisa meio enterrada. Levantei-a da terra. Era uma bolsinha feita de couro fino, como uma bolsa de remédio dos índios. — Judy levantou os dedos, indicando o tamanho. — Robbie saiu. Perguntou: "O que há de errado, Judy?" Mostrei-lhe a bolsinha e lhe contei o que vira. Lembro-me de como ele franziu a testa e ficou olhando fixamente para a escuridão, à procura de Donna. "Vou cuidar disso", disse ele. Dei-lhe a bolsinha e lhe disse que não haveria problema nenhum. Que ela o perdoaria. Ele não pareceu acreditar em mim. Na tarde seguinte, eu lhe perguntei como fora. Ele deu de ombros, para encerrar o assunto, e disse que aquilo era uma espécie de "simpatia" popular. Nada com que se preocupar.

Um minúsculo movimento no canto dos meus olhos me fez olhar para a porta do banheiro. Nick estava em pé ali, com uma das mãos contra o umbral, os dedos agarrando-o com força, como se ele precisasse disso para ficar em pé.

— Nick — sussurrei, usando a privada como apoio para me levantar.

Fui até ele, toquei em seu peito.

— Ah, humm, subi para ver como você está passando.

Mas ele não olhou para mim. Olhava fixamente para Judy.

Ela ficou em pé também e, como todos nós estávamos no banheiro, o lugar estava bastante apertado.

— Deixe-me fazer curativos em suas mãos, Nick — disse Judy, trazendo seus suprimentos de enfermagem domésticos. Jogou-os na pia.

Saí do caminho e Nick apenas ficou ali em pé observando os dedos de Judy se movimentarem. Seus ombros estavam rígidos e eu queria me pressionar contra ele, beijar seu pescoço e esfregar minhas mãos em cima dos seus músculos tensos. Ajudá-lo a se acalmar.

Casualmente, Judy disse:

— Donna foi embora antes da formatura, eu me lembro. O sr. e a sra. Harleigh disseram que ela ia para o Norte, para ficar com uma tia.

A cabeça de Nick fez um movimento brusco para cima e os olhos dele se encontraram com os de Judy no espelho.

— Ela foi internada numa instituição. Acontecia de vez em quando, durante toda a minha vida. Ela era maluca. É maluca — disse Nick.

Judy fez um sinal com a cabeça, manifestando simpatia, e depois deu palmadinhas na mão dele.

Avancei e coloquei minhas mãos na cintura de Nick. Mas, como Judy estava ali, deixei bastante espaço entre nós.

— Você acha mesmo que ela estava fazendo magia? — perguntei a Judy.

— Ah, não sei.

Ela tornou a puxar Nick e começou a colocar nele uma porção de band-aids e outras coisas. Nick pegou uma das minhas mãos e ficamos lado a lado enquanto ouvíamos. Judy fechou a porta do armário com um estalo.

— Acho que era o que ela pensava estar fazendo. Na ocasião, eu não estava muito interessada nesse tipo de coisa. Mas passei vários anos na Hungria, sabe, depois que Doug e eu nos divorciamos, e aprendi um monte de coisas sobre crendices populares. Houve duas senhoras na casa onde me hospedei, e que nunca saíam sem dinheiro enfiado no pé esquerdo do sapato, a fim de impedir que fossem amaldiçoadas. E juro que uma delas curou um bebê de uma febre apenas banhando-o numa tigela de leite e cantando uma cançãozinha. — Ela sorriu. — Claro que eu prefiro Tylenol, mas não me cabe julgar. E nunca minimizo o poder da oração.

— Achamos que alguém está tentando usar magia para nos fazer mal, vovó — comentei, mergulhando diretamente nas profundezas do assunto, para a verdade não nos afogar a todos. — A mesma pessoa que matou mamãe e papai.

— O quê? Ah, não, querida, isso não é possível. Não se pode realmente fazer mal às pessoas com magia popular. Especialmente não a alguém como seu pai, que tinha a cabeça tão no lugar.

Apertei a mão de Nick.

— Acredita realmente que papai, o Robbie que você conheceu, mataria mamãe? Ele não enlouqueceu, simplesmente, como todo mundo disse.

Devagar, Judy abanou a cabeça.

— Ah, Silla, veja só. Não sei. Não tenho certeza se poderemos saber a resposta.

— Poderemos. — Respirando fundo, fiz um sinal afirmativo com a cabeça. Determinada. — Vamos outra vez para o andar de baixo e lhe mostrarei.

NICHOLAS

Silla me levou para baixo e me sentou à mesa da cozinha, como se eu tivesse uma lesão cerebral. E talvez tivesse mesmo. Não parava de pensar em minha mãe, nela com a minha idade e desesperada por alguma coisa, e depois recuei, assustado, porque não queria absolutamente pensar nela. *O enjoativo e doce cheiro de vômito, e mamãe curvada sobre a privada, tagarelando sem parar consigo mesma. Eu, batendo a porta do banheiro e me escondendo em meu quarto, pensando na agulha que rolava através dos azulejos do banheiro.*

Observei enquanto Silla agarrava uma flor seca do vaso no corredor e a colocava na mesa diante de Judy. Silla furou seu dedo e sussurrou em latim para fazer as pétalas amarelas secas se avivarem e se estenderem. Judy ofegou, mas não senti nenhum encantamento dessa vez. Meu cérebro parecia feito de queijo.

— Ah. — Judy piscou e estendeu a mão para cutucar a flor com seu velho dedo ossudo.

— Nem preciso mais de sal — murmurou Silla, recostando-se em sua cadeira.

Enquanto Judy erguia a flor e a examinava, claramente necessitando de um momento para que a realidade da magia entrasse em sua cabeça, Reese olhava fixamente para mim e para

Silla, consecutivamente, talvez porque a irmã contara tudo a Judy sem pedir a ele. Tentei aliviar um pouco a irritação dele, mas só continuava a pensar em mamãe. Tentando plantar magia na casa de Silla. Apaixonada pelo pai de Silla.

— Precisamos de um plano — disse Reese. — Silla, conte-nos o que aconteceu.

Silla pegou sua caneca de café e contou a eles o que acontecera com Josephine e Wendy na escola. Ela não mencionou minhas suspeitas quanto a Lilith. Quando acabou, deu um gole no café e Judy abanou a cabeça.

— Isso passa dos limites, não? Estou querendo muito encontrar essa velha coroca e lhe dar alguns tapas na cara.

Reese escancarou o livro de feitiços na mesa, segurando os cantos para baixo com suas mãos abertas.

— Aqui está o feitiço de proteção que parece o melhor. Precisamos de alguma coisa prateada para fazer com que funcione, como amuletos de prata verdadeira, a não ser que alguém queira esfolar um gato e tostar a pele até se transformar em couro.

Silla apertou os lábios um contra o outro. Eu me encolhi. Judy disse:

— Ah, meu Deus!

— É, achei que ninguém ia querer. — Reese deu um sorriso sem graça. — Nesse caso, é mais complicado, porque temos que fazer uma poção e embeber a prata com ela. E a poção exige algumas coisas que não temos. Arruda, agrimônia e agripalma. A primeira encomendei pela internet, mas só estará aqui a partir de quarta-feira. Uma pena grande de um pássaro selvagem. Uma vela negra, mas peguei um monte dessas, ontem. Sal, naturalmente, sangue, naturalmente, água corrente fresca, que podemos pegar no riacho Meroon, e pedras de focalização, seja lá que diabo isso signifique. Obrigado por essa ambiguidade, papai.

— Tenho agrimônia e agripalma — falei, destrancando devagar a caixa laqueada.

Minhas mãos ainda davam a sensação de serem de chumbo. Eu precisava já ter superado isso. Com um movimento rápido, abri a tampa e Reese e Judy se inclinaram para dar uma olhada dentro dela.

— Olha só — disse Reese. — Isto era da sua mãe?

— Sim.

— Há... toneladas de coisas. Que ótimo. Uma pena de peru?

— Ele correu o dedo pela pena de tirar sangue.

— Isso é uma pena de tirar sangue. Não é um ingrediente.

— Há penas de corvo espalhadas pelo cemitério inteiro — disse Silla.

— OK — resmungou Reese, inteiramente distraído, enquanto erguia os frascos, lia os rótulos e tornava a enfiá-los nos compartimentos.

Ele levantou um frasco triangular com minúsculas contas prateadas e passou seu polegar sobre o que havia escrito nele. Era a caligrafia do seu pai. O frasco bateu de volta em sua fenda com um pouquinho mais de força.

— Então temos tudo, certo? — Silla mordeu seu lábio inferior. — Menos a prata e as pedras de focalização.

Concordei com a cabeça.

— Nick e eu devemos ir correndo ao shopping de Cape Girardeau, à procura de amuletos. Fica aberto até às 21h. Procuraremos as pedras também. Ou algo parecido — disse Silla.

— Vou pegar a pena e a água do riacho e começar a cozinhar a poção. Deve ser embebida em luar durante a noite inteira. A lua já passou do seu momento de estar cheia, mas felizmente haverá suficiente... ah, droga... não está... — Reese olhou para a janela.

— Claro e ensolarado — disse vovó Judy, sem fôlego. — E deveríamos estar diante de uma noite estrelada.

Reese soprou um suspiro.

— Ótimo. Então...

Nós quatro nos entreolhamos. Era intensamente surreal. Quatro pessoas numa cozinha rural, tramando magia com sangue. Com uma assassina psicótica, ladra de cadáveres, perseguindo-nos por meio de um bando de pássaros.

Silla rompeu o silêncio:

— Antes de ir, precisamos de uma senha, para podermos saber que somos todos, realmente... realmente nós mesmos.

Reese parecia triste.

— Boa ideia, abelhinha.

Todos ficamos outra vez em silêncio. Mas, em vez de me sentir estranho, de repente, tinha a sensação de que estivéramos esperando por esse exato momento. Tudo, desde que eu me mudara para cá, conduzira a isso. Tudo, desde antes de eu nascer, talvez. E quem sabe até onde tudo remontava, pensando em retrospecto?

Uma das lâmpadas do candelabro de latão tremeu, interrompendo o momento.

Silla sussurrou:

— "Estou em sangue mergulhada, a tal ponto que não deveria mais avançar, embora voltar seja tão difícil quanto prosseguir."

Reese girou os olhos para cima.

— Alguma coisa que todo mundo possa lembrar?

— Você não consegue lembrar de *Macbeth*, seu selvagem? — Um sorriso fantasmagórico ergueu os cantos dos lábios dela.

— "Para fora, para fora, lugar maldito?"

— E que tal este: "Estrelas, escondam seu fogo, não deixem que a luz veja meus negros e profundos desejos."

Automaticamente, respondi:

— Gostaria de ver seus profundos...

Mas, graças a Deus, parei antes de dizer alguma coisa imperdoável, na frente da avó dela.

E do irmão dela.

Reese fez uma cara feia.

— Vamos ficar com alguma coisa simples, OK?

Vovó Judy ergueu um dedo.

— Já sei. Baratibumdesmetrequetepolipetropo!

SILLA

O telefone gritou e quase caí da minha cadeira.

Levantei-me com um pulo, esperando que fosse Wendy, e agarrei o fone, tirando-o do seu suporte.

— Alô?

Minha boca se escancarou e me virei para olhar minha família e namorado, horrorizados.

— Srta. Tripp.

— Estou muito satisfeita de ver que sua voz soa bem, Silla. Queria verificar isso e também ter certeza de que virá para a escola amanhã. É imperativo mudarmos para já sua consulta da sexta-feira, a fim de conversarmos sobre o incidente com a srta. Cole esta tarde.

— Incidente? — Bati minha cabeça contra a parede atrás de mim.

Reese praticamente me ignorava, com o nariz ainda enfiado na caixa de Nick. Mas Nick e vovó Judy me observavam com um ar de simpatia.

— A srta. Cole está muito desorientada, e uma testemunha declara que viu você e Nick Pardee a atacarem. Falei com o pai de Nick agora mesmo e estamos todos muito preocupados.

— Foi isso... foi isso que Wendy disse? — sussurrei, com os olhos procurando os de Nick.

— Infelizmente, sim. Ela está muito perturbada e no momento se encontra em casa.

Fechei os olhos bem apertados, com minha garganta também se apertando. Ah, meu Deus, Wendy. Eu não sabia o que dizer.

— Silla?

— Sim — tornei a sussurrar.

Minha voz mal saía da minha garganta.

— Você virá amanhã?

— Eu...

— Insisto. Não quero envolver a polícia nisso. Será melhor se pudermos simplesmente nos sentar e conversar a respeito do assunto. Sua guardiã legal é Judy Fosgate?

— O quê? Guardiã legal? — Quando eu disse isso, Reese levantou a cabeça. — Não tenho nenhuma, quero dizer. Acho que não. Tenho quase 18 anos e isso... não foi tratado.

Reese virou e saiu da sua cadeira, aproximando-se de mim com a mão estendida, enquanto a srta. Tripp dizia:

— Bem, Silla, alguém é responsável por você. Eu...

Não me opus quando Reese fez o fone deslizar para fora da minha mão mole.

— Aqui fala Reese Kennicot. O que posso fazer pela senhorita?

Recuei e me aproximei de Nick. Ele pôs as mãos em meus ombros.

— Sim — disse Reese, olhando para mim. — Ela estará aí. Mas nada de ilegal aconteceu, pois se a senhorita pensasse que sim, já teria chamado a polícia. — Ele fez uma pausa e sacudiu a cabeça, girando os olhos. — Estamos gratos por sua preocupação, dra. Tripp... Ah, a senhorita é doutora em sua área? Não?

Bem... ótimo. Sim. É. Mas isso não lhe permite interromper o lazer da minha família. Tenha uma boa-noite.

Meu irmão desligou, batendo o fone com um pouco mais de força.

— Obrigada — falei. — Preciso tornar a telefonar para Wendy.

— E deveria ir vê-la também, antes de escurecer. Quanto menos sair à noite, melhor — disse Reese e, por um momento, vi meu pai inteiro em seu rosto.

Isso me fez sorrir um pouco e estendi o braço para apertar uma das mãos de Nick.

Corri para o andar de cima, para usar o telefone no corredor e tornar a telefonar para Wendy.

— Silla?

— Ah, Wendy, graças a Deus. — Deslizei pela parede abaixo e me sentei no tapete, na escuridão, com meus joelhos pressionados contra meu peito. — Você está bem?

— Sim. — Ela soltou a palavra. — Desculpe. Não quero que meus pais ouçam. Eles não sabem que há alguma coisa errada.

— A srta. Tripp provavelmente telefonará para eles.

— Argh! Que horror. — Uma porta se fechou e Wendy falou baixinho, mas com sua voz normal! — Você está bem?

— Sim.

— Que ótimo.

Eu precisava contar a ela. Queria explicar tudo. Mas como poderia contar? Não pelo telefone, isso com certeza. Teria que mentir, pelo menos por enquanto. Talvez mais tarde... Talvez mais tarde eu pudesse mostrar a ela a magia, pois havia sido usada nela.

— Sinto tanto, Wen.

— Tudo bem, provavelmente foi uma taxa baixa de açúcar no sangue... Preciso desligar, Silla.

Meu coração apertou.

— OK, conversarei com você mais tarde, ou de manhã — falei.

— Uma coisa é certa: preciso dormir um pouco.

— Boa noite, Wendy.

— Boa noite, Silla.

Quando desliguei, uma sensação de náusea borbulhou e subiu do meu estômago. Enrosquei-me, formando uma bola, minha testa em cima dos meus joelhos, e mantive essa posição. Mas eu não imaginaria isso. Wendy, a única amiga que me restava, tivera medo de conversar comigo.

VINTE E NOVE

Dezembro de 1942.
 Philip me deixou.
 Não consegui mantê-lo aqui.
 Partiu para servir como médico nessa guerra que não tem nada a ver conosco — nós que vivemos para além da esfera de ação das coisas humanas. Tenho 51 anos e não pareço ter mais de 17, e Philip, que nasceu um século antes de mim, que se elevou acima deles... Somos melhores do que eles! Eles não precisam da nossa ajuda nem a merecem!
 Faz um ano desde que ele foi embora, pelo mar. Vim ficar outra vez com o Diácono, que é o único que pode me alegrar. Em toda parte há depressão e dificuldades, mas Arthur me lembra de que tudo acaba. Ele, que vive há séculos, cujo sangue é tão forte e puro que mal precisa pensar em alguma coisa para a magia acontecer. Ele diz: "Philip voltará outra vez para casa, a fim de ficar conosco. Ele sempre volta." Quando me enfureço e rasgo minha pele, ele limpa o sangue e o transforma em pêssegos. Fez um caramanchão para mim, como o leito de flores de Titânia, debaixo dos salgueiros do Kansas. Com sua sombra, ele me protege do sol e não deixa que a chuva me molhe. Caio na terra onde ela é quente e tranquila. Sinto a pesada distância entre mim e Philip e sinto também o mundo tremer com a morte. Isso me aquieta até que durmo.

As poucas cartas de Philip têm sido cheias de melancolia e raiva velada. Não sei como ele pode ter vivido durante tanto tempo e continuar a acreditar que os homens são bons. "Não poderei nunca compensar toda essa mortandade e dor, Josie", escreve ele. "Nem com um milhão de feitiços."

Escrevo, em resposta:

"Pare de tentar, Philip. Desprenda-se disso. Faça o que puder, mas você não é Deus."

"Se existe um Deus, Josie, ele nos decepcionou a todos."

Desejo dizer-lhe: "Philip, você pode fazer mais do que transformar água em vinho. Por que deveria preocupar-se com Deus?"

TRINTA

NICHOLAS

– Conte-me a história da sua vida – disse, por cima de uma cesta com coxinhas de galinha e batatas fritas. Luzes fluorescentes brilhavam com força em cima de todas as superfícies da praça de alimentação, fazendo com que eu me encolhesse.

Tínhamos vindo de carro em relativo silêncio, nós dois afastando a estranheza da tarde o melhor que podíamos. Eu, antes de mais nada, procurava a normalidade vazia de um shopping center. A praça de alimentação não seria minha escolha para nossa primeira saída juntos, mas depois do dia que tivéramos eu não podia me queixar.

Silla sorriu.

– Nasci em Yaleylah, cresci ali e terminarei o ensino médio na escola de lá. É só isso – disse ela.

– Hum. O que transformou você em quem você é?

– Não tenho a menor ideia. Quem sou? – O sorriso dela aparentava um toque de confusão, mas ambos sabíamos que era uma pergunta pertinente.

– Linda, graciosa, determinada. Um pouco sangrenta. – Sorri.

– São coisas que sou, não *quem* eu sou.

– OK. Uma menina que arrisca tudo por sua família. Uma menina que confia em garotos insistentes porque eles têm sorrisos bonitos? – Lancei para ela meu sorriso bonito.

— Um rosto aberto — disse ela.
— Ahn?
— Achei que você tivesse um rosto aberto.
— Mudou de ideia? — perguntei.
Ela jogou uma batata frita dentro da boca.
— Qual é a história da sua vida? — Foi a vez de ela querer saber.
— Nasci em Chicago, cresci lá, concluirei o ensino médio em Yaleylah.

Silla riu e girou os olhos para cima.
— Vamos tentar uma pergunta diferente. Conte-me qual é sua lembrança favorita — continuei.

Lamentei a pergunta quase imediatamente, quando ela desviou os olhos dos meus e pousou a coxinha de galinha em cima do seu guardanapo.

Mas ela respondeu:
— A noite de estreia de *Oklahoma!*. Fiz o papel de Ado Annie, embora fosse apenas uma caloura, então foi surpreendente. Mas foi também meio horrível, por causa da inveja e das mesquinharias. Depois do espetáculo, quando a cortina tornou a se abrir e houve as curvaturas e os aplausos, fui para o saguão ainda com o traje e me lembro do suor escorrendo pelo meu rosto e arruinando minha maquiagem. O saguão ecoava com as risadas vivas e com a energia do sucesso imensa e quente. Mamãe estava lá, chorando, porque rira demais. Papai me deu um abraço e disse: "Será que precisarei arranjar um fuzil?" — O leve sorriso sonhador de Silla desapareceu e ela me deu uma olhada. — O pai de Ado Annie ameaça vários pretendentes dela com um fuzil, durante o espetáculo. Isso me fez rir. E depois me virei e Reese enfiou na minha cara um imenso buquê de rosas. Tinham um aroma maravilhoso. Vermelhas,

cor-de-rosa, amarelas, brancas e até daquele tom vermelho escuro, quase arroxeado, que era meu favorito. Ele estava em pé ali com o nariz meio franzido, como se tentasse dizer alguma coisa importante, do tipo que diz um irmão mais velho. Mas, em vez disso, apenas abanou a cabeça e falou: "Foi impressionante, abelhinha." E Eric estava lá. Ele era um dos caubóis. E Wendy, que não fizera nenhum teste, mas depois disso foi testada para tudo. – Ela suspirou. – Acho que nunca me senti mais viva do que naquele momento, no grande e tedioso saguão da escola. – Seus olhos se mexiam, fechados. – Minha peruca fazia cócegas e as pequenas botas que eu usava beliscavam meus dedos mindinhos, mas eu nem ligava. Todos me amavam e eu sabia exatamente o motivo. Era como uma comunhão perfeita.

As mãos dela estavam unidas e os anéis em seus dedos conseguiam emitir um brilho opaco, mesmo à luz horrorosa do shopping.

– Acho que é uma lembrança meio arrogante para eu ter como favorita.

Empurrei a cesta de gordura para fora do meu caminho e cobri as mãos dela com as minhas.

– Eu entendo. – Era normal, concluí. Os pais dela estavam vivos. Ela estava feliz. E agora seus olhos brilharam apenas um pouquinho, com algo que provavelmente não passava de um mínimo reflexo de como brilhavam naqueles momentos. – Gostaria de ter estado lá.

– Eu também gostaria que você estivesse.

– Precisamos ir em frente, embora eu de fato não queira voltar para aquela vida. Nunca.

– Sim. Mas quanto antes encontrarmos os amuletos, mais seguro será diante de mais... mais coisas como as que aconteceram.

SILLA

Segurei a mão dele, enquanto caminhávamos pelo shopping. Fingia que éramos apenas duas pessoas namorando. Um encontro normal, ali. Não queria pensar sobre sangue, assassinato nem magia. Não podia pensar em Wendy, sobre o fato de ela não querer falar comigo, sobre o que ela devia estar pensando.

Enquanto procurávamos as lojas, Nick me fez falar sobre videogames, jeans de marca, filmes favoritos e brinquedos. Ele fora um colecionador do Pokémon e eu confessei minha obsessão com os Power Rangers, antes de entrar na adolescência. E que Reese e eu costumávamos usar óculos escuros e fingir que eram visores, para podermos combater demônios interplanetários. Eu tinha sido o Ranger Amarelo, e ele, o Verde. O milharal do sr. Meroon fora um campo de batalha ideal.

Num dos quiosques que vendiam joias, Nick comprou algumas correntes de uma prata duvidosa. Prometi lhe pagar depois e ele disse:

— Sério, Sil. Qualquer dinheiro que eu gaste é menos do que Lilith pode roubar da minha herança, quando enfiar papai prematuramente num túmulo.

Olhei-o fixamente, com os lábios entreabertos. Ele dissera isso fazendo pouco caso, parecendo tão despreocupado.

— Você acha mesmo isso?

Nick deu de ombros.

— Em geral é assim.

— Por que você a chama de Lilith?

— Ah. — Ele sorriu, com a boca curvada como chifres de um diabo. — Lilith era o nome da mãe de todos os demônios. Está na Bíblia.

Não pude deixar de rir.

— Ela não sabe, suponho.
— Nãaaaaoooo. Ora, vamos para uma joalheria de verdade, conseguir alguma prata boa para os amuletos.
— Nick, prata boa quer dizer que será mais cara.
— Bem, pense nisso como se eu estivesse comprando joias para você, só que, em vez de usá-las, você está dando a elas um destino, ahn, mais prático.
Ele puxou minha mão.

Seguimos de carro para casa, em meio ao crepúsculo. Era rosa forte e dourado, e com um perverso e penetrante tom de azul esverdeado, que se dissolvia na escuridão. O vento queimava minhas bochechas e meu nariz e me recostei no assento, para que meus dedos gelados pudessem puxar meu cabelo.

Nick dirigia em alta velocidade. Tão rápido que não era preciso nos preocupar com ataques aéreos. Suas duas mãos agarradas ao volante, com uma delas em posição exatamente correspondente à da outra, e delas braços firmes, não frouxos ou relaxados. Quando ele virou o volante, numa curva, seus ombros também se posicionaram obliquamente, seu corpo inteiro inclinando-se com o movimento do carro. Mordi a parte de dentro do meu lábio e observei, com minha nunca repousando contra o couro fresco.

Impulsivamente, coloquei minha mão na coxa dele. Ele não se moveu por um momento, em seguida roçou seus dedos sobre o dorso da minha mão, antes de tornar a agarrar o volante. Sua coxa se dobrou sob minha mão, enquanto ele pressionava o pedal mais para baixo. Uma nova lufada de vento gelado chocou-se com meus olhos e eu os fechei, concentrando-me no brim áspero da calça jeans debaixo da palma da minha mão. Era minha mão machucada repousando em seu colo, e as batidas do meu coração latejando por toda a extensão do corte, focando minha atenção, fazendo levantar os pelos do meu braço. O ritmo suave e rápido nos conectava e eu apenas sabia que o coração dele também trabalhava com força.

Meu rosto corou, a temperatura no carro pareceu elevar-se, até nem o vento incomodar.

Desejava os lábios dele nos meus, seus braços em torno de mim. Queria que ele risse e me dissesse alguma coisa perversa sobre sua madrasta. Ou revirasse os olhos para cima por causa de alguma das peculiaridades de Yaleylah. Simplesmente, eu o desejava. A parte interna do meu lábio doía, onde eu o mordera.

Todas as vezes em que eu abria minha boca para pedir que ele estacionasse e me deixasse beijá-lo, nós ultrapassávamos outro carro ou eu captava uma olhada de um pássaro escuro, sombreado, voando dentro das árvores que se movimentavam rapidamente e sabia que tínhamos que chegar em casa. Sabia que, se parássemos, poderia ser para sempre.

NICHOLAS

Quase não chegamos de volta a Yaleylah.

Eu acelerava o carro, até sentir, ou imaginar, o tremor da tensão, quando fizemos uma curva, e só reduzi a marcha o suficiente para não derraparmos para fora da estrada e nos sacudirmos um milhão de vezes. A mão dela em minha coxa era como uma pequena explosão nuclear.

Para nos manter na estrada e minha calça jeans no seu devido lugar, foi preciso um maxilar cerrado, olhos na estrada e cantar em minha cabeça, repetidas vezes, o tema de *As tartarugas ninja*.

Quando os pneus finalmente fizeram aquele ruído de esmagamento em cima do cascalho do acesso à garagem da casa de Silla, eu me permiti olhar. Os olhos dela estavam fechados com força.

— Você está bem? — Eu me encolhi. — Desculpe, eu não deveria perguntar isso.

Ela abanou a cabeça.

— Não, está tudo bem. Eu apenas... pare o carro.

Fiz isso e me virei para olhá-la.

Ela pôs as mãos em meu rosto e me beijou.

Durante um segundo, nenhum de nós dois se moveu. Então sua boca se abriu e ela sugou meu lábio entre os dela e avançou para junto do meu pescoço. Tateei para ajudá-la a chegar mais perto, erguendo-a por seus quadris, a fim de fazer com que passassem sobre a alavanca da marcha. Não foi fácil, mas conseguimos continuar nos beijando enquanto lutávamos e nos rearrumávamos, até ela ficar de lado, em cima do meu colo, com as costas contra a porta e o ombro pressionando o volante. Eu tinha um braço em torno das suas costas e a outra mão apertada em sua coxa.

Tudo se dissolveu com um rugido, como se o planeta tivesse rachado embaixo de nós e tudo desabasse na escuridão, a não ser meu carro, a não ser a nós.

Minhas mãos encontraram a bainha da sua blusa e deslizaram por baixo. Silla ofegou quando meus dedos frios tocaram em sua pele, mas pressionou seu corpo sobre o meu e me beijou com mais força.

— Nick — sussurrou ela, beijando-me repetidas vezes.

As mãos dela correram para dentro do meu cabelo e ela o apertou e o puxou. A dor só tornou tudo melhor e eu rocei minhas mãos pelas laterais do seu corpo. Podia sentir a respiração dela tremendo, pelo rápido movimento do seu diafragma, e meus polegares subiram e delinearam o círculo das suas costelas. Nossos beijos se tornaram mais vagarosos, demoraram mais, enquanto Silla segurava meu rosto como ela desejava. Meus polegares roçaram as taças do seu sutiã e eu os deslizei até a parte de trás, querendo...

Silla se soltou, colocando sua bochecha contra a minha.

— Nick — disse ela outra vez, e depois: — Nicholas.

Parei de me movimentar, fiquei apenas ofegando.

— Nós estamos... estamos em minha casa. Na entrada da garagem.

Minhas mãos caíram devagar até os quadris dela.

— Eu me esqueci.

— Eu também. Provavelmente, humm, é bom que seja assim.

Apenas grunhi. Devia ter concordado, fingido que não queria tirar todas as roupas dela. Mas eu não estava mais mentindo nem disfarçando nada.

— Nick. — A luz projetava longas sombras através do rosto dela.

Um olho estava claro e brilhante, o outro coberto pela escuridão. Era difícil interpretar apenas metade da sua expressão.

— A ideia de você não ser quem você disse que era... — disse ela.

Esperei. Observei-a enquanto ela olhava para o próprio colo, para o rádio, para o céu que escurecia no alto, e depois diretamente para meu rosto.

— Isso me assustou. Gosto de você. Muito. Você me faz sentir viva. Como a magia também faz, só que é apenas você. Quero dizer, desejo que seja apenas você. Não a magia. Não uma mentira ou fingimento de nada. Quero me sentir dessa maneira porque você também quer.

O poema em que eu pensara naquela tarde, exatamente antes que toda aquela merda acontecesse, voltou com um estalo à minha cabeça

— Quero sim — falei, resistindo à necessidade idiota de dizer poesia para ela.

— Deveríamos ir para dentro. — Silla desceu do meu colo e terminou de joelhos, de uma forma um tanto desajeitada, no assento do passageiro.

Rindo um pouco de si mesma, ela abriu a porta e saiu. Entreguei-lhe a bolsa do shopping.

— Silla?

— Sim? — Ela se virou para mim e a luz da varanda da frente iluminou-a completamente.

— Devo, ahn, ir embora. Se a Tripp telefonar para meu pai... Desliguei meu telefone, mas não quero que ele reclame comigo por chegar tão tarde — falei.

Depois de um instante em que apenas olhou para mim, Silla concordou com a cabeça.

— OK — sussurrou. — Até amanhã. Tenha cuidado.

— Você também. Boa noite, gatinha.

SILLA

Dentro de casa, Reese estava terminando uma tigela de cereais. Toda a mesa da cozinha, menos o lugar onde ele estava comendo, estava coberta pelo conteúdo da caixa de magia da mãe de Nick.

— Aqui está. — Deixei cair o saco de plástico com a prata junto da tigela.

— Judy está no banho. Mas, antes de tentarmos dormir, devemos colocar sal em todas as portas e janelas, junto com pitadas desta flor de urze.

— Certo. Não encontramos nenhuma pedra de focalização.

— Talvez a gente possa usar os pesos de papel de papai como pedras de focalização. Sabe, talvez seja por isso que ele tinha aquela ametista.

— Boa ideia.

— Algumas vezes, meu cérebro funciona. — Reese pegou minha mão e a puxou de leve, de modo que me sentei ao seu lado. — Andei pensando sobre outra coisa.

Peguei sua caneca de café e dei uns pequenos goles na beirada.

— Sim?

— Nick.

— Ah, Reese, agora não. — Virei os olhos para cima, esperando alguma coisa de irmão mais velho.

— Não é o fato de você ter um namorado. É... Pense no seguinte. Ele conhece a magia, o avô dele morreu e lhe deixou aquela casa no momento certo. A mãe dele e nosso pai têm um passado em comum. E nós não o conhecemos assim tão bem. Ele mentiu para você, não dizendo que conhecia a magia.

E Nick suspeitava da sua madrasta por alguns dos mesmos motivos.

— Não posso acreditar nisso, Reese.

— A possibilidade nem lhe passa pela cabeça?

— Passou e eu a afastei. Não é verdade e você também não pensa isso.

— Não?

— Não, se pensasse não teria deixado que eu saísse com ele poucos minutos atrás.

— Silla.

— *Reese*. Sei como é alguém que você conhece ser possuído. Quando Wendy foi possuída, foi horrível, a sensação de algo errado e repulsivo. Nick não dá essa impressão. Além disso, ele esteve aqui conosco e os pássaros o atacaram. E ele é a pessoa que salvou Wendy. Não podemos simplesmente começar a suspeitar de todos. Assim você acaba pensando que vovó Judy também é suspeita, porque ela simplesmente chegou aqui quando eles morreram e mal a conhecemos.

Reese apertou seus lábios um contra o outro e olhou para alguns papéis em cima da mesa, achatando-os com suas mãos.

— Não podemos viver assim. — Levantei-me.

Depois de um instante, ele disse:

— Você é boa para mim, Silla.

— Eu sei. — Inclinei-me e coloquei minha bochecha contra o cabelo dele por um momento.

— Mesmo assim, ele mentiu para você. Isso não é nada bom. Talvez eu precise dar um soco nele por causa disso.

Ri, baixinho.

— Você não fará isso.

— Talvez faça — resmungou ele.

— Já conversamos sobre isso. Garanto que está tudo bem.

Reese suspirou, mas foi mais como um grunhido de resignação. Dei umas palmadinhas em seu ombro e disse:

— Voltarei logo. Preciso fazer xixi.

No andar de cima, enquanto lavava minhas mãos, olhei para a pia de porcelana, para as manchas causadas pela água na torneira. Há dias eu não lavava o banheiro. Talvez tudo o que estávamos preparando nos ajudasse. Pelo menos nos dava algo novo para nos deixar obcecados. Ergui as mãos molhadas e as pressionei contra meu rosto. A água estava fria em minha pele, fria e aliviante. Enxuguei o rosto na toalha pendurada e, no espelho, vi a pulseira de Reese. Aquela que papai lhe dera e ele nunca mais usou.

Estava nas prateleiras presas atrás da porta do banheiro. A pedra olho de tigre olhava fixamente para mim, com suas listras de um tom castanho-amarelado brilhando como se ela estivesse viva. Virei-me e peguei-a. O anel em meu dedo médio esquerdo combinava perfeitamente com ela.

A parte interna da algema de prata tinha três runas desenhadas.

Levei a pulseira lá para baixo, para a cozinha.

— Reese.

Ele resmungou alguma coisa e não levantou os olhos dos papéis em que estava trabalhando. Pareciam listas. Esperei, sentada junto dele à mesa. Depois de um instante, ele me olhou.

— Sim? O que você está fazendo com isso?

Virando rapidamente a pulseira, eu lhe mostrei as runas.

Pegando-a, Reese a levou até perto do seu rosto e examinou a parte de dentro do círculo. Franziu a testa, com uma expressão bastante fechada.

— E daí?

— Pare de ficar na defensiva e pense nisso.

Ele colocou a pulseira em cima da mesa e pegou minha mão direita.

— Há runas em seus anéis?

Lentamente, ele tirou o anel de esmeralda do meu dedo médio. Era o mais grosso e o maior, e, quando ele o inclinou, ambos vimos o círculo interno formado por minúsculas runas.

Um por um, tirei o restante dos anéis. Esmeralda, olho de tigre, iolita, ônix, granada, e mais os anéis de prata sem pedras. Um para cada dedo. E todos com runas inscritas.

— Isso — ele apontou para as runas em meu anel com olho de tigre, que combinava com as pedras de sua pulseira — é o mesmo símbolo do feitiço de proteção. O que pode ter sido desenhado na terra, aí do lado de fora, lembra?

— Acha que podemos usar esses anéis como pedras de focalização? — perguntei.

Lentamente, Reese concordou com a cabeça.

— Use a pulseira — falei, aproximando-a rapidamente de Reese.

O olho de tigre era redondo e grande como uma moeda de 25 centavos, e piscava para mim.

— Sil.

— Ele queria que você usasse.

— Então, devia ter nos contado todas essas coisas. Talvez nada disso tivesse acontecido, se ele tivesse confiado em nós.

— Talvez. — Comecei a recolocar os anéis em meus dedos, pensando na mãe de Nick lhe ensinando a magia e no fato de que isso não ajudou a nenhum deles. Os anéis de metal haviam esfriado no curto espaço de tempo longe da minha pele. Era como enfiar luvas blindadas.

— Por que você não está zangada com papai, abelhinha?

Dando uma olhada para cima, vi que Reese não olhava para mim e sim para a pulseira. Ele a segurava em suas mãos.

— Eu… eu nunca achei que fosse culpa dele.

— Mas ele fez escolhas que conduziram a isso.

— Você não sabe nada a respeito disso — repliquei.

— Sim, sei. Nós sabemos. E ele não se preocupou em nos preparar para ajudá-lo, nem mamãe. Para defendê-lo contra isso. Ele preferiu ficar sozinho. Infelizmente, ele não *morreu* sozinho.

— Ele nos amava.

— Sim.

— Talvez os anéis e a pulseira fossem tudo o que ele achou que podia fazer. Para nos manter a salvo — continuei.

— Talvez.

Um aperto indesejável foi subindo pela minha garganta. Mexi meu maxilar e engoli lágrimas repentinas e doloridas. Sacudi a cabeça, pisquei para afastá-las. Eu já havia chorado o suficiente hoje. Reese ainda olhava fixamente para a pulseira, e a pele em torno dos seus olhos estava franzida. Meus dedos tremeram. Reese apoiou a cabeça em meu peito e eu o abracei. Pensei naquela noite que eu contara a Nick, sobre meu desempenho de estreia. Quando eu me sentira tão viva porque todos me conheciam. Sabiam quem eu era.

Os braços de Reese envolveram minha cintura e nós nos abraçamos, assim sozinhos, juntos à mesa da cozinha.

TRINTA E UM

4 de julho de 1946

Philip permanece na França.

Há dias em que eu o detesto por causa disso. Outros dias, desejo rasgar as águas e encontrá-lo, sacudi-lo até ele prometer voltar comigo.

Voltei para Boston para nossa velha casa, onde nasci dentro do sangue dele há quatro décadas. Aqui, sou uma mulher rica e solitária, cujo marido me abandonou, a fim de partir para a guerra. Há semanas em que divirto gente sem parar, rindo com os pretendentes e com a mais alta sociedade bostoniana. Em outras semanas, fecho minhas portas e construo estoques de magia, moendo pós e empurrando meus feitiços para dentro das pedras de focalização. Transformo pedras em prata e ouro, a fim de vendê-las e receber dinheiro, e negocio maldições e caixas com feitiços, porque Philip me desprezaria por fazer isso.

Mas ele me deixou e se recusa a dizer quando virá para casa.

O Diácono veio até aqui no mês passado e eu o acolhi da melhor maneira que pude. Viajamos pela costa e ele me mostrou o cemitério onde encontrara Philip roubando cadáveres, há tanto tempo. Gosto do Diácono por muitos motivos — seu amoralismo é um alívio, depois do que passei com Philip, e a imaginação dele combina inteiramente com a minha. Mas aqui em Boston ele parece supersticioso e antiquado. Sendo eu tão poderosa e hábil, ele faz cara feia diante das minhas calças compridas e deixa claro que lhe desagrada o estado de espírito geral do mundo moderno.

Beijei-o e lhe disse que talvez ele pudesse gostar de algumas coisas do mundo moderno, mas ele sabe que só faço isso por estar furiosa com Philip.

E ele está certo, claro. Meu coração está fixado em meu Próspero, meu mago perdido.

E então, em vez de termos um caso de amor apaixonado, o Diácono e eu caçamos os ossos de outro feiticeiro como nós, para podermos surpreender Philip, quando ele voltar, com substâncias mágicas suficientes para durar trinta anos.

TRINTA E DOIS

NICHOLAS

Era tarde, então tentei não bater ruidosamente nenhuma porta. A televisão do escritório piscava e pude ver as cabeças de Lilith e de papai. Parei na cozinha. Não estava com fome e minha cabeça latejava de leve. Talvez alguma consequência por ter sido possuído. Ou talvez por estar cansado.

Meus olhos se estreitaram. Até parece que meu pai estava preocupado comigo, se assistia à televisão. Caminhei até o escritório e me empoleirei na beira do único degrau em que se descia até a sala. Era enfeitado com couro preto e tinha aquele tipo de pintura moderna chuviscada. Pensando bem, parecia-se muito com os respingos de um sangramento.

— Estou em casa — declarei.

Papai virou o corpo.

— Nicholas Pardee, onde diabo estava você?

— Fora.

Ele ficou em pé e Lilith o acompanhou, mais ou menos deslizando atrás dele. Papai pôs as mãos na cintura, sinal certo de que estava prestes a fazer teatro.

— Mas que diabo, Nick, sua conselheira na escola telefonou e...

— Disse que estava tudo ótimo!

— Não precisa gritar. — A voz comedida de papai demonstrava irritação e, se eu pudesse rosnar sem que isso soasse ridículo, rosnaria. Por que ele não podia gritar em resposta? Lilith deslizou sua mão comprida pelos ombros de papai, como se fosse ele quem precisasse de consolo.

— Estou satisfeita por você e sua amiga Silla estarem bem, Nicky — ronronou ela.

— Estamos, sim.

— Nick — disse papai —, você precisa telefonar para mim, quando esse tipo de coisa acontecer. Você está envolvido num possível ataque e são necessários preparativos.

— Você quer dizer advogado, coisas desse tipo? Não preciso de advogado. Não fiz nada. Ela disse mesmo que foi um ataque?

As sobrancelhas dele abaixaram.

— Ela disse que há relatos conflitantes sobre o fato de você bater numa menina.

— Você acredita que eu faria isso? — Eu estava nauseado.

— Eu não sei, Nick. Com todas essas suas saídas furtivas. Passando tempo num cemitério, e com uma menina claramente perturbada...

— Ela *não é* perturbada. Sou eu quem deveria estar preocupado com você e com *seu* gosto, em matéria de mulheres.

— Não vá por esse caminho. — Papai avançou novamente. — Você não tem feito outra coisa a não ser desrespeitar a mim e a minha esposa, há meses. Sem levar em consideração tudo de bom que Mary tentou fazer, e você mostrando-se hostil e claramente desdenhoso, Nick. Isso terá que parar.

— Senão o quê? — Cruzei os braços em cima do peito.

O que ele ia fazer? Tentar me prender? Ele não ficava aqui tempo o suficiente para executar nada. Tirar meu carro? Eu podia caminhar até a casa de Silla.

Papai abriu a boca, mas Lilith pôs uma das mãos em cima do peito dele.

— Vamos fazer um intervalo, rapazes. Dormir um pouco. Conversar de manhã, quando todos já estiverem calmos. — Ela me deu uma olhada. — Seu pai teve um dia longo e não podia ir deitar até saber que você estava em casa.

— Como quiser. Estou aqui. Boa noite.

Dei a volta e saí, enquanto Lilith murmurava alguma coisa tranquilizadora para meu pai.

Odiei-a.

Lilith era Josephine. Devia ser. Não sabia por que ela não me agarrara, me atacara ou fosse lá o que fosse. Adivinhei que preservava sua identidade, ou algo parecido. E agora ela fazia papai recuar, como se soubesse o que acontecera na escola. Papai a conhecera mais ou menos na ocasião em que os pais de Silla haviam sido assassinados, e então ela o convencera, um homem urbano como ninguém, a se mudar para cá, para o meio do nada. E logo depois que meu avô morreu? Ela podia facilmente tê-lo assassinado também.

Tudo fazia sentido.

Eu precisava de uma prova, alguma maneira de convencer papai, antes que ela lhe fizesse também algum mal. Mas eu não podia dizer-lhe que sua gostosíssima esposa, seu troféu, era uma feiticeira perversa. Especialmente não agora.

Em vez de subir ruidosamente a escada, dei uma parada na cozinha, na porta da adega, que ficava no porão. Na maior parte, papai estava usando a adega para guardar vinho, mas várias caixas haviam descido para lá quando nos mudamos. Tão silenciosamente quanto possível, abri rapidamente a porta (ela estava meio presa, porque a construção era antiga) e me encolhi, enquanto esperava e procurava ouvir se havia algum barulho vindo do escritório.

Quando nada aconteceu, desci a primeira das escadas barulhentas, tateando ao longo da parede em busca do interruptor de luz. Eu estivera ali embaixo uma vez, quando nos mudamos, e, mesmo na tarde clara e quente, ficara satisfeito pela fiação moderna. Quando a lâmpada acendeu, conseguiu diluir a maior parte das sombras, com uma fraca luz branca. A escada era estreita e desci nas pontas dos pés até o piso de concreto. Havia outro interruptor ali e eu o apertei. A adega inteira tinha o mesmo tamanho do primeiro andar, mas era dividida em tantos quartos quantos havia em cima. Esse primeiro era revestido de suportes para vinhos. Talvez um quinto deles estivesse cheio com vinhos e havia algumas garrafas de uísque escocês e vinho do Porto espalhadas. Xerez para Lilith. Considerei rapidamente a possibilidade de agarrar um pouco de uísque, para me ajudar pela hora seguinte, mas decidi que era melhor manter a percepção aguçada e o equilíbrio nos pés.

A adega úmida fazia uma curva que levava a um segundo quarto, de fato o único outro cômodo não inteiramente vazio. Havia caixas formando uma pilha alta, na maior parte de papelão, mas com vários recipientes de plástico claro onde estavam guardadas todas as nossas roupas de inverno. Este era um novo conceito para mim e para papai – mudar as roupas de inverno e verão. O que havia de errado em mantê-las todas, o ano inteiro? Mas, como em todas as coisas, papai cedia sem nem pensar, diante das sugestões de Lilith.

Pena eu não ter trazido uma lanterna elétrica: as palavras que identificavam o conteúdo de cada caixa eram difíceis de decifrar. Na maioria, diziam coisas como ENFEITES DE NATAL e PORCELANA COM ROSAS. Algumas poucas continham os velhos livros de histórias em quadrinhos de papai, que Lilith banira da biblioteca (a única coisa que alguma vez me dera vontade de lê-los eu próprio). Peguei uma caixa que não tinha rótulo, pensando que, se eu fosse um feiticeiro ladrão de cadáveres, não guardaria meus segredos numa caixa onde estivesse escrito ENCANTAMENTOS E FEITIÇOS.

A caixa de papelão estava mole por causa da constante umidade e abri facilmente suas abas. Dentro, havia alguns livros. Livros do ensino médio, de alguma escola em Delaware. Debaixo dos quatro volumes, havia uma camada de cartas endereçadas a Lilith. Puxei uma do envelope e a examinei rapidamente. Bilhetes de amor de um sujeito chamado Craig. Felizmente, eram mais divertidas do que sensuais. Escavei um pouco mais fundo e encontrei vários blocos de desenhos e uma grande pilha de pequenos diários. Abri um deles e descobri a primeira página, ou os primeiros parágrafos, de quase 40 histórias. Coisas de ficção, uma das quais mencionava o principal detetive de uma das séries de Lilith.

Frustrado, agachei-me. Era coisa dela, certo, mas velhas lembranças do tipo comum, não os obscuros segredos que eu esperava. Adivinhei que, provavelmente, Lilith guardava essas coisas sombrias mais perto dela. Talvez embaixo da sua roupa íntima ou algo horrível desse tipo, um lugar que eu nunca olharia. Será que eu estava perdendo meu tempo?

Decidi examinar as coisas pela última vez e, quando fiquei em pé, vi a caixa atrás daquela com as lembranças, em que eu acabara de remexer.

O rótulo era em escrita diferente, à mão: DONNA, 12-18.

Por um momento, perdi o ar.

Arrastei a caixa para fora, mas meus dedos não queriam obedecer, quando eu lhes disse para abri-la. Agachei-me ali, olhando fixamente para ela não sei por quanto tempo. Era como se eu soubesse que alguma coisa dentro ia me destroçar, ou me deixar com uma sensação perpétua de rejeição.

Estava cheia de fotografias. Mamãe devia ter sua própria câmera, e ela fotografava tudo. Reconheci a casa do lado de fora, e os armários na cozinha, e havia duas pessoas, da idade de papai, que deviam ser meus avós. Vovô Harleigh parecia vagamente familiar. Lembrava-me dele fazendo cara feia, não sorrindo.

Não perdi muito tempo com essas; nunca visitara meus avós e não queria começar a me sentir culpado por causa disso. Grande quantidade das fotografias havia sido tirada no cemitério e nos campos em torno dele, em todas as épocas do ano. As roupas que todos usavam me fizeram rir um pouco, enquanto eu examinava um maço de fotos do ensino médio. Eram todas iguais. Até reconheci a velha sra. Trenchess. Claro, ela não era tão velha na ocasião.

E havia Robbie Kennicot, usando jeans branqueado e um penteado com o cabelo curto em cima e comprido na parte de trás. Os olhos dele pareciam muito com os de Silla no quadro que estava no escritório deles. Mas ele sorria com certo exagero.

Os autorretratos de mamãe quase me fizeram jogar a caixa para um lado. Ela fizera aquela coisa de segurar a câmera tão longe da pessoa quanto possível e empurrar o botão, e a câmera pegara um monte de ângulos e perspectivas estranhos.

O cabelo dela não mudara muito ao longo dos anos, desde quando ela devia estar no sétimo ou oitavo ano. Era cheio e comprido, às vezes puxado para trás das suas orelhas, outras vezes apenas pendendo liso e solto. Na maioria das minhas lembranças, mamãe aparecia com seus penteados mais curtos, tipo joãozinho, e um rosto mais magro. Era estranho vê-la assim. Com os pulsos cheios de pulseiras e um sorriso realmente feliz. Havia uma foto em que ela aparecia de mãos dadas com Robbie na arquibancada de um campo esportivo da escola. Ele devia tê-la tirado. Mamãe beijava sua bochecha, com o rosto todo torcido de tanto rir. Eu me perguntei se ela era tão bonita assim depois que eu nasci. Ou quando ela conheceu papai. Claro que era. Foi por isso, antes de tudo, que papai a amou.

Olhando atentamente para a foto que mostrava a intensa e óbvia felicidade dos dois, ocorreu-me o horrível pensamento de que não muita coisa me separara de ser irmão de Silla, em vez de Reese. Arghh. *Arghh!*

Mexendo com os ombros, como se isso pudesse afastar o pensamento infeliz, permiti lembrar muito claramente como eu sabia que ela sequer chegava perto de ser minha irmã: a maneira como subira em meu colo e atacara minha boca.

A foto de mamãe com o sr. Kennicot encaixou-se facilmente no bolso do meu jeans, dobrada ao meio. Será que eles entravam furtivamente no cemitério, à noite, e regeneravam ossos? Faziam feitiços entre beijos?

Tive um impulso de escolher algumas das fotos e enviá-las para ela no Novo México, ou onde quer que ela estivesse, com um bilhete: *Encontrei a parte mais feliz da sua vida, aquela em que eu não estava.* Ou simplesmente guardá-las em meu bolso o tempo todo, de modo que, quando tornasse a vê-la, afinal, eu pudesse mostrá-las a ela e dizer... alguma coisa. *Por que não me lembro de você tão feliz? O que havia de errado comigo e com papai?*

Prometi a mim mesmo que seria mais forte do que ela fora. Eu não detestaria o poder. Não abusaria dele. Minhas mãos formigavam, como acontecia quando eu pensava na magia, e eu as estendi diante de mim. Minúsculos arranhões resultantes do ataque dos pássaros coçavam com minha pulsação. Mas era difícil concentrar a atenção nelas, e percebi que minhas mãos tremiam.

Joguei todas as caixas de volta ao lugar onde estavam e subi correndo a escada.

TRINTA E TRÊS

4 de fevereiro de 1948

Mal o reconheço. Philip está magro e quieto. Não uma quietude cheia de pensamentos fervendo, ou de profunda contemplação. É uma imobilidade que se instalou em torno dele como um lago negro e grande. É como um escudo, um castelo, que não posso empurrar e atravessar. Nem mesmo o carmot fez seu sangue ferver.

Tentei agitar o sangue dele, arrastá-lo para fora, para o mundo. Eu o beijei e lancei em cima dele milhões de novidades. Perguntei-lhe o que vira. O que testemunhara. Mas ele apenas sacudira a cabeça ou fechara os olhos. Comprei um trio de canários e possuí todos — aprendi a cantar com suas gargantas e a levá-los a uma espécie de harmonia divertida. Eles quase soavam como as Andrew Sisters cantando "Don't Sit Under the Apple Tree". Philip sorriu, mas apenas para me satisfazer.

O Diácono o convenceu a viajar para o oeste, para montanhas distantes da poluição dos homens, a fim de encontrar outra vez sua paz. Eu não irei. Não.

Tenho vontade de rasgar este livro numa centena de pedaços.

TRINTA E QUATRO

NICHOLAS

Papai subiu até o sótão, a fim de me acordar para ir à escola.

— Precisamos conversar — começou ele, agourentamente.

Esfreguei os olhos, com dores pelo corpo todo.

— Meu Deus, pai, não posso pelo menos ir ao banheiro, antes dessa conversa?

Meu pescoço estava duro e eu só queria tornar a afundar em meus travesseiros.

— Não quero que você fuja antes de eu poder dizer uma palavra.

Ele franziu a testa. Como de costume, parecia ter saído de uma revista de moda masculina. O cabelo perfeito já arrumado, a barba feita com perfeição, a gravata com um nó impecável, a qualquer hora da manhã. Juro que ele sequer tomava seu café antes de escovar os dentes. Três vezes.

— Ótimo, ótimo. Sobre o que você quer falar?

Colei um sorriso em meu rosto. Papai o decifraria tão rapidamente quanto eu reconhecia o dele, paternalista.

Mas ele abanou a cabeça.

— Sua namorada. Acho que você deveria pensar seriamente em parar de se encontrar com ela.

— Mas que porra é essa?

Os lábios dele se franziram para baixo por causa da minha linguagem.

— Mas, falando sério, pai, o que você acha que sabe a respeito de tudo isso? — Meus olhos se estreitaram. — Foi Lilith, não é? O que aquela puta disse, agora?

— Nicholas Pardee, repito, você não vai usar mais essa palavra terrível para se referir a Mary.

— Que palavra?

Ele não respondeu. Papai tentava não dar crédito a coisas que ele achava que careciam de lógica. A foto enfiada no bolso do meu jeans me veio à memória, como um relâmpago. Mamãe rindo, despreocupada. Era impossível ela ter sido assim, alguma vez, com papai. Não era de espantar que ela jamais o procurasse, mesmo quando precisava dele.

Depois de um momento em que nos olhamos com raiva, joguei meus cobertores para um lado.

— Vou me aprontar para a escola.

— Nick.

A voz de papai estava mais tranquila agora, mas tinha a mesma firmeza.

O ar fresco da manhã esfriou toda a minha pele exposta. Mantive meus olhos colados em meus joelhos.

— Conversei longamente com a conselheira da sua escola ontem. Ela me contou algumas coisas sobre Drusilla Kennicot. Algumas coisas muito preocupantes.

— Ah, é?

— Os pais dela morreram de uma maneira terrível — disse ele, como se tivessem derramado vinho tinto no tapete branco de Lilith e não pedissem desculpas. — E a jovem Drusilla está passando por um período difícil.

— E aí?

— Aí, ela deve estar precisando de uma ajuda melhor do que a sua, filho. Pense nela como uma pessoa em estado de choque.

— Papai, não estou tentando ajudá-la. Apenas gosto dela, OK?

— Entendo sua atração por esse tipo de criatura arrasada, mas é...

— Você se refere à mamãe, não é? — Olhei-o, sentindo-me ridiculamente sem fôlego.

Papai inclinou-se para a frente na cadeira do meu computador, que ele puxara para perto da cama.

— Sim, não lamento nada, Nick, claro, mas não quero que você tenha que passar por nada parecido com o que passei. Como o que você passou. Sua mãe era instável e eu não sabia disso quando éramos jovens.

— Você a amou em excesso? — Minha voz soou zombeteira, de propósito.

Ele hesitou e depois disse:

— Sim.

O choque me fez confessar:

— Eu, ahn, encontrei uma caixa no porão cheia de fotos que ela tirou quando estava no colégio. Eu nem mesmo sabia que ela gostava de tirar fotografias.

— Ela costumava ficar com uma máquina fotográfica pendurada no pescoço, quando estava — papai fez uma pausa — sóbria.

— Posso pegá-las para você. Lá na adega.

Ele hesitou, seus lábios formando uma linha fina.

— Talvez. Veremos.

— Claro.

— Sobre Drusilla.

— Apenas Silla, papai.

— Está bem.

— Só quero que você pense a respeito dela, a respeito de tudo isso. Ela está envolvendo você em coisas em que você não tem nenhuma necessidade de se envolver.

Quase ri.

— Ela não está não. Escuta, ouça o que aconteceu. A amiga de Silla, simplesmente, teve uma tarde ruim, não sei se Wendy estava bêbada ou apenas perturbada. Mas Silla estava tentando ajudá-la. Tudo o que eu fiz foi segurá-la, para tentar acalmá-la. Não sei quem está espalhando mentiras, mas essa é a verdade.

Pude sentir o sangue correndo para minhas bochechas e orelhas. Eu precisava telefonar para Silla, a fim de fazermos nossas histórias combinarem. Como eu poderia ter deixado de falar sobre isso com ela na noite passada?

Depois de um momento olhando para meu rosto, papai concordou com a cabeça.

— Está bem, Nick. Acredito em você. Só quero que tenha cuidado. Não sou cego, vejo esses cortes em seu pescoço e nas costas das suas mãos, quando chegou em casa, a noite passada. Não sei se você estava brigando ou o que está acontecendo. Mas, se você confia nessa menina, confiarei em seus instintos.

Comecei a perguntar por que ele não confiava em meus instintos com relação à sua maldita esposa. Mas engoli minhas palavras. Papai estava deliberadamente preferindo acreditar em mim a respeito de uma menina de quem ele não gostava. Era sua maneira mais clara de dizer: "Talvez você deva confiar em meus instintos também." Fiquei sentado ali, de cueca, sentindo-me como se tivesse mais ou menos 10 anos de idade. Papai saiu da minha cadeira e bateu com a mão no meu ombro.

— Me telefone, se precisar de mim na escola. Se eles tentarem castigar você por alguma coisa que não fez. Eu estarei por aqui hoje, trabalhando. Posso chegar lá em dez minutos.

A culpa dificultou minha resposta.

— Obrigado, pai — consegui dizer.

Ele concordou com a cabeça e depois se virou para ir embora.

— Vejo você lá embaixo, filho.

— Pai.

Ele deu uma olhada para trás.

— Você, ahn, ama Mary como amava mamãe?

Ele nem mesmo hesitou dessa vez.

— Não. É muito diferente, mas não é um amor menor.

Não pude prometer inteiramente não odiá-la, ou não pensar que ela era alguma aspirante à psicótica sugadora de almas, e fazia feitiçaria com sangue. Mas, de repente, eu não queria que ela fosse nada disso.

TRINTA E CINCO

Maio de 1959

Posso permitir que uma década inteira se passe sem uma anotação? Se eu tivesse nascido nesse período, ou se não soubesse como a vida e outros tempos e lugares poderiam ser, talvez eu me afogasse.

Mudei-me para Nova Orleans por algum tempo, perdendo-me numa nova magia. Mas todas as danças com Li Grand Zombi, todas as bonecas mágicas faziam-me desejar poder voltar para Philip e lhe perguntar se ele, algum dia, pensara em usar mel para fazer uma varinha curativa, ou dançar e cantar para chamar sangue ao sangue. Ali havia essa magia, parecida com a nossa, porém mais sagrada. Philip teria amado o vodu da Louisiana. Tive de deixar o lugar, porque a ausência dele fazia uma pressão forte demais contra minhas descobertas. Mas o resto do país era vazio. Uma televisão em branco e preto fingindo oferecer vida.

Não há mais nada para lembrar. Este velho livro agora é inútil para mim.

TRINTA E SEIS

SILLA

A manhã de terça-feira estava bastante fria para me fazer precisar de um casaco. Reese me deixou na escola quinze minutos antes, a fim de eu poder pegar minhas coisas na sala de aula de Stokes, então o estacionamento estava quase vazio. Sentindo-me nua, sem mochila nem bolsa, caminhei depressa na direção do prédio principal, apertando meu casaco de veludo cotelê, para fechá-lo. O frio picava os pequenos cortes em minhas mãos, resultantes do ataque dos pássaros. Quando tudo isso terminasse, Reese e eu teríamos de fazer essências com feitiço para cura.

Mergulhei através de uma porta lateral e contornei o auditório, para pegar minha mochila. Felizmente, Stokes não dava aula todo dia, de modo que sua sala estava vazia.

Em pé, sozinha na sala, lembrei-me do momento em que eu percebera que Wendy não era ela mesma. Do pânico que me dominou. Enfiei minhas mãos nos bolsos do meu casaco. Minha mão esquerda encontrou os cristais de sal que tínhamos esmagado junto com flores de urze. No bolso do lado direito, estava meu canivete. Eu seria expulsa, com certeza, se o encontrassem, mas não era possível nenhum de nós sair desprotegido de casa naquela manhã. Reese e eu tínhamos usado marcadores para desenhar runas de proteção sobre nossos corações e depois as lambuzamos com sangue. Se pudéssemos colocá-las também em nossas testas e mãos, faríamos isso. Eu dissera a Nick para fazer a mesma coisa, quando ele me telefonou antes de sair para a escola, e combinou detalhes para coincidirem as histórias que contaríamos.

Se, por acaso, Josephine se encontrasse aqui, eu estaria preparada. *Expulso-te deste corpo*, fora o que Nick dissera. Sangue e sal fariam o resto.

Soltando uma respiração profunda, rezei para que Wendy estivesse a salvo.

Peguei meu celular. No momento em que o liguei, ele vibrou.

Havia três mensagens de texto de Wendy. Uma de Melissa. Uma de Eric. As mensagens de Wendy eram de logo antes e logo depois que eu tentara ligar para ela com o celular de Nick. Diziam apenas: "Telefone para mim." A de Melissa dizia: "Que porra, S?" E Eric me repreendia por agir descontroladamente com Wendy. Esta, na verdade, me fez sorrir de leve. Fiquei satisfeita por ele ainda se preocupar comigo.

Esperei na sala de aula de Stokes por alguns minutos, até ter apenas tempo suficiente para chegar ao meu armário e depois ter minha primeira aula. Quando eram 7:56, respirei fundo, coloquei minha máscara verde-mar e saí.

Os corredores estavam lotados, como de costume, com garotos e garotas em disparada, gritando, rindo, batendo as portas dos seus armários. Fui objeto de inúmeras olhadas de rabo do olho e sobrancelhas erguidas, caras fechadas e franzidas e risos de desdém quase imperceptíveis. Eu estava inteiramente despreparada para isso. Sabia que haveria perguntas e talvez um pouco de tensão entre as pessoas envolvidas. Wendy, obviamente, e talvez o elenco de *Macbeth*. Mas todos na escola? O que estavam dizendo? Abaixei a cabeça e segui em linha reta até meu armário. Tinha de agir como se tudo estivesse tranquilo.

Como se eu não estivesse esperando que o bicho-papão saltasse de cada canto. Com qualquer aparência. Fazer um papel. Interpretar. Eu podia fazer isso. Era uma atriz. Precisava de uma máscara mais brilhante.

Sorridente, brilhante, cor-de-rosa, com pérolas e flores caindo do lado.

Com a máscara firme no lugar, demorei um segundo para me lembrar de que aula eu tinha primeiro, e então Wendy apareceu, pegou minha mão e me puxou para um lado.

— Silla. — Sua boca estava franzida, demonstrando preocupação.

Meu corpo se encolheu de terror. Tive de manter minha outra mão contra minha coxa, se não eu a enfiaria em meu bolso, em busca do sal.

— Vamos. — Ela me arrastou pela multidão, até o armário do zelador.

Pressionada contra uma pilha de vassouras, esperei. Não podia fazer a jogada inicial. Só conseguia pensar em Josephine me olhando fixamente, até me obrigar a desviar o olhar, em estar aqui aprisionada, enquanto aquele monstro cavalgava o corpo da minha amiga. Como contar sem me entregar?

Wendy me observava através da fraca luz amarela. Depois ela abriu sua bolsa e tirou um tubo de gloss roxo e aplicou-o generosamente. Ri, tão incrivelmente aliviada, e Wendy ergueu suas sobrancelhas e me ofereceu um pouco. Abanei a cabeça

Enquanto guardava o brilho de lábios, ela disse:

— Escute, não temos muito tempo antes do toque do sinal. Não pude falar na noite passada e não devia passar uma mensagem de texto para você, nem nada disso. Primeiro, eles pensaram que eram drogas, quero dizer, mamãe e papai, depois a srta. Tripp conversou com eles. Deve ter sido para perguntar por que eu estava agindo de forma estranha. Vou sair na hora do almoço, para ir ao médico e me certificar de que não tenho epilepsia ou algo parecido. E papai decidiu, de qualquer jeito, que a culpa é sua. Por isso, nada de conversas nem mensagens de texto. – Ela fez uma careta. – Paul disse que me viu sair correndo do prédio, que você foi atrás e eu dei um soco em Nick. Ele está bem?

Concordei com a cabeça.

– Ah, ótimo. Pensei em telefonar para ele, mas não tinha certeza se devia ou se ele queria que eu telefonasse, ou se os pais deles sabiam ou deveriam saber, sei lá, e agora estou falando sem parar e você precisa me dizer o que aconteceu. Fale logo.

Minha boca se abriu e nada saiu. Nick e eu tínhamos optado por uma mentira geral, mas eu não queria oferecê-la a ela. Wendy merecia mais. Mas será que eu tinha uma escolha? Depressa, eu disse:

– Você, de repente, explodiu, acho que foi toda a pressão da apresentação, e o vestibular chegando e tudo o mais, sabe? Você ficou balbuciando coisas e, de repente, saiu correndo. Corri atrás de você, você saiu e... e foi em cima de Nick. Ele me contou que lhe disse alguma coisa idiota e acho que você estava tão perturbada que nem pensou e simplesmente bateu. Ele agarrou você, manteve você a distância e... foi isso. Você estava sangrando e eu... eu tinha que ir embora.

Ergui a mão na direção do ferimento embaixo do maxilar dela. Um estremecimento fez minha espinha se contrair quando me lembrei de Josephine empurrando o abridor de cartas no pescoço de Wendy.

Wendy agarrou minha mão.

– Estou com medo, Silla. Detesto não lembrar.

– Wendy – sussurrei, jogando meus braços em torno dela. Apertei-a com força e ela colocou seus braços em torno das minhas costelas e retribuiu o aperto. – Sinto tanto – disse-lhe, esmagada pelo cheiro forte de cereja com baunilha do cabelo dela. Eu não a merecia.

Na hora do almoço, o brilho se soltou da minha máscara. Três pérolas caíram e rolaram pelo corredor de azulejos.

Apesar do que eu dissera a Reese, suspeitava de todos. Todos os professores, todos os meus colegas – qualquer pessoa que olhasse para mim podia estar escondendo Josephine dentro de si. Wendy e eu trocamos bilhetes, como sempre fazíamos, sobre coisas superficiais, inteiramente sem importância, e tentei prestar atenção nisso, em vez de pensar no ritual daquela noite ou em meu encontro iminente com a srta. Tripp.

Entre as aulas de história e física, descobri um pedaço de papel dobrado, enfiado em meu armário. Em grandes letras de forma vermelhas, estava escrito: TAL PAI, TAL FILHA.

Rasguei-o em minúsculos pedacinhos, joguei-os na privada e dei descarga.

Melissa, com quem eu normalmente falava na aula de física, não olhou para mim nem uma só vez. Se não fosse por Wendy e pelo fato de formarmos um trio no elenco, ela provavelmente já estaria afastada de mim há semanas.

Eu não fizera nada, mas me atribuíam a culpa por tudo.

Desviei-me do meu caminho habitual para o café e segui para o escritório da srta. Tripp, em vez de correr para um banheiro e chorar.

Tripp ofereceu um sorriso de cerejas azedas quando abriu a porta. Entrei em silêncio e ela fechou a porta, fazendo um gesto para que eu me sentasse. Sentei-me, agarrando minha mochila em meu colo, como se ela fosse um escudo.

Hoje, sua atitude suave-e-simples havia desaparecido. O cardigã cor de violeta parecia mais um casaco militar do que um traje profissional. Pela primeira vez, ela se sentou atrás da sua escrivaninha e juntou as mãos diante de si. Ergui minha mão esquerda e pressionei-a contra meu peito. Podia sentir o sangue seco em cima da runa, podia sentir a energia queimando entre a palma da minha mão e meu coração, mesmo através das camadas de casaco e suéter. Eu estava preparada, se fosse preciso.

O silêncio tenso terminou quando a srta. Tripp disse:

— Infelizmente, parece que chegamos a uma situação muito séria, Silla.

— Não fiz nada errado.

— Conte-me o que aconteceu ontem à tarde.

Fechando os olhos, porque era uma péssima mentirosa quando não tinha um roteiro, eu disse:

— Wendy teve algum tipo de ataque de pânico. Não consegui acalmá-la, mas Nick conseguiu. O sangue me perturbou, então fui embora. Tive que ir, apesar de ela ter desmaiado, ou algo parecido.

A srta. Tripp ficou quieta por tempo suficiente para eu, afinal, arriscar uma olhada. Ela não se movera, absolutamente.

— Você e Wendy tinham discutido?

— Sim.

— Sobre o quê?

Uma parte de mim quis soltar tudo de uma vez. Deixar toda a história sair, num monólogo dramático. O que eu poderia dizer a ela que a fizesse me deixar em paz? Que ela não precisasse esclarecer nada com Wendy nem telefonar chamando Nick? A srta. Tripp me olhou firmemente, até que eu disse:

— Meu pai.

Seu sorriso pendeu para a simpatia e ela movimentou sua cadeira para trás, a fim de vir sentar-se comigo. Deixei minha mochila deslizar para o chão.

— Pode me contar alguma coisa sobre isso?

Brinquei com meus anéis, virando a esmeralda várias vezes em torno do meu dedo médio.

— Wendy concorda com você, acha que eu deveria, ahn, parar de defendê-lo, como estou defendendo. Que ele talvez tenha feito escolhas erradas.

— E isso enraiveceu você.

— Sim.

Tomando frouxamente minhas mãos nas suas, a srta. Tripp disse, gentilmente:

— Silla, querida, é tempo de você se livrar dessas coisas.

Fosse lá o que eu esperava, não era isso. Movimentei rapidamente meus olhos na direção do rosto dela. Será que ela era realmente a srta. Tripp? Ou esse era outro truque de Josephine? E por quê?

Os olhos dela refletiam a luz que caía para dentro da sala, através das janelas do escritório. Normal. Seguro.

— Você precisa se livrar do seu trauma. Normalmente, eu não proporia que você forçasse nada para apressar isso. Mas, Silla, com toda essa teatralização, tenho medo de que você se torne um perigo para si mesma e até para os outros.

— Teatralização…?

Nunca entendera o significado da palavra *horrorizada*, mas agora eu era *isso*.

Tripp fez seu bonito beicinho e virou minhas mãos para cima. Os cortes paralelos em minha palma, um cor-de-rosa e curado, e o outro com uma casca e vermelho, destacaram-se contra os pequenos talhos feitos pelos corvos possuídos.

— Ferir a si mesma de propósito não é jamais uma maneira verdadeira de tornar a sentir.

A palma da minha mão formigou.

— Não teve nada a ver com me fazer sentir, OK? Foi... foi por acaso.

— Um acaso duas vezes? — Ela sacudiu a cabeça e os cachos do seu cabelo cheio balançaram. — Quero ajudar você, Silla. Acho que, se você se desprender do seu pai, essa imensa carga desaparecerá. Admita sua dor, e poderá caminhar para a frente.

Será que ela fizera pela internet algum curso de instruções sobre a dor? Afastei minhas mãos com um movimento brusco.

— Cortar a si mesma é inaceitável. É perigoso e pode levar a coisas piores. E agora, a discussão com seus amigos, a violência, uma sugestão de drogas, tudo isso esteve envolvido. Silla, estou muito preocupada com você. Por isso, telefonei a noite passada e tentei conversar. Não quero recomendar que você fosse suspensa, mas talvez seja melhor para você passar algum tempo longe de toda essa pressão.

Minha boca se escancarou.

— Suspensa!

— Se for preciso, Silla.

— Tenho que ir. Por favor.

— Volte amanhã, na hora do almoço. Vou insistir nesses encontros todos os dias, até ver alguma melhora. E, se você tornar a sair da linha, Silla, recomendarei sua suspensão imediatamente.

Agarrei minha mochila, tentando imaginar uma máscara crescendo em minha pele.

— Pense no que eu disse, Silla — continuou a srta. Tripp. — Pense em se desprender disso. Desprender-se e chorar, gritar, ou qualquer coisa que precisar fazer. Apenas não se magoe mais. Muita coisa pode ser dita a partir de pequenos rituais pessoais. — Ela tornou a olhar para meus anéis. — Acho que tirar essas coisas dos seus dedos já seria um ótimo começo.

— Vou pensar no assunto — prometi, sabendo que não faria isso.

Fugi para fora da sala e abri, com um movimento brusco, meu telefone celular. Liguei para Reese. Caiu direto na secretária eletrônica. O pânico fez minha garganta apertar.

— Reese, ah, meu Deus, onde está você? Não consigo acreditar que não esteja atendendo o telefone. Como posso saber se você está bem? Preciso falar com você. Não posso ir para casa logo depois da escola. Não posso faltar ao ensaio. Tripp está ameaçando me suspender, se eu fizer alguma coisa errada, e, se isso acontecer, não me restará mais nada. Não serei sequer capaz de ser uma bruxa idiota na peça idiota, e eu sempre estive nas peças. Reese, não sei o que fazer sem isso. — Respirei fundo, toda trêmula. — Não vi Nick o dia inteiro também. Todos me olham e não sei quem são. Acho que talvez eu esteja mesmo enlouquecendo. Reese. Meu Deus. Por que ela não fez alguma coisa? Onde ela está...

Meu telefone apitou, avisando que alguém me ligava. Reese.

— Ah, meu Deus — respondi ao atender.

Fechei os olhos e me apoiei nos duros tijolos amarelos do prédio.

— Abelhinha, o que aconteceu?

Tornei a falar tudo.

— E estou assustada, Reese. Tenho que ficar, mas também me dá vontade de fugir e deixar de lado a magia. Ficar segura.

A voz calma de Reese inundou meu ouvido:

— Renove o sangue em seu coração. Isso manterá você segura, por enquanto.

Ele não sabia. Estava inventando.

— Amo você — falei.

— Também amo você, Silla. Tenha cuidado. Tudo correrá bem com você.

TRINTA E SETE

Janeiro de 1961

O primeiro mês de uma nova década. Ouvi no rádio um lembrete para fazer resoluções, a fim de melhorar a vida da pessoa. Tais como: sempre ter o jantar preparado na hora. Manter os sapatos engraxados e o cabelo penteado. Passar roupa a ferro diariamente. Descansar por 15 minutos antes da chegada do seu marido em casa, para estar tranquila e alegre ao recebê-lo.

Pensei: vou encontrar meu bruxo errante e arrastá-lo para casa comigo. Não haverá outra década perdida por causa da petulância e dos anseios dele. Eu tivera quinze anos para descansar. Tranquilidade é o que ele obterá.

TRINTA E OITO

SILLA

Foi um alívio concentrar a atenção no ensaio. Foi um alívio chegar ao ensaio sem nenhum encontro com Josephine. E sem ser suspensa. Consegui isso me encolhendo em minha carteira, mas com o texto à minha frente. Mantendo meus olhos baixos entre as aulas.

Macbeth estrearia dentro de duas semanas – ou menos – e só haveria mais quatro ensaios antes de começarem os ensaios técnicos. Supondo que eu sobrevivesse durante todo esse tempo.

Entre as cenas, Stokes me mandou para o corredor, com Wendy e Melissa, a fim de nos prepararmos para vestir nossos trajes. Eu tinha que deixar meu casaco no auditório e mal tive tempo para transferir o sal para minha calça jeans. O canivete ficou no bolso do casaco.

Stokes fizera uma adaptação contemporânea para a peça e as bruxas se apresentariam com boa aparência. Com maquiagem e tudo o mais. O clube de costura estava fazendo para nós espartilhos com várias fivelas prateadas. Madison, quem me amarrava dentro de um modelo para teste, reclamou por eu ter perdido mais um centímetro na cintura.

— Você está com um aspecto terrível, Sil – disse Wendy, com os braços erguidos, para que uma das garotas novatas prendesse com alfinetes a bainha de cima do seu espartilho.

— Poxa, obrigada.

Melissa acrescentou, lá do seu posto, encostada na parede:

— Parece até que você correu por arame farpado.

Que gentileza dela, parar de me ignorar para ser perversa.

— Você tem comido alguma coisa? — perguntou Madison. — Porque, realmente, isso não vai levantar seus peitos, se não estiver mais apertado.

Olhei para baixo. Havia um vazio de meio centímetro entre o forro do espartilho e meu busto. Embora estivessem dentro de um sutiã e embaixo de um suéter.

— Sim, tenho comido e lamento não estar com o aspecto de quem acabou de sair das páginas da *Vogue*.

Não me preocupei em evitar que minha voz tivesse um tom amargo.

— É um saco, e a gente precisa parar o tempo todo para refazer seu espartilho idiota.

— Vou simplesmente usar algum tipo de enchimento.

— Você não anda vomitando, não é? — perguntou Melissa.

— Melissa! — Wendy lançou-lhe um olhar raivoso.

— Ora, anorexia, distúrbios psicóticos, seja lá o que for.

Madison apontou uma agulha para Melissa, como se fosse um punhal.

— Bulimia. Vomitar é isso.

— Meu Deus, não importa o que seja.

— Não — disse Wendy —, ela não está.

Fiquei simplesmente ali em pé, abrindo a boca vagarosamente. Será que Melissa estava possuída? Não, pensei. Ela sempre fora muito maldosa.

— Como você sabe? Você disse que ela está ocupada demais, correndo atrás desse sujeito novo, até para ficar com você, quando você desmaia...

— Não faça isso. — As faces de Wendy explodiram como se fossem fogos de artifício coloridos, de modo que percebi que Melissa não estava inventando inteiramente aquela história.

Comecei a desamarrar a imitação de espartilho, desfazendo os laços.

— Vai fugir de novo? — Melissa deu um sorriso antipático.

E Wendy fez uma pausa, por um momento, olhando consecutivamente para cada uma de nós duas, como se não tivesse certeza de quem deveria ter raiva. Todas as calouras recuaram devagar.

— Essa coisa não vai se ajustar, de modo que vou embora. — Joguei o modelo no chão de azulejos.

— Pobre Silla!

Wendy partiu para cima de Melissa, mas segurei seu braço.

— Não faça isso. Não vale a pena.

— Sim. — Melissa riu, com desdém. — Além disso, se você ficar perto demais, pode levar um tiro.

Eu não estivera realmente zangada antes. Mas o significado da acusação de Melissa infiltrou em mim, de cima a baixo, como se eu estivesse encharcada com pudim gelado. Fiquei imóvel. Até meu coração pareceu parar de bater. Olhei fixamente para ela.

— O quê? — sussurrei.

Ela não respondeu, só fez levantar o queixo, projetando-o ligeiramente para a frente.

— Você não sabe do que está falando — proferiu Wendy para Melissa.

— Sei que a loucura é genética. Sei que passar tempo com Silla é ruim para sua saúde.

— Você não sabe *de nada*.

Virei-me, envolta em meu drama pessoal, e caminhei a passos pesados para o auditório, em busca da minha mochila. Ignorei o olhar confuso de Stokes e caminhei diretamente para fora. Não me importei com o fato de estar jogando fora a última metade do ensaio.

O sol brilhou forte em cima de mim e ergui minhas mãos, procurando criar alguma sombra. A maior parte do estacionamento estava cheia. Todos tinham prática, ensaio, um encontro no clube ou algo parecido. Eu deveria pegar uma carona com Nick, mas ele não aparecera no ensaio. Nem mesmo nos bastidores. Eu tinha enviado para ele algumas mensagens de texto durante o dia, mas ele só respondera a uma, depois do almoço. Um Haicai sobre a peruca do sr. Sutter. E mais nada desde então.

Marchei pelo estacionamento. Minha casa não era longe. Eu caminhara até ela durante a maior parte da minha vida.

Mas, enquanto eu serpenteava por duas fileiras de carros, vi o conversível de Nick. Seu brilho era inconfundível, em meio à velha variedade de poeirentos carros fechados, caminhonetes e pickups. E a capota estava abaixada. Entrei no carro, desabando no assento do passageiro, com os braços cruzados em cima do meu estômago.

NICHOLAS

Ela estava dormindo. Em meu carro.

Fiquei em pé junto ao lado do passageiro por um minuto, olhando-a. O sol fazia sua pele parecer levemente opaca e sem sangue. Por um momento, não importava por que eu me apaixonara por ela. Eu estava apaixonado, isso era o que importava.

Tão silenciosamente quanto possível, entrei, me sentei atrás do volante e ergui minha mochila, a fim de colocá-la atrás. Quando o motor grunhiu e ganhou vida, ela gemeu baixinho e se espreguiçou. Não me preocupei em sair do estacionamento, preferindo, em vez disso, ficar ali a observando. Suas pálpebras se agitaram e ela se sentou, esfregou as bochechas e olhou para a luz.

— Nick? – murmurou ela.

— Olá, gatinha. Quer uma carona até sua casa?

— Que horas são?

— Quase 17h.

— Você esteve no ensaio? Não te vi lá. — Ela se inclinou para a frente e virou no banco do carona, para me encarar. Seu cabelo estava espetado de uma maneira estranha na parte de trás, onde fora pressionado contra o couro.

— Ganhei detenção. — Fiz uma careta para ela.

— Por quê? — Ela mordia novamente a parte interna do seu lábio.

— Ah, nada de muito importante.

Entre a quinta e a sexta aula, Scott Jobson tinha perguntado se ela ficara com aqueles machucados por me chupar de maneira errada. Eu empurrara o rosto dele para dentro do armário e passara o resto do dia em detenção.

— Só tive um dia incrivelmente ruim.

— Eu também.

— Ei. — Inclinei-me para a frente, a fim de poder tirar a fotografia do bolso da minha calça jeans. — Veja isto.

Silla desdobrou vagarosamente a foto e eu observei seu rosto. Quando ela reconheceu seu pai, seus lábios se entreabriram. Ela agarrou a fotografia com as duas mãos.

— Ah, Nick!

— Encontrei isso a noite passada. Achei um monte de coisas da minha mãe.

— Eles parecem tão felizes — comentou ela.

Peguei seu cabelo e passei a mão por dele, arrumando-o até ficar mais ou menos penteado. E evitei seu olhar, quando lhe perguntei:

— Você acha que nós nos encontramos por algum motivo?

— Não apenas por coincidência?

— Sim.

Inclinando a cabeça para dentro a minha mão, ela fechou os olhos e disse:

— Acho que para mim tanto faz.

— Por quê?

— Estou satisfeita porque nos encontramos. Então, se foi por algum motivo específico, ótimo. Se não foi, ótimo. Aconteceu. E eu não mudaria isso.

E se eu me mudei para cá apenas porque Lilith matou seus pais? As palavras não chegaram até a minha boca.

Em vez de falar isso, perguntei:

— Está preparada para esta noite?

— Sim. Meu Deus, estou sim. Colocamos a poção do lado de fora. — Ela estendeu a mão e pegou a minha, puxando-a para seu colo. A foto tremeu em seu joelho, enquanto ela acariciava a palma da minha mão, e depois estendeu as mãos para minha mão esquerda. Examinou-as. — Gosto das suas mãos.

— Gosto das suas também. Mesmo você mesma tendo se cortado bem em cima da sua linha da vida.

— Minha o quê?

— Linha da vida. É quiromancia.

— Você sabe de coisas estranhíssimas, Nick.

— Escrevi um poema para você. Ontem à tarde, no campo de futebol.

— É mesmo?

— Sim.

— Posso ouvi-lo?

— Se eu chegar a me lembrar do primeiro verso.

— Nick! — A risada de Silla se transformou em sorriso. — Mas que maldade.

Ri também.

— Queria ver seu sorriso.

Um corvo grasnou por perto e Silla deu um pulo. O sorriso saiu do seu rosto.

— Vamos embora — disse ela, olhando para o céu.

TRINTA E NOVE

10 de outubro de 1967

Como o mundo pode mudar em apenas uns poucos anos! Como os homens têm vida curta e são passionais, seus filhos se rebelam e transformam um país, que antes era uma sombra depressiva, numa loucura de amor e letreiros com néon!

Passei o ano inteiro de 1963 numa van, dirigindo sem parar pelo país inteiro. É espantoso como tudo se transforma em torno de nós. Tantos mundos novos, tantos seres humanos prontos para me dar atenção e dinheiro. Quase não preciso mais transformar metal em ouro. Economizei tanto, e sempre, sempre, tenho mais para adicionar. Por quê? Porque ninguém mais tem medo de bruxas. Correm atrás de nós. Querem que eu lhes diga: "Vocês não precisam de pílulas e não precisam de um hospital. Precisam de um amuleto, que farei com sangue, cuspe e milefólio. Nós o benzeremos, sob a lua cheia, dançando, e tornaremos o amor mais brilhante que as estrelas!" Querem que a minha magia seja verdadeira. Querem que eu seja sua deusa. E eu sou.

Philip reprova tudo isso, mas agora sou irresistível para ele. Descobri-o na Califórnia, trabalhando com as mãos na terra, numa fazenda, e despertei nele aquela mesma necessidade de ir para a cama que ele despertou em mim, quando eu estava morrendo no St. James quase 65 anos atrás.

Ele sente fome de mim quanto mais forte sou, e quanto mais ele vê outras, mais me deseja. Precisa de mim, como preciso dele. Provo a eternidade em sua língua!

Disse-lhe, quando voltamos para Boston: "Philip, lembra-se de que pensava em si mesmo como meu Demônio? Tentando-me para que eu abandonasse minha inocência e abraçasse toda essa magia negra?" Ele respondeu: "Fiz meu trabalho excessivamente bem." E ele está melancólico o bastante para acreditar nisso. Eu o amo ainda mais por sua seriedade. Ele é meu marido e pai, meu único verdadeiro parceiro. Rio dele e o provoco, para que fique feliz.

Ah, meu diário, senti falta de você durante esses longos anos em que viajei. Até gosto de deixá-lo aqui e só abrir sua capa quando penso em você. Folhear as primeiras anotações me enche de tristeza e, ao mesmo tempo, de alegria, pois eu era tão criança naquele tempo, mas sabia o que queria. E agora tenho tudo. Sou fiel ao meu caminho.

QUARENTA

SILLA

Dessa vez, o som de cascalho esmigalhado quase não se fez ouvir. Nuvens haviam chegado enquanto eu dormia, e então, embora o anoitecer ainda fosse demorar para chegar, o ar continha uma obscura sensação de presságio. Ou talvez eu estivesse projetando nele a minha própria inquietação. Mas, se eu tivesse de montar um palco para esse tipo de ritual de sangue, usaria um pano de fundo amarelo-acinzentado, com plataformas industriais e árvores metálicas. Nós, feiticeiras, surgiríamos no centro, entre fortes relâmpagos de holofotes vermelhos e velas acesas, até o palco inteiro estar cheio de fogo.

Reese apareceu na varanda, quando Nick e eu saímos do conversível. Usava jeans e uma camiseta preta simples. Muito solene, disse:

— Ei, espero que o resto da tarde de vocês tenha sido melhor do que a hora do almoço.

— Silla estava completamente acabada – disse Nick – depois do que aconteceu ontem.

Quase lhe dei uma bofetada.

— Sente-se capaz de fazer isso, Sil? — Reese desceu a passos pesados a escada da varanda.

— Tenho alguma escolha?

Tanto Reese quanto Nick apenas olharam para mim.

— Ah, meu Deus — atirei as mãos para o alto —, estou quase sufocando. Sim. Sim! Estou ótima. Por que vocês dois, caubóis, não saem daqui e vão passar um sermão um no outro sobre a maneira como precisam cuidar das suas garotas e tudo o mais? Vou trocar de roupa, vestir alguma coisa mais... — Minha voz falhou, enquanto eu dava uma olhada em meu suéter amarelo. — Mais, humm...

— Sangrenta? — sugeriu Nick.

— Sim. — Dei uma volta brusca e fiz uma brava tentativa de não adentrar a casa com passos barulhentos.

Larguei minha mochila ao lado da minha cama e troquei o suéter por uma blusa de um tom vermelho-escuro, abotoada até em cima. Não mostraria tanto as manchas que ficariam e, de qualquer maneira, não era uma das minhas preferidas. No espelho, meu rosto estava com um aspecto terrível: branco, magro, frágil, com grandes buracos de um roxo acinzentado no lugar onde deveriam estar meus olhos. Eu precisava de uma máscara de morte como a do rei Tut, dourada e cheia de vida, para esconder o cadáver embaixo.

Esfregar as mãos pelo meu cabelo fizera com que ele se levantasse como o de uma pessoa louca. Eu precisava de um corte. Havia sido todo cortado em julho, mas desde então nunca mais ninguém tocara nele. Havia antigas mechas clareadas, que cresceram alguns centímetros, então não se sabia mais se eram as raízes ou não. Isso, se eu fosse generosa comigo mesma. Peguei um lenço em minha escrivaninha e o amarrei em torno do meu cabelo como Cinderela. Mas não melhorou nada meu aspecto geral.

— Silla?

Vovó Judy estava em pé à porta. Seu cabelo castanho pendia em duas tranças compridas de cada lado do seu rosto. O sangue lambuzado em sua testa parecia ao mesmo tempo ridículo e, de alguma forma, natural. Secara um pouco dentro das rugas que havia entre seus olhos.

– Olá, vovó.

– Judy – disse ela, com um sorriso de verdade.

Aproximei-me dela e deslizei meus braços em torno da sua cintura. Pressionei minha bochecha contra a dela e a abracei. Seus braços envolveram meus ombros e ela disse:

– Ah, Silla.

– Foi um dia muito difícil.

Ela esfregou minhas costas.

– Ah, fofinha. Conseguiremos essa proteção e descobriremos quem Josephine está fingindo ser e a exorcizaremos para sempre. E então você poderá relaxar e se divertir com seu namorado encantador.

– E esse era seu plano desde o início – concordei.

Senti-me mais confortada pensando em como vovó desejara esse namoro para mim desde o início. Pelo menos alguma coisa era verdadeira. Vovó não mudara nada, embora eu a conhecesse apenas há uns poucos meses.

– Está bem. – Apertando meus ombros, ela se moveu um pouquinho para trás, a fim de fazer meus olhos se encontrarem com os dela. – Você sabe o que toda essa coisa significa? Toda essa coisa com sangue?

Abanei a cabeça.

– Significa que você é forte. A força está em seu sangue.

– Espero que sim.

Ela sorriu.

– Sei que sim. Seu pai era forte, e seu avô também. Já lhe contei como nos conhecemos?

— Não.

— Foi em 1978. Ele estava em Washington D.C. para uma reunião e eu participava da marcha pela Emenda dos Direitos Iguais. Fiquei sentada no meio-fio por um minuto, porque havia uma pedrinha em meu sapato. Eu estava usando a bota de um homem grande, pois estava ali a favor da igualdade dos sexos e tudo isso, e então, de repente, uma sombra me cobriu e uma voz disse: "Mas não é irônico?" Dei uma olhada para cima e tive de me proteger do sol com minha mão. Seu avô pensou que eu estivesse pedindo ajuda para ficar em pé, pegou minha mão e simplesmente me levantou com a maior facilidade. — O rosto de Judy se derreteu num sorriso suave, de menina. — Ele era tão bonito, Silla. Mas eu lhe perguntei na mesma hora, ali mesmo, como ele ousava supor que eu precisava de ajuda para ficar em pé e coisa e tal. E você sabe o que aconteceu? Ele se desculpou. E depois me levou para tomar um café. Eu não deveria ter ido. Acabei desistindo inteiramente de participar da marcha. — Ela riu.

— É o tipo errado de força — provoquei.

— Rá! Ora, você sabe o que quero dizer.

— Você fez tantas coisas. Viajou sozinha pelo mundo. Naquele ano, você era uma hippie.

Judy riu, uma única risada ruidosa.

— Foi um ano difícil. Aconteceram coisas muito piores do que me deparar com ladrões de cadáveres.

Com suas tranças, ela parecia uma princesa viking ainda não inteiramente aposentada.

— Gostaria de ser tão corajosa quanto você, Judy.

— Querida, com certeza você é. Resistiram a tanta coisa, você e seu irmão. Mais do que se esperaria.

Colocando minhas mãos nas dela, eu disse:

— Não sei se já dissemos isso, Judy, mas Reese e eu estamos muito contentes porque você veio.

— Apenas o que qualquer pessoa faria.

Não era verdade, claro, que qualquer um faria isso. Mas a gente não discute as mentiras habituais.

QUARENTA E UM

Abril de 1972

Philip pegou minha mão, na sexta-feira passada, e disse:
— Josephine, envelheça comigo.
Ri, mas vi que ele falava sério. O Diácono lhe deu carmot, que misturamos junto com os ossos de uma feiticeira de sangue, como nós. Mas aqueles trinta anos estão quase acabando. Ainda tenho algum tempo para convencer Philip a beber a poção comigo.

QUARENTA E DOIS

NICHOLAS

Enfiei uma varinha comprida no tripé de fogo que Reese deixara aceso, antes de sair correndo para dentro do cemitério. As chamas estalaram quando um dos galhos se deslocou, disparando centelhas para o alto. Em pé ao lado, deixei a fumaça soprar pelo meu rosto. O cheiro amargo me sufocava, mas dava uma sensação de penitência por alguma coisa. Era diferente do lado de fora, não se tratava de tudo contido numa lareira de mármore, com uma grade de ferro afastando o calor e o perigo. Aqui, se não fosse cuidado, o fogo poderia tomar um rumo e se espalhar pelo capim. Alcançar a casa ou os arbustos gigantes. Acabar com tudo.

Puxando para fora do bolso do meu jeans a foto antiga de mamãe e Robbie Kennicot, eu a segurei bem próximo do calor a ponto de o papel se curvar. O sorriso de mamãe retorceu-se. Uma parte de mim desejava atirar a foto dentro do fogo e observar enquanto ela se tornava marrom e enroscada. Em vez disso, tornei a enfiá-la em meu bolso.

O gramado fez um ruído de algo se esmigalhando embaixo das minhas botas, enquanto eu caminhava a passos largos até os arbustos e depois de volta para o fogo. Desejei que Silla se apressasse, e os outros também. Queria acabar logo com isso. Da frente da casa, ouvi pássaros cantando. O ruído fez minha pele formigar. E embora o sol ainda fosse demorar um pouco antes de se pôr, as nuvens baixas tornavam tudo mais escuro. Entre a casa e a cerca de arbustos cheios de espinhos, eu estava preso.

Exatamente quando comecei a me movimentar na direção da caixa de magia, para pegar a pena de tirar sangue e, pelo menos, me armar com um pouco de sangue, a porta dos fundos se escancarou, batendo contra o lado da casa.

Silla desceu saltitando os degraus de concreto que davam no pátio.

— Ei.

Aliviado, caminhei diretamente para ela. Todo o seu cabelo estava escondido embaixo de um lenço vermelho vivo. Beijei-a. Ela devia estar esperando outra coisa, porque grunhiu e se prendeu, com suas mãos, em meus quadris.

— Você está bem? — perguntou ela, com a boca a apenas poucos centímetros da minha.

— Apenas preparado para fazer isto. — E tornei a beijá-la.

Ela pressionou seus lábios firmemente contra os meus e depois recuou. Com um aceno de cabeça seguro, disse:

— Vamos fazer isso, então. Onde está Reese?

Apontei com a cabeça na direção dos arbustos.

— No cemitério. Ele disse que voltaria logo.

— Vamos chamá-lo.

Silla pegou minha mão e me conduziu para a sólida parede de arbustos. Exatamente como na noite depois da festa, ela sabia exatamente onde pisar, para evitar os galhos mais pontiagudos. Fechei os olhos e deixei que sua mão me guiasse ao passar. Do outro lado, caminhei ao lado dela e a ajudei a subir no muro. Parando no topo, Silla respirou fundo e olhou, por sobre a encosta, o cemitério adiante. Subi e fiquei junto dela. Jamais olhara para toda a extensão daquele lugar. Entre o lugar onde estávamos e a extremidade mais afastada havia o muro junto ao bosque, e as lápides mal combinadas pareciam brinquedos que alguma criança gigante tinha espalhado pelo campo. Algumas árvores solitárias se inclinavam por cima de aglomerados de grandes cruzes de pedra e túmulos mais regulares. Todos os galhos se inclinavam na direção sul, provavelmente moldados pelo vento nesse sentido.

Da perspectiva em que eu via o cemitério agora, aquilo tudo parecia muito triste.

— Estou vendo Reese — disse Silla, pulando do muro.

Não me mexi. Também o vi, perto do meio do cemitério, no lugar onde seus pais estavam enterrados. Depois de alguns passos, Silla virou-se para trás.

— Nick?

Franzi a testa.

— Talvez eu deva esperar aqui. Não quero... ahn... interromper.

Especialmente se ele estivesse falando com os pais.

O rosto de Silla fez uma expressão de desânimo e, por um momento, ela pareceu tão triste quanto o cemitério. Ao lado de um tufo de capim amarelo muito alto, e com uma lápide de mármore do outro lado, seu lenço na cabeça parecia um ponto vermelho brilhante.

— Você tem razão — murmurou ela. — Voltarei logo.

Quando ela saiu, chamei:

— Silla?

Com uma pequena risada, ela se virou novamente.

— Nick?

— Tome cuidado.

Ergui minha cabeça para examinar o céu. Ela captou a mensagem e apressou o passo.

SILLA

O cemitério estava imerso num tom de rosa claro e cinzento, por causa do reflexo do sol poente nas nuvens carregadas. Era minha hora favorita ali, a mesma em que eu abrira pela primeira vez o livro de feitiços e em que trouxera aquela folha de volta à vida pela primeira vez.

Esse período intermediário, cheio de sombras, parecia o melhor momento para a magia.

Aproximei-me devagar de Reese, sem querer perturbá-lo. Estava curiosa. Ele nunca viera até aqui sozinho antes, eu sabia. Então afundei meus pés com cuidado nas folhas e no capim morto.

Reese estava agachado ao pé dos túmulos de nossos pais, com a cabeça abaixada. Seus cotovelos estavam apoiados nos joelhos e as mãos simplesmente pendiam entre eles. A tensão dos seus ombros e seus olhos fechados me provocaram um aperto no estômago. Nunca o vira com um aspecto tão vulnerável. Curvado e imóvel, como a estátua de um anjo sofrendo. Fiquei apenas em pé ali, olhando fixamente para meu irmão, meu coração doendo.

O vento fazia cócegas em meu rosto e sacudia as árvores. As rãs e as cigarras do entardecer começaram com suas canções, gemendo, numa competição para ver quem chegava ao tom mais alto. Uma úmida antecipação estava presa ao ar, prometendo chuva durante a noite. Reese ainda não se movia. Não se moveu nem mesmo quando o vento agitou seu cabelo escuro.

— Reese? — chamei baixinho, apoiando minha mão na imensa cruz de pedra ao meu lado.

Ele se levantou e ficou em pé com um único movimento suave.

— Oi. Está na hora?

Concordei com a cabeça, me adiantei e peguei a mão dele. Apertei-a entre as minhas duas.

— Você precisa fazer a barba.

Sua boca se contorceu para cima só de um lado.

— Obrigado, Sil.

— Mamãe não toleraria essa sua aparência desarrumada.

Baixei meu olhar para seu peito, sem força suficiente para continuar fitando seus olhos tristes.

— Ela também detestaria seu corte de cabelo. — Reese me puxou para seus braços, de forma bastante grosseira. — Quando tudo isso terminar, talvez a gente deva ir embora.

— Ir embora de Yaleylah? — Uni minhas mãos em torno das costas dele.

— Sim. Devo ir para a universidade e você pode ir comigo.

— Não quero viver em Manhattan, Kansas. A pequena maçã — provoquei, fechando os olhos e fingindo que estávamos conversando na cozinha, com mamãe e papai escutando. Mamãe puxaria meu cabelo de leve, por provocar meu irmão, e papai sorriria, enquanto corrigia os deveres de latim.

Mas Reese não reagiu como se fosse uma piada. Ele suspirou. A expansão das suas costelas fez meus braços se alongarem.

— Não tenho que ir para a Kansas State. Posso ir para qualquer lugar. Para algum lugar onde você também seja feliz. Para algum lugar onde você possa ter um bom último ano no colégio, longe de tudo isso. Começar de novo.

Pensei em Nick. Não queria ir para algum lugar onde não pudesse beijá-lo. Mas ele se formaria em maio e partiria para procurar sua mãe. Eu não tinha nenhuma ideia quanto ao rumo do nosso relacionamento. Para onde eu queria que fosse. Afundei meu rosto no ombro de Reese.

— Talvez Chicago — murmurei. — Judy ainda tem um apartamento lá.

— Claro. Algum lugar. Qualquer lugar que não seja aqui.

O tom rouco da sua voz me fez afastar-me o suficiente para ver seu rosto. Ele fazia uma cara feia na direção do chão e meu coração saltou quando vi o brilho de lágrimas em seus olhos. Ele me olhou e depois desviou o olhar.

— Tudo aqui está morto, Silla.

— Nós não.

Procurei suas mãos e apertei-as, sentindo lágrimas arderem em meus próprios olhos.

Quarenta e três

Agosto de 1972
Ele não desistiu. Disse:
— Estou acabado. Quero saber como é olhar fixamente para o espelho e ver em meu cabelo e em meu rosto todos os anos que sinto em minha alma. — *Philip é melodramático. Ele me beijou.* — Josephine, estivemos juntos, vivendo loucamente, durante setenta anos. A duração completa de uma vida humana. E o que temos para apresentar, por tudo isso? Nada. Ninguém sabe o que fazemos, quem somos. Quem se lembrará de nós?

— Sou feliz. Não me preocupo com quem se lembrará de nós no futuro, porque estarei lá.

— Pare de tomar a poção da ressurreição comigo. Vamos deixar que nossos corpos se revertam aos seus ritmos naturais. Eu me casarei com você. Poderíamos ter filhos, Josie. Não consegue imaginar como isso poderia ser maravilhoso? É um tipo próprio de magia. Uma magia melhor.

— Não quero morrer, Phil. Não quero ficar com os cabelos grisalhos e com dores em minhas juntas.

— Mas filhos, eu acho... — *ele fez uma pausa e não sei se o que disse a seguir era verdadeiro* — acho que faríamos boas crianças.

Suspirei. Ele mudará de ideia quando sair desse pânico. Philip é cheio de altos e baixos.

O Diácono e eu faremos nova substância, com carmot, se Philip não quiser fazer. E, quando a fizermos, eu a colocarei, escondido, dentro de um prato da culinária chinesa. Ao qual não faltarão o molho de soja e o gengibre.

Ambos viveremos para sempre, juntos. Não me preocupo com mais nada.

Quarenta e Quatro

NICHOLAS

Fiquei sentado em cima do muro, com os cotovelos apoiados em meus joelhos. A pedra áspera cortava meu traseiro. O frio era de gelar. Mudei de posição, tentando ficar mais confortável.

Tudo estava tão cinzento. A distância, a floresta em torno da minha casa era uma bolha de um cinza escuro contra um céu cinzento mais claro. Uma espécie de floresta de espinhos cercando o castelo em algum maldito conto de fadas. Só que esse castelo não tinha dentro uma princesa de conto de fadas, nem nada parecido. Era o lar de uma madrasta ruim. Literalmente.

Enfrentar Lilith seria um inferno. Como eu faria isso, depois que tivéssemos preparado esses amuletos de proteção? Tudo o que eu sabia era que meu pai morreria, ao descobrir que dormira com mais de uma feiticeira maluca. Dessa vez, eu não estava absolutamente entusiasmado com a ideia.

Estava tão absorto olhando as árvores escuras, pensando nas unhas afiadas de Lilith e se eu conseguiria ou não que ela desistisse e fosse embora, que não a ouvi aproximar-se por trás de mim.

A agitação do capim me avisou e comecei a me virar, esperando que fosse vovó Judy. Mas uma faca fria foi pressionada contra meu pescoço, e a mão dela agarrou minha garganta.

— Olá, Nicky — disse ela, com sua respiração quente em meu ouvido. — Fiz bem-feito, não é? — Não era a voz de Lilith.

— Josephine — falei, gelando.

A lâmina cortou minha pele e cerrei os maxilares. Minhas mãos se dobraram, transformando-se em punhos. Eu queria tanto dar um pulo e me safar.

— Que ótimo!

Cachos dourados se espalharam à minha vista, quando ela inclinou a cabeça e se virou, empurrando o punhal em meu pescoço e usando meu ombro para passar por cima do muro do cemitério.

Era a srta. Tripp. Com um aspecto mais jovem do que antes, usando um casaco de couro e jeans apertado. Ela sorriu.

— Surpresa!

Engoli em seco e o movimento fez a faca encravar-se mais fundo. A dor disparou pelo meu peito abaixo e senti o primeiro longo fio de sangue chegar à gola da minha camisa.

— O que você quer?

— Não é você, infelizmente. — Ela girou os olhos. — Mas será muito mais fácil obter o que *de fato* quero se você não me incomodar.

Sua mão livre deslizou para dentro do bolso do seu casaco.

Era agora ou nunca. Dei um soco de lado em seu braço.

A faca deixou uma dor lancinante no corte assim que saiu. Josephine recuou, surpresa, mas exatamente quando eu me movimentava para agarrá-la, ela tirou a mão do bolso e soprou alguma coisa em meu rosto.

Pedacinhos de pó atingiram minhas bochechas e meus olhos. A poeira subiu pelo meu nariz e eu espirrei. Uma vez e depois duas, violentamente.

Aquilo pinicava meus olhos e pisquei para afastar as lágrimas. Minha visão se estreitou e se apagou, como se tivessem desligado a energia que comandava minha vida.

Pequenas mãos esmurraram meu peito e tropecei para trás, agitando os braços para deter minha queda. Caí de bunda, com a cabeça batendo com um estalo. O chão girou embaixo de mim.

SILLA

Percebi que era o momento exato quando o sol mergulhou abaixo do horizonte. A beirada prateada da luz cinzenta ficou mais escura, roxa. Hora mágica.

Reese caminhara para a frente e colocara uma das mãos em cima da lápide de nossos pais.

— Desejaria que estivessem aqui — disse ele, tranquilamente, mas de uma maneira abrupta, como se assinasse um cartão-postal. — OK, Silla, vamos.

Virou-se para mim e congelou, olhando fixamente por cima do meu ombro, na direção da casa. Eu me virei.

Srta. Tripp.

Ela caminhava confiante, com seus passos casuais trazendo-a pelo labirinto de lápides. Em vez de seu habitual suéter e coque bem-feito, usava um casaco de couro e seus cachos balançavam para todos os lados, em torno do seu rosto, como uma juba de leão. Seu sorriso fez os pelos dos meus braços ficarem em pé.

— Vocês, crianças, estão tornando isso fácil demais para mim. — Ela sacudiu a cabeça.

— Quem diabo é você? — Senti a raiva emitida por Reese vibrar em minhas costas.

— É a srta. Tripp — falei, tentando manter minha voz calma e uniforme, enquanto deslizava minha mão para dentro do bolso da calça jeans e fechava meus dedos em torno do meu canivete.

Ela deu de ombros. Casualmente, como se nos encontrássemos num restaurante muito iluminado e não num cemitério que mergulhava na escuridão.

– Pode me chamar de Josephine, se preferir. Era o nome que seu pai preferia.

– Esse é seu corpo real? – perguntei, recusando-me a morder sua isca.

Josephine girou para nós a vermos. Uma pequena pirueta sobre apenas um pé, com os braços abertos.

Foi o que me fez notar a lâmina em sua mão. A grande lâmina prateada de uma faca de açougueiro.

Não podíamos dar a ela a oportunidade de usá-la. Quando ela se plantou novamente no chão, avancei.

– Deixe-nos em paz, Josephine. Saia daqui. Não vou ajudá-la a pegar os ossos e não precisamos de você aqui. Lutaremos contra você.

Ela fez um beicinho e ergueu sua faca, batendo-a de leve contra o lado do seu rosto. Isso deixou uma marca de sangue.

– Foi a mesma reação de Nick e veja o que aconteceu com ele.

Meu estômago revirou, como se eu estivesse de cabeça para baixo no arco de descida de uma montanha-russa.

– Você está mentindo – falei, como uma ordem, como se isso tornasse a declaração verdadeira.

Abri meu canivete, com um gesto brusco.

– Ah, Silla! – Josephine sorriu e pressionou suas mãos em seu peito. A faca estava clara e dura contra o casaco de couro negro. – Você é encantadora!

Reese agarrou meus ombros, com força.

– Ai!

Fiz um movimento brusco, mas ele disse:

— Pare de lutar, querida.

Foi o que ele disse, e também o que disse Josephine, no mesmo e exato momento.

Não. Virei meu pescoço e ele me sacudiu, forçando meus joelhos para a frente de tal forma que batessem na terra, com força suficiente para meus dentes chacoalharem. Brandi o canivete, mas eles disseram:

— Venha cá.

Suas vozes batiam em mim em estéreo, uma alta, outra baixa e, ah, tão familiares.

Como poderia eu lutar contra ele?

Reese me arrastou para o túmulo, onde Josephine apoiou o quadril contra a lápide de mamãe e papai.

Lutei contra ele, fincando meus calcanhares e fazendo força para me libertar – tentei abrir o canivete, mas ele me sacudiu novamente, causando solavancos em meu cérebro, e depois me jogou no chão. A faca caiu ao meu lado com uma pancada. Levantei-me sobre minhas mãos e joelhos, os dedos afundando na terra do cemitério. A mão dele se estendeu em torno de mim e ele tirou o canivete do capim.

Josephine agarrou meu cabelo, puxando minha cabeça para cima. A dor fez meus olhos se encherem de lágrimas.

Eu não sabia o que fazer. O pânico embrulhava meu estômago, fazendo com que eu sentisse calor e frio em relâmpagos sucessivos.

Reese ajoelhou-se atrás de mim, com seus braços fortes aprisionando os meus, e eu podia sentir o cheiro dele, o cheiro de ar livre e feno seco do meu irmão, com um toque de óleo que jamais desaparecia inteiramente, porque mergulhara em sua pele e debaixo das suas unhas.

— Se, pelo menos, você cooperasse — resmungou Josephine, curvando-se à minha frente e passando rapidamente a faca junto do meu rosto.

Reese concluiu a frase, sussurrando com voz rouca em meu ouvido:

— Isso não... seria... necessário.

Presa entre meu irmão e Josephine, fechei meus olhos e pensei, freneticamente, numa possível saída. Eu precisava apenas de sangue. Só um pouquinho, para tirá-la de Reese e — para fugir dela.

— Por favor — gemi, grata pelas lágrimas que saíam dos meus olhos. — Por favor, pare. Farei o que você quiser. — A máscara que ajustei em meu rosto era doentiamente amarela, como vômito e medo. — Por favor, só não me machuque. — Agarrei o casaco de Josephine.

Nossos olhos se encontraram, muito próximos um do outro. Os dela eram de um azul raivoso, escuro, colorido com cinza nas beiradas. Lindos como uma tsunami prestes a te destruir. Os olhos dela se estreitaram, analisando-me com o foco penetrante de um predador. Segurei firme minha máscara de terror, deixando que ela visse toda a dor e medo que eu sentia por causa de Reese, a dúvida sobre o que ela fizera com Nick, o conhecimento de que ela matara meus pais e eles também não puderam detê-la.

Josephine sorriu. Isso suavizou a expressão dela, que se tornou quase amistosa, e ela disse, gentilmente:

— Ah, que bom, Silla. Será melhor se você ajudar voluntariamente.

Com um movimento rápido, ela cortou meu peito com sua faca.

A dor explodiu enquanto o sangue jorrava da minha clavícula como um colar. Recuei tropeçando, mas Reese me pegou.

— Deixe seu sangue jorrar, Silla, e desfaça a maldição que você colocou neste túmulo.

O cheiro do sangue ardeu em meu nariz e me forcei a abrir os olhos. Josephine estava em pé e se movimentou só um pouco.

Virando-me nos braços de Reese, puxei para baixo a gola da sua camiseta e dei um tapa com minha mão ensanguentada em cima da runa desenhada por mim em cima do coração dele naquela manhã.

— Liberte-se, Reese! — gritei, empurrando minha magia ardente, que vinha do corte recente em cima do meu coração até embaixo do meu braço e penetrava em meu irmão.

O choque da magia soprou nós dois para trás e Reese e eu aterrissamos vários centímetros longe um do outro. Os olhos dele se arregalaram de repente e se encontraram com os meus e, naquele instante, eu soube que era ele. Reese ficou em pé com um salto, um sorriso ganhava força em seu rosto, enquanto virava-se na direção de Josephine.

Tropecei para fora do caminho, passando a mão pelo meu peito para preparar mais sangue. Juntos, Reese e eu acabaríamos com ela.

Com o rugido de um guerreiro, Reese investiu contra Josephine. Ela o chicoteou com sua faca e ele pegou o pulso dela com uma das mãos. Tinha meu canivete na outra.

— Você não pode mais me possuir, Josephine — disse ele. — Meu coração está protegido contra você.

Josephine enfiou a mão no bolso e tirou um punhado de alguma coisa escura como lama. Ergueu-a e a atirou em Reese.

Ele evitou a poeira voadora, soltando o pulso dela ao mesmo tempo. Mostrando os dentes, Josephine enfiou a faca no peito de Reese.

Através da runa do coração.

O mundo caiu embaixo de mim.

Meu grito preso em minha garganta.

Josephine segurou o punho, no lugar onde ele se projetava para fora das costelas de Reese. Ela riu.

A cabeça de Reese se inclinou para baixo e, por um momento, ele olhou fixamente para a faca. Eu também. Depois Josephine.

Eu não podia me mexer. Não podia respirar. Meu corpo estava preso como pedra. Não era real. Não podia ser real.

Reese respirou fundo, uma respiração impossível, em seguida girou seu braço, enterrando meu canivete bem alto na lateral de Josephine.

A boca da mulher se escancarou e seus olhos se arregalaram.

Os dois se apoiaram juntos, presos num abraço sangrento.

Josephine se soltou dele e se afastou, com as mãos agarrando o canivete na lateral do corpo. Ela recuou, cambaleando, e caiu contra uma lápide.

O cemitério girou como um carrossel enquanto Reese caía de joelhos. Senti a vibração do contato como se o solo fosse feito de estanho.

As mãos dele agarraram o cabo.

— Não! — gritei, finalmente capaz de me mover. Pulei na direção dele, aterrissei junto dele e cobri suas mãos com as minhas. — Não, não tire.

— Sil. — Seu sussurro parecia o de folhas secas se esfregando em minha pele.

Ele puxou a faca para fora com um movimento suave.

O sangue inundou e escureceu sua camiseta negra e ele balançou para trás. Mal consegui segurá-lo quando Reese caiu, aterrissando em cima de mim. Ele tossiu, com o rosto se contorcendo de dor. Passei meus braços em torno dele e agarrei o buraco em sua camiseta, rasgando-o.

— Posso curar isso, Reese. Vou regenerar isso, sou capaz.

O cheiro me sufocou e o vermelho relampejou sobre meus olhos: o tapete ensopado de vermelho, o vermelho umedecido sobre cascalho, o vermelho numa mistura espessa e cheia de pedaços em torno do que restava do rosto do meu pai. Fechei os olhos, apertando-os com força, e empurrei minhas mãos sobre o ferimento escorregadio, sentindo ondas de sangue jorrarem embaixo dos meus dedos, com o ritmo do coração de Reese.

A respiração dele borbulhava. Saí de baixo dele, estendendo Reese em cima da terra. De joelhos, passei minha mão suja pelo corte em minha clavícula, sentindo choques de dor aguda diretamente em meu estômago. Depois, pressionei meu sangue contra o dele.

— Sil — sussurrou meu irmão. Ele estendeu a mão para cima e tocou em meu rosto. — Que tudo corra bem para você — disse ele.

Soou como um adeus, mas não era.

Era magia.

Uma nova dor atravessou meu peito, queimando. O poder elevou-se do chão, do ar, de Reese. E entrou em mim. As folhas voaram por toda parte, em torno de nós, e giraram ao nosso redor, como um tornado.

Reese se acendeu, como um fogo de artifício.

E depois sua mão caiu, batendo nas folhas secas do chão da floresta.

NICHOLAS

Estar temporariamente cego foi exatamente o que me abriu os olhos.

Meu sangue jorrava em meus ouvidos, batendo contra meu crânio, como se eu estivesse preso dentro d'água. Repetidas vezes, as batidas do meu coração me afogavam no barulho.

Embaixo de mim, o solo do cemitério era frio e áspero. Enfiei os dedos no capim grosso, agarrando-o como se minha vida dependesse daquilo.

E dependia.

Era apenas eu e o cemitério.

Eu podia ouvir tudo. Capim contra pedra, o movimento da minha mão sobre folhas secas. A distância, o vento soprando através das árvores. Um milhão de insetos gritando como sirenes.

Por um rapidíssimo instante, tive a impressão de que ouvia as nuvens sendo sopradas e passando lá no alto.

E então veio um grito – o grito de Silla. O medo disparou pelo meu corpo inteiro. Eu tinha que ajudá-la.

Rolei e rastejei até o muro do cemitério. As beiradas ásperas eram perfeitas. Me empurrei para cima e me sentei com as pernas cruzadas; e, antes de poder refletir mais a respeito do que acontecia, estendi a mão e arrastei-a sobre a beirada, com toda a força que pude.

A dor foi imediata, e eu gritei. Embalando minha mão contra meu peito, senti ondas de dor sendo bombeadas pelo meu braço acima e sangue e calor enchendo a palma da minha mão.

Eu podia fazer isso. Estava em minhas mãos – em meu sangue.

– Sangue para curar – sussurrei, pensando em minha mãe, que podia fazer qualquer coisa com apenas um pouquinho de sangue e uma rima qualquer. Como as estrelas de papel e os corações flutuando em cima da minha cama.

Pus minha mão em forma de concha, apertando-a, deixando a poça de sangue aumentar. Meus olhos estavam fechados porque era mais fácil assim do que lembrar que eu não podia ver.

Encurvando-me para perto das minhas mãos, respirei fundo o ar cheio de sangue acobreado. *Posso fazer isso*, pensei outra vez.

— Sangue meu, acenda a magia. Limpe meus olhos e restabeleça minha visão — disse e repeti, enquanto o formigamento subia pela minha espinha e eu deixava o calor da magia arder em minha mão arranhada. Na total escuridão, era difícil acreditar que alguma coisa tivesse acontecido. Podia me sentir piscando, enquanto pintava minhas pálpebras com meu próprio sangue.

Repeti pela terceira vez meus versos malfeitos. Em seguida, pressionei minhas mãos abertas contra meu rosto, os dedos em cima dos meus olhos fechados. Por um segundo, não me mexi.

Esfregando as mãos para baixo, abri vagarosamente meus olhos, piscando para afastar as gotas de sangue.

Formas obscuras, cinzentas, surgiram borradas à minha vista.

Sorri e uma explosão de risos sufocados saiu de dentro de mim. Eu conseguira! Derrotara aquela filha da mãe e podia enxergar novamente. Eu ganhara. Apenas com meu sangue.

Fiquei em pé com dificuldade, ainda embalando minha mão pulsante contra meu estômago, e dei uma olhada pelo cemitério.

A primeira coisa real que vi foi Silla vindo em minha direção, aos tropeços. Suas mãos deixavam marcas vermelhas em cada lápide em que ela tocava.

Quarenta e cinco

É a pior coisa que já fiz. Meu verdadeiro nome é Philip Osborn e matei um jovem de 17 anos porque tinha medo de morrer.

Quarenta e seis

SILLA

Sete horas depois que declararam meu irmão morto, ouvi asas batendo contra a janela do meu quarto.

Eu estivera olhando fixamente para o teto depois de horas de interrogatório do xerife Todd, vomitando no banheiro enquanto vovó esfregava minhas costas e chorando sem parar, como se alguém tivesse aberto minha torneira interna. Estava cansada a ponto de o sangue parecer chumbo em minhas veias, mas não conseguia dormir. Não conseguia fazer nada, a não ser ficar ali deitada, enquanto lágrimas desciam pelas minhas têmporas e entravam em meu cabelo. A náusea nadava em meu estômago como um peixe-dourado.

Eu o queria de volta, mais do que jamais desejara qualquer coisa. Eu imaginara regenerar o corpo dele, empurrar outra vez a vida para dentro dele. Vendo seus olhos abertos e seus lábios puxados para trás, num sorriso... mas ele estava morto. Exatamente como mamãe e papai, morrera e me deixara, para ir a algum outro lugar. Outro lugar melhor, eu esperava. Se alguém merecia o céu, era meu irmão.

E seu sangue, como o deles, encharcara minhas mãos, penetrando nelas. Penetrara no tecido do meu jeans, enquanto eu me ajoelhava ao lado dele. Eu o lambuzara em toda parte: nas lápides, em Nick. Chegara ao rosto dele, enquanto eu o puxava até o corpo de Reese. Eu apertara meus olhos, fechando-os. Minha cabeça batia e minhas cavidades queimavam.

As batidas de asas chocaram meu coração e me impeliram a agir. Pulei da cama e corri para a janela. Nada.

Eram 6h da manhã e o horizonte, no extremo leste – para além da casa de Nick, atrás do cemitério – brilhava com uma suave luz prateada. A magnólia em nosso jardim da frente estava imóvel. Minha respiração embaçou o vidro e eu o limpei, observando a manhã sombria. Será que eu imaginara o som de penas? Será que fora apenas uma rajada de vento?

Um corvo grasnou e quase engoli minha língua.

Onde ela estava? Aquela cadela horrenda! Lágrimas tornaram a escaldar meus olhos, enquanto eu pensava nela, em sua faca entrando no corpo do meu irmão.

Um dos galhos da magnólia fez um movimento brusco, quando um corvo levantou voo. Ele bateu as asas em minha direção, gritando. Bati minhas mãos abertas contra a janela, e o corvo recuou, instalando-se novamente na árvore. Então pude vê-los. Uma dúzia de corvos negros escondendo-se atrás das folhas. Observando-me.

Dei a volta, num giro, corri para o andar de baixo e escancarei a porta da frente. O cascalho duro alfinetava meus pés descalços, mas disparei para a árvore, agitando meus braços e gritando:

– Vão embora! Deixem-me em paz! – Bati na árvore com meu ombro. – Vão embora!

A casca macia mordeu em resposta, enquanto eu a socava e a estapeava. Agarrei o tronco inteiro com meus braços e o sacudi. Lágrimas inundavam meus olhos e os galhos acima estremeceram. Folhas caíram; os corvos grasnaram e cacarejaram. Gritei para eles, depois recuei e abri meus braços. Suas asas negras se agitaram e bateram, empurrando folhas em meu rosto.

— Aqui estou — disse. — Levem-me, se me querem.

Eu poderia morrer também.

Mas o ruído desapareceu. Folhas se agitaram em torno dos meus pés descalços, lembrando-me de Reese atirando uma folha morta para o ar e rindo, quando ela floresceu e se transformou numa coisa verde e nova, antes de se instalar no chão do cemitério.

Eu estava sozinha.

O mundo em torno de mim ficou borrado e eu não podia ver através das lágrimas para onde os pássaros tinham ido.

Fiz o percurso de volta para a varanda e calcei meus tênis. As lágrimas que cobriam meus olhos eram como um verniz, como uma película dura, cristalizada em cima dos meus globos oculares, que eu não conseguia retirar. Detestei isso, e esfreguei meus olhos. Mas alguma coisa dentro de mim estava despedaçada.

O ar frio beliscou minhas bochechas e braços nus. Pulei para trás e para a frente nas pontas dos pés. O cascalho fez um ruído de alguma coisa sendo esmigalhada.

Reese era um corredor e tive vontade de fazer isso também. Correr. Fugir. Segui pela estrada abaixo, primeiro trotando, para aquecer meus músculos, e depois esticando minhas pernas cada vez mais, até atingir plena velocidade. O cascalho deslizava embaixo de mim e eu ofegava. Quando meu peito doeu, fui em frente e não me permiti parar. A dor cortava mais fundo do que qualquer faca, e minha respiração saía em baforadas à minha frente. Para dentro e para fora, para dentro e para fora, áspera e suave e depois áspera novamente. Meus pés batiam, chacoalhando meus joelhos e meus quadris, até que os músculos se afrouxaram.

Minha visão mergulhou na escuridão e a náusea melhorou. O vento secou inteiramente meus olhos.

Por um rápido instante, perdi a noção de tempo e espaço: estava livre.

E então tropecei.

Reduzi a velocidade, me contive e depois desabei na estrada de cascalho, arfando, o peito subindo e descendo com esforço. Rolei e fiquei deitada de costas. As minúsculas pedras alfinetavam minhas omoplatas, meus quadris, as batatas das minhas pernas. Abri bem os braços e olhei fixamente para o céu. Tudo o que eu podia ouvir era minha respiração descontrolada. Bem alto, lá em cima, as estrelas brilhavam para mim.

Fazia apenas cinco dias desde que eu me sentara na varanda, com o ombro dele contra o meu, olhando para as constelações, lá no alto. Ah, meu Deus, como doía. Era impossível que ele tivesse partido. Ele também, ah, não.

Comecei a ouvir o vento através das árvores e os grilos que cantavam.

O suor esfriou minha testa.

Mas minha respiração não se acalmou, nem meu sangue parou de correr. Tornava-se mais forte e mais rápido, até eu desejar explodir, como Reese desejara em junho, depois que papai e mamãe morreram, e ele esmurrara a parede da cozinha até abrir um buraco nela. Meus punhos doíam de vontade de fazer a mesma coisa.

— Reese — sussurrei. Depois disse, mais alto: — Reese.

Por que ele me deixara?

— Reese! — gritei.

Silêncio.

Quarenta e sete

Para meus filhos: Silla, Reese.

Rezo, com toda a força que tenho em mim, para que vocês nunca precisem ler isto. Para que eu a derrote hoje e, à noite, possa unir-me a vocês e sua mãe para um jantar tardio em Kansas City. Juntos, iremos procurar um apartamento para Reese, e tudo estará no devido lugar. Como se esperava que acontecesse.

Embora isso, como percebo, seja algo que destruí há muito tempo: deveria ser, supunha-se que fosse. Quando tomei a decisão que tomei, de me apossar deste corpo e da alma que pertencia a ele por direito.

Aqui está a minha confissão:

Não sou o pai de vocês.

Nasci em 1803, nas proximidades de Boston, Massachusetts, batizado como Philip por minha mãe e Osborn por meu amigo, o Diácono. Sou médico, curandeiro, mágico e, por causa dela, um assassino.

Eu precisava escapar dela, meus amores. Tinha que me libertar de Josephine.

Esta confissão está confusa, não? Reese deve estar pedindo detalhes e Silla querendo saber o que isso significa. Ah, meus filhos.

Roubei este diário quando fingi morrer, quando queimei nossa casa em Boston, e é adequado que aqui, agora, na que talvez seja minha última casa neste mundo, eu o use para me confessar aos meus filhos.

Quarenta e Oito

NICHOLAS

Às 10h da manhã seguinte, meu celular tocou. Estava tão machucado que quase caí da cama.

O nome dela piscou na tela. E eu hesitei. Não sabia o que dizer.

Pensei no xerife e em Judy nos encontrando no meio do cemitério, eu com meus braços em torno de Silla, mas não para confortá-la e sim para prendê-la ali, para mantê-la longe do corpo de Reese, do sangue dele por toda parte, fazendo-me sentir náuseas. Os olhos dele meio abertos, sua boca frouxa.

Eu não sabia o que dizer a Silla, mas tinha que dizer alguma coisa. Então, abri o telefone e caminhei até a janela.

— Olá.

— Oi. — A voz dela era baixa, mal se fazendo ouvir.

O silêncio caiu entre nós e pressionei minha mão coberta com curativos no vidro frio. Debaixo das ataduras, pontos fechavam o corte que eu fizera no muro do cemitério. Olhei fixamente para fora, por cima dos meus dedos.

O bosque parecia tão normal, sob a luz da manhã. Não parecia o lugar onde o xerife seguira o rastro do sangue de Josephine, não parecia o lugar onde a perderam. Revistaram a casa da srta. Tripp e encontraram vários documentos de identidade falsos – e não do tipo que a pessoa usa para entrar num clube, quando tem 16 anos. Eram certidões de nascimento e carteiras de habilitação com a foto dele, mas com nomes diferentes. Então eles emitiram algum tipo de aviso por computador, para todo o estado. O xerife Todd não queria pensar que ela voltaria, mas prometera ao meu pai que haveria delegados passando de carro regularmente em nossa casa e na de Silla. Merda. Eles apenas desejavam que ela fosse embora.

Olhei para além da floresta, na direção do cemitério.

Não fora difícil para mim e vovó Judy convencermos a todos de que a srta. Tripp estava obcecada com as histórias antigas, e que isso a enlouquecera. Se eles suspeitaram de que também andávamos praticando magia, não me disseram nada a respeito. Talvez porque todos sabiam dos boatos, mas ninguém queria abrir uma verdadeira investigação em torno dessa especulação, uma investigação aprofundada. Ficaram mais felizes imaginando que a srta. Tripp estivera por trás de tudo. Notei que todos por aqui gostam de manter as coisas funcionando do jeito que querem que funcionem. Não queriam fazer perguntas que poderiam derrubar inteiramente nossa história tão fragilmente elaborada.

A não ser papai e Lilith. Eu podia senti-los se questionando. Naquele exato momento, estavam no andar de baixo, trabalhando juntos. Os dois tinham estado bastante quietos a manhã inteira, deixando-me sozinho na maior parte do tempo. Papai não partira para sua costumeira viagem de negócios, de quatro dias, mas também não forçara nenhum tipo de ligação pai-filho em cima de mim. Nem dissera que tinha me avisado. Era como se ele dissesse, em vez disso, *Filho, estou aqui, se precisar de mim*. Eu não conseguira encontrar uma maneira de deixá-lo saber que eu percebia o que ele estava fazendo e apreciava isso, mesmo não querendo conversar com ele de forma alguma.

E Lilith agia como um ser humano. O café da manhã fora muito chato, mas não pelos motivos habituais. Papai e Lilith mantiveram uma conversa sem sentido e me passavam torradas francesas e ovos mexidos, com batatas, sem me forçar a falar. Eu só fiquei ali sentado, mastigando algumas garfadas de batatas, que me deixaram ligeiramente nauseado, e me sentindo culpado por não falar. E então o cotovelo de Lilith bateu em papai, quando ele estava estendendo a mão para se servir mais dos ovos mexidos, e o suco de uva dela se espalhou em cima da toalha de mesa. Sequer chegava perto da cor certa, mas eu me joguei para trás e minha cadeira caiu ruidosamente no chão. Cobri meu rosto com as mãos e fiquei ali respirando, respirando, respirando.

Tudo o que eu via era sangue.

Fora Lilith quem dissera:

— Jer, leve Nick à cozinha para beber um pouco de água fresca. Vou limpar isto.

Eu não queria a bondade dela. Mas a aceitei.

O frio vindo da janela lavou profundamente minha cabeça, e, afinal, eu disse a Silla a coisa mais estúpida do mundo:

— Como você está?

— OK.

Do aparelho de som, atrás de mim, Weezer queixava-se da menina que não se consegue resistir, porque ela está apenas nos sonhos.

Ela respirou fundo, vagarosamente, e depois disse:

— Preciso ver você.

— Claro — respondi imediatamente.

Queria beijá-la, lembrar-me de que ela ainda estava viva. E também lembrá-la de que ainda estava.

— Venha à Dairy Queen — pediu ela.

— A... Dairy Queen?

— Por favor.

Desligamos. Peguei um casaco de malha e saí furtivamente.

SILLA

Vovó me mandou pegar guardanapos.

Era a coisa mais sem sentido do mundo, mas ela disse que eu precisava de alguma coisa para fazer. Como o funeral seria no outro dia e teríamos em seguida uma noite de vigília em nossa casa, precisávamos de guardanapos.

Dirigi a caminhonete de Reese. Todo o interior tinha cheiro de óleo, feno e suor. Quando liguei o motor, Bruce Springsteen explodiu do aparelho de CDs. Eu detestava o *rock upbeat* e os prolongados solos de guitarra, mas não consegui me forçar a desligar.

Minhas mãos enrolaram-se em torno do volante e pensei nas mãos de Reese. Do seu 16º aniversário, quando ele finalmente comprou a caminhonete. Ele queria sair com amigos, mas mamãe fez com que ficasse em casa. Era uma noite no meio da semana, e ela disse que ele poderia sair na sexta-feira. Ajudei-a com o frango frito. Reese se comportou muito mal, dizendo que, se tivesse que ficar em casa, ficaria em seu quarto — mas dizia isso xingando e mamãe fazia o maior esforço para não chorar. Papai chegou em casa e, quando descobriu que Reese estava chateado em seu quarto, disse à mamãe e a mim para irmos em frente e colocarmos os pratos na mesa. Não sei o que papai disse, mas os dois desceram cerca de quinze minutos depois, e Reese pediu desculpas à mamãe. Comemos o jantar e Reese abriu seus presentes. Dei a ele um jogo qualquer para seu PlayStation, que ele realmente queria, e mamãe lhe deu um suéter e um crédito de trezentos dólares para abater do preço da sua caminhonete. Ele economizara para comprá-la durante um ano e a ajuda fez com que ficasse eufórico. Papai lhe disse que a caminhonete estava à espera na oficina mecânica do sr. Johnson, recebendo novos pneus, um presente dele. Papai também lhe deu a pulseira com a pedra olho de tigre. Tivemos sorvete e bolinhos caramelados, os favoritos de Reese.

Talvez na mercearia eu comprasse uma caixa de bolinhos, combinando com os guardanapos.

Depois que parei no estacionamento da mercearia Mercer, tive que esfregar minhas bochechas grudentas. Eu tinha aquela sensação de afogamento, como se as lembranças e pensamentos fossem um rio selvagem me cercando e puxando para o fundo, e tudo o que eu podia fazer era lutar para respirar. Isso me deixou tremendo.

Saí da caminhonete e fiquei ao sol. Cinco outros carros enchiam o estacionamento e reconheci todos. Meu Deus, esperava que todos me deixassem apenas fazer o que tinha que fazer. Talvez parecer arrasada ajudasse nesse sentido. Pegando minha bolsa, tentei caminhar como se estivesse ótima, com os olhos no asfalto em frente.

O sr. Emory manteve a porta aberta para mim.

— Olá, Silla, minha menina, você está bem?

Rugas escondiam os cantos da sua boca. Concordei com a cabeça, dando uma rápida olhada nos olhos dele.

Um truque do sol fez com que o tom castanho do olhar dele de repente se transformasse num negro frio.

Fiz um movimento brusco para trás, batendo as costas na beirada da porta.

— Silla? — Ele inclinou a cabeça e a luz inundou seus olhos, que ganharam um reflexo normal.

— Humm. — Sacudi a cabeça. — Desculpe, sr. Emory. Estou ótima. Obrigada — sussurrei.

Com os lábios franzidos de irritação, ele concordou com a cabeça e se afastou. Vagarosamente, examinei o interior da mercearia.

Josephine poderia estar em qualquer parte.

Entrando pela porta de vidro da frente, examinei os corredores com mercadorias. Duas balconistas esperavam: Beth e Erica Ellis, ambas usando aventais azuis. Eram irmãs que tinham trabalhado como faxineiras a vida inteira, até serem promovidas no ano anterior. A sra. Anthony e seu filho, Pete, estavam na fileira de frutas enlatadas. Pete dava chutes, com suas pernas gorduchas, no assento para crianças do carrinho. E lá estava a sra. Morris, decidindo entre os Cheerios e os Frosted Flakes. O sr. Mercer, o proprietário, encontrava-se lá atrás, perto da pequena bancada de carnes, conversando com Jim, o açougueiro.

Qualquer um deles. Todos eles. Eu não vira para onde tinham voado os corvos de Josephine. Talvez ela estivesse à minha espera, até que eu parasse de me proteger. As batidas do meu coração enchiam meus ouvidos enquanto eu caminhava firmemente até o local onde havia mercadorias de papel. Todos me lançavam olhares. Observando. Exatamente como os corvos tinham feito. Foi exatamente como aquele dia terrível na escola, depois que Wendy fora possuída. Eu via inimigos por toda parte. E, hoje, eu sabia que táticas de jardim de infância, como desenhar runas em cima do meu coração, eram inúteis.

Até o pequeno Pete parou de mexer as pernas e dar chutes quando passei.

Agarrei um saco de guardanapos de papel baratos e mal me contive para não sair correndo até a fila do caixa.

Erica Ellis sorriu, com simpatia.

– Achou o que precisava? – perguntou ela, como sempre fazia.

Ri, e minha risada soou histérica, até para mim mesma.

Ela fez uma pausa, dando uma olhada para sua irmã com as sobrancelhas erguidas. Mas o que eu precisava *não* estava numa mercearia idiota.

Quando ela pegou minha nota de cinco dólares, havia um novo cuidado em seus gestos, como se eu pudesse ser contagiosa. Ela franziu a testa, olhando para os cortes em minhas mãos. Tive vontade de puxar para baixo minha blusa de malha, a fim de exibir a cicatriz cor-de-rosa comprida e irregular ao longo da minha clavícula.

Mas, atrás dela, captei o olhar hostil no rosto de Beth. Eles podiam todos, muito facilmente, ser inimigos. Ser Josephine.

Então eu não disse nada, apenas peguei meu troco e os guardanapos, e saí.

NICHOLAS

A lanchonete Dairy Queen de Yaleylah era um pequeno prédio de concreto, vizinho da mercearia onde eu tomara café com Eric, e tinha como fachada janelas sujas e gigantescas e um imenso letreiro vermelho e branco. Pude ver o plástico descascado das cabines e o garoto de aspecto cansado largado atrás do balcão, mesmo antes de chegar aos três metros de distância.

Felizmente, fui salvo de entrar por uma buzinada. Silla abriu a porta da caminhonete de Reese, quando me virei. Ela deslizou para fora e foi até a parte de trás tirar alguma coisa.

Coloquei meu cotovelo na beirada do assento alto da caminhonete. Ela estava com a caixa envernizada de mamãe.

Silla ofereceu-a a mim.

— Não quero isto em minha casa.

Senti um aperto no peito.

— Ah, está bem.

E eu que estivera esperando ansiosamente o momento de contar a ela o que eu fizera com meus olhos. Achando que talvez isso fosse distraí-la um pouco, talvez deixá-la outra vez entusiasmada com a magia.

Soltando a caixa em minhas mãos, ela caminhou para trás, com os braços sobre o estômago. Antes de se virar para ir embora, vi lágrimas em suas bochechas. Seu cabelo pendia mole em torno do seu rosto. Toda a dor rápida da rejeição se desfez e desejei apenas fazer com que ela parasse de sentir dor.

— Silla, oh, Silla.

Coloquei a caixa às pressas em cima do asfalto e estendi o braço para ela. Silla não se virou, mas me deixou segurar seus ombros e até se inclinou para trás, contra meu corpo. Pressionei minha bochecha em seu cabelo. As mãos dela deslizaram vagarosamente para cima e ficaram cruzadas sobre o peito, e ela agarrou meus dedos com força. Ainda tínhamos um ao outro. Sim, tínhamos. Eu precisava acreditar nisso. Ela não estava me rejeitando, embora a magia fizesse parte de mim — e fosse algo que eu desejava. Aquilo não passava de uma reação violenta ao luto. Era inevitável.

— Eu a vejo por toda parte, Nicholas.

— Josephine? — Eu não queria, na verdade, dizer o nome dela, mas o fato de apenas sussurrá-lo melhorou um pouco as coisas.

— Sim. Não consigo acreditar que ela simplesmente foi embora.

— Nem eu.

— Todo mundo para quem olho é ela. Não consegui entrar na Dairy Queen porque o sr. Denley estava olhando fixamente para mim. Gelei, esperando que ele, simplesmente, fosse pegar uma faca e viesse atrás de mim. E, na mercearia, tive medo até de uma criança na idade de engatinhar.

Apertei-a, sentindo uma espécie de culpa cutucando minhas costelas, porque nada disso sequer me ocorrera. Enquanto eu pensava em mim mesmo, em minha magia e no fato de a cidade acreditar em nós, no primeiro cadáver que eu realmente vira, aqui estava minha namorada caindo aos pedaços. Me senti nojento. Eu a compensaria.

— Vamos pensar em alguma coisa.

Os amuletos de proteção. Nós os faríamos. Nós os faríamos, só nós dois.

— Não consigo parar de chorar.

Eu a abracei com tanta força quanto podia, tentando fazê-la sentir que eu não ia para outro lugar.

Depois de um longo momento, enquanto os carros passavam devagar e o vento soprava no meu rosto a luz quente do sol, ela disse:

— Por que ela tem que estar viva e Reese, morto?

Fiquei arrasado.

— Sinto tanto — sussurrei.

— Você desfez minhas máscaras, Nick.

— O quê?

— Minhas máscaras. Você as estragou.

Ela não parecia zangada, mas comecei a me afastar.

— Se você não pudesse ver através delas, eu sequer pensaria, nem mesmo por um instante, que eu não... não precisava dessas máscaras. Mas você entrou valsando, olhou para além delas e me viu, e tudo que eu era e podia fazer — você conhecia a magia, você sabia de todos os segredos.

O peito dela subia e descia e sua voz endureceu.

Soltei-a, magoado. Ela se manteve de costas para mim.

— Ninguém nunca nos contou. Os segredos estúpidos, horríveis. Magia! Magia com sangue. E papai sabia disso, e nunca nos contou. É culpa dele, o fato de ele ter morrido, e de mamãe ter morrido. Reese estava certo. Não importa quem puxou o gatilho. – Silla virou-se em minha direção. – Agora sei como ele se sentia, como Reese se sentia. – As mãos dela se transformaram em punhos fechados e ela as ergueu entre nós. – Veja! Quero bater em alguma coisa, destruir alguma coisa. Qualquer coisa. Estou tão *zangada*, Nick. Reese tinha razão, e agora ele se foi e estou sozinha.

Eu me encolhi. Pensei que ela me tivesse, mas como eu podia dizer isso? Toda a sua família estava morta.

– Desculpe, Nick. – Seus olhos se fecharam. – Só preciso... Não sei do que preciso. Leve esta caixa para longe de mim. Por favor.

Talvez eu não devesse ter ouvido. Talvez eu devesse ter recuado e ido embora. Porque estava ficando zangado com o fato de finalmente ter assumido a magia por minha própria conta, de saber usá-la bem, sem me atormentar com as escolhas estúpidas da minha mãe, e agora Silla dizer que não a queria mais. Ela não parecia contar comigo, eu não parecia ser alguém de quem ela precisasse. E alguém que também precisava dela. Eu não sabia o que isso significava para nós.

Então peguei a caixa da minha mãe e fui embora.

Enquanto me afastava, ouvi-a abrir com um rangido a porta da caminhonete. Ouvi seu choro. Mas apenas apertei a caixa com mais força, até que minha mão machucada começou a pulsar novamente. Mas eu não parava de lembrar a mim mesmo, vezes seguidas, que a magia fazia parte de mim.

QUARENTA E NOVE

Ela estava me envenenando — Josephine, a bruxa que criei. Apelei ao Diácono, pedindo ajuda, e ele me mandou para cá, para o Missouri, onde há muito tempo ele se estabelecera, e então o sangue dele está nas veias desta família. Sem dúvida ele nem imaginava o que eu faria com seu bisneto Robert Kennicot.

Eu trouxe o diário dela, rasgando algumas páginas para lhe deixar como prova de que foi destruído no fogo, e deixei para trás todas as outras lembranças da minha vida antes de eu roubar esta. Pobre Robert. Sua mãe o chamava de Robbie, e então o mesmo fazia sua namorada, Donna. Depois que ela descobriu, ninguém mais tornou a chamá-lo — a mim — de Robbie.

Ela percebeu que eu não era o seu Robbie. Vi isso em seu rosto há tanto tempo. Quando ela correu para mim, uma manhã, e agarrou minha mão. Um borrão de sangue foi pressionado entre nossos dedos, ligando-nos tão de repente que Donna pôde ver a verdade em mim. Eu devia tê-la detido, mas não pude. Donna tinha um rosto tão aberto, mesmo em seu medo, e desejei, naquele momento, ter sido quem ela queria que eu fosse. Mas eu não era. Não tinha 17 anos, apesar deste corpo. Há bastante tempo não sou mais um adolescente.

O sangue não disse a Donna o que ela esperava. Seu poder não era tão sofisticado e cheio de nuances quanto o meu. Ela sacudiu a cabeça e seus olhos se encheram de lágrimas.

— Ele está morto, não é? — sussurrou ela.

Concordei com a cabeça. E olhei-a fixamente enquanto ela fugia, correndo em linha reta pelo cemitério, até sua casa.

Não sei mentir para ela. Eu o matei, sem dúvida. Mas quando? Não no momento em que tomei seu corpo. Não... Durante semanas, senti sua vontade pressionando de leve contra a minha, quando eu deslizava para o sono. Não me lembro de quando ele desapareceu. Em que dia ou ocasião o espírito de Robert Kennicot finalmente se despedaçou.

Isso sai muito da trilha, não é, Reese? Não daria um bom monólogo, não é, Silla?

Mas, se eu não escrever meus segredos, como passar este tempo que me resta, à espera que ela venha me buscar?

CINQUENTA

SILLA

Vovó Judy nos levou até a igreja, em seu pequeno Volkswagen Rabbit. Eu apenas tentava não vomitar e observava a manhã luminosa passar. Não havia nada de fúnebre. Tanta cor por toda parte, folhas de outono, céu, sol forte. Tudo ousado e seguro de si mesmo. O oposto de como eu me sentia. Reese teria dito algo irritante, mas nada apropriado me ocorreu.

Meu estômago se revirou e desejei ter trazido o frasco de Pepto-Bismol, que se esvaziava rapidamente, com o qual eu estava gargarejando nas últimas 24 horas. O pior era quando eu ficava, ao mesmo tempo, com fome e enjoada. Um estômago que grunhia e borbulhava, tudo junto, era sem dúvida algum tipo especial de inferno torturante.

— Silla, querida, como se sente? — perguntou vovó Judy, quando parou num sinal de trânsito. — Nós vamos conseguir passar por isso — continuou ela, quando não reagi.

Como já fizemos antes, nas entrelinhas.

Dei uma olhada nela. Estava tão bem-vestida como eu sempre a vira, desde julho, com um terninho de seda crua e enormes brincos de pérolas. Seu cabelo estava penteado para cima, num coque, e preso no lugar certo por alfinetes com pedras preciosas. Fora ideia dela acrescentar um colar de pérolas ao meu vestido de verão cor-de-rosa e um cardigã cinza, porque estava frio demais. Ela até pegara uma tesoura, aparara os pedaços mais horrorosos do meu cabelo e colocara nele prendedores, de um jeito bonito. Eu parecia uma menina saindo para uma festa de Páscoa e não para o funeral do irmão.

Chegamos à igreja e adotei a atitude covarde de deixar vovó Judy fazer, em meu lugar, o papel da pessoa simpática.

Eu só estava ali por um motivo.

Deixei vovó Judy no banco da frente, cumprimentando as pessoas e apertando mãos, e subi para a mesa da comunhão, onde poderia ficar em pé na frente do caixão. A madeira era de um tom amarelo brilhante. Toquei em seu verniz liso. Minha mão estava pálida contra ele. Desviei o olhar da metade aberta. Não queria vê-lo, embora tivesse concordado com o caixão aberto.

A cidade de Yaleylah arrastava os pés e murmurava, enquanto se reunia atrás de mim. Havia fungadelas e batidas escorregadias de saltos altos no chão. À minha direita, a sra. Artley tocava uma melodia suave no piano.

Agora era o momento.

Fechando os olhos, enfiei a mão em minha bolsa, à procura do livro de feitiços. Uma coisa tão pequena e com aspecto velho que causou tanta dor. Pressionei-o contra meu estômago. Lembranças dele relampejaram em minha cabeça. Desembrulhando-o em cima da mesa da cozinha, atirando-o em Reese, segurando-o aberto em meu colo, ouvindo sua voz profunda, enquanto ele enumerava ingredientes.

Senti um aperto no estômago. Nunca mais riria com ele por causa dos sanduíches de queijo com tomates grelhados, nem gritaria com ele quando deixasse seus shorts de corrida suados no chão do banheiro, nem o acusaria de beber demais, nem faria graça dele por causa das questionáveis escolhas amorosas, nem o pressionaria para que obtivesse um diploma de engenheiro, em vez de ser *lavrador*, pelo amor de Deus. Reese, que era inteligente, cuidava de mim e…

Eu não conseguia respirar. Sentia beliscões no peito e me inclinei para dentro do caixão. Queria bater meus punhos nele, quebrá-lo em mil pedaços e atirá-los por toda parte.

Finalmente, o olhei. Não era ele, na verdade não era. Estava tão irreconhecível quanto meu rosto esta manhã, no espelho. Uma máscara da morte de cera. Seu cabelo estava penteado para trás, a barba por fazer que eu o zombava havia sumido. Um rosto tranquilo – mas falsamente tranquilo. Não era como o rosto que ele tinha, quando dormia. Era vazio.

Empurrei o livro contra o peito dele.

– Sinto tanto, Reese – sussurrei.

Nunca deveria ter feito com que ele experimentasse a magia. Nunca deveria ter me deixado arder sob o poder dela, nem acreditado que ela podia trazer alguma beleza para nossas vidas.

Tudo o que trouxera fora a morte. E agora eu enterraria a magia junto com meu irmão.

NICHOLAS

Depois do funeral (que foi terrível), deixei papai e Lilith em casa e caminhei de volta pela estrada até a casa de Silla. Eu queria evitar o caminho da floresta e o cemitério.

Carros enchiam a rua e tive que encontrar meu caminho em torno deles. Quando me aproximei da casa, uma espécie de terror vazio se instalou no poço do meu peito. No telhado, cerca de uma dúzia de corvos estavam empoleirados. Observando tudo. Sem fazer realmente nada. Sem brincar nem grasnar, como os corvos em geral fazem, mas estavam ali sentados. Congelando. De vez em quando, um deles agitava as asas.

Caminhei mais depressa. Silla, provavelmente, estava enlouquecendo. E esta noite, depois que todos fossem embora, faríamos finalmente aqueles malditos amuletos de proteção. Para aquela filha da mãe não poder mais fazer mal a ninguém.

Silla estava na cozinha, zelosamente aceitando assados e saladas de gelatina, usando seu vestido cor-de-rosa. Uma pulseira de prata, que tinia, estava pressionada contra os ossos do seu pulso. Eu nunca a vira – mas a pulseira me fez perceber que ela não estava usando nenhum dos seus anéis.

Fiquei à porta, enquanto Silla deixava senhoras da igreja abraçarem-na e apertava as mãos dos homens. Seus lábios mal se moviam quando ela falava.

Wendy irrompeu ali dentro e abraçou Silla. Seus ombros sacudiram e Silla apenas abraçou as costas da amiga, com os olhos secos. A cozinha foi invadida por garotos do clube de teatro, que davam empurrões nas pessoas em torno, tentando chegar até Silla, para lhe dizer, ah, que droga, como lamentavam.

A coisa toda era lamentável.

Eu também estava prestes a forçar minha entrada, a fim de resgatá-la do enxame, quando Silla se resgatou. Deu um sorriso apertado e disse alguma coisa. Wendy tornou a abraçá-la, e Silla simplesmente foi embora, empurrando o aglomerado de gente.

– Silla. – Estendi o braço para ela.

Mas Silla passou por mim às pressas. Por um segundo, fiquei frio, pensando que ela ainda queria que eu fosse embora. Mas vi o olhar em seu rosto, sua expressão dilacerada, e notei que seus olhos não viam nada nem ninguém.

Disparei pela escada atrás dela.

No segundo andar, ela empurrou a porta e entrou num quarto roxo. Eu a segui e parei de repente. Máscaras cobriam as paredes, olhando fixamente para nós com uma centena de olhos vazios. Eu não sabia como ela dormia embaixo de tantos rostos fantasmagóricos. Mal consegui não fazer uma careta para eles.

Silla se jogou na cama, afundando o rosto no travesseiro.

As órbitas vazias de uma máscara axadrezada em branco e verde me olharam raivosamente, de cima da sua cabeça. Usava um chapéu de bufão.

– Isso dá arrepios, Sil.

Ela deu a volta e se sentou, com os olhos arregalados.

– Nick!

Ergui minhas mãos.

– Achei que você podia precisar de um saco de couro para socar.

Veja, este sou eu, o novo e melhorado Nick Pardee, disponível para namoradas e pessoas malucas em sua hora de necessidade. Jamais estaria aqui por nenhuma das garotas com quem eu me encontrava em Chicago. Mas não podia imaginar não estar aqui por Silla.

Seus lábios se apertaram e ela olhou para seu colo.

– Nick, não posso fazer isso.

Ajoelhei-me junto aos seus joelhos, mas não a toquei. Eu desejava, mas não tinha certeza se ela queria que eu fizesse isso.

– Simplesmente, olhe para mim! – Ela abriu a mãos. – Estou horrorosa! Não consigo parar de chorar e tudo isso dói tanto. Não consigo comer – estou nauseada o tempo todo, e minha cabeça dói, é tudo tão horrível.

– Seu irmão morreu, gatinha. – Eu disse isso com a maior gentileza que pude, e toquei suavemente em seu joelho. – E você perdeu seus pais há muito pouco tempo. Ainda há uma filha da mãe louca perseguindo você e corvos cobrindo seu telhado. Não seria possível você estar bem.

O maxilar dela caiu. Ela me olhou fixamente. Dessa vez, eu não tinha ideia do que estava se passando atrás dos seus olhos.

Esperei que ela não batesse em mim nem me dissesse para ir embora. Engoli em seco, com força, forçando minha mão a ficar no lugar, em seu joelho.

E então, de repente, ela deslizou para a frente e caiu em meus braços. Enrolou-se em torno do meu pescoço e pressionou sua bochecha contra a minha. Fechei os olhos. Todo o comprimento dela encaixou-se em mim, enquanto eu estava ali ajoelhado no tapete. Meus braços a envolveram facilmente e seus seios se forçaram contra mim através do seu vestido fino. Ouvi o sangue rugindo em meus ouvidos e a apertei com força, sentido o cheiro do seu xampu, seu perfume delicado. Lágrimas tornavam suas bochechas pegajosas, mas não me importei. Por isso, eu viera. Precisávamos um do outro.

Um vento agitou a cortina roxa na janela, deixando entrar o som abafado de conversas e o ruído do cascalho esmagado do lado de fora. As máscaras, nas paredes, iam de rostos felizes e sorridentes a horríveis e demoníacos olhares de raiva.

— Que negócio é esse, afinal? — murmurei. — Estas máscaras?

Sem se mexer, ela disse:

— São máscaras de teatro e máscaras venezianas. A maioria comprei pela internet.

— Elas estão me observando.

— Sim — disse ela, baixinho. Ela fechou uma das mãos nas pontas do meu cabelo, fazendo cócegas em meu pescoço. — Como guardiãs.

Senti o sorriso dela contra minha orelha.

— Sim, também gosto disso.

Ri um pouco. Claro que gostava.

— Você comeu alguma coisa hoje?

— Não.

— Devia comer.

— Não estou preparada para descer novamente — desabafou ela.

— Está bem, gatinha. Vou lá pegar alguma coisa.

— Você dirá a Judy onde estou?

— Com certeza.

Comecei a recuar, mas ela segurou meus ombros e disse:

— Desculpe pela noite passada. Pelo que eu disse.

Não consegui deixar de sorrir.

— Não se preocupe com isso.

— Fico tão feliz por você estar aqui.

— Eu também estou feliz.

Ela se inclinou por cima dos calcanhares, com um aspecto minúsculo e desesperado ali na cama. Com os pés enfiados embaixo do vestido cor-de-rosa e as mãos caídas no colo.

— Voltarei logo — prometi, quando fiquei em pé, sentindo-me bem demais para um sujeito num funeral.

CINQUENTA E UM

Durante anos, convenci a mim mesmo de que eu nunca fora Philip, que era apenas Robert Kennicot. Fui para a universidade, conheci Emily e a amei sem esforço. A mãe de vocês fazia um curso de graduação em biologia, sempre me zombando por causa do meu latim, como se eu fosse antiquado e tedioso.

Morrerei agora, por ela. Por todos vocês.

Quando você nasceu, Reese, nunca estive tão cheio de magia quanto na primeira vez em que você ficou deitado entre Emily e mim. Quando todas as nossas mãos se tocaram, quando vi meu nariz em seu nariz. Você olhava fixamente para tudo, apenas observando, sem estender a mão para tocar em nada, nem pôr nada em sua boca. Apenas observando. Sempre me espantou a profundeza atrás dos seus olhos, mesmo quando você tinha apenas alguns meses de vida. Emily sempre disse que você era tão teimoso quanto eu, e igualmente pensativo. Reese, filho. Suplico-lhe para não prosseguir com isso. Se encontrar estas confissões, porque eu morri, coloque-as de lado e continue em seu caminho. Torne-se um grande cientista, um agricultor. Trabalhe com a terra, como suas mãos sempre lhe disseram para fazer. Não pense mais nos erros do seu pai.

Cinquenta e dois

SILLA

Quando as únicas pessoas que restavam eram as parceiras do jogo trapaceado de vovó Judy, Nick e eu saímos. O pôr do sol se aproximava e, com os corvos às nossas costas, seguimos por minha trilha habitual, através dos pés de forsítias floridos. Os galhos espinhentos raspavam em meu cabelo e mostrei a Nick a melhor maneira de mergulhar e se contorcer em torno dos espinhos que nos prendiam. Do outro lado, o cemitério estava tranquilo e cheio de mato, como de costume. A não ser pela escavadeira instalada entre as fileiras de túmulos.

O túmulo de Reese estava com um cobertor de relva, solto, e ficava logo acima dos túmulos de mamãe e papai. Ainda não havia lápide. Isso demorava algum tempo – e eu não escolhera um epitáfio. Judy colocara vários diante de mim, mas eu não pudera concentrar minha atenção nas palavras.

– Por que deixam isto aqui fora? – perguntou Nick, fazendo um movimento brusco com o queixo na direção da escavadeira. – Será que estão ansiosos para fazer outra viagem amanhã?

Limitei-me a sacudir a cabeça.

– Provavelmente, pegaram isso emprestado do sr. Meroon. Aposto que a escavadeira da paróquia está no outro cemitério.

— Então o sr. Meroon usa o mesmo trator para lavrar a terra e enterrar os mortos. Tem múltiplas funções, que beleza.

Nick pegou seu cantil e o estendeu sobre o túmulo recém-cavado.

— Enchi meu cantil com cerveja. Posso oferecer a Reese?
— Sim.

Ele despejou o conteúdo e o líquido de um tom amarelo acastanhado caiu rapidamente, numa cascata, em cima da grama. O jorro captou a luz do sol que se punha e se transformou numa faixa de ouro.

Havia corvos escondidos em todo o cemitério. Enfiavam-se nas sombras, alguns caídos como bolas fofas de penas, e outros em pé, com seus pescoços esticados e altos. Cerca de uma dúzia, pelo que pude observar. Eles não se movimentaram em nossa direção nem gritaram um para o outro; apenas observavam. Em silêncio, de uma forma pouco natural.

Apoiei-me na lápide de mamãe e papai, desenhando runas no solo e depois raspando-as e apagando-as. Um corvo pousou a menos de dois metros de distância. Nick pegou uma pedra e a atirou. Ela atingiu o chão perto das garras do corvo. Ele bateu asas e recuou, grasnando iradamente.

— Obrigada — falei. Deixei cair a vareta e coloquei minhas mãos em meu colo. — Você alguma vez se perguntou se há algum significado para nosso relacionamento o fato de nos encontrarmos sempre num cemitério?

— Significa que somos eternos e tranquilos?

Sorri.

— Não é o que eu estava pensando — expliquei.
— Tem razão. Você não me faz sentir tranquilo.

O pequeno sorriso desapareceu da boca de Nick e foi substituído por um olhar intenso. Observamos um ao outro por um momento, até que tive que desviar o olhar. Eu brincava com a pulseira de Reese, pesada em meu pulso. Meus anéis estavam enfiados embaixo do meu travesseiro, presos uns nos outros por uma corrente prateada. O sangue de Reese formava uma crosta no aro dos anéis de esmeralda e iolita. Eu não podia usá-los.

Nick não disse nada, apenas olhou fixamente para meu pulso, enquanto o olho de tigre captava a luz do entardecer. Até que um corvo gritou. Nick deu uma olhada em meus olhos e jogou outra pedra.

Concordei com a cabeça, enquanto juntava varetas e mármore quebrado das lápides em minha saia. Juntos, ficamos ali em pé e lançamos uma rajada de projéteis. Em silêncio, com os braços se movimentando, pedras e galhos batendo no chão com minúsculas pancadas e se esmigalhando em lápides.

Os corvos gritaram para nós e partiram, todos juntos, voando na direção da floresta.

Nuvens com beiradas cor de malva passavam correndo lá no alto e deixavam atrás um céu que escurecia. Caminhei para a lápide mais próxima, sem ser a dos meus pais — uma torre baixa e grossa, retangular —, e arranquei o líquen agarrado a um canto dela. Desejaria que fosse tão fácil afastar as lembranças do sangue de Reese se derramando sobre minhas mãos.

Aproximando-se por trás de mim, Nick disse:
— Acho que o cemitério está no centro de tudo.
— Hã? — Franzi a testa para ele e tremi.

Com o sol posto, só o cardigã por cima do meu vestido de verão não bastava.

Nick pôs seu braço em torno de mim.

— O cemitério. Está ligado com a magia. Todos os cadáveres, eles devem ter algum poder. Certo? É por isso que Josephine queria os ossos do seu pai. Por causa da magia. Não há outro motivo em que se possa pensar. Ela quer os ossos dele e deve ser porque a substância, seja lá qual for, que torna nosso sangue especial, também torna nossos cadáveres especiais. Se não fosse assim, por que não escavar qualquer túmulo antigo?

— Sim.

— E você deve saber que correm histórias de que este lugar está amaldiçoado há gerações. Sua família e a minha estão aqui, as pessoas têm sido enterradas aqui, durante todo esse tempo.

O silêncio se estendeu, mas não era tenso nem frágil. Mais parecia pastoso. Grosso e grudento, instalando-se em cima de nós como um cobertor. E então um corvo chamou e houve o eco de outro, do lado mais distante do cemitério.

Minha expiração foi suficientemente violenta para expelir todas as moléculas de ar.

Nick pressionou sua testa na minha. Ficamos ali em pé com as cabeças juntas, as mãos umas nas outras. Respirar o mesmo ar que ele era quase tão bom quanto beijá-lo.

— Bem, descobriremos tudo, gatinha — disse Nick.

Inclinei meu queixo e o beijei. Meus dedos se enroscaram no casaco dele e eu o puxei facilmente para mim.

Nick abriu a boca e eu puxei sua cabeça. Seu gosto era tão bom. O mesmo — exatamente o mesmo. Eu sabia como beijá-lo: onde estavam seus dentes e como ele movimentava os lábios.

Puxei-o e me levantei. Nick agarrou meus quadris, a fim de me impulsionar para cima do monumento. Seus dedos se torceram em minha saia quando abri minhas pernas para ele poder chegar mais perto. Embrulhada em torno dele, pressionada contra ele, eu estava aquecida.

Durante minutos inteiros, sem fôlego, nós nos beijamos. Desabotoei a camisa de Nick e ele fez um movimento brusco, quando minhas mãos frias tocaram em sua pele. Mas tornou a suspirar dentro do beijo, me segurando e me aproximando dele, com suas mãos fechadas em minha saia. O raspar áspero de sua calça jeans em minhas coxas me fez enfiar os dedos em suas costas, querendo-o mais, precisando dele com mais intensidade do que eu jamais precisara de alguma coisa em minha vida.

A boca de Nick se desprendeu da minha e ele foi descendo pelo meu pescoço com seus beijos. Minha cabeça pendeu para trás e eu ofeguei, agarrando-o.

Ele ergueu suas mãos dos meus quadris, senti as palmas quentes em cima das minhas costelas, apesar do vestido fino. Queria ir até o fim daquilo, queria que tudo acontecesse entre nós. Puxei a gola do meu cardigã, torcendo-o para tirá-lo.

Mas Nick parou. Pegou minhas mãos.

— Silla — sussurrou ele.

Olhei-o fixamente, mas seus olhos estavam mais baixos do que os meus, na altura da minha garganta. Soltando minhas mãos, ele desabotoou, devagar, muito gentilmente, o botão de cima do cardigã e desdobrou-o do meu peito, como se desembrulhasse um presente. Seu rosto estava tão aberto que, se tentasse, eu poderia ler seus pensamentos. Maravilha, medo, pânico, ternura dividiam espaço na expressão dele e Nick arrastou um dedo ao longo da cicatriz que contornava minha garganta, exatamente em cima da minha clavícula.

— Meu Deus, Silla — disse ele, com voz rouca.

— Tudo bem — sussurrei, tocando em seus lábios. — Tudo bem.

Ele mergulhou sua cabeça e me puxou para perto, abraçando-me.

Enrolei meus braços em torno do seu pescoço e relaxei contra ele. Nossa respiração harmônica, as duas juntas, perfeitamente sincronizadas.

Nick disse:

— Devemos, anh, ir pegar o livro de feitiços e todo o resto do material.

— O quê? — Eu o empurrei, afastando-me.

Ele esfregou uma das mãos pelo rosto, e depois pelo cabelo e deixando-o desarrumado.

— Os amuletos, gatinha. Precisamos terminar os amuletos. Já faz dois dias inteiros e temos sorte de ela não ter atacado, e, segundo parece, ela precisa de tempo para se recuperar. Não existe a possibilidade de ela ter ido embora.

— Não podemos.

— Por quê? — Nick esfregou a mão pelo rosto.

— O livro de feitiços se foi.

— O quê? — Ele agarrou minhas mãos. — Que aconteceu?

— Enterrei-o junto com Reese.

As sobrancelhas de Nick abaixaram e ele franziu a testa. Era uma expressão feroz, zangada, mas não confusa.

— Silla, precisamos dele. De que outra maneira podemos deter Josephine?

— Não podemos, Nick! Ela é mais forte do que nós e já matou tantas pessoas! Não podemos lutar com ela. Então, enterrei a coisa que ela quer tanto. Onde ela não pode pegá-la.

— Você está desistindo? Assim, sem mais nem menos? E se ela vier novamente atrás de você? Ela virá, pelos mesmos motivos de antes.

Tremi e tirei minhas mãos das dele. Estendi o braço para baixo, onde estava uma pedra denteada, e fiz um corte comprido, raso, pela minha palma.

— Silla!

Nick agarrou a pedra e afastou-a de mim.

Estendi minha mão que sangrava.

— Não quero esse poder. Veja como ele sangra e escapa de mim. E se ele só trouxer a morte, como tem acontecido?

— Não é a magia. É a pessoa que a usa.

— Você não sabe se é assim mesmo.

— Sim, sei. O sangue é o que fazemos dele.

— Seu avô sabia. Ele disse que era o mal. Que sua mãe estava envolvida com o mal.

— Mas não sabemos o que ela estava fazendo!

— Talvez fosse apenas a magia em si. Talvez o sr. Harleigh soubesse que ela não poderia ser usada para o bem.

— Mas seu pai, todos os feitiços dele são bons. Para o bem!

Sacudi a cabeça.

— Mas é o preço, Nick. O sacrifício é excessivo. Meu irmão, minha mãe, os dois morreram por causa da magia, e até a morte de um coelho é demais.

— A magia faz parte do que você é, Silla.

— Não quero isso.

— Foi o que minha mãe pensou, e ela tentou se drogar e depois se matar, para tirar de si a magia.

— Talvez ela estivesse certa.

Nick ficou à minha frente por um instante.

— Não diga isso. *Não diga isso.*

O ar estava quente entre nós. Frio nas minhas costas. Saí do monumento, empurrando Nick e passando por ele.

– Direi o que acho que é verdadeiro – falei, tranquilamente.

Com os lábios comprimidos um contra o outro, Nick arrancou o curativo da sua mão esquerda. Colocou a pedra contra os pontos que costuravam o talho na palma da mão e os cortou. O sangue jorrou. Assobiando através de seus dentes, Nick deixou a pedra cair, estendeu o braço com a mão não ferida e agarrou minha mão que sangrava. Forçou-me a fazer um movimento brusco para a frente e uniu com um tapa nossas duas mãos que sangravam.

O poder estalou em alguma parte dentro de mim, profundamente, como um relâmpago. E depois uma demorada série de trovões rugiu do meu centro para fora, na direção das nossas mãos unidas. Todo o meu sangue estava vivo. Meus olhos encontraram os de Nick e os deles estavam arregalados. Eu quase podia ver centelhas de relâmpagos avermelhados se refletindo em suas pupilas.

– Isto é o que somos, Silla – disse ele. Depois, fez uma pausa, sacudiu a cabeça. – Isto é *o que eu sou*. Agora sei disso. – Arrancando sua mão da minha, ele a apertou até que o sangue pingou em cima do túmulo de Reese. – Diga-me quando decidir quem você quer ser.

Depois de falar isso, Nick saiu caminhando e se afastou de mim, dentro do cemitério mergulhado em sombras.

A palma da minha mão ardia e a virei para cima a fim de observar a poça de sangue. Por toda parte, em torno de mim, os corvos gritavam.

NICHOLAS

O ar de outubro cortava minhas bochechas quentes, enquanto eu abria sulcos no campo ao atravessá-lo em meu caminho para casa. Eu me mantinha sem respirar e depois precisava sugar uma imensa e sufocante quantidade de ar, para me recuperar. Tudo era tão, tão óbvio. Minha mão doía terrivelmente, mas os dedos se movimentavam, graças a Deus. Embalei-a em cima do meu estômago, enquanto seguia às pressas para casa, a fim de estancar o sangramento. Mas quase não me importava. Eu subiria até o sótão, puxaria a caixa e usaria a água santa e folha de salgueiro para simplesmente curá-lo. Mamãe fizera isso, quando eu esfolara meus joelhos.

A floresta me envolveu e mergulhei nela. A trilha não era aqui, mas eu podia divisar, embora indistintamente, o brilho da minha casa, de modo que tudo daria certo. Árvores me arranhavam, mas eu batia nelas, afastando-as. Pensei em quando Silla me dissera que não queria a magia e como isto me fizera desejar sacudi-la. E pensei nos beijos que lhe dera e em como eu desejava tão mais do que apenas beijá-la. Pensei no calor intenso da magia entre nós.

Uma raiz serpenteava para fora e agarrou meu tornozelo. Aterrissei com um grunhido em cima das palmas das minhas mãos, com os pulsos doendo e os joelhos estourando instantaneamente com ferimentos. Uma dor furiosa subiu correndo da minha mão cortada. Eu simplesmente fiquei deitado ali, todo dolorido, com a bochecha contra o solo frio. Folhas úmidas se grudaram à minha pele e eu respirava um ar frio e mofado. O vento tremia através das árvores, derrubando mais folhas em torno de mim, suaves e silenciosas como neve. Senti o cheiro de lama, madeira molhada e... sangue. Sangue velho, deteriorado.

Meus olhos se abriram de repente e me levantando, assobiando com a dor. Enquanto agarrava minha mão, observei, na escuridão, as sombras largas perto da base do tronco da árvore ao meu lado. Alguma coisa estava enfiada ali. A carcaça de um guaxinim, com as tripas derramadas por toda parte. Meus olhos captaram os detalhes, e percebi, engolindo um gosto azedo, que não havia nenhum sangue. Senti o cheiro de sangue, mas não o vi. O guaxinim estava inteiramente estripado, mas os intestinos tinham um brilho cor-de-rosa, branco e azul-claro sob o luar. Cada gota de sangue se fora. Tropecei e caí com o traseiro no chão, empurrando tudo para o lado.

Galhos estalaram no alto e fiquei em pé com um pulo, depois me virei.

O bosque inteiro gemeu.

Escorregando e deslizando, corri para as luzes da minha casa.

CINQUENTA E TRÊS

Drusilla. Sua mãe quase não concordara com o nome. Já lhe contamos essa história antes, eu ter dito que era o nome de uma imperatriz romana, e Emily descobrir que ela era a irmã do louco e possivelmente incestuoso Calígula. Eu não podia dizer a ela, nem a você até agora, que Drusilla era o nome da minha mãe, que morreu há um século e meio, sozinha e desconhecida, e está enterrada num túmulo simples, tendo em cima apenas o nome que lhe foi dado.

Quando você nasceu, chorei. E me lembro de ter pensado, pela primeira vez em quinze anos, como estava satisfeito com o que eu fizera. Eu não mudaria nada do que me levara ao momento em que eu a segurei em meus braços. Eu não lamentava — e não lamento.

Emily insistiu que nós a chamássemos de Silla. Minha doce e gentil Silla, todas essas coisas sobre as quais escrevo vão incendiar sua imaginação e você iria aos extremos para investigá-las, eu sei. Do mesmo modo como implorei ao seu irmão, eu lhe imploro: seja apenas você mesma. Esqueça todas essas malditas coisas quando Josephine se for, e me perdoe, se puder.

CINQUENTA E QUATRO

SILLA

Os corvos me seguiram para dentro dos meus sonhos e acordei repetidas vezes, batendo, para afastá-los, umas asas que acabavam por se revelar apenas meus lençóis. Eu suava, ofegava, puxava contra meu rosto a camiseta amassada de Reese, respirando aquele cheiro de feno e óleo.

Era uma coisa doente e estranha, eu sabia, mas no meio da noite eu não me importava. Fingia que o cheiro nunca desapareceria, que Reese estava no quarto ao lado. Fingia que eu não estava inteiramente louca.

Peguei meu celular. Ele estava com um brilho azul e estranho, em meio à escuridão do meu quarto. A luz se refletia nas superfícies de cerâmica e vidro das minhas máscaras, com seus olhos negros e vazios lembrando-me de Nick, de como ele as detestara – de como ele gritara comigo, me empurrara para trás. *Me avise quando decidir quem você quer ser.*

Checando meus contatos, passei pelo nome dele e cheguei ao de Wendy. Eu jamais me desculpara pelas coisas que dissera no ensaio, no dia em que Reese morrera. Digitei: DESCULPE POR TANTA LOUCURA. SAUDADES. BRIGADA POR VIR AQUI. *Enviar mensagem?* Meu celular piscou. Bati no botão verde. Mensagem enviada. Às 2h30 da madrugada.

Depois, me deitei de costas e olhei fixamente para o teto. *Você sabe o que quer dizer esse negócio de magia com sangue, Silla?* Vovó Judy tinha dito: *Quer dizer que a pessoa é forte.*

Eu não me sentia forte. Sentia-me sozinha e aterrorizada. Desamparada. Papai mantivera esse segredo e ele me deixara. Levara mamãe. Reese não pudera deter isso, não fora capaz de lutar contra isso. E, se ele não havia podido, como eu teria a possibilidade de conseguir? Eu não desejava uma situação assim, não queria nada do que estava acontecendo, queria era minha vida de volta, aquela em que a pior coisa com que eu tinha que me preocupar era o fato de minha melhor amiga estar saindo com meu ex-namorado e eu não ter sido escolhida como protagonista da peça. Mas, claro, se eu tivesse minha vida antiga, seria Lady Macbeth.

Tens medo/de seres a mesma em teus atos e tua coragem/Que és no desejo?

Será que eu tinha medo de construir uma nova vida? Medo do que isso poderia acarretar? Como é que alguém escolhia atos tão sangrentos quanto os nossos?

Nick escolhera. Meu pai também. Ele estudara isso durante sua vida inteira e vivera em paz até morrer, pelo que eu sabia. E havia o Diácono. O Diácono que me enviara o livro de feitiços – ele também escolhera sua vida.

Quem era ele? Onde estava? Será que poderia me ajudar a enfrentar Josephine? Ele dissera, em sua carta, que se comunicava com papai – que papai lhe contara que sentia orgulho de mim. Da minha força.

Devia aos meus pais e a Reese o fato de continuar viva. De lutar. Devia a Nick e a Judy.

Mas o que eu devia a mim mesma?

Me diga quando decidir quem você quer ser.
Eu tinha uma escolha a fazer.

Mal clareou e eu já estava em pé e me movimentando. Limpei o banheiro até meus ombros doerem e fiquei tonta com o cheiro do produto de limpeza. Apesar de um curativo e de luvas protetoras para serviços pesados, o corte na palma da minha mão doía. Quando o banheiro já estava cintilando, juntei todos os legumes que haviam sobrado do serviço fúnebre, a fim de preparar um prato. Esfreguei o micro-ondas e esvaziei a geladeira, coisas que vovó Judy havia achado de pouca importância para se preocupar em nosso dia de limpeza. Mas, em meu estado de espírito, nada era demasiado insignificante.

Judy saiu lá pelas 10h, a fim de se encontrar com a srta. Margaret, para praticar ioga e em seguida fazer biscoitos. Ela tentou, por alguns minutos, fazer com que eu a acompanhasse, mas não insistiu demais. Eu a detive com um abraço, enquanto ela prendia com um alfinete seu chapéu dominical, cor de salmão e turquesa, em cima das suas tranças. Deu palmadinhas em minhas costas, com bastante delicadeza.

— Não esmague meu chapéu, amor.

Soltando-a, eu disse:

— Desculpe.

Judy deu palmadinhas em minha face.

— Não chegarei tarde. Tenha cuidado. Mas não haverá problemas.

Enquanto ela entrava em seu arrebentado Rabbit e saía zunindo, desejei ter mais fé na vida.

Alguns minutos depois, eu já havia vestido um dos suéteres de Reese, para me sentir mais forte, enfiado a corrente com meus anéis em torno do meu pescoço e estava agarrando a moldura da porta do escritório, tentando decidir onde começar minha busca pelo Diácono.

Mas me limitei a ficar olhando para o piso de madeira, incapaz de dar o primeiro passo.

Minha respiração acelerou. Eu precisava de música para me distrair.

Em dez minutos, o antigo aparelho de som de Reese estava ligado. Fiquei agachada no chão, ao lado da porta, com a música zumbindo suavemente. Cordas de guitarra eram dedilhadas docemente, lembrando-me da firme rotação de pneus de automóvel.

Tínhamos chamado uma faxineira profissional de Cape Girardeau para nos livrarmos das manchas, em julho. Vovó Judy acertara isso quando Reese se recusara a deixar que ela ajudasse nas despesas com o funeral. Durante algumas semanas, a casa ficara com o cheiro de substâncias químicas. Eu não tinha me importado, mas Reese se queixara de que sua comida estava com gosto de água oxigenada. Ele ameaçou comprar varetas de incenso, ou despejar uísque em cima de tudo. Lembro-me de ter imaginado a casa inteira virando uma fogueira. Judy trouxera um buquê de flores e o pusera junto das paredes de todo o corredor. Rosas, peônias, cravos, coisas com cheiros vibrantes ou enjoativos, para se contrapor ao fedor químico.

Agora, a casa tinha um cheiro de poeira espanada e livros velhos.

Era um cômodo morto, com as entranhas arrancadas pela mesma coisa que matara minha família inteira.

Em pé, no centro dele, todo o peso vazio esmagava meus ombros. A música era cantada, mas, por trás dela, a casa estava silenciosa.

E eu estava sozinha.

— Pare — disse a mim mesma.

Minha voz tiniu contra a música. Estendi minha mão ferida e toquei suavemente o talho que atravessava a palma. Estava vermelho e pulsava. *Quem sou eu?* Silla Kennicot, uma automutiladora perdida e fracassada? Com medo do seu próprio sangue, sempre chorando, sempre sozinha? Ou Silla Kennicot, a feiticeira? Amiga forte, controlando seu próprio poder? Era uma escolha fácil de querer fazer, mas dar o primeiro passo era como pular por cima de um abismo de fogo.

CINQUENTA E CINCO

Lembra-se do dia em que você fez magia, Silla? Reese esfolou o joelho, sangrou, e você ficou tão perturbada que foi quem chorou. Você tinha 5 anos. Colocou suas mãos em cima do joelho dele e chorou sem parar. Reese empurrou você, depois de um minuto, dizendo: "Pare, sua boba, pare." O ferimento tinha sarado. Você, muito naturalmente, abriu o reservatório do poder, porque sua imensa necessidade de fazer desaparecer a dor do seu irmão foi suficiente para chamar a magia e curar. Nunca senti tanto orgulho de você.

E sei que agora você será capaz de fazer o que for necessário, se eu falhar hoje.

CINQUENTA E SEIS

NICHOLAS

Meu celular tocou às 11h30. Eu só estava acordado há uma hora.

— Sim? — Eu não verificara o número de quem chamava e fiquei completamente surpreso quando Silla disse:

— Nick.

Não acreditava que ela fosse querer falar comigo durante algum tempo, depois da noite passada. Eu também não tinha certeza se queria falar *com ela* durante algum tempo. Mas sua voz me fez sentar-me ereto diante do meu computador e dar uma olhada através da janela na direção do cemitério e da casa dela. Eu precisava contar a ela sobre o guaxinim.

— Você está aí?

— Sim, estou aqui. — Pigarreei.

— Estou no escritório do meu pai, procurando uma maneira de entrar em contato com o Diácono.

— O... ah, o sujeito que enviou o livro.

— Sim. Imagino que, como o livro está enterrado e Josephine não, talvez ele seja a única pessoa que pode nos ajudar. Ele conheceu papai. Provavelmente, conheceu Josephine.

A voz dela estava segura e calma, como se falasse sobre seu plano de estudar para as provas finais.

– Boa ideia.

Apoiei-me no encosto de minha cadeira. A articulação rangeu. Eu deveria ter contado a ela sobre o guaxinim naquele momento mesmo. Mas, se ela não tivesse abandonado aquela coisa quase suicida de não querer mais saber da magia, eu teria que lidar com aquilo por minha própria conta.

Depois de uma pausa, ela disse:

– Estava com a esperança de que você pudesse vir e me ajudar.

– Sim?

– Um outro ponto de vista. Talvez eu não tenha visto algo importante no escritório do meu pai pelo fato de ter olhado para ele durante minha vida inteira.

– Sim.

– E… – ela respirou fundo – gostaria de me desculpar profundamente pelo que eu disse.

Expirei com tanta força que parecia um colchão de ar explodindo.

– OK.

– Ótimo. – O sorriso dela era audível.

– Estarei aí em alguns instantes.

– Nick, tenha cuidado. Há corvos pelo meu jardim da frente inteiro.

Desligamos.

Papai e Lilith tinham saído para ir à matinê de uma peça "de vanguarda" qualquer, e viajariam de carro durante mais duas horas, até St. Louis, de modo que eu não precisaria dar nenhuma desculpa. Segui direto para a casa de Silla.

A caminhonete de Reese estava na entrada da garagem e estacionei junto dela. Três corvos estavam instalados em cima do capô, brigando por causa de um pedacinho de fita roxa. Guinchavam um para o outro, mas me ignoraram. Entrei direto pela porta da frente, que não estava trancada, e gritei:

– Silla? Você está aqui?

Vinha música dos fundos da casa. Segui o ritmo.

A porta do escritório do pai dela estava aberta e entrei.

– Silla?

Um aparelho de som portátil berrava um pop-rock-sertanejo meio infantil e eu me inclinei para desligá-lo. Não havia nenhum sinal dela, a não ser a desarrumação caótica no tampo da escrivaninha.

– Silla? – tornei a chamar, enquanto contornava a escrivaninha imensa.

Um abajur de latão emitia um fraco brilho amarelo, lançando luz em cima do topo da cabeça dela. Ela estava agachada atrás da escrivaninha, com as pernas cruzadas, segurando no colo uma coleção de objetos diferentes.

– Ah, Nick. – Ela passou cuidadosamente as bugigangas para o chão e se levantou. Usava uma blusa de malha imensa para ela. – Não ouvi você entrar.

– Não consigo acreditar que você tenha deixado a porta da sua casa destrancada.

Silla deu de ombros.

– Os corvos incomodaram você?

– De jeito nenhum.

Seus olhos se ergueram vagarosamente para meu rosto. Sua expressão era reservada, mas não *mascarada*.

– Eu não pretendia dizer aquilo, na noite passada. Sobre sua mãe.

– Ótimo. Porque foi idiota.

Um canto da sua boca se contorceu.

— Quase não consegui dormir, preocupada com isso. E com você.

— Comigo? — perguntei.

Ela deu de ombros.

— E comigo mesma. E com todas as coisas possíveis que havia para me preocupar. Não quero passar o resto da minha vida com tanto medo assim. Com tanta dor. Quero agir. Mesmo que isso signifique matar um rei.

— *O quê?*

— Ah, hummm... — Silla me ofereceu um sorriso do tipo que a pessoa dá quando vai ser fotografada — eu estava usando Lady Macbeth, para levantar o astral.

— Não acho lá muito saudável. — Estendi a mão e rocei meu polegar em sua bochecha.

Ela pegou minha mão. Puxando-a, examinou-a, esfregou seus próprios polegares contra minha palma. O entalhe profundo da noite passada era apenas uma linha cor-de-rosa em carne viva. Como a cicatriz na clavícula dela.

— Magia — falei, em tom leve, notando que ela estava com sua própria mão envolta em gaze. — Você devia deixar que eu cuidasse da sua.

— Acho... — Ela levantou o rosto. — Acho que preciso deste ferimento, neste momento. Como um lembrete da noite passada. Do que você disse. — Ela comprimiu os lábios e concordou com a cabeça apenas uma vez, assertivamente. — Sobre o que eu quero ser.

Ergui a mão dela e beijei as pontas dos seus dedos. O ar entre nós estava novamente quente.

— Então... Estamos procurando o Diácono.

Com um suspiro profundo, Silla tornou a se deixar cair no chão e roçou sua mão sobre as peças reunidas: um par de óculos velhos, um peso de papel de vidro, algumas penas para escrever com plumagem meio arrancada.

Agachando-me ao lado dela, apontei para as penas.

— Seu pai usava isso?

— Ele tinha frascos de tinta e tudo o mais. Estão na gaveta de cima, ali. — Ela deu uma olhada na escrivaninha, depois seus olhos se movimentaram em minha direção. Ela ergueu os óculos. — Não sei para que ele usava isso. Está vendo? As lentes são cor-de-rosa.

— Lentes cor-de-rosa? Eu bem que podia usar isso um pouquinho. — Os aros eram prateados e torcidos numa estranha forma de S e as hastes tinham a forma de bastões de doce. — Ah, eu me lembro dele usando esses óculos.

— Você... se lembra?

Robert Kennicot me olha furioso, através dos óculos estranhos. "Robbie não teria aprovado, Donna Harleigh. Você foi longe demais." Fechei os olhos, pressionei meus dedos em cima deles.

— Nick?

— Mamãe costumava olhar para seu pai através de um espelho, o feitiço da previsão. E... acho que me lembro dele olhando para mim através desses óculos, mas falando comigo como se eu fosse mamãe... e Sil — meus olhos se encontraram com os dela, que estavam preocupados —, ele disse que "Robbie não gostaria", como se ele não fosse Robbie. Mas era, sem a menor dúvida, seu pai.

— Você quer dizer que alguém possuiu o corpo do meu pai — sussurrou ela.

— Alguma coisa assim, talvez. — Sacudi a cabeça. — Não tenho certeza. — Tornei a pegar os óculos e perguntei: — Você se importa?

— Vá em frente. E me diga o que vê.

Coloquei os óculos estranhos em meu nariz e puxei as hastes para trás das minhas orelhas. E então olhei para Silla.

E caí de costas, em cima do meu traseiro.

— Merda!

A mão dela brilhava com uma frágil auréola vermelha. Aquilo sangrava dela, estendendo-se como uma trepadeira. Em minha direção.

— Nick? — Ela se apoiou sobre seus joelhos, erguendo-se. O vermelho ondulava em torno dela, menos como um líquido — mais como uma miragem do calor. Dei uma olhada para baixo, para mim mesmo. A trepadeira me agarrava, enrolando-se em torno da minha mão.

— É, Silla, humm. — Meus olhos deviam estar muito arregalados. Eu não conseguia parar de olhar. — Os óculos são mágicos.

Ela franziu a testa.

— O quê?

A contragosto, eu os tirei. Levou um segundo para meus olhos tornarem a se focalizar. Entreguei os óculos a Silla.

Com uma cara muito feia, ela os colocou.

— Tudo está um pouco cor-de-rosa.

— Olhe para si mesma.

Sua boca se escancarou, quando ela ergueu a mão.

— Ah, meu Deus. — Ela ficou de pé, ainda olhando fixamente para si mesma. — Isto é espantoso. É sobrenatural.

Sorri. Ela estava com um aspecto engraçado, com os delicados óculos redondos empoleirados em seu nariz.

— Estamos ligados, Nicholas. — Seus olhos acompanharam a longa trepadeira. — Provavelmente, por causa de alguma coisa, seja lá o que for, que você fez na noite passada.

— Ou apenas pela maneira como me sinto com relação a você.

Ela congelou, com os lábios se abrindo ligeiramente.

— Ah, Nick.

Eu apenas a olhei. Pensando no poema que escrevera para ela, na segunda-feira. Antes de tudo isso ter caído por terra.

Engolindo em seco, ela se distraiu do que eu dissera, virando-se vagarosamente, num círculo, examinando o cômodo.

— Será que poderemos ver algum tipo de magia com sangue?

— Não sei.

— Ah! — Ela congelou, ohando fixamente para um dos quadrados da estante.

— Sil?

Ela caminhou na direção da prateleira, com as mãos estendidas, e tirou a pilha de livros de capa dura de cima dela. Eles caíram no chão com uma pancada forte.

— Isto está brilhando, uma espécie de vermelho-dourado, não exatamente do tipo que nos liga. — Ela estremeceu e empurrou uma das mãos na parte de trás da prateleira. — É um fundo falso, eu acho. — Batendo ali, Silla observou lá dentro, de mais perto. A batida teve um eco oco.

Juntei-me a ela, junto da prateleira.

— Talvez haja algum dispositivo, um mecanismo de abertura, ou algo parecido.

Mordendo a parte interna do seu lábio, Silla passou os dedos ao longo das beiradas.

— Aqui!

Ela empurrou o canto do fundo e o painel pulou para fora. Ela entregou-o a mim e estendeu a mão para dentro.

Puxou e tirou de lá uma pasta de papéis fechada e amarrada com uma tira de couro, e um pequeno diário com a capa forrada de tecido grosso. Silla colocou esses objetos em cima da escrivaninha, em cima de algumas notas espalhadas e contas velhas.

Desamarrou rapidamente a tira de couro e puxou folhas de papel recobertas de coisas escritas.

— Feitiços.

O primeiro que peguei continha um desenho, um triângulo dentro de um círculo, e um monte de anotações, setas e palavras rabiscadas. No alto da página, li: "Triângulo primeiro, depois o círculo, caso contrário as energias não serão ligadas."

— É a escrita do meu pai — sussurrou Silla. Ela folheou os papéis. — Meu Deus, algumas coisas estão escritas em latim. Como um código. Demorará algum tempo traduzir tudo. Mas parece que são para um feitiço imenso, complicado. Há mais coisas do que no livro de feitiços, mas menos finalizadas. — Silla deu uma olhada no pequeno diário. Vagarosamente, colocou as anotações do feitiço em cima da escrivaninha e acariciou a capa do diário. Era toda negra, com um marcador fino, uma fita vermelha, projetando-se para fora na parte de baixo, como uma língua. Com um profundo suspiro, ela o ergueu e abriu.

— 1904 — leu Silla.

Inclinei-me para cima do livro, enquanto ela continuava:

— *Sou Josephine Darly e pretendo viver para sempre.* — Silla deixou cair o diário.

Tocando no diário, eu disse:

Vamos levar tudo isso para minha casa. Papai e Lilith foram passar o dia fora e poderemos espalhar tudo isso, sozinhos lá.

— Sim. — Silla concordou com a cabeça.

CINQUENTA E SETE

SILLA

Deixei um bilhete para vovó Judy, enfiei meu dicionário de latim e tudo o que havia no compartimento de papai em minha mochila. Nick pegou sal na despensa e, enquanto caminhávamos para o carro dele, enchemos um saco de plástico com cascalho, para jogar nos corvos.

Durante o caminho, eles voaram silenciosamente acima das nossas cabeças. Acompanhando nossos passos. Tive vontade de gritar para Josephine que estávamos com seu diário – que descobriríamos qualquer fraqueza que houvesse dentro dele e a destruiríamos.

Mas entramos ilesos na casa. Eles sequer mergulharam até perto de nós, ou grasnaram. Apenas pousaram suavemente no gramado, enquanto corríamos para dentro, pela garagem.

Era surpreendente que eu tivesse energia suficiente para me emocionar com o quarto de Nick. Cartazes e pôsteres davam a impressão de que ele tinha tirado toda a cor e a emoção da casa severa e as salpicara ali, em cima das suas paredes.

Nós nos estiramos no chão, que estava cheio de tapetes horríveis, um em cima do outro. Tapetes orientais e tapetes modernos, geométricos. Até mesmo um tapete felpudo. O caos lhe agradava.

Nick se apoiou em seus cotovelos, com as pernas esticando-se para trás, na direção do aparelho de som, e começou a ler o diário em voz alta. Seu dedo batia ao compasso lento de uma música esquisita, que ele dizia ser eletrônica sueca. Seus olhos e lábios haviam relaxado, numa expressão de leve admiração, e eu o olhava atentamente. E ouvia. Imaginei roçar meus lábios pelos cílios dele, passá-los de leve ao longo do seu osso largo da bochecha. Aparentemente, Nick não se preocupara esta manhã em alisar seu cabelo para trás. Os fios balançavam-se em torno das suas orelhas e por seu pescoço abaixo. Tinha um aspecto macio.

Fechei os olhos, estirei-me ao lado dele e fiquei ouvindo, enquanto ele lia para mim sobre Josephine, sobre seu aprendizado da magia através de um misterioso doutor chamado Philip, sobre as aulas e teorias deles, as décadas que passaram juntos. Claramente, ela era louca, mas acho que, se eu não soubesse que, no final, começaria a matar pessoas, seria fácil relacionar-me com Josephine. Estava tão entusiasmada com a magia e decidida a usá-la para levar uma vida boa. E estava apaixonada. Entendi por que ela gostava de possuir pessoas e a dificuldade de Philip em aceitar me fez sentir melhor por eu ter falhado tão terrivelmente ao tentar possuir alguém.

Ela até escrevia sobre sacrifício. Philip lhe ensinou que a magia exigia equilíbrio, que nosso sangue é forte, mas pode ser usado para o bem ou para o mal. Devia ter sido maravilhoso dispor de um verdadeiro professor. Josephine mencionava também o Diácono, que parecia ser um mago antigo. Embora fosse difícil acreditar que todos tivessem mesmo vivido por tanto tempo.

As anotações do diário eram extremamente irregulares e espalhadas ao longo do tempo, e havia, vez por outra, páginas faltando. Algumas, arrancadas, outras tão furiosamente rabiscadas que não podíamos lê-las.

E então veio o pó da ressurreição – carmot –; ela falou disso. Era feito com os ossos dos mortos e, com ele, eles eram capazes de viver durante tanto tempo.

Quando Nick acabou de ler essa anotação em particular, ficou calado, apenas olhando fixamente para a página.

– Você está pensando sobre isso, não é? – perguntei, tranquilamente.

– É impossível não pensar.

Peguei a mão dele, entrelacei nossos dedos.

– Viver para sempre.

– Há tanta coisa que se poderia fazer. Ver tudo. Viajar, aprender, fazer... qualquer coisa.

– Ter vinte empregos diferentes.

– Escrever um romance. Ou dez.

– Ser uma estrela do rock.

– Presidente. – Ele riu. – Embora eu suponha que essa eleição seria um problema.

Que pena que houvesse um preço. Suspirei, afastando a tentação. Era uma coisa com que se preocupar num outro dia.

– Estou surpresa com o fato de meu pai não ser mencionado. Quero dizer, alguma coisa deve ter feito com que ela o odiasse tanto.

Nick se inclinou e me beijou.

– Descobriremos isso.

Fizemos uma pausa para comer uma pizza congelada, depois continuamos a ler.

Josephine se tornou cada vez menos estável depois da Segunda Guerra Mundial, viajando sozinha pela América, às vezes com o Diácono e, depois, de volta para Philip. Mas ela se tornava claramente ausente. Depois que Nick leu a anotação sobre o fato de Josephine esconder o pó da ressurreição na comida de Philip, ele virou a página e parou.

— Ah, meu Deus.
— Que é?

Tomei o diário das suas mãos frouxas.

Na página seguinte, a escrita era do meu pai:

É a pior coisa que já fiz. Meu verdadeiro nome é Philip Osborn e matei um rapaz de 17 anos, porque tinha medo de morrer.

Minha respiração ficou presa em minha garganta, como uma imensa bola cheia de pontas. Eu não queria continuar a ler, mas era preciso. Sussurrei:

— Ah, meu Deus. Meu pai era Philip. Ele... ah, meu Deus.

A voz de Nick saiu abafada:

— Minha mãe poderia ter percebido. Ela sabia que ele não era ele mesmo. Sabia que... o que Philip fez.

Tudo do diário de Josephine de repente girou como uma roda de roleta e, quando parou, todas as cores e números pareciam se encaixar. Meu pai... Philip. O doutor que fazia experiências, o professor, aquele que pensava que éramos feiticeiras e demônios, mas que tentava salvar vidas. Ele tentara tanto, e acreditara que a magia podia ser boa.

Mas ele criara Josephine. E será que até a amara?

A náusea, leve e dançante, rodopiou em meu estômago. Nick foi passando as páginas do diário, roçando-as com o dedo. Parou quando viu outra vez o nome de sua mãe.

Nick abaixou a cabeça. Tirei o livro de suas mãos moles e li. A coisa toda era uma carta para mim e para Reese. Escrita nas últimas horas de vida do meu pai. Uma carta para nós, explicando o que ele nunca pudera fazer antes. Meus olhos se encheram de lágrimas e eu os enxuguei com toda força.

Pelo menos, agora eu tinha respostas. Toquei no braço de Nick.

— Leia isto comigo. É... é sobre você também.

Vocês têm o direito de saber, meus filhos, porque eu não lhes ensinei estas coisas.

Silla tinha 7 anos e Reese, 9, e era tempo de começar, se eu algum dia fosse fazer isso.

Saí do carro, chegando em casa, vindo da escola, e um menino, talvez com 8 anos, estava sentado em nosso jardim da frente. Ele levantou-se cambaleando e depois tornou a se sentar, como se estivesse ferido. Fui até ele e me agachei, estendi minha mão. "Meu nome é Robert", eu disse. "Quem é você?" Mas mesmo então eu sabia que ele era familiar. Seu rosto, seus olhos, eu os conhecia. Ele estendeu uma mão arranhada e cheia de sangue. "Caí", sussurrou ele. Exatamente quando peguei em sua mão para investigar, ele segurou meu pulso e ficou completamente em pé, com firmeza. "Eu expulso você!", gritou ele, e pressionou sua outra mão, também sangrando, em minha testa.

Minha cabeça borbulhou, e senti dor, mas não perdi o controle sobre meu corpo. Porque ele é meu, depois de tantos, tantos anos. Nenhum feitiço de criança poderia desfazer isso. Nem o feitiço de uma mulher que amava seu antigo dono. Olhei fixamente para os olhos impassíveis do menino, para as pupilas de um negro fosco, sem nenhum reflexo. "Você não é quem declara ser." O menino fez uma careta e disse: "Me devolva Robbie!"

Depois de tantos anos, era Donna Harleigh. Sussurrei um feitiço para dormir e o menino caiu. Carreguei-o para dentro do meu carro e dirigi até a fazenda dos Harleigh. Lá dentro, o sr. Harleigh me recebeu furioso, mas, quando perguntei onde Donna estava, ele foi comigo e a descobriu inconsciente em sua cama. E o sr. Harleigh entendeu, da mesma forma que eu. Disse: "Com seu próprio filho!" e me jurou que consertaria as coisas.

E então eu soube o que fora feito de Donna, que ela tinha um filho e estava tão cheia de ódio por mim que usara seu corpo, seu próprio sangue forte, para tentar salvar o verdadeiro e há tanto tempo desaparecido Robert Kinnicot.

Olhando para ela, e para seu filho usado, senti que não podia ensinar essa magia aos meus filhos. Tinha que salvar vocês dela, proteger vocês dela. Ensinei-a a J. e vejam o que isto me trouxe. Pois a escuridão se prende por muito tempo no sangue e a história nunca esquece o que fazemos com nossos filhos.

Nick colocou sua mão em cima das palavras, pressionando o diário no tapete.

— Acordei com uma febre e ouvi vovó gritando com mamãe, dizendo que ela era má. Que fizera uma coisa terrível. Agora, sei o que foi.

Nossos ombros se pressionaram um contra o outro e inclinei a cabeça contra a dele.

— Seremos melhores do que eles.

— Sim. — Nick endireitou os ombros e cerrou os maxilares. — Temos que continuar a ler. Descobrir o que aconteceu. Minha mãe não é nenhuma novidade.

Tornamos a curvar nossas cabeças sobre o diário.

E só hoje lamentei minha decisão. Porque Josephine está aqui, em Yaleylah.

Ela veio até a escola e eu a vi, num relâmpago, apenas pelo canto dos meus olhos. Disse a mim mesmo que não era ela. Não podia ser. Era o efeito do calor em mim, da solidão do prédio da escola no verão. Depois de mais de trinta anos, ela não poderia ter me descoberto.

Mas ela esperava por mim do lado de fora, no estacionamento. Com o mesmo aspecto de sempre. Rosto lindo, olhos de leoa. Seus lábios estavam pintados de vermelho.

— Philip — sussurrou ela —, não posso ver meu reflexo em seus olhos.

A voz dela. Ah, meu Deus, doeu em mim. Não consegui me mover. Se ela sabia onde eu trabalhava, sabia também onde eu morava. Sabia o nome da minha esposa, os nomes dos meus filhos. O sol estava tão quente.

— Josephine — disse.

Os dedos dela se fecharam, suas mãos transformaram-se em punhos. — Pensei que você estivesse morto.

Não respondi.

— Eu o amava! — gritou ela. — Durante cem anos, eu o amei!

— Deixe-me em paz, Josephine.

— Como você me deixou, Philip? Ou Robert? Devo chamá-lo de Robbie, querido? — Ela caminhou para mais perto, com aquele seu andar lento, perseguidor.

Fiquei outra vez calado, com os olhos olhando ao redor, esperando que alguém se aproximasse, e não desejando nenhuma testemunha.

— Como você pôde suportar isso, Philip? Meu médico corajoso e justo? Até eu sempre volto para meu próprio corpo.

Ela tocou seus lábios, seu peito.

Tive medo, ainda estou com medo. Os olhos dela estavam selvagens e escuros — como se não houvesse uma criatura humana atrás deles, mas um corvo, lobo ou águia.

Ficamos olhando fixamente um para o outro, em silêncio, enquanto o sol batia em cima de nós. O asfalto brilhava com o calor e a pele dela cintilava com o suor. Ela deu a volta e se afastou de mim, depois foi embora dirigindo um pequeno carro prateado.

Vim diretamente para casa. Eu disse a Emily que fosse pegar vocês, Reese e Silla, e os levasse embora para o Kansas, a fim de procurarem um apartamento para Reese. Uma desculpa fácil.

A magia está profundamente encravada na terra em torno da casa — esperarei aqui por Josephine, com minha caixa de feitiços, e um de nós partirá.

Rezo para poder abraçar vocês novamente, para que nunca encontrem isto. Para que jamais precisem saber do passado do seu pai, dos seus pecados. Porque meus pecados são impressionantes.

Era tudo. Eu estava sem fôlego e tornei a ler a última página do diário.

– Meu Deus, Nick – sussurrei. – Meu Deus, isto foi a última coisa que ele fez. Ah, meu Deus.

Respirei fundo e soltei o ar, trêmula.

— É muita coisa para absorver.

Ele pôs as mãos em torno das minhas e esfregou-as. A fricção me aqueceu imediatamente.

— Preciso... Quero um pouco de ar.

Abraçamos um ao outro, enquanto seguíamos para o andar de baixo, os dedos entrelaçados. Meus ossos doíam. Era difícil pensar sobre o que havíamos lido. Difícil de imaginar que papai não era meu pai. Ou a mãe de Nick possuindo-o, seu próprio filho. Josephine aparecendo na escola... talvez até sendo entrevistada naquele mesmo dia, para conseguir seu cargo de conselheira. Insinuando-se para dentro das nossas vidas. Mas, depois de ler seu diário, eu sabia o quanto ela era calculista, o quanto era segura de si mesma e egoísta.

Nick me conduziu para fora, pela cozinha e imponente sala de estar, passando por portas de vidro, até chegar a um pátio. Endireitei meus ombros. Ficamos ali em pé, de mãos dadas. O sol estava atrás da casa e desejei poder sentir o calor dele em minha pele. Em vez disso, como o vento agitava o curto gramado de trás, percebi que havia estranhos montões negros no chão, na beira do bosque.

— Nick. — Soltei a mão dele.

— Sim?

— Está vendo aquilo?

— Vendo o quê?

Os montões pareciam velhos sacos de lixo deixados ali para apodrecerem.

— No bosque. — Caminhei diretamente na direção deles, por cima do gramado.

— Ei. — Nick agarrou meu braço. — Cuidado.

— São animais – sussurei. – Pássaros, esquilos e... – Desprendi-me dele e acelerei o passo, até começar a correr na direção das árvores.

— Silla! – Ele veio atrás de mim, com passos suaves. – Pode ser perigoso, talvez eles estejam doentes. Ou pior. – Mas eu não podia desviar o olhar dos animais mortos.

Um corvo chamou, atrás de nós. Um bando deles batia as asas, descendo do telhado. Vários pousaram no pátio e depois pularam numa perna só para mais perto. Como se nos conduzissem para a floresta.

Parei e me agachei perto de um dos corpos.

— Está morta. Uma raposa.

Sacudi a cabeça e depois a levantei, a fim de olhar para as árvores. O vento soprava através das folhas pintadas de vermelho. Atrás, o céu estava opaco num tom de cinza nada aterrorizante.

— Eu me esqueci... da noite passada. Encontrei um guaxinim morto, completamente sem sangue – disse Nick, mantendo os olhos, cautelosamente, em cima dos corvos atrás de nós. Eles continuavam a saltitar para mais perto. Seus olhos negros, parecendo contas, estavam zangados e hostis.

— Os óculos.

Corremos de volta para o sótão e tirei os óculos de dentro da mochila. Nick escancarou sua janela e eu os coloquei por cima das minhas orelhas.

Instantaneamente, minha visão foi inundada de vermelho. Recuei tropeçando.

— Que foi? Que foi? – Nick me pegou, esticando o pescoço para ver o que eu estava vendo.

— Está tudo vermelho, Nick. Tudo. – Minha voz tremeu, mais alta do que o habitual.

— Sério?

— É como se a floresta sugasse a magia do chão e se alimentasse com a dela — como se as árvores estivessem todas vivas, com sangue, em vez de água e sol.
— E os animais?
— Com manchas vermelhas.
— E esses corvos?

Devagar, virei-me, com a náusea tomando conta do meu interior, e olhei para o céu. Finas linhas de um tom vermelho escuro ligavam os corvos, formando uma espécie de teia de aranha vermelha.

— Estão todos ligados uns com os outros, o bando inteiro. Com vermelho. Como as árvores. A floresta inteira está possuída.

CINQUENTA E OITO

NICHOLAS

A campainha tocou. Silla, encostada diante da janela, deu um pulo.

— Vou me livrar deles — falei, passando minha mão por toda a extensão das costas de Silla. Amaldiçoei o fato de que, como minhas janelas todas davam para a parte de trás da casa, eu não podia ver o carro que havia parado. Ela concordou com a cabeça e disse:

— Vou começar a examinar a pasta de papéis de papai.

Depois de beijar seu pescoço, desci correndo a escada.

O relógio *art déco* pendurado no patamar do segundo piso me disse que eram quatro e pouco. Cedo demais para papai e Lilith. Considerei a possibilidade de fingir que não estávamos em casa, mas meu conversível estava parado bem em frente, do lado de fora.

A campainha tornou a tocar, recompensando minha dor de cabeça com os tons suaves de *Frère Jacques*.

Quando abri a porta, franzi a testa.

— O que você está fazendo aqui?

Era Eric, em pé ali com seu traje de ensaio preferido, colete e uma camisa de mangas compridas. Seu cabelo estava espetado para cima em várias direções diferentes e ele tirou um cigarro da boca, fez uma careta e disse:

— Que simpatia, Nick. Estou aqui para descobrir se você vai para a escola amanhã. Especialmente para o ensaio. Eu estava pensando que você daria um grande substituto para algumas das coreografias com lutas. Patrick se irrita quando leva alguma pancada.

— Ainda estou decidindo se vou à escola amanhã — falei, devagar, enquanto Eric me oferecia uma tragada e apoiava seu traseiro na moldura da porta.

— Não. Tenho meus próprios vícios.

Ele ergueu as sobrancelhas.

— Cinzeiro?

— Jogue fora por aí, quando for embora.

— Meu Deus, você é mesmo um idiota.

— Bom, estou ocupado, OK?

— Silla está lá em cima?

Comprimi meus lábios um contra o outro.

— Não vá até lá.

Eric levantou as mãos.

— Ei, estou muito longe de interferir num pequeno *luto* pós-funeral.

Ah, se fosse isso que estivesse acontecendo. Se. Fosse.

— Escute, espero estar na escola amanhã, OK? Para ajudar você a brincar com suas varetas pontudas.

Ele fez uma pausa, me olhando com os olhos semicerrados, como se não conseguisse decidir se faria ou não uma brincadeira com essa última frase. Fiquei meio impressionado por ele chegar a considerar a possibilidade de levar por esse lado.

Finalmente, ele me fez um cumprimento com seu cigarro.

— Aproveite bem, cara.

Fechei a porta, sem deixar meu sorriso desaparecer, até não haver mais nenhum jeito de ele me ver. Fiquei em pé ali, com a cabeça apoiada para trás na porta de frente, os olhos fechados, desejando que tirar a calcinha de Silla fosse uma das minhas maiores preocupações.

SILLA

Nick saiu do sótão pisando forte e eu foquei a atenção nas anotações de papai, pegando o imenso dicionário latim-inglês. O primeiro feitiço se chamava *loricatus*. Armadura.

Isso soava promissor.

Folheei rapidamente algumas páginas, frustrada por isso demorar tanto tempo, e desejando que Wendy estivesse aqui. Ela sempre fora muito melhor do que eu no latim, coisa que aborrecia papai.

Continuei a virar as páginas, com o mesmo desejo que ocorria quando tinha aula, o de poder simplesmente tirar um cochilo, com as páginas embaixo do travesseiro e, enquanto eu estivesse dormindo, as explicações escorressem para dentro do meu ouvido.

Prender.

Este era todo em inglês.

Silla, criei este feitiço para usar contra ela. Não sou adepto de usar a magia de forma agressiva, mas às vezes não há escolha. Se eu falhar, rezo para que você não precise nunca usar isto.

Com as mãos trêmulas, li todo o feitiço. Os ingredientes eram cera, fita vermelha, uma peça pessoal do indivíduo a ser preso e uma caixa. A pessoa pressionava o cabelo, as unhas ou algo parecido para dentro da cera, fechava tudo na caixa e amarrava a fita em torno do pacote. Punha-se uma gota de sangue para selar o nó e em seguida era tudo enterrado. Com uma runa no topo. Para prender um espírito num lugar, ou numa pessoa, era preciso fazer um círculo em torno disso, com runas em todos os cantos.

Um grito chocado, mas sem palavras, saiu dos meus lábios.

A runa que Reese encontrara atrás da casa. Era tão parecida com a runa de proteção que acreditamos ser o mesmo símbolo. Mas era este. Senti isso no formigar da palma da minha mão.

Fora criada uma prisão em torno da minha casa, não uma proteção. Era um feitiço para aprisionar alguma coisa dentro.

Papai tentara prender Josephine. Por isso ele a deixara ir procurá-lo na casa, em vez de atraí-la para outro lugar. Mas mamãe deve ter chegado em casa e remexeu com tudo, de modo que, em vez disso, Josephine capturou papai.

Sim, ao pé da página estava escrito: "É para prender o espírito, não é físico." Isso impediu papai de pular, quando ela o matou.

Isso também significava que, se achássemos o corpo de Josephine, poderíamos fazer a mesma coisa com ela. E ela só podia estar na floresta. Seu corpo, quero dizer. Era onde sua trilha de sangue ia dar. E ela devia ter usado todos aqueles animais mortos para possuir toda a floresta idiota. Mas seu corpo estava morrendo ou, pelo menos, despedaçado o suficiente para ela não poder sair.

Voltei ao feitiço da armadura.

NICHOLAS

No momento em que empurrei e abri a porta do sótão, Silla ergueu a cabeça e sorriu.

— Esse feitiço, Nick, o feitiço da armadura, são meus anéis! — Ela espichou suas mãos e eu as agarrei, levantando-a. — Eu tinha proteção contra ela o tempo todo e...

— Por isso ela nunca possuiu você, nem mesmo tentou. — Terminei a frase dela.

Silla concordou com a cabeça, batendo sua testa contra meus lábios.

— E era por isso que ela estava sempre tentando me fazer tirá-los.

Inclinando seu queixo para cima, eu a beijei.

— Nick — disse ela. — Use isso. — Silla recuou e tirou a pulseira. — Era de Reese. Mas ele nunca... ele nunca a usou; se a tivesse usado, estaria... vivo. – Os cílios dela se agitaram. – Você deve usá-la. Vou tornar a colocar meus anéis.

Franzi a testa. Ela empurrou a pulseira para minhas mãos. O metal estava quente por ter ficado em contato com a pele dela, e eu de repente desejei usá-la, porque ela a usara. Mas, enquanto eu a deslizava para meu pulso, não pude deixar de pensar em Reese. Todo aquele sangue. A pulseira formigava e não tive nenhuma pista se era por causa da magia ou do meu próprio nervoso.

Sistematicamente, Silla tirou os anéis de seu colar e os enfiou em seus dedos.

– Sempre achei que eram apenas reconfortantes, mas isso... Minha vida inteira papai estava construindo uma armadura para mim. – Ela ergueu a cabeça e sorriu para mim, e foi o mais belo sorriso que eu já tinha visto.

O vidro da janela chacoalhou, como se alguma coisa tivesse batido nele.

Nós nos afastamos com um pulo, girando.

Um corvo bateu o corpo contra o vidro. Silla correu em sua direção, berrando:

– Vá embora!

Outro grito soou, e depois mais outro, e, em seguida, foi toda uma cacofonia de corvos grasnindo para nós.

Fui imediatamente até a janela, pressionando-me bem perto atrás de Silla. Um bando maciço deles passava voando em torno do quintal. Como uma centena de sombras ganhando vida. Suas penas cintilavam na tarde brilhante. Mais um corvo mergulhou na janela, e Silla pulou para trás junto de mim.

E então eu vi. Olhando através dos pássaros espalhados, vi Eric.

Na beira da floresta, ele estava pendurado a três metros de altura, no meio do ar, emaranhado nos galhos de uma árvore. Sangue manchava toda a parte da frente da sua camisa.

CINQUENTA E NOVE

NICHOLAS

Não me mexi, embora meu coração dançasse irregularmente dentro do meu peito. Silla deu a volta, num giro, e foi remexer em minha escrivaninha, onde encontrou uma tesoura, que segurou estendida, como se fosse uma espada em miniatura.

Os corvos tinham pousado e tudo o que ouvi foi um zumbido mecânico suave. Meu aparelho de som. O CD tinha terminado. Apertei o botão para desligá-lo e percebi que minha mão estava tremendo. Eu tinha que manter a calma. Mas todo aquele sangue, exatamente como Reese... Eu deveria ter garantido que ele chegaria ao seu carro. Era minha culpa.

Fechei as mãos e as pressionei em cima dos meus olhos, como se pudesse afastar à força a lembrança do rosto e do pescoço de Silla respingados com sangue, com seu sangue, e impressões digitais nas lápides.

— Nick?

Minhas mãos abaixaram diante da sua voz tranquila:

— Desculpe, é só que... ainda não temos um plano.

— Precisamos prendê-la. O feitiço que ela usou para prender meu pai, para ele não poder pular e se livrar, quando ela o matou.

— Prendê-la em seu próprio corpo, você quer dizer?

— Sim.

Ela foi até a caixa de magia e tirou o carretel com fio vermelho e um pedaço de cera de abelha. Enfiando-os no bolso da frente da sua imensa blusa de malha, ela voltou.

— Precisamos de uma pequena caixa. Uma caixa de fósforos, uma... uma caixa de papelão, qualquer coisa que a gente possa fechar com isto dentro. E precisamos pegar o corpo dela.

Silla tocou em minha bochecha.

— Isso pode resolver a situação, sabe?

— Eu sei.

Virei meu rosto e beijei a ponta dos seus dedos. Depois me inclinei e beijei seus lábios.

E Silla não se moveu, sequer respirava.

Quando tornei a me endireitar, ela abriu os olhos. Centralizei a atenção neles, na curva da pálpebra, nos cílios espessos, revirados.

Beijei-a novamente e o ar em torno de nós aqueceu. Meu sangue ferveu, senti uma dor da ponta dos dedos à ponta dos pés e onde nossos lábios se tocaram.

— Silla.

— Sim?

Os olhos dela se encontraram com os meus, com determinação, com um toque de selvageria.

Beijei-a novamente, com mais força.

— Está tudo bem, Nick. Podemos fazer isso.

Não pude dizer nada.

SILLA

No andar de baixo, esperei com os ingredientes do feitiço para aprisionar enfiados no bolso imenso da blusa de malha de Reese, enquanto Nick procurava uma caixa que servisse.

Do lado de fora, os corvos formavam um cobertor em cima da grama, colocando-se em pé entre a porta dos fundos e a floresta onde Eric estava suspenso. Respirei fundo várias vezes. Esta noite era o momento. Eu ia encontrar o corpo de Josephine, prendê-lo e deixá-la presa para sempre lá. Apertei minhas mãos em torno da tesoura em meu bolso.

Nick voltou e me ofereceu uma caixa fina, de metal, com um lírio pintado na tampa.

– Será que isto funcionará?

– Espero que sim.

Abri a tampa, com um ruído brusco.

Um dos cartões profissionais de Lilith estava preso na parte de dentro. Tirei-o, e Nick o jogou no chão.

– Opa. Esse aí já era.

Ele mexeu com a sobrancelha. Embora não conseguisse forçar inteiramente um sorriso, vi a satisfação que sentia por destruir alguma coisa dela.

Através do vidro grosso e escorregadio, podíamos ver os corvos saltitando de um lado para outro na grama, gritando e grasnando na direção da floresta. E também na direção da fileira de ratos que rastejavam ao longo dos dois galhos que prendiam Eric lá no alto. Engoli uma respiração profunda.

Nick destrancou a grossa porta de vidro deslizante e a empurrou, abrindo-a. Caminhamos juntos para fora.

Embora o céu continuasse a ter luz, o sol da tarde estava baixo o bastante para que aqui, no meio da floresta, tudo estivesse na penumbra e sombreado, como se olhássemos através de lentes escuras. Encolhi-me, percebendo que deveria ter pegado os óculos que viam sangue. Mas então eu teria que olhar para a horrível mancha vermelha pintada através da floresta inteira.

Quando nos aproximamos, o cobertor de corvos se dividiu, para que passássemos. Bateram asas e recuaram em cima do gramado, sempre nos observando com seus minúsculos olhos negros. Penas se eriçaram e bicos estalaram, mas de um jeito tranquilo. Pressionei-me com mais força contra Nick e, finalmente, olhei para Eric, suspenso entre as árvores.

Seus olhos estavam fechados, a cabeça pendente. Seu corpo inteiro estava mole. Balançava suavemente, quase de uma forma pacífica. O sangue emaranhava seu cabelo, grudando-o em seu crânio, e deixara sua camisa escarlate. Um jorro firme de gotas, de um vermelho vivo, escorriam e caíam da ponta da frente do seu tênis.

NICHOLAS

— Josephine! – gritei. – Mostre-se! Sabemos que está aí!

O sangue de Eric tamborilava no chão da floresta, onde havia muitas folhas espalhadas. Silla disse:

— Deixe-o ir.

Era fácil ignorar os corvos atrás de nós, graças à fileira de ratos nojentos à nossa frente. Eles se prendiam aos galhos, com suas minúsculas garras. Alguns tinham perdido olhos e a maioria tinha sangue grudando no pelo. Não eram apenas ratos. Eram ratos zumbis. Seria totalmente impressionante, se não fosse tão real.

— Vamos – falei, com a maior zombaria que pude expressar. – Você não está nos assustando, está apenas sendo tão irritante como sempre. Não é de espantar que Philip tenha dado o fora em você.

As árvores se sacudiram e uma chuva de folhas manchadas de vermelho caiu. Um corvo grasnou atrás de nós, depois um segundo e um terceiro.

— Eles estão chegando mais perto — disse Silla, tranquilamente. Olhei para trás. Eles estavam em fila, com as asas abertas, como a águia no selo dos Estados Unidos.

Silla ofegou. Quando olhei, vi que a cabeça de Eric se erguera. Seus olhos estavam fechados e seu rosto inteiro estava coberto de sangue. Como se alguém o mergulhasse numa banheira cheia de sangue e depois o pendurasse para secar. Seus lábios se separaram e ele disse:

— Meus animais rasgarão você até virar farrapos, se você se aproximar, Silla Kennicot.

Era a voz de Eric, mas uniforme e baixa.

— Você o feriu? — perguntei.

— Não, Nick, não. E sugiro que não assuma esse tom de voz ao falar comigo.

Os lábios de Eric tornaram a se fechar num sorriso em forma de careta e mostrava todos os seus dentes.

Silla se adiantou.

— O que você quer?

Matar todos nós, eu supus. Pressionei meu ombro contra o de Silla, para sermos uma frente claramente unida.

— Vamos fazer um pouco de magia. — A boca de Eric se torceu, num sorriso zombeteiro.

Um corvo pulou para o ar e bateu as asas na direção do ombro de Eric. Os ratos conversavam e gritavam, subindo para mais perto de Eric. O corvo recuou. Silla agarrou minha mão e a apertou.

Cruzei meus braços sobre o peito.

— Por que ajudaríamos você?

Um dos ratos caminhou depressa para cima do ombro de Eric, deslizou seu focinho pelo cabelo dele e depois subiu saltitando até sua cabeça. Suas garras picaram a testa de Eric. Sangue novo jorrou e correu por cima dos olhos fechados.

— Porque — disse ele, ignorando o rio de sangue que roçava o canto de sua boca — se você não fizer isso, eu matarei seu amigo.

— O que você quer que a gente faça? — perguntou Silla.

— Você me curará, com esse seu sangue que brilha tanto.

Silla enfiou as mãos para dentro dos bolsos da frente da sua blusa de malha.

— Josephine, por que você simplesmente não usa Eric para se curar?

Esperei que Silla não falasse sério: ela apenas queria fazer Josephine nos contar onde estava seu corpo.

Outro rato caminhou sem jeito por um galho da árvore, a fim de enfiar o focinho no rosto de Eric.

— O corpo dele — disse Eric — não tem o poder da carne dos Kennicot.

— Parece que você está se saindo bem sem isso. — Silla estendeu seus braços, num movimento rápido. — Assumiu o controle de uma floresta inteira e de uma tonelada de ratos — além do corpo dele.

Os olhos de Eric se abriram bruscamente. Sua expressão se contorceu, com um olhar de esguelha.

— Quero meu próprio corpo de volta, menina.

— Seu corpo está ferido, é? — Silla caminhou para a frente e não gostei da maneira agressiva como seus ombros ficaram tensos. — Está escondido na floresta? Despedaçado? Agonizante? Você está morrendo, Josephine? O que acontecerá, se seu corpo morrer?

— Sua cretina — cuspiu Eric. Uns doze corvos bateram as asas. O corpo inteiro de Eric tremeu e o rato empoleirado em cima dele riu, zangado, com as garras afundando. — Você vai me curar e vai me dar também o precioso livro de feitiços de Philip.

— Não temos o livro — anunciei.

As árvores tornaram a balançar, agitando mais folhas.
– Onde está o livro? – gritou Eric.
Fechei minhas mãos, transformando-as em punhos. A voz dele estava tão tensa que se tornara irreconhecível. Será que ele sabia o que lhe estava acontecendo? O que eu deixara acontecer?
Silla ergueu o queixo.
– Está enterrado, com toda segurança, a três metros de profundidade, junto com meu irmão. O que você quer está fora de alcance.
Josephine cacarejou um som rouco, esmagado, através da garganta de Eric.
– Perfeito, meus queridos! Nós o desenterraremos, pegaremos o livro e seus ossos fortes, sem proteção, para meu carmot!
– Experimente só fazer isso! – Silla agarrou minha mão.
– Sempre experimento. – A cabeça de Eric se inclinou. – Nick, vá lá dentro, pegue um pouco de sal e começaremos.
Dei uma olhada para Silla. Ainda estávamos levando aquilo adiante? Ela concordou com a cabeça e disse:
– Vá.

SILLA

O ruído distante do *deslizar* da porta de vidro sinalizou que Nick conseguira entrar. Asas de corvos mexiam-se vagarosamente, agitando o capim seco do outono. Os ratos tagarelavam nos galhos das árvores.

O corpo de Eric se balançou.

Seus olhos estavam fechados, seu rosto, frouxo. Me perguntei até que ponto seria difícil prender Josephine, enquanto a convencia de que eu tentava curá-la. Se ela descobrisse tudo, ou entrasse em pânico, o que ela faria? Será que poderia sair, pegar o corpo de Eric, ou o de um animal, ou alguma outra coisa, e fugir para um lugar mais seguro? Eu não podia deixar que isso acontecesse. Ela não poderia fazer mal a mais ninguém. A única coisa a fazer era prendê-la e destruí-la.

Senti um frio passar pelo meu corpo quando percebi que planejava um assassinato.

Estava escuro demais para se ver muita coisa na floresta. As árvores eram negras e o espaço entre elas, cheio de sombras. Sombras que se moviam. Não eram apenas ratos – no chão, agora que prestei bem atenção, pude ver outros animais também, amontoados entre raízes e enfiados embaixo de pequenos arbustos. Os olhos deles brilhavam. Coelhos, guaxinins, gambás e várias raposas. E estavam mortos – muitos dos corpos que Nick e eu tínhamos visto naquela tarde agora piscavam para mim. Olhavam-me fixamente. Mesmo pássaros menores saltitavam em meio à coleção de animais. Não deviam estar todos juntos. Coelhos não andam junto com raposas nem com pequenos camundongos, como os que estavam reunidos numa manada, bem abaixo dos sapatos pendurados de Eric.

Josephine estava em todos eles.

Seu poder devia ser imenso. Como poderia o feitiço da prisão contê-la? E se não fosse o suficiente para prender seu corpo – e se tivéssemos que prender todas as árvores e cada pequeno animal que ela possuía? Eu seria suficientemente forte?

O silêncio escorreu pela minha pele abaixo, como chuva. Os pelos dos meus braços e do meu pescoço se arrepiaram. A palma da minha mão, a que estava com o corte que eu fizera na noite anterior, para mostrar a Nick meu sangue venenoso, doía e coçava. Abri minha mão e baixei o olhar, olhando-a fixamente.

Eu mantivera o corte do jeito como estava para lembrar a mim mesma do que Nick dissera: *Isto é o que eu sou.*

Aquela noite no campo, da primeira vez em que eu beijara Nick, quando as flores explodiram em torno de mim, só fora preciso o sangue. Reese curara o corte profundo em meu peito apenas com vontade, sangue e necessidade. E, para impedir a posse, e acabar com a própria posse em si... tantos feitiços requeriam apenas sangue. Sangue e... imaginação. Ah, meu Deus, eu tinha isso em dose suficiente.

Só precisava querer mais do que Josephine. Olhei para Eric. Detestava o fato de seus olhos estarem fechados. Era como se Josephine não estivesse, de fato, prestando atenção em mim. Mas ela possuía tantos outros olhos. Olhos de ratos. Olhos de raposas. Olhos de corvos.

— Josephine. Me diga por que você quer o livro de feitiços. Por que qualquer uma dessas coisas tem importância se precisamos sempre apenas de sangue.

— Quer filosofar, Silla? Exatamente agora? — Os olhos de Eric se abriram de repente e seus dedos se torceram. — Prefiro encontrar seu corpo e despedaçá-lo em dúzias de pedaços. Mas o que eu realmente queria era encontrar alguém — qualquer pessoa — que me explicasse essa estúpida magia impossível.

Ela riu e, mesmo através da voz cansada de Eric, pude perceber que se divertia.

— Claro que prefere. Mas está bem. Uma rápida lição: é difícil empurrar sua vontade para fora da realidade que você sempre conheceu, não é? Mesmo quando vê com seus próprios olhos. Quando prova com sua própria língua. Os feitiços nos ajudam a formar nossa vontade. O fogo simboliza certas coisas, para nós, limpeza, destruição, transformação, coisas que são as mesmas, ou quase, há milênios. Os rituais cobrem a lacuna entre o que sentimos com nossas mãos, olhos e ouvidos e aquilo em que acreditamos ser possível, em nossos corações e mentes. E as palavras são os instrumentos mais afiados de que dispomos para levar nossas mentes a ter fé no bom resultado da magia. Crença, vontade, fé... seja lá o que você quiser chamar isso. Só encontrei uma única pessoa que tinha uma compreensão tão completa da magia, que tinha tanta fé nela que era capaz de fazer montanhas se moverem sem dizer uma só palavra.

— O Diácono — falei, antes de poder me conter.

— Sim, o Diácono. Um nome humilde para alguém que está próximo da condição de um deus.

Tremi diante do tom de veneração na voz de Eric. E fiquei satisfeita de repente por não ter tentado contatar o Diácono. Dentro do grande bolso da camisa de malha, eu mantinha apertado o metal frio da tesoura.

A porta dos fundos deslizou e se abriu e dei uma olhada nela, por cima do meu ombro, hesitando em virar minhas costas para a floresta de Josephine. Nick trazia embaixo do braço um saco azul de papel, com sal dentro.

Ele veio ficar ao meu lado.

— OK, temos o que você quer.

A cabeça de Eric se ergueu, com os olhos abertos e olhando fixamente.

— E agora o quê? — gritei.

O rosto de Eric se dividiu num sorriso horripilante.

— Agora, Nick e eu iremos profanar alguns túmulos.

— *Não* vou ajudar você a fazer isso! — gritou Nick.

— Você não terá escolha. Seu corpo é meu.

Ri. Realmente ri.

— Você está tão enganada, Josephine. Não pode nos possuir. Temos armadura. — E estendi meus anéis. — Você deveria saber disso.

— Ah, menina tola, tola. — A boca de Eric se repuxou, com um franzido de zombaria. — Você não *sabia*? Uma armadura desse tipo só funciona com a pessoa para a qual foi feita.

Nick sussurrou em meu ouvido:

— Fique presa no chão.

O gramado aos meus pés explodiu para o alto, cuspindo pedaços de terra em cima de mim, e grossas raízes, parecendo serpentes, agarraram meus tornozelos. Chutei e fiz movimentos bruscos para me afastar, mas caí de costas e bati no chão. A dor sacudiu meus ossos e senti um gosto de sangue em minha língua, um momento antes de uma pontada aguda me atingir, no lugar onde eu a mordera.

Raízes continuavam a explodir através do solo, enrolando-se em torno das minhas pernas. Eu gritava, sem palavras, estendendo os braços para baixo e puxando-as. Corvos subiram ao céu, gritando e batendo suas asas. As raízes pararam, mas eu estava presa. Elas apertavam quando eu empurrava, como um brinquedo chinês que prende os dedos. Me virei por cima do meu estômago, mas Nick havia sumido.

SESSENTA

NICHOLAS

Era como estar no pesadelo com os cachorros, no qual sou bombardeado por imagens e sensações e não posso controlá-las nem entendê-las — mas de qualquer forma não importa, porque meu cérebro não absorvia de fato aquilo. Era muito pior do que fora antes, no jardim da frente da casa de Silla. Lá eu tinha sido capaz de lutar, empurrar e sentir os vasos capilares em meus dedos das mãos e dos pés queimarem. Agora, eu não passava de um espectador.

Mas estou satisfeito por não ter sido inteiramente envolvido.

O chão tremeu e vi lampejos de um grande braço mecânico à minha frente, batendo repetidas vezes na terra.

Uma coisa viscosa e terrível, presa dentro da minha cabeça, fazia meus pés se movimentarem, minhas mãos se movimentarem, dirigia meus olhos e lábios. Ouvi pensamentos escorregadios, que não eram meus, anseios e raiva, e uma dor antiga, muito antiga, tudo amontoado dentro de mim, enquanto eu observava a escavadeira cavar o túmulo de Reese.

SILLA

O céu estava perfeitamente claro acima da minha cabeça. No círculo da floresta onde eu me achava deitada, amarrada pelas raízes, estava escuro e sombreado, mas lá no alto, onde os corvos giravam em círculos frenéticos, havia luz. O sol brilhava.

Embaixo de mim, sentia a terra. Imaginei-a descendo quilômetros, desde o lodo e o leito firme de pedras, passando por placas tectônicas, seguindo adiante até chegar ao núcleo do mundo. Até que ponto, para baixo, se estenderia o poder de Josephine? Ela possuía árvores, pássaros, animais. Por que não a própria terra?

Ela tinha Nick. E Eric. Tivera Reese e eu não podia deixar tudo agora sair de controle, como acontecera tão rapidamente na noite em que ele morrera.

Fechei bem apertado meus olhos. Eu tinha que me libertar, que encontrar o corpo de Josephine e prendê-lo, antes que ela fizesse mal a mais alguém. A tesoura.

Enfiando os dedos, tirei-a e me sentei. A maior parte dos corvos voara e fora embora, mas alguns poucos saltitavam ao meu redor. Eles observavam, batendo suas asas. Eu teria que agir rapidamente, porque Josephine saberia o que eu estava fazendo. As outras criaturas possuídas do bosque estavam escondidas. Esperando por alguma coisa. O corpo mole de Eric balançava levemente ao vento. Meu estômago se embrulhou. Coloquei a tesoura contra uma das raízes e a serrei. A lâmina foi entrando suavemente e continuei a cortar. Levou um tempo interminável para completar o corte e vários dos gambás haviam rastejado para fora de seu abrigo debaixo das árvores.

Pareciam monstruosos ratos do espaço sideral. Tinham sangue em seus focinhos.

Cortei a raiz seguinte e ouvi um corvo grasnar. Houve um grunhido. Soava como o de porcos. Será que havia porcos selvagens no bosque da casa de Nick? Não olhei. Em vez disso, cortei a palma ferida da minha mão e lambuzei as duas mãos com sangue. Agarrei as raízes e ordenei:

— Soltem-me. Agora. Deixem-me ir! — Imaginei-as encolhendo-se rapidamente. Eu era boa para imaginar, fazia isso o tempo todo e era o que me tornava uma boa atriz, ser capaz de deslizar para outra realidade durante algumas horas, de acreditar que eu era outra pessoa. Podia fazer isso.

Fechei os olhos e me imaginei livre. *Soltem-me. Soltem. Soltem.* A lembrança de Nick usando poesia para centralizar a atenção me veio à mente. Meu cérebro tateou em busca de versos. *Raízes, me soltem, deixem-me livre. Terra, me solte, deixe-me livre. Sangue, me solte, deixe-me livre.* Construí o quadro em minha mente, as raízes estalando e se quebrando em pedaços.

As raízes se espatifaram e se transformaram em cinzas.

Ofegante, fiquei em pé, cambaleando, e me virei, a fim de ficar de frente para a floresta. Os gambás tagarelaram comigo, assobiando através dos seus dentes horríveis. Sombras se agitaram no alto. Corvos. Eles faziam círculos, como abutres. Josephine estava em toda parte.

Eu teria que prender a floresta inteira.

Uma máscara. Eu precisava de uma máscara para fazer isso. Mas não uma imaginária, usada apenas com os olhos da minha mente. Precisava de uma verdadeira.

Estendendo minha mão sangrenta, lambuzei meus dedos com o sangue e os pressionei contra meu rosto. Minha pele ardeu, enquanto o poder dentro de mim saiu numa explosão. Pintei listras de sangue pela minha testa, pelo meu nariz abaixo, sobre meu queixo.

Vermelho, escuro e perigoso.

Era a máscara mais autêntica que eu já usara. Meu poder, meu eu. Eu.

Isto é o que eu sou.

NICHOLAS

Eu estava dentro do túmulo. Cercado por paredes de lodo molhado. Debaixo dos meus pés, o esquife de Reese. O brilho pálido do caixão tinha incrustações de lama. Tudo o que eu vi, quando meu corpo se agachou, foi como era branco, reluzia como a lua, ou mármore.

Um clique e um lento rangido, enquanto eu destrancava e abria a metade de cima do caixão. Ali estava ele. Seu rosto estava frouxo e cinzento, com a boca pendurada, aberta, as pálpebras meio separadas. As sombras debaixo dos seus ossos malares eram esverdeadas e seu cabelo caía vacilante sobre o travesseiro acetinado. Meu coração batia forte, o sangue rugindo em meus ouvidos como um tornado.

E o cheiro deslizava para cima, entrava em meu nariz. Sentia minha língua se movimentar, enquanto eu tinha ânsias de vômito, mas não podia me inclinar para trás, escalar e sair dali, nem correr. Eu não podia sequer fechar meus olhos.

Minha mão se elevou até minha boca; mas, em vez de cobrir meu nariz, mordi meu dedo com mais força do que morderia uma maçã. A dor aguçou minha consciência do que estava acontecendo e, por um momento, fiquei livre. Tropecei e caí em cima do caixão com força suficiente para rachá-lo.

E então a breve liberdade terminou e rastejei para a frente, estendi a mão para o caixão e, com meu dedo sangrando, pintei uma runa sobre a testa do cadáver de Reese.

A pele se rompeu. E uma parte dela deslizou e caiu por sua têmpora abaixo, arrastando um líquido, como um rastro de lágrima.

Uma gota de sangue gorda respingou de cima, batendo na face de Reese. E depois outra.

Olhei para cima – não queria, mas precisava.

Uma raposa estava agachada na beirada do túmulo aberto, um corvo com compridos maxilares despedaçados. O animal deixou cair o corvo e minhas mãos o pegaram. Elas se estenderam de forma que o sangue respingou o coração de Reese, manchando o terno com que ele fora enterrado.

Fechei os olhos. *Posso fechar meus olhos.* Joguei o corvo para um lado. A náusea me dominou e meu dedo mordido latejava. Senti a pulsação até nos dedos dos meus pés. Mas não me preocupei com o fato de sentir dor. Eu controlava meu corpo novamente. Ela me soltara.

Exatamente quando eu me punha de joelhos em cima do caixão, os olhos de Reese se abriram.

Com um grito, caí outra vez de costas. Os olhos dele estavam vítreos. Morto. Mas as mãos dele se elevaram e agarraram os lados do caixão. Ele se empurrou para se sentar. E olhou para mim. Suas mãos arruinadas, acinzentadas estenderam-se para seu colo e agarraram o livro de feitiços.

Seus lábios se sacudiram e um sussurro rouco saiu deles, fazendo minha pele se franzir de horror.

– Nick.

O hálito dele tinha um cheiro de perfume azedo. Estendeu o braço para mim, mas fiz um movimento brusco, afastando-me depressa. Um som áspero, como se estivesse abafado, explodiu dele. Reese ria. Claro – era Josephine.

O corpo de Reese se levantou e ela se virou de modo a ficar de frente para a parede do túmulo. Foi uma luta, mas ele se içou por cima do lado.

Pressionei a terra e tentei continuar respirando.

SILLA

Demoraria demais fazer todo o percurso em torno da floresta, então eu tinha que ir através dela e por todos os animais possuídos de Josephine. Caminhei para mais perto, estendendo a tesoura como se fosse uma espada, com minha mão ferida aconchegada ao lado do meu corpo, para impedir que o sangue escorresse.

Uma fileira de esquilos tagarelou comigo, suas pequenas risadas abafadas eram frias e horrorosas. Talvez não fizessem nada. Talvez estivessem apenas observando.

Cheguei à beira, onde as primeiras árvores se elevavam e espalhavam seus galhos. Para além deles não havia nada, a não ser sombras. As árvores eram entrelaçadas, muito próximas umas das outras, e havia tanta vegetação rasteira que o sol mal penetrava ali.

Engolindo em seco, pensei em Nick. Eu tinha que chegar até ele. Tinha que prender Josephine, para ela não poder feri-lo. Ou matá-lo.

Danem-se os animais. Não era como se houvesse tigres no bosque. Enquanto eu não me deparasse com nenhum porco selvagem, tudo bem.

Agarrei a tesoura e entrei.

— Silla.

Vinha de cima.

Ah, meu Deus.

Os olhos de Eric estavam abertos. Contra a máscara de sangue, eles estavam extremamente pálidos.

— Eric?

Seria mesmo ele? Josephine o soltara?

— Silla, eu sinto... Me ajude a descer.

A cabeça dele pendeu.

Os galhos em que ele estava emaranhado enrolavam-se em torno dos seus braços, enroscavam-se embaixo dos seus ombros e ao redor do seu peito. Mesmo se eu pudesse subir e chegar até ele, o que aconteceria se o libertasse? Seria uma queda de, pelo menos, três metros. Ele quebraria os ossos.

— Silla — sussurrou ele novamente.

Um corvo pousou num galho, sacudindo o corpo de Eric ao pular para mais perto, com as asas abertas. Grasnou. Eric se encolheu. Sua garganta se movimentou como se ele fosse vomitar.

— Segure-se! — gritei.

Se fosse Josephine, eu ainda tinha a tesoura.

Coloquei a palma sangrenta da minha mão contra a árvore mais próxima, com os galhos que o mantinham lá no alto. Apoiando-me nela, eu disse:

— Traga-o para baixo. Curve seus galhos e o coloque no chão. — Eu era descendente do sangue do Diácono. Eu era forte o suficiente. Precisava apenas de sangue. — Obedeça-me — sussurrei, com os lábios roçando a casca. Não conseguia pensar em nenhum versinho idiota. — Sangro por você. Obedeça-me. — Visualizei as árvores se curvando, se desenrolando, soltando-o.

Um farfalhar e um estalo me alertaram; em seguida, girei. As árvores se curvaram, baixando Eric. Elas mudaram, na escuridão, agora não pareciam feitas de madeira áspera, eram como fitas sinuosas e cordas negras, colocando Eric, vagarosamente, em cima do chão da floresta coberto de folhas.

Corri para ele, que estava deitado de bruços.

— Eric?

Mordi meu lábio, hesitando em tocá-lo.

— Obrigado — sussurrou ele, sem abrir os lábios.

— Você está machucado?

Era surpreendente ele estar vivo. E ainda por cima inteiro.

— Sim, estou. Mas nem tanto. Eu acho. Só preciso ficar deitado aqui.

— Você sabe o que está acontecendo?

Olhei para o guaxinim que se movimentava, aproximando-se de nós. Estava sentado em suas ancas, e suas minúsculas mãos agarravam uma à outra.

— Um pouco.

Seu rosto teve um espasmo e ele tossiu.

— Preciso ir... buscar Nick. Nós tiraremos você da floresta. Os animais estão, ahn, possuídos.

Engolindo em seco, ele abriu os olhos e virou a cabeça. Uma fileira de camundongos se unira ao guaxinim.

— Meu Deus, seu rosto — sussurrou ele.

Rangi os dentes. Tinha que ir, mas não podia sair dali sem mais nem menos.

— Vou ficar bem. — A voz de Eric parecia rouca. — Posso sair daqui. Vou chegar ao meu carro.

— Voltarei quando puder.

— Espere. — Ele enfiou a mão no bolso da calça jeans e puxou um isqueiro. — Fogo.

Caminhei apressadamente em torno, procurando uma tocha apropriada.

NICHOLAS

Pedaços de terra me bombardeavam, mas fui me agarrando, através deles, até chegar ao alto do túmulo e, finalmente, consegui sair e me deitei sobre uma linha de sangue. O cheiro era forte no ar. De podridão, enxofre, cabelo queimado, terra fresca, sangue picante. Com o braço da escavadeira, icei-me e fiquei em pé. Precisava voltar, antes que alguma coisa acontecesse com Silla. Antes que Josephine tornasse a me possuir.

Sem a armadura, provavelmente não fazia diferença, mas usei a última gota de sangue em meu dedo para pintar a runa de proteção em cima do meu coração.

Não podia fazer mais de cinco minutos desde que eles partiram, mas não havia nenhum sinal do cadáver. Pensei na semana anterior, quando estivera sozinho e cego, quando não estivera com Silla no momento em que ela precisara de mim. Eu tinha que encontrá-la, agora.

Corri.

SESSENTA E UM

SILLA

Corri.

As árvores eram muito próximas umas das outras, impedindo a passagem do resto do pôr do sol que se desfazia. E um punhado de corvos disparou à minha frente, pressionando-me para seguir numa direção que me conduziria para fora da floresta, no ângulo errado, para chegar ao cemitério rapidamente. Mas eles gritaram repetidas vezes, até eu ter vontade de apertar minhas mãos em cima das minhas orelhas, a fim de não ouvir aquele som. Em vez disso, girei minha tocha para onde eles estavam gritando. Eles se afastaram, mas continuaram a voltar e ficar na minha frente, indicando que eu seguisse pela esquerda.

Uma forma escura jogou-se em meu caminho, e eu derrapei e parei, enquanto a cabeça do cervo girava, batia em mim e me derrubava. Aterrissei num arbusto, mal conseguindo segurar a tocha. O cervo mostrou os dentes e gemeu como uma criança. Fiquei em pé, com a tocha na mão.

— Para trás! — gritei, agitando os braços.

Os corvos mergulharam em cima dele, num verdadeiro bombardeio, mas o animal girou seus chifres em torno e eles foram forçados a se afastar, berrando seu desagrado.

O cervo saltitou para trás, tornou a gemer, um longo balido, como um guincho. Dei uma pancada nele com a tocha e tentei contorná-lo. O animal deu um chute com um casco e atingiu minha coxa. Gritei, tornei a girar a tocha e ele disparou, afastando-se.

O resto dos corvos formou um bando que me conduzia, não importava em que direção eu tentasse ir. Como eu poderia procurar o corpo de Josephine, quando eles não paravam de me empurrar?

Um deles disparou para baixo e gritou bem junto do meu rosto. Caí de costas e minha mão foi parar na lama macia. A tocha estalou e eu tornei a agarrá-la. A lama estava tingida de vermelho.

Os corvos grasnaram e eu o vi. Um cacho dourado projetando-se entre duas raízes. O corpo dela havia sido literalmente engolido pela floresta. Prendi a ponta da tocha no chão e tirei os componentes do feitiço de dentro do bolso da minha camisa de malha. Com a tesoura, cortei o cacho, tirando-o da lama, e o pressionei para dentro da cera, que mantive próxima do fogo, a fim de que ficasse macia o suficiente para que eu a moldasse na forma de uma bola bem apertada, com o cabelo profundamente enterrado nela.

Enquanto eu trabalhava, os corvos não paravam de tagarelar. Eu não podia pensar neles, enquanto não atacassem. Abri a embalagem de papelão e enfiei a cera dentro, empurrando-a para o canto e achatando-a inteiramente, de modo que eu pudesse fechar a caixa, com um estalo. Finalmente, enrolei o fio vermelho em torno da caixa, repetidas vezes, sussurrando *fique presa*, a cada batida do meu coração.

Selei a caixa com uma gota de sangue. Depois, enfiei a tocha na base da árvore. O capim seco se iluminou, com um som suave e sibilante de vento.

Levantei-me e continuei a caminhar. Os corvos voaram comigo agora, não contra mim.

A beira da floresta apareceu – uma extensão plana, escura de campo não cultivado, antes do muro em ruínas do cemitério. Envesgando os olhos e apertando os punhos, eu me lancei com mais força para a frente.

E irrompi para fora das árvores.

Diretamente na frente do meu irmão.

Dei uma guinada para trás. Os olhos dele estavam pálidos, inteiramente branqueados, como se estivessem com cataratas, e sua pele meio pendurada dos seus ossos. Sangue manchava seu rosto e escorria sobre seu peito, respingando a gravata com que fora enterrado. Sua clavícula perfurava a pele para cima, como se esperasse brotar a qualquer momento.

– Irmã – disse Josephine através dos seus lábios mortos, e reconheci a voz dele. Estava rouca e chacoalhava, mas era a dele.

– Afaste-se de mim!

– Vamos, Silla, é seu irmão.

Os lábios dele sorriram, a pele rachando, como se estivessem seriamente fendidos. Um fluido claro escorreu para fora.

– Ajude-me, Silla, e viveremos para sempre juntos. Precisamos apenas do pó dos ossos dele.

– Não, nunca. – Olhei fixamente para o rosto dele, para a pele pendurada. Eu estava vazia, eu estava oca. *Reese.*

Ele estendeu o livro de feitiços.

– Recue, iremos curar meu corpo. Está quase tudo terminado, querida.

Bati minha mão contra o peito dele.

– Expulso você deste corpo!

O cadáver se torceu e tremeu, e a bílis me sufocou, revestindo minha língua com ácido.

NICHOLAS

O muro arruinado do cemitério machucou minhas mãos quando saltei por cima dele e depois corri na direção de Silla, onde ela lutava com o cadáver de Reese, na pista da estrada de cascalho.

Ele levantou o livro de feitiços e bateu com ele no rosto de Silla.

Ela caiu para trás e eu me joguei em cima do cadáver. Atingi-o com uma pancada úmida e caímos no chão. O cheio de putrefação me fez ter ânsias de vômito e depois o cadáver tornou a ficar em pé, arrastando-me para cima, tirando-me do chão. Retribuí com cotoveladas, chutei-o. Mas ele não sentia dor e mal parecia notar meus esforços. Era como chutar e esmurrar massa para modelar. Eu não podia escapar.

Corvos faziam um círculo lá no alto, com uma velocidade cada vez maior.

Forcei meus olhos a se manterem abertos, quando o braço de Reese passou em torno do meu pescoço.

— Vou gostar de derramar seu sangue — cuspiu Josephine, através dos lábios mortos de Reese. — Só quero viver novamente, será que isso é tão difícil?

O braço me apertou e eu não conseguia respirar. Luz alaranjada relampejou em minha visão periférica.

— Será... que... você... não... entende?

Joguei minha cabeça para o lado, só então ouvindo o crepitar das chamas. Havia um incêndio na floresta.

— Fogo — sussurrei, com voz rouca.

O braço em torno do meu pescoço se afrouxou quando Josephine jogou nós dois para o outro lado, a fim de ficar de frente para a floresta.

— Não! — gritou ela. — Meu corpo!

Corvos mergulharam e se lançaram sobre nós, com suas asas roçando meu rosto. Ela me soltou, erguendo os braços de

Reese para bater neles e afastá-los. Mas eles a conduziram para as árvores.

Dois corvos prenderam suas garras no cabelo dele. O corpo de Reese se dobrou bruscamente e ele caiu amassado no chão.

Ofeguei por um momento, olhando as chamas que lambiam tudo. Ela estava lá dentro. O corpo dela estava. Tinha que ficar ancorado lá dentro, em alguma parte; e, se ele fosse queimado, Josephine também seria.

Rastejei até Silla. A cabeça dela estava caída para um lado, e seu rosto inteiro pintado de sangue. De um corte em sua têmpora, sangue novo escorria rapidamente para dentro de seu cabelo. Ela não se mexia. Mal respirava.

Os corvos que haviam caçado Josephine se jogaram em torno de mim agora. Saltitando freneticamente.

Fechando os olhos, sussurrei:

— Sangue e terra, ouçam meu apelo: através da pele e a carne, curem prontamente.

Depois tornei a dizer isso, porém com voz mais alta, e repeti as palavras uma terceira vez. O calor aumentava e implorei a Silla para permanecer viva, implorei ao sangue e à minha magia que funcionassem.

Meu coração se agitava incessantemente, doendo, e me inclinei para beijar os lábios de Silla. Estavam quentes — tão quentes quanto os meus.

— Silla — sussurrei.

Ela ofegou, procurando respirar.

SILLA

Tudo estava negro.

Meu corpo inteiro doía, formigando penosamente, como acontece quando o pé da pessoa fica dormente e depois o sangue todo volta para ele. Eu não podia me mexer, mas sentia lágrimas cobrirem meus olhos e se derramarem por meu nariz abaixo. Ouvi um grito e senti cheiro de fumaça. E de sangue também. Tanto sangue. Minha garganta estava em carne viva, minha língua, grossa. Tentei movimentar meus braços e acho que um dedo meu se torceu. Meu coração ressoava oco dentro de mim.

Respirei fundo e o ar frio entrou, com uma boa parte de fumaça e de sangue pegajoso. Podia senti-lo descer escorrendo na parte de trás da minha garganta.

O vento batia em mim, cortante, e tossi.

— Silla?

Nick. Virei-me para ele, enterrando meu rosto sangrento em sua camisa suja. Fechei as mãos, transformando-as em punhos, por trás das costas dele.

— Gatinha. Silla. — A voz dele soava como se ele fosse rir. — Ah, meu Deus!

— Reese. — Lembrei-me do corpo de Reese, com a carne escorrendo. Músculos cor-de-rosa. Ossos amarelos.

— Vamos, gatinha. — Nick lutava para nos fazer ficar em pé, os dois. — Temos que sair daqui. A floresta está em chamas.

— Mas. — Tropecei, com os pés pesados. — Mas Josephine.

— Ela está morrendo na floresta.

Empurrei-o, afastei-me dele, inclinei o rosto para um lado. O meio sorriso de Nick era a melhor coisa que eu já vira. Mas sacudi a cabeça. Ela girava de náusea — náusea cerebral, como se meu corpo inteiro quisesse vomitar.

— Precisamos prendê-la lá dentro, para ela queimar, senão ela fugirá outra vez. — Tirando a caixa de papelão do meu bolso, estendi-a para cima. — Está pronta. Lembre-se da runa.

Inclinei-me e a empurrei para dentro da lama pegajosa com meu dedo.

Uma cacofonia de animais que gritavam e madeira estalando soava forte, vindo da floresta; o vento se elevava, soprando na direção das árvores. Meus olhos doíam como se eu tivesse olhado fixamente para o sol.

— Ajude-me, Nick.

Levantei-me.

O fogo olhava raivosamente por entre as árvores negras. Uma dezena de corvos pulou para o céu e voou em torno da floresta, como uma coroa, girando, grasnando e caçando quaisquer pequenos gaios ou tordos que tentassem voar. Um corvo mergulhou para o chão, gritando para uma raposa, caçando-a para que ela recuasse. Chegaram corvos em quantidade cada vez maior, voando em cima de nós, cercando o bosque com uma barreira viva.

Arrastei Nick para uma das árvores.

— Faça a runa. Nós a faremos com sangue, nos quatro cantos do bosque, a começar por aqui, e depois correndo na direção dos ponteiros do relógio.

— A distância é grande demais.

— Podemos fazer isso. Precisamos.

Estava quase terminado.

Nick cerrou o maxilar, mas concordou com a cabeça.

NICHOLAS

A única coisa que me fez seguir adiante foi a mão de Silla na minha.

SILLA

Cada passo significava destruir a coisa que havia assassinado minha mãe, meu pai, meu irmão, talvez Eric. Cada passo significava fechar o círculo, completar a prisão.

NICHOLAS

A floresta gritava enquanto queimava. Gritos vindos da garganta de animais soavam juntos, girando em torno e criando um grito único e horrível. O calor esticava a pele do lado esquerdo do meu rosto, enquanto corríamos em torno do perímetro. Um passo após outro, pelo capim alto, sobre a estrada, parando três vezes para pintar a runa de sangue numa árvore.

SILLA

Um aglomerado de corvos caiu do céu, como uma cauda de chamas. O resto gritou e voou, como centelhas negras, brilhantes, elevando-se da imensa fogueira que se tornara a floresta. Os gemidos deles se perdiam em meio ao rosnar do fogo, à coluna de fumaça que ressecava os olhos.

NICHOLAS

Caímos de joelhos, quando chegamos de volta ao início. Enquanto eu pintava a runa numa árvore, Silla cavava a terra e enterrava a embalagem de papelão. Juntamos nossas mãos, derramando nosso sangue misturado na runa final, e Silla gritou:

— Fique presa, Josephine. Fique presa para sempre.

Um estalo de calor explodiu. Meus ouvidos estouraram. Silla e eu fomos derrubados para trás. Não tentei me levantar, fiquei apenas olhando fixamente para o alto, enquanto as estrelas desapareciam atrás da fumaça que crescia em vagalhões, e fechei meus dedos em torno dos dedos de Silla.

A floresta uivou.

SESSENTA E DOIS

SILLA

Fiquei deitada, com a cabeça inclinada para um lado. Podia ver o brilho alaranjado contra o capim negro. Podia ver o perfil do meu irmão. Seu corpo estava cercado por corvos. Eles saltitavam em torno dele, com a cabeça inclinada e as asas eriçadas. Tocando seus bicos no cabelo dele, em sua mão, em suas calças.

Os corvos. Aproximaram-se de mim, mas nunca me atacaram. Avisaram-nos quando Eric estava possuído. Conduziram-me para o corpo de Josephine. Mantiveram todos os animais na floresta, para que não pudessem escapar do feitiço da prisão.

E Reese se saíra tão bem voando com eles.

Sentei-me.

– Silla?

A voz de Nick tremia. Eu sabia que ele estava cansado – eu própria mal podia me mexer. Tanto sangue perdido, tanta corrida e desespero. Mas Reese – Reese estava aqui. Ele estava vivo. Essa percepção estalou através de mim com um fluxo de adrenalina.

– Os corvos, Nick. Eles... são Reese. – Rastejei com minhas mãos e joelhos para o centro deles. – Ah, meu Deus, Reese!

Os corvos explodiram no ar, batendo as asas em torno de mim. Eu olhara para o rosto morto de Reese, imaginando-o outra vez ensolarado pela vida. Imaginando sua risada. Os sulcos nos cantos dos seus olhos, quando ele sorria.

— Podíamos trazê-lo de volta — sussurrei.

— Sil.

— Com o feitiço da regeneração. Exatamente como aconteceu com a folha.

Nick se arrastou para perto de mim e pegou minha mão.

— Silla — sussurrou ele. — Pense.

O entusiasmo me dominava, como uma luz branca, zumbindo em meus ouvidos.

— Estou pensando! Vamos trazer de volta o corpo dele. Seu espírito está bem aqui. Por toda parte, em torno de nós, nos corvos.

Atirei minhas mãos na direção deles, com uma risada escandalosa vinda das minhas entranhas, cuspida para cima, sacudindo minha espinha e tinindo em meus ouvidos.

— Podemos curar o corpo dele, regenerá-lo, e então ele poderá tornar a pular para dentro de si. Reese! — chamei para eles, para todos os corvos que batiam as asas, agitados. — Reese, posso consertar seu corpo, você pode ter seu corpo de volta!

Os corvos — *Reese* — grasnaram para mim.

Meu coração deu um pulo e agarrei meus joelhos, enterrando minhas unhas para dentro deles, até doer. A ideia — a promessa de ter meu irmão de volta — era quase excessiva. Virei-me para Nick. Ele me ajudaria.

Nick me observava, não aos corvos. Sua expressão era de esgotamento, cansaço, uma expressão difícil de interpretar.

— Nick — falei.

— Ajudarei você, gatinha, se é isso que realmente deseja.

Sorri selvagemente, como se o mundo girasse ao meu redor. Ajoelhei-me para não cair ao lado do cadáver. Eu podia fazer isso. Restava em mim o suficiente. Logo ele seria meu irmão.

NICHOLAS

Eu não podia olhar para os olhos dela, não podia.

Ela estendeu suas mãos trêmulas sobre o peito de Reese. Não havia nenhuma necessidade de mais sangue – ambos estávamos quase cobertos dele. Nenhum de nós dois se mexeu. Eu queria derrubá-la para o lado, empurrá-la para baixo, gritar com ela que isso era errado. Ele estava morto – o corpo estava morto – e trazê-lo de volta não era agir de forma melhor do que agira Josephine, ou minha mãe. Não podíamos dar vida. Não éramos Deus.

A máscara de sangue lambuzava quase inteiramente o rosto de Silla, em listras que lhe davam uma aparência apavorante. Ela baixou os olhos para seu irmão. Meu peito apertou. O sangue fluía muito vagarosamente através das minhas veias, puxando-me para baixo. Transformando-me em pedra, enquanto eu observava minha namorada se preparar para fazer os mortos ressuscitarem.

Mas ela não se mexeu. Sua respiração zumbia para dentro e para fora. O ar enevoado fez meus olhos arderem.

Um corvo grasnou. Ele pousou na testa de Reese, com suas garras entrando em sua carne frouxa. Recuei. Silla não se mexeu. O corvo tornou a grasnar e olhei fixamente para os olhos dele. O bicho – a pessoa – inclinou a cabeça para o lado e olhou de forma penetrante para Silla. Ergueu as asas e ficou ali pousado.

O rosto de Silla se enrugou.

– Reese – sussurrou ela.

Ah, Silla, meu amor. Eu não conseguia dizer nada. Não podia tomar essa decisão por ela, não importava o quanto eu quisesse fazer isso. Não importava o quanto fosse errado, ela tinha que decidir. Eu não podia tirar isso dela.

Um grito sufocado explodiu da sua boca.

Estendi o braço e nossas mãos se agarraram, apertando-se. Ela passou sua mão sangrando em torno do seu estômago.

— Reese — disse ela.

Os corvos alçaram voo, girando e cantando contra o céu alaranjado e fumacento.

Ela desabou para o lado, contra mim. Passei meus braços em torno dela, acariciei seu cabelo, pressionei meus lábios em cima de sua cabeça. Seu tremor vibrava através do meu corpo inteiro.

O calor do fogo secou o suor do meu rosto. Os estalos e rugidos das chamas rasgavam o ar e eu mal podia respirar.

Silla sussurrou alguma coisa e eu levantei seu queixo, para poder ouvir.

— Reese, Nick. Precisamos... precisamos esconder o corpo.

Minhas mãos se apertaram sobre ela. Silla tinha razão. Com esse incêndio, logo haveria um enxame de policiais e moradores do local a qualquer momento. Silla se levantou e ficou em pé, oscilando. Fui para junto dela e meu próprio cansaço quase me engoliu. Um excesso de perda de sangue, muita adrenalina e energia gasta. Mas tínhamos trabalho a fazer.

Arrastamos o corpo de Reese para dentro da floresta, tossindo por causa da fumaça. Agarrei um galho em chamas e o coloquei nos pés dele, para termos certeza de que seria queimado. Lágrimas corriam o tempo todo pelas faces de Silla, mas, quando tudo acabou, ela esfregou as mãos no capim e ficou deitada, até serena. Tive medo, por um instante, de que ela estivesse meio fora de si, mas então ela estendeu a mão, pegou a minha e disse:

— Não é uma maneira ruim de partir. Uma pira fúnebre como esta.

Apertei seus dedos e disse:

— Como os antigos reis vikings.

— Você sabe mesmo coisas estranhas. – Havia um sorriso em sua voz.

Ficamos deitados juntos, perto do muro do cemitério. Silla pôs a cabeça em meu ombro e eu fechei os olhos. O mundo girou lentamente embaixo de mim, como se tivessem dado descarga numa privada e eu descesse no jorro de água.

SESSENTA E TRÊS

NICHOLAS

Minha memória ainda era imprecisa, mesmo no hospital. Segundo parece, a perda de sangue faz isso com as pessoas. Eu mal sabia como tínhamos chegado ali. Só me lembro de estar em pé no saguão quadriculado, enquanto eles levavam Silla, semiconsciente, numa maca com rodinhas. Papai mais ou menos me pegou quando eu começava a desmaiar novamente e, depois, tornei a acordar piscando para cima, para o teto encardido com chapiscos. Através do colchão fino, eu podia sentir sob a parte inferior da minha coluna a barra de ferro do lugar onde a metade superior da cama se erguia, formando um ângulo, se eu apertasse o botão certo. Não havia nenhum ruído, a não ser um tinido em meu ouvido esquerdo. Quando usei minhas mãos para me levantar um pouco, percebi que havia uma agulha em meu braço, presa a um desses longos tubos de plástico, o qual, por sua vez, estava preso a uma bolsa de líquido claro. Salino, ou algo assim.

Era um quarto pequeno, mas particular, com uma velha televisão num braço preso à parede e uma janela com uma grossa cortina azul, fechada. Era superficial, mas, fora isso, era aceitável. Nada em mim doía, nem ardia, nem beliscava, o que eu sentia era uma espécie de mal-estar geral, que se grudava à minha pele, como se eu tivesse ficado acordado durante tempo demais. Só que eu acabara de acordar.

Do lado de fora da porta fechada, comecei a ouvir os ruídos abafados de um hospital em funcionamento.

Examinei a agulha em meu braço, perguntando-me se faria algum mal simplesmente puxá-la para fora. Claro que eu não sangraria por cima de tudo. Nem morreria. Rapidamente, imaginei todas as minhas entranhas saindo espremidas pelo minúsculo buraco da agulha, em tons festivos de verde, violeta e rosa.

A porta se abriu.

Era Lilith, usando um vestido cor de laranja, enfeitado com fileiras de pele negra. *Pele*. Como se tivesse vindo da tal ópera. E eu meio que acho que ela tinha vindo. Seu cabelo estava caindo para fora do gorro perfeito. O que eu nunca vira, nem mesmo às 6h da manhã, antes do seu café. Mas ela apertou seus lábios, que estavam perfeitamente pintados com um horroroso vermelho cintilante, e disse:

— Nick, nem pense em sair desta cama.

Agarrei a beira do colchão fino.

— Onde está papai?

— Conversando com os médicos. E com o xerife.

— E Silla?

— Inconsciente, mas... bem. — Os olhos de Lilith brilharam com alguma coisa que não era inteiramente perversa. — Seu amigo disse que o fogo foi um acidente.

Esfreguei os olhos, para ganhar tempo.

— Humm. Amigo?

— Sim. O rapaz que nos telefonou. Eric. Ele tinha alguns ferimentos. Tornozelo quebrado, um pouco de perda de sangue. Diz que você e Silla salvaram a vida dele.

Havia uma estranha alteração na informação. Como se o que Lilith dizia fosse urgente. O que eu estava deixando de captar? Algum código estranho?

Ela continuou:

— Ele disse que vocês iam fazer uma fogueira no quintal, para queimar algumas coisas de Reese. Vamos dizer, coisas que Silla guardava como lembranças.

Fiquei olhando fixamente. Lilith me passava minha história. Para quando o xerife viesse e me perguntasse. Eu diria a mesma coisa que Eric dissera. Incrível, mas ela estava me ajudando.

— O único dano foi para nossa propriedade, Nick. Sua propriedade, que seu pai administra em seu nome, claro, até você chegar à maioridade.

Meu Deus, eu demorava para entender as coisas. Lambi meus lábios e disse:

— Então... papai poderia considerar-nos responsáveis. Pelo incêndio. Fazer acusações. Pelo incêndio.

Lilith concordou com a cabeça, cruzando os braços debaixo dos seus seios. Ela bateu com as unhas alaranjadas da sua mão direita contra o cotovelo esquerdo. Uma de cada vez.

— Creio que posso tirar essa ideia da cabeça dele.

— Por quê? — A pergunta explodiu antes que eu pudesse contê-la. Eu deveria ter perguntado o que ela queria em troca, ou simplesmente aceitar sua ajuda e prometer minha gratidão eterna.

Ela abriu bem as mãos e colou uma expressão inocente em cima do seu rosto inteiro.

— Por que não? Foi um acidente trágico, mas você sobreviveu e, com certeza, seu pai tem bastante dinheiro e propriedades, Nicholas.

— Meu Deus, não me chame assim — sussurrei.

— Vou dizer ao seu pai para esquecer tudo isso.

Ela se virou e pôs a mão na maçaneta da porta.

— Espere.

Lilith parou, com as costas viradas para mim, sabendo o que eu iria perguntar.

— O que você quer, em troca?

Meu filho recém-nascido? Dez anos sob um contrato de servidão?

Virando-se em seus calcanhares, Lilith me ofereceu seu luminoso sorriso de tubarão, ao qual papai não resistia nunca. Ela parecia dez anos mais nova.

— Ah, Nick. Tudo o que eu quero é a verdade. Quero a história verdadeira. A que tem magia, assassinato, ciúme e passado. A que tem aquele cemitério como centro de tudo.

Abri a boca.

— OK, Nick. Pense depressa.

Lilith tornou a relampejar seu sorriso e saiu pela porta.

Resultado, eles acreditaram na história ridícula. Acreditaram que havíamos sido suficientemente estúpidos para tocar fogo na floresta por acidente.

E, na manhã seguinte, eu contei a Lilith a verdade. Acho que ela acreditou em mim. Os corvos que ficaram pendurados ao redor do hospital e que seguiram nosso carro por vários quilômetros, na saída da cidade, com certeza ajudaram. Talvez fosse tempo de expurgar o apelido dela do meu cérebro e ficar com Mary mesmo.

Sessenta e Quatro

SILLA

Meus cílios estavam grudados uns nos outros e foi quase impossível forçá-los a se separarem, quando acordei.

– Silla!

Wendy inclinou-se por cima da minha cama. Minha própria cama. Eu acordara no hospital, aquela manhã, aterrorizada por todos estarem mortos. Mas Judy estava lá e me deu uma história para contar ao xerife. Ela disse que conversara com Nick e fora até o cemitério para encher o túmulo de Reese com a escavadeira.

Os médicos disseram que eu estava apenas exausta, por causa da adrenalina e do trauma, e aconselharam repouso. O que foi fácil. Eu mal consegui ir até meu quarto. Estava tão cansada.

Atrás de Wendy, todas as minhas máscaras teatrais observavam, como uma plateia particular. Movimentei minha língua, que estava seca, e comecei a me sentar. Não houve náusea. Nenhuma tontura. Apenas a necessidade sonolenta de cafeína, para despertar meu corpo.

– Silla! – Ela estava sentada na cadeira da minha escrivaninha. – Ficamos tão preocupados. Você dormiu durante 24 horas!

– Água? – pedi, com voz rouca.

Minha garganta ardia. Eu não conseguia acreditar que dormira por um dia inteiro e ainda me sentia uma merda.

— Ah, sim! – Wendy girou e pegou uma garrafa de água na mesinha de cabeceira.

O aspecto dela era bom. Um vento que entrou pela janela aberta brincou com seu cabelo. Meus olhos se esforçaram para ver através da janela, em busca dos corvos.

Wendy tocou em meu braço, depois me ajudou a me sentar na cama para beber a água. Depois de engolir metade da garrafa, só me senti um pouquinho melhor.

— Como estão... todos?

Apareceram corvos? Onde está Reese? Será que imaginei que os corvos eram ele?

— Eric está ótimo. O tornozelo dele está quebrado, porque teve que correr através do fogo, segundo ele disse. Também disse que você salvou a vida dele.

Ela franziu seus lábios reluzentes, cor-de-rosa, e me lembrei de que Josephine se fora.

— Sim, foi mais ou menos isso – murmurei, querendo que ela fosse embora, para eu poder me deitar. Ou correr para fora, a fim de procurar Reese.

Ela se aquietou.

— Mal posso acreditar no que todo mundo está dizendo sobre você, o cemitério, o fogo. A sra. Margaret e a sra. Pensimonry andaram atormentando Judy com perguntas sobre você e o incêndio, sobre toda a sua família, e se você é... bem, se você é louca.

Wendy se encolheu, como quem se desculpa.

— Tudo bem. Acho que sou mesmo.

Pegando minhas mãos, ela as apertou até eu gritar. Os médicos tinham costurado a palma da minha mão.

— Desculpe – disse ela, soltando minha mão como se fosse um veneno. Mas olhou fixamente para os curativos.

— Você de fato está... ferindo a si mesma, não é?

Abri a boca. Era hora de contar a verdade a ela, se algum dia eu fosse fazer isso. Mas, embora a magia fosse parte de mim, era perigoso demais envolver outras pessoas. Eu era perigosa demais. Lágrimas encheram meus olhos e deixei-as rolarem, dando a Wendy a única máscara que ela podia entender. Concordei com a cabeça e as lágrimas caíram em cima das minhas mãos.

— Ah, Sil — sussurrou ela. Wendy subiu na cama e pôs seus braços em torno dos meus ombros. — Você... é muita coisa acontecendo. Mas vou ajudá-la. E então você não precisará fazer mais isso.

— Eu acho — sussurrei, inventando a mentira na hora —, acho que Judy vai me levar embora. Para Chicago, onde não tentarei viver o tempo todo onde eles viveram.

Mais lágrimas escorreram, enquanto eu me lembrava de ter conversado com Reese sobre nos mudarmos juntos. Eu sabia que Judy não se importaria de ir embora daqui. Eu sabia que agora só restava Nick.

Abracei Wendy. Uma imensa parte de mim não podia imaginar sequer deixá-la para trás. Mas que outra opção eu realmente tinha? Especialmente se a cidade inteira estava novamente falando. Minha família era o centro das atenções deles há meses. Eu estava acabada. Suspirei.

— Onde está Nick? Ele está bem?

— Sim, mas... — ela franziu a testa — o pai dele se mudou com todos para um hotel em Cape Girardeau, a noite passada. Na verdade, preciso ir telefonar para ele, lhe contar que você está acordada.

— Claro.

Ela me abraçou bem apertado, novamente, e depois se esgueirou para fora do quarto. Saindo com dificuldade da cama, eu me arrastei ao longo da parede até a janela.

Virei o rosto na direção leste, onde ficavam a casa de Nick e a floresta. Tudo estava negro e devastado, como as cinzas de uma cidade antiga desabando. Torres e pontes arruinadas, em deterioração. A fumaça ainda se elevava em minúsculas fitas, de vários lugares. Mas nada, fora do círculo, se queimara. Nem uma única coisa.

E não vi nenhum corvo, embora examinasse o céu à procura deles.

Sopa foi a única coisa que meu estômago pôde suportar. Eu estava toda frágil, amortecida e trêmula.

O que acontecera não fora absorvido. Enquanto eu comia, meus olhos permaneceram fixos nos babados agitados da cortina azul em cima da pia, e senti que esquecera trechos inteiros daquela noite. E então a colher estalou contra meus dentes e tudo voltou num jorro. Tive que parar de comer e de fechar os olhos.

Vovó Judy movimentava-se de um lado para outro da cozinha, presente, mas sem falar, como se soubesse que eu não estava preparada para conversar sobre o assunto, mas querendo que eu sentisse que não estava sozinha. Wendy fora embora, depois de dar um beijo em minha bochecha e de me examinar. Observei Judy, pensando em como lhe contaria sobre Reese e os corvos. Será que ela acreditaria em mim? Ou pensaria que eu estava completamente fora de mim?

Quando o cascalho do lado de fora fez um ruído de coisa esmigalhada, coloquei minha colher em cima do prato. Judy abriu apressadamente a porta e eu a ouvi, no corredor, cumprimentando alguém.

Nick apareceu em um canto, com um colete de risca de giz e calça preta. Eu já estava do outro lado da sala, em seus braços, antes mesmo de perceber que me mexera.

Seus braços me apertaram e me ergueram até as pontas dos meus pés e pude sentir o cheiro do gel do seu cabelo e do sabonete do hotel, que persistiam em seu pescoço. Ele beijou meu cabelo e disse meu nome.

Eu não conseguia soltá-lo, mesmo quando ele sussurrou em meu ouvido:

— Ei, gatinha. — Continuei a agarrá-lo, com os dedos em seu cabelo, lutando para não passar também minhas pernas em torno dele. — Vamos. — Ele riu de leve. — Vamos nos sentar.

Fizemos isso. Eu no colo dele. Ele falava e eu roçava meus dedos ao longo dos seus ossos malares e o beijava ao acaso, no meio de palavras. Ele me contava o que acontecera, como Eric conseguira chegar ao carro e como Judy vira o fogo, de casa, e fora correndo. Como tínhamos sido levados para o hospital, e a história que Eric contara para nos proteger. E seu acordo com Lilith.

Quando ele disse:

— Papai está me arrastando de volta para Chicago. — Coloquei meus dedos em cima dos seus lábios.

— Também vou.

Os olhos de Nick se arregalaram e depois ele disse:

— É mesmo?

— É. Podemos terminar o colégio em qualquer parte. Principalmente em algum lugar onde ninguém me conheça. Pode ser bom não estar por perto de tantas... lembranças. Judy tem um apartamento lá e eu já estava pensando em ir embora. Reese tinha até conversado comigo sobre isso, antes.

Ele passou outra vez seus braços em torno de mim. Depois de um longo momento, perguntou:

— Como você está se sentindo?
— Frágil. Forte. Um monte de coisas. Acho que você salvou minha vida.
— Acho que você também salvou a minha.

Pensei novamente nos corvos caindo do céu com uma cauda de fogo. Ajudando-nos a prendê-la. Voando acima das nossas cabeças. Não tínhamos salvado a vida de Reese.

— O que é, gatinha?
— Nada. Nada. Eu só estava pensando nos corvos.
— Em Reese.

O alívio me fez fechar os olhos. Ele também acreditava nisso. Graças a Deus.

— É. Não tenho visto Reese. Ou os corvos.
— Estavam no hospital. Voaram até a metade do caminho até Cape Girardeau conosco.
— Ah.

E onde estariam eles, agora?

— Ele deve estar por aí. Provavelmente tão cansado quanto nós.

Abri minha mão, a que tinha os cortes compridos já quase sarados, e que haviam sido usados no feitiço da prisão. Depois, peguei a mão dele e coloquei nossos ferimentos lado a lado.

— Me diga que foi a coisa certa a fazer.

Nick cobriu minha mão com a dele, pressionando nossos cortes quentes, cicatrizados um contra o outro.

— Foi.

NICHOLAS

Fiquei com ela durante o resto do dia e fizemos sopa com vovó Judy, conversando sobre Chicago. O plano de voltar para lá deixava suas velhas bochechas enrugadas rosadas de entusiasmo.

Depois que escureceu, Silla e eu deixamos Judy na casa, embora eu percebesse que ela preferiria que ficássemos. Uma vez no quintal, passamos através das forsítias e as luzes da casa desapareceram. O cemitério se estendeu diante de nós. Peguei a mão de Silla e ficamos ali em pé, por um momento. A respiração dela estava calma e observei como os suspiros saíam através dos seus lábios, num sopro que não se desfazia na noite fria.

Ela virou o rosto na direção da minha casa, onde eu ainda podia ver fumaça flutuando para cima, em finos fiapos, por sobre a floresta devastada.

— Não ouvi os corvos o dia inteiro — disse Silla, olhando atentamente para a fumaça.

— Vamos, gatinha. — Apertei sua mão.

O cemitério estava fantasmagoricamente branco, e fiquei espantado com a maneira como ele contrastava com a aridez negra da floresta queimada.

Ao acaso, escolhemos uma lápide cercada por capim seco comprido. Bem afastada dos túmulos dos pais dela, do túmulo de Reese. Não dissemos nada, mas nenhum de nós dois queria voltar lá.

Apoiei-me contra o mármore frio, e ela se sentou entre minhas pernas. Eu a abracei, com a bochecha contra seu cabelo macio. Tudo estava tão silencioso. Não havia nenhum vento, nem ruídos de trânsito. Nenhum pássaro, nem mesmo inseto. Fechando os olhos, foquei minha atenção em Silla, em seu calor à minha frente e na lápide fria atrás de mim. E eu no meio, vivo.

— Nick?

— Hummm?

— Acha que vale a pena, de alguma forma, viver para sempre?

— Ser um astro do rock?

— Presidente? — Ela sorriu.

Beijei seu cabelo.

— Não. Não é possível.

Silla ficou calada. Depois disse:

— Não é possível sem se transformar num monstro, você quer dizer.

O chamado de um corvo rasgou um buraco irregular através do silêncio. Silla se sentou ereta, com o rosto erguendo-se para o céu. Parecia uma estátua, um anjo do cemitério levantando seus olhos na direção do firmamento.

Um punhado de corvos voou em nossa direção, com as asas sincronizadas. Eles se instalaram nas pedras tumulares ao nosso redor. A não ser um deles. Esse pousou diretamente na frente de Silla, saltitando para mais perto, e depois grasnou para ela.

Ela disse:

— Reese. Meu Deus. Reese. — Suas palavras ficaram pendentes no ar, como acontecera com sua respiração. — Em nome da verdade — sussurrou ela, parafraseando *Macbeth* —, você é fantástico?

O corvo inclinou sua cabeça e eu apertei minhas mãos nos braços dela. Os outros corvos saíram dos seus poleiros batendo as asas e se uniram ao primeiro, no chão.

Todos os cinco corvos ficaram parados. Depois, o primeiro tornou a grasnar e balançou sua cabeça.

Eles nos cercaram, cinco pontos num círculo. Silla olhou fixamente para os olhos negros do primeiro e estendeu sua mão.

AGRADECIMENTOS

Quero agradecer às seguintes pessoas, sem as quais *Magia de sangue* não existiria:

Natalie – que sacrificou tudo que eu sacrifiquei, partilhou minha loucura, assistiu a horas intermináveis de *Criminal Minds* às 2h da madrugada, porque eu estava estressada demais para dormir, morava numa casa suja e me mantinha em pé, quando meus joelhos estavam fracos, tudo porque ela acredita em mim.

Maggie Stiefvater – por me desafiar a fazer o livro. Todo ele. E por me censurar quando não o fiz.

Brenna Yovanoff – por me ensinar como a atmosfera pode ser também um personagem. E por ser um pouco demônio e um pouco dama de honra.

Laura Rennert – que me faz sentir como uma estrela do rock, mesmo quando as coisas não vão lá muito bem, e me dá vivas quando vão. Por seguir em frente como um cavaleiro do bem e por me telefonar para dizer que não pode me telefonar.

Suzy Capozzi – por "todo o sangue, nenhum dos vampiros" e por me convencer de que escrevera, afinal, alguma coisa muito boa. Sua perpepção e seu entusiasmo não têm limites!

Jocelyn Lange e sua equipe de direitos subsidiários – ninguém tem sido melhor para fazer meus sonhos de dominar o mundo se tornarem realidade!

Todos da Random House – o apoio deles continua a me deixar pasma! Minha sensação é de que, cada vez em que dobro uma esquina, há surpreendentes pessoas novas empurrando-me para a frente.

As *Gothic Girls*: Carrie, Dawn, Heidi, Jackie, Jackson, Linda – por me fazerem sentir como uma delas, mesmo antes de eu ter um acordo.

Primeiras leitoras on-line: Star, Amber, Nikki, Laura e Kate – que sempre me imploraram mais.

Minha mãe, pai e irmãos – pela dádiva da leitura, noites em Ponaks, e por me tornarem forte. A casa das carruagens espera!

Especialmente meu irmão menor, Travis – por acreditar que eu seria capaz, um dia, de torná-lo personagem de um livro.

Robin Murphy – ela sofreu durante todo o primeiro romance que eu escrevi e até disse que gostava dele.

Meu padrinho Randy – por sempre perguntar como vai a redação e sempre cuidar dos meus impostos.

Este livro foi impresso na Gráfica JPA Ltda.,
Rio de Janeiro – RJ